Sport ist Mord

Ralf Kramp (Hg.)

Sport ist Mord

Die besten Morde von:

Jürgen Alberts · Cella Fremlin
Anke Gebert · Michael Illner
-ky · Gabriele Wolff u. a.

Scherz

Besuchen Sie uns im Internet:
www.scherzverlag.de

Sonderausgabe 2002
Copyright © 2002 an dieser Auswahl
beim Scherz Verlag, Bern, München, Wien.
Alle Rechte der Verbreitung, auch durch Funk, Fernsehen,
fotomechanische Wiedergabe, Tonträger jeder Art
und auszugsweisen Nachdruck sind vorbehalten.
ISBN 3-502-51847-5
Umschlaggestaltung: ja DESIGN, Bern:
Julie Ting & Andreas Rufer
Umschlagbild: Sebastian Starr / Getty-Images, Stone, München
Gesamtherstellung: Ebner & Spiegel, Ulm

Inhalt

Golfspieler verstehen keinen Spaß

Victor Sperl

«Zwei Golfschläge jeden Morgen, das gibt Kraft für den ganzen Tag!» Der Mann mit dem schütteren graublonden Haar schwang die kräftigen Unterarme. Sein Schläger traf den Ball, und der sauste im hohen Bogen über den Rasen. Steve Winguard nickte anerkennend, machte sich aber keine Mühe, die Flugbahn zu verfolgen. Er schwitzte in seinem Zweireiher, und der Aktenkoffer in seiner Hand wurde immer schwerer.

Ross Peacock steckte den Schläger ins Futteral und stapfte weiter. «Gehen Sie ruhig schon hinein. Ich bring den Ball noch ins Loch.»

Erleichtert machte sich Steve Winguard auf den Weg zum Portal von Peacocks dreigeschossigem Einfamilienhaus mit den Ausmaßen eines kleinen Schlosses. Der Golfplatz gehörte auch zu seinem Besitz. Peacock war ein reicher Mann, und deshalb war Steve Winguard hier. Er hatte gerade erst die Dreißig überschritten, aber bereits eine steile Karriere bei der renommierten Vermögensberatung Toymash gemacht. Das war auch nötig, um einem hochkarätigen Kunden wie Ross Peacock Entscheidungshilfe leisten zu dürfen.

Steve Winguard suchte vergeblich nach einem Klingelknopf und betätigte schließlich den mächtigen Türklopfer in Form eines kleinen Golfschlägers. Eine rüstige alte Dame mit blauer Schürze öffnete. Ross Peacocks Haushälterin. Steve Winguard wusste, dass Peacock verwitwet war.

«Sie sind der Nachfolger dieses armen Teufels, nicht war? Kommen Sie rein.»

Winguard ließ sich sein Entsetzen nicht anmerken und folgte der Frau. Mit «armer Teufel» meinte sie Bill. Bill war Steves Kollege, der Peacock ursprünglich beraten sollte. Doch er hatte den Auftrag nicht zu Ende führen können. Nach ein paar Tagen hatte man sein Auto zerschellt zwischen den Klippen an der Küste gefunden. Bills Leiche konnte bisher nicht geborgen werden.

Nachdem Steve sein Zimmer bezogen hatte, nahm er in der Bibliothek den Aktenberg in Angriff. Knapp eine Woche würde er sich nur dem Studium von Peacocks Finanzen widmen. Ein exklusiver Service der Firma.

Draußen war ein wunderschöner, sonniger Tag, doch die Luft hier drinnen wirkte trotz des geöffneten Fensters stickig und drückend. Steve öffnete auch die Tür einen Spalt, um Durchzug zu schaffen, und sah die Haushälterin mit einem Tablett in Händen die Treppe hinaufsteigen. Sie transportierte eine Flasche Mineralwasser und einen Teller unter einer Wärmehaube. Eigenartig, dachte Steve. Hatte Peacock nicht erklärt, er wohne ganz allein im Haus? Steve fragte Peacock nicht danach, als er zwischendurch kurz hereinschaute. Er war ja diskret. Peacock trug immer noch seine Golfkleidung, streckte die Arme und sagte: «Kommen Sie gut voran? Ich werde jetzt auch ein Stündchen arbeiten. Meine Abteilungsleiter sind eingetrudelt.» Es war allgemein bekannt, dass Peacock seine Immobilienfirma wie ein Sonnenkönig regierte. Zweideutig lächelnd fügte er hinzu: «Zuerst dürfen sie auf dem Golfplatz ihr Glück versuchen. Das gibt mir einen Eindruck ihrer geistigen und körperlichen Verfassung.»

Am Nachmittag schwamm Steve ein paar erfrischende Runden im Swimmingpool. Selbst das Chlor schmeckte irgendwie nach Reichtum. Anschließend machte er einen

Spaziergang durch den schattigen Park und formulierte im Geiste, was er Peacock heute beim Abendessen sagen wollte. Eine erste, grobe Anlagestrategie für sein Vermögen. In Gedanken versunken gelangte Steve bis ans andere Ende des großen Grundstücks und blieb plötzlich am Rande des Rasens stehen. Auf dem Gras saß eine junge Frau im Schneidersitz. Sie trug einen blauen Overall, hatte lange braune Haare und das Gesicht auf ihre Hände gestützt.

Steve kam näher und sagte: «Guten Tag.» Erschrocken wandte die Frau sich nach ihm um. Sie war wunderschön, fand Steve, nur ein wenig blass. «Ich bin Steve Winguard, der Anlageberater von Herrn Peacock.»

Das Mädchen starrte ihn an wie ein Wesen vom anderen Stern.

«Ein Kollege von Bill?»

«Ganz recht», sagte Steve ernst. Irgendetwas stimmt mit der Frau nicht. Ihre Stimme war schleppend, ihre Augen wirkten schlaftrunken.

«Bill wurde», stammelte die Frau, «er . . .»

«Es war ein schrecklicher Unfall», konnte Steve noch erwidern. Dann packten ihn zwei Hände an der Schulter und rissen ihn zur Seite. Sie gehörten dem kräftigen Gärtner, der Steve regelrecht abführte. «Mr Peacock mag es nicht, wenn Fremde mit seiner Tochter sprechen.»

«Aber ich habe doch nur hallo gesagt!» Steve war außer sich. Als er sich umschaute, führte die Haushälterin Meryl Peacock fort.

Steve war zwar beruflich zu höflicher Zurückhaltung verpflichtet, aber dies hier ging zu weit! Als er Peacock wieder zu Gesicht bekam, sagte er ihm klipp und klar, dass er bei einer solchen Behandlung seine Arbeit nicht fortführen könne.

«Tut mir Leid», meinte Peacock. «Es wird nicht wieder geschehen – wenn Sie sich an die Regeln halten. Meine Tochter ist geistesverwirrt. Wenn Fremde mit ihr sprechen, löst dies akute Anfälle bei ihr aus, verstehen Sie?»

«Ja, natürlich», meinte Steve betroffen. «Das konnte ich nicht ahnen.»

«Ich dachte, ihr Zustand hätte sich inzwischen gebessert. Bis Ihr Vorgänger zu uns kam. Einige wenige Minuten mit ihm haben Meryl in tiefste Verwirrung gestürzt. Als ich ihn dann bat, sich von ihr fern zu halten, glaubte sie, ich hätte ihn umgebracht.»

Steve spürte, dass er jetzt nicht einfach zu Peacocks Finanzen übergehen konnte. Er wartete mit der ersten Geschäftsbesprechung bis nach dem Essen. Doch als er schließlich seine Unterlagen hervorholte, versetzte Peacock ihm den nächsten Schock: «Mr Winguard, Ihre Anlagevorschläge interessieren mich nicht im Geringsten. Ich will nur wissen, auf welchen Wegen ich mein Geld am besten vor dem Finanzamt schützen kann.»

«Aber, Herr Peacock», Steve lief rot an, «das ist ungesetzlich.»

«Deshalb habe ich mir Spezialisten wie Sie engagiert. Es soll die perfekte Unterschlagung werden.»

«Dafür stehe ich Ihnen nicht zur Verfügung», sagte Steve streng.

«Das hat Ihr Vorgänger zuerst auch gesagt. Doch schließlich konnte er der hohen Beteiligung doch nicht widerstehen.»

Eine halbe Stunde lang bewies Ross Peacock seine Meisterschaft auf dem Gebiet der Überredungskunst. Den angebotenen Whisky lehnte Steve ab. Zu Peacocks Offerte sagte er schließlich ja. Sein Geist war wie betäubt vom Zuhören – bis auf einen Gedanken: Das verbrecherische Kavaliersdelikt brachte ihm eine Summe ein, die für den Vermögensberater Winguard banal, den Privatmenschen Steve aber traumhaft war.

Ross Peacock rieb sich die Hände. «Sie gefallen mir, junger Mann. Zum Einstand unserer Zusammenarbeit lade ich Sie morgen früh zu einer gemeinsamen Partie Golf ein. Wie gesagt, beim Golf lernt man die Qualitäten eines Menschen am besten kennen.»

«Aber diesen Sport beherrsche ich nicht!»

«Dann beweisen Sie Ihr Naturtalent. Ich gebe Ihnen ein paar Tipps. Und, hm, sollten Sie für das beste Loch weniger als zehn Schläge brauchen, verdopple ich Ihre Gage. Ist das ein Wort?!»

Steve nickte andächtig.

Am nächsten Morgen stand Steve kurz vor Sonnenaufgang auf. Wenn er schon etwas Ungesetzliches tat, überlegte er, sollte es sich auch lohnen. Es blieben noch zwei Stunden Zeit, dem Preisgewinn mit ein paar Übungsbällen näher zu kommen. Steve schlich durch die Diele und nahm einen Schläger und einen Ball aus einem großen, holzgeschnitzten Wandschrank. Als er die Treppe hinuntergehen wollte, stand Meryl vor ihm. Sie trug ein langes weißes Nachthemd. «Mein Vater hat Bill erschlagen», sagte sie mit beschwörender Stimme. «Weil ich mit ihm gehen wollte.» Ihre Augenlider schlugen nervös auf und zu. «Er erträgt es nicht, wenn ein Mann mich umwirbt. Er ist eifersüchtig, als wäre ich seine Ehefrau. Er ist verrückt. Er setzt mich unter Drogen. Ich bin zu schwach. Helfen Sie mir.»

Steve spürte Entsetzen und stürzte an Meryl vorbei die Treppe hinunter. Das arme Mädchen, dachte er. Er durfte nie wieder im Haus herumlaufen, solange Meryls Betreuer noch schliefen!

Steve war erleichtert, als er auf dem Golfplatz stand. Doch nach der schauerlichen Begegnung war es nicht leicht, sich zu konzentrieren. Steve legte den Ball vor sich hin und nahm mit dem Schläger in den Händen Haltung an. So wie er es bei Sportübertragungen im Fernsehen beobachtet hatte. Ein paar Mal fuhr er mit dem Schläger probehalber durch die Luft. Dann holte er aus und versetzte dem Ball einen Hieb, in den er seine ganze Kraft hineinlegte. Es war gar nicht so übel. Der Ball flog auf die Wolken zu und senkte sich dann in weitem Bogen. Doch anstatt im Umkreis des Zielfähnleins niederzugehen, stürzte er ins zweihundert Meter entfernte Wäldchen. Steve fluchte leise. Peacock merkte sofort, wenn ein kostbarer Ball fehlte. Steve überquerte im Laufschritt den Golfplatz und verschwand dann zwischen Büschen und Bäumen. Unmöglich, hier den Ball wieder zu finden, dachte er.

Nicht viele Sonnenstrahlen gelangten durchs Gehölz, und es herrschte ein mattes Zwielicht. Sollte er trotzdem unverschämtes Glück haben? Da blitzte etwas auf, inmitten einer kleinen Lichtung. Eine Glasscherbe oder der Ball? Unter Steves Schuhen knackte es, als er über die Lichtung schritt: Holzkohle. Dann fand er den Gegenstand, der das Licht reflektiert hatte. Steve hob das goldene Amulett auf, und seine Hand begann heftig zu zittern. Er spürte Schrecken, aber auch Angst. Die Initialen B und S waren in dieses Amulett eingraviert. Bill hatte sein Taufgeschenk stets um den Hals getragen. Mein Gott, dachte Steve, ich stehe auf einem Scheiterhaufen.

Der Golfschläger entglitt seiner zitternden Hand, und er jagte quer über den taufeuchten Rasen zu seinem Wagen. Als er ihn startete, stellte sich die Mähmaschine des Gärtners in die Toreinfahrt.

Ross Peacock öffnete den Wagenschlag und sagte mit charmantem Lächeln: «Sie wollen uns doch nicht verlassen, ohne mir zu sagen, wo mein Golfschläger geblieben ist.»

Spiel noch einmal, Fritz

H. P. Karr & Walter Wehner

> Der Ball ist rund.
> *Sepp Herberger*

. . . der Anpfiff, liebe Zuhörer, der Anpfiff zur entscheidenden Begegnung . . .

Kubitzky hört den Fußballreporter aus den Häusern der Zechensiedlung, vor der er mit dem Borgward steht. Die Fenster stehen auf, außer ein paar Mädchen, die auf dem Bürgersteig Seilchen springen, ist kein Mensch zu sehen. Die Sonne hängt zwischen dem stahlgrauen Himmel und den Dächern der Siedlungshäuser, der Wind bläst den Qualm von der Zeche nach Osten.

Kubitzky wischt sich den Schweiß ab, seine Hose klebt am Plastiksitz der Isabella und das Nylonhemd ist wie eine zweite Haut auf Brust und Rücken. Er hat Hunger und pinkeln muss er auch. Außerdem will er die Fußballübertragung aus Göteborg im Radio hören, irgendwo in einer Kneipe.

Die Stimme des Radioreporters weht durch die leere Straße. Weiter vorn vergoldet die untergehende Sonne die Rost- und Buntmetallblumen auf dem Altmetallhaufen von Brenneckes Schrottplatz. Hinter dem Maschendraht stapeln sich Zinkwannen und Wellblech, verrostete Naziadler, Papier, Lumpen, Müll. Ein Schäferhund schleicht alle zwei Minuten drinnen vorbei.

Weiter hinten auf dem Platz, hinter einer Halde aus Metallschrott, ist das Dach des Bauwagens zu sehen, in dem der alte Brennecke haust. Daneben hat er einen Schuppen für seinen Gaul, der ihm jeden Tag seinen Lastwagenanhänger durch die Straßen zieht. Brennecke sitzt dann auf dem Kutschbock, bläst schaurige Töne auf seiner Blechflöte und kreischt heiser: «Lumpen, Eisen, Papier ...»

Kubitzky hat sich das gestern und heute den ganzen Tag angehört, ist mit der Isabella hinter Brennecke durch Frohnhausen und über die halbe Margarethenhöhe kutschiert. Hausfrauen haben den Klüngelskerl herangewinkt. Brennecke hat Kübelwaschmaschinen aufgeladen, alte Kohleöfen, Zinkbadewannen. Und Kubitzky immer hinter ihm her, sogar nachts, als Brennecke Trümmergrundstücke gefleddert und von Baustellen geklaut hat. Aber schon gestern war Kubitzky in Gedanken nicht mehr bei der Sache, sondern beim Weltmeisterschaftshalbfinale. Deutschland gegen Schweden in Göteborg und Brasilien gegen Frankreich in Stockholm.

... spielt Fritz Walter wieder als Regisseur der deutschen Elf, mit Uwe Seeler und Helmut Rahn im Sturm, Erhardt als Mittelläufer und Szymaniak auf dem linken Flügel ...

Kubitzky hat das Seitenfenster der Isabella heruntergedreht, um besser zu hören. Immerhin sind noch vier aus der Mannschaft von Bern dabei. Die werden es den Schweden schon zeigen.

Metall kreischt. Brennecke zerrt gerade das Tor zum Schrottplatz auf. Sein Köter steht wie eine Steinfigur in der Ausfahrt. Kubitzky traut seinen Augen nicht, als gleich darauf der Gaul mit dem Lastwagenanhänger vom Schrottplatz trottet. Auf dem Anhänger türmen sich Wellbleche. Brennecke macht das Tor wieder zu, klettert auf den Bock und schwingt die kurze Peitsche. Kubitzky lässt den Wagen an.

... das Ullevi-Stadion prangt in den schwedischen National-
farben Blau und Gelb, und die Stimmung ist auf dem Siede-
punkt, weil schwedische Einpeitscher die Zuschauer mit ih-
ren Heja-Heja-Heja-Rufen schon lange vor dem Spiel
aufgestachelt haben. Dies ist wirklich eine schwere Nerven-
probe für Fritz Walter, Fritz Walter jetzt am Ball und spielt
einen wunderbaren Pass nach vorn zu Rahn. Aber der ist so-
fort von einer Traube gelber Hemden umringt und scheitert
an der schwedischen Abwehr ...

Jetzt habe ich ihn gleich! Die Erkenntnis kommt Kubitzky
ganz unvermittelt, als er Brenneckes voll beladenem
Schrottwagen die Martin-Luther-Straße hinunter zum
Westbahnhof folgt. Jetzt weiß er, warum der Klüngelskerl
mit einem voll bepackten Wagen vom Platz gefahren ist. Wo
er doch sonst mit vollem Wagen von seinen Touren zurückkommt und sich leer wieder auf die Runde macht. Kubitzky
könnte schwören, dass da was anderes unter dem Wellblech
steckt.

«Du fährst dem Brennecke nach!», hat Heymann ihm ein-
gebläut. «Du kriegst die Isabella und lässt den Verbrecher
nicht aus den Augen, bis du weißt, was der Drecksack für
dreckige Geschäfte macht.»

Einen Fünfziger hat Heymann ihm dafür versprochen,
und das will was heißen, wo er Kubitzky und die beiden Italiener sonst für zweifünfzig die Stunde auf seinem Schrottplatz malochen lässt. AUSHILFE GESUCHT! Vor zwei
Wochen hat Kubitzky das Schild im Vorübergehen an Heymanns Tor gesehen, ist reingegangen und hat zehn Minuten
später schon alte Stahlträger geschleppt.

Die Kreuzung an der Helenenstraße liegt verlassen da,
und Brennecke schert sich einen Dreck darum, dass der Zei-
ger der Ampel sich gerade auf Rot dreht. Er biegt auf die Al-
tendorfer ab. Kubitzky bremst und wartet, bis er Grün hat.

Vor einem Radioladen drücken sich ein paar Jungs in kurzen Hosen herum.

... Rahn prescht vor das gegnerische Tor, Gustavson geht ihn im Strafraum hart an ... Rahn ... Rahn liegt am Boden, Helmut Rahn krümmt sich vor Schmerzen. Das kann der Unparteiische nun wirklich nicht mehr übersehen haben; Rahn hat Schmerzen, richtet sich langsam wieder auf. Gustavson, dieser böse Schwede, hat ihn gefoult, und was tut der Schiedsrichter ... es ist unglaublich, Zsolt lässt weiterspielen ...

Kubitzky sieht, wie Brennecke in den Schölerpad einbiegt. Er lässt den Borgward noch bis zur Ecke rollen, fährt dann rechts ran und steigt aus. Er sieht gerade noch das Ende von Brenneckes Wagen in der Toreinfahrt eines Hauses verschwinden. Kubitzkys Herz klopft, denn jetzt sind ihm die fünfzig Mäuse vom alten Heymann so gut wie sicher.

«Wenn ich weiß, an wen Brennecke seine geklauten Sachen verschiebt, dann kann ich dem dicken Hitzbleck mal was stecken», hat er gesagt und mit dem Fünfziger vor Kubitzkys Nase gewedelt.

Kubitzky hat den dicken Hitzbleck gleich am zweiten Tag kennen gelernt. Als der Schupo so mir nichts dir nichts auf Heymanns Platz gelatscht kam, dachte Kubitzky zuerst, er sei wegen ihm da. Aber dann war Hitzbleck in Heymanns Schuppen verschwunden, an dessen Tür pompös «E. Heymann – Altwarenverwertung» stand.

«Polizist ist gutter Freund von Chef!» Der Italiener hatte wohl Kubitzkys zittrige Hand gesehen. Zwei Stunden später war der Bulle mit einiger Schlagseite wieder aus dem Büro herausgekommen, und seitdem wunderte es Kubitzky nicht mehr, dass Heymann die Kloschüsseln und Waschbecken, an denen noch der frische Mörtel klebte, einfach hinter dem Altpapierschuppen rumstehen ließ.

. . . eins zu null für Deutschland! Das ist ein schwerer Schock für die schwedische Elf, jetzt haben Herbergers Mannen endlich Oberwasser bekommen. Aber die Schweden stecken nicht auf, sie spielen einen harten, einen sehr harten Fußball, und Schiedsrichter Zsolt scheint mit seinen Augen immer gerade woanders zu sein . . . Liedholm hat Hand gespielt, alle warten auf den Pfiff des Unparteiischen. Da nutzt der schwedische Stürmer die Chance, gibt eine Vorlage zu Simonsson, der weiter zu Skoglung, der ist allein im deutschen Strafraum und Tor . . . eins zu eins, es steht eins zu eins . . .

Gegenüber der Toreinfahrt ist ein Kiosk. Ein Rentner lehnt neben dem Fenster. In der Bude läuft das Radio. Seine Bierflasche hat der Rentner auf das Brett neben das Glas mit den Bratheringen gestellt.

Kubitzky schlendert heran und wirft einen Blick in die Toreinfahrt. Er sieht in einen Hinterhof mit Karnickelställen und einem Werkstattanbau. Brennecke hat seinem Gaul den Hafersack umgehängt und steht mit einem großen rothaarigen Burschen neben seinem Wagen.

. . . hat man selten auf einem Fußballfeld gesehn. Von «Kriegsfußball» haben die schwedischen Zeitungen gestern geschrieben und damit die siegreiche deutsche Mannschaft gemeint, die gegen Argentinien und gegen Jugoslawien gewonnen hat. Man fragt sich, welche Ressentiments hier noch mit im Spiel sind, welche Rechnung . . .

Kubitzky nickt dem Rentner zu und geht erst mal hinter die Bude, um da hinzupinkeln, wo andere auch schon hingepinkelt haben.

Als er wieder nach vorn kommt, hängt eine fette Frau im Kioskfenster.

«Bier?»

«Stauder!»

Sie verschwindet, Kubitzky hört Bierkästen rappeln. Der Rentner nimmt einen langen Schluck von seinem Export. Kubitzky leckt sich die Lippen. Ein kühles Bier ist genau das, was er jetzt braucht.

Die Frau knallt ihm eine Flasche Stauder hin und kassiert. Kubitzky knackt den Bügelverschluss und setzt an. Das Bier ist lauwarm.

. . . mit eins zu eins in die Halbzeit. Und da sind sie wieder, die schwedischen Einpeitscher mit ihren Fahnen und den Megafonen und ihrem ‹heja, heja›, mit dem sie das Publikum aufstacheln zu diesem überzogenen Fanatismus, bei dem nicht mehr die Freude am Spiel der elf Freunde zählt, sondern Dinge, die ich hier nicht beim Namen zu nennen wage . . .

Kubitzky hat sich so gestellt, dass er den Hof im Auge behalten kann. Brennecke räumt die Wellbleche vom Wagen. Der Rothaarige hat die Tür zur Werkstatt aufgemacht.

«Verbrecher!»

Kubitzky fährt herum.

«Die Schweden!» Der Rentner hebt seine Flasche. «Alles Verbrecher.»

«Das kannste laut sagen!» Kubitzky schlägt sein Stauder gegen das Export. «Prost!»

«Der Schiri auch!», sagt der Mann. Er trägt ein groß kariertes Hemd und eine Schiebermütze.

Drüben laden Brennecke und der Rothaarige Rohre vom Hänger. Lange, rotgolden schimmernde Heizungsrohre aus

Kupfer, die Kubitzky schon einmal gesehen hat: nämlich gestern, als Brennecke sie in der Dämmerung von einer Baustelle an der Frohnhauser Straße geholt hat. Ein kräftiger Bursche hat sie ihm durch den Zaun geschoben und hinterher dafür kassiert.

Neben der Toreinfahrt ist ein Schild an der Hauswand. Anton Erichsen – Installationen.

«Ist er das?», fragt Kubitzky. «Der Rothaarige? Der Installateur?»

Der Rentner nickt und klopft mit der leeren Bierflasche gegen das Kioskfenster. Die fette Frau lehnt sich heraus.

«Gib mal noch 'n Export!»

«Geht auf meine Rechnung!», sagt Kubitzky. «Stauder für mich. Aber kalt.»

«Und lauf mal rüber zu uns und sach dem Manni Bescheid, dass er kommen soll!», meint der Rentner noch. «Zweite Halbzeit fängt gleich an.»

Die Frau knallt ein Export und ein Stauder auf das Brett. Kubitzky bezahlt, sie knacken die Flaschen und stoßen an. Kubitzkys Bier ist lauwarm.

«Geht doch nichts übern kühles Bier!», grinst der Rentner und wischt seine Flasche ab.

... dem Seitenwechsel steht die deutsche Elf vor einer unmenschlichen Aufgabe. Unglaublich, wie hart die schwedische Mannschaft spielt. Kurre Hamrin, der Stürmer, ist jetzt mit Horst Juskowiak aneinander geraten ... Hamrin stürzt und trifft Juskowiak voll in den Schenkel; da, Juskowiak gehen die Nerven durch, Juskowiak tritt nach Hamrin, das ist verständlich. Hamrin lässt sich fallen, wälzt sich auf dem Rasen, eine schauspielerische Leistung. Der Schiedsrichter greift ein ... Platzverweis, das ist ein Platzverweis, es ist unfassbar, Juskowiak muss das Spielfeld verlassen ...

Kubitzky und der Rentner trinken und hören zu. Der deutsche Sturm rennt gegen die schwedische Verteidigung. Drüben lädt der Rothaarige die Rohre ab. Brennecke steht daneben.

«Dass die beiden jetzt noch was zu verladen haben!»

«Kommt öfter vor!», sagt der Rentner.

«Nach Feierabend?»

«Was ich sach!» Der Rentner hebt die Flasche. «Prost.»

Kubitzky überlegt.

«Ob der wohl 'ne Hilfe braucht?», fragt er dann.

«Wozu?»

«Abladen. Rohre legen.»

«Installateur?»

Kubitzky hebt die Schultern.

Die fette Frau kommt zurückgewatschelt. Ein kräftiger, untersetzter Bursche ist bei ihr, im Unterhemd und mit einer Tätowierung auf dem Bizeps.

«Das ist Manni!», meint der Alte. «Mein Sohn.»

«Tach!», sagt Manni. Und: «Gib mal 'n Bier, Lisbett!»

... zehn Mannen, mit nur zehn Spielern stehen Fritz Walters Getreue in einem aussichtslosen Kampf gegen die schwedische Übermacht. Fritz Walter steht jetzt in einem harten Duell mit Schwedens linkem Läufer Parling. Walter wird gefoult, er liegt am Boden und er scheint Schmerzen zu haben ... Fritz Walter wird vom Platz getragen ...

Kubitzky flucht und Manni und der Alte nicken. Kubitzky stellt Lisbett seine Flasche hin. «Drei Export!»

«Die Firma dankt», sagt Manni.

Lisbett stellt die Flaschen hin.

«Prost!» Das Export ist genauso warm wie vorher das Stauder. Kubitzky schüttelt sich.

«Er hier will bei Erichsen anfangen!», sagt der Alte zu seinem Sohn. Und zu Kubitzky: «Der Manni ist nämlich bei dem Erichsen.»

Kubitzky verschluckt sich fast. «Ach nee?»

Manni nickt.

«Kauft der seine Rohre immer beim Klüngelskerl?»

Manni grinst. «Brennecke macht gute Preise.»

Jetz bloß nicht zu schnell!, denkt Kubitzky. Er nimmt erst mal einen Schluck Bier.

«Wenn du arbeiten willst, kann ich mit dem Chef reden!», meint Manni auf einmal. «Ich glaub, er braucht grade jemand für die Baustelle.»

«Auf welcher Baustelle seid ihr denn gerade?»

«Frohnhauser Straße. Die Wohnblocks.»

Volltreffer. Kubitzky würde am liebsten sofort zu Heymann auf den Platz fahren und seinen Fünfziger kassieren.

«Noch drei Export, Lisbett!», verlangt er stattdessen. Kleiner Vorschuss auf den Erfolg.

. . . keine Chance mehr für Szymaniak, der sich Gunnar Gren noch entgegengeworfen hat. Gren schießt und Herkenrath hechtet nach dem Ball . . . doch nein . . . nein . . . es steht 2:1 für Schweden und wenn . . .

Kubitzky fragt sich langsam, was da nicht stimmt, dass sein Bier immer lauwarm ist, während Manni und der Alte herrlich feucht schimmernde Flaschen in den Händen halten.

«Bringt dieser Brennecke auch noch was anderes als Rohre?», will er wissen.

Manni rülpst. «Von dem kannste alles kriegen, was du willst. Rohre, Stahlträger, Gold . . .»

«Gold?»

«Wenn ich's doch sage.»

«Der war im Osten!», mischt der Alte sich ein. «Im Krieg, verstehst du? Schwarze Uniform . . .»

23

Kubitzky ist von dem warmen Bier schon etwas flau.

«Von dem Brennecke könnt ich dir Sachen erzählen!», prahlt Manni.

«Erzähl!» Kubitzky sagt es, ohne nachzudenken.

Manni grinst und zieht sein Augenlid mit dem Zeigefinger runter. «Ich sach nur: Holzauge . . .»

. . . da kommt Kurre Hamrin über den linken Flügel, er gibt ab und läuft weiter durch . . . Wo ist Szymaniak . . . da hat Hamrin den Ball wieder zugespielt bekommen und . . . Tor . . . das war unhaltbar . . .

Der Alte schüttelt den Kopf und spuckt verächtlich aus.

«Herkenrath, die Flasche!», keift Manni.

Sie haben neues Bier und Kubitzky kann sich nicht mehr erinnern, wer die Runde bezahlt hat. Angenehm kühl ist das Export. Er trinkt die Flasche auf ex, und als er sie absetzt, sieht er, wie Brennecke drüben den Wagen rückwärts aus der Einfahrt rausbugsiert.

Zufrieden rülpst Kubitzky und verzieht sich hinter die Bude, um noch schnell das Bier loszuwerden, ehe er wieder hinter Brennecke herfährt.

. . . sind hier die letzten Minuten angebrochen, und es gibt keine Chance mehr vor diesem fanatisierten Publikum . . .

Er pisst gerade erleichtert, als ihn von hinten was ins Kreuz trifft. Kubitzky bleibt die Luft weg, die Beine knicken ein, aber er fällt nicht, weil ihn ein paar Arme auffangen. Dann sieht er Manni. Manni haut zu, ohne was zu sagen, seine Kiefer mahlen, als er rechts links rechts Kubitzky das Bier aus dem Leib schlägt. Der Alte hält Kubitzky aufrecht und kichert bescheuert. Kubitzky wird schwindelig, und dann ist ihm schwarz vor Augen, in seinen Ohren ist Watte. Der

Alte lässt ihn los, Kubitzky knallt samtweich auf den Boden, und dann schießt ihm der Schmerz in die Rippen, als Manni zutritt.

Kubitzky würgt, er versucht hochzukommen, aber die beiden treten ihm die Arme weg. Er liegt auf dem Rücken und sieht durch einen roten Schleier, wie Manni sich die Faust massiert. Dann kommt jemand um die Ecke, Kubitzky braucht einen Moment, bis er Brennecke erkennt, der seine speckige Geldbörse herauszieht und Manni und dem Alten jedem einen Heiermann in die Hand drückt. Die beiden verziehen sich und Brennecke beugt sich zu Kubitzky herunter.

. . . tapfer waren sie, unsere Deutschen, tapfer und ehrlich, doch wehrlos einem Gegner ausgeliefert . . .

«Hör zu!», sagt Brennecke. «Du bist jetzt der Dritte, den Heymann mit seiner Isabella hinter mir herschickt. Entweder du hältst die Schnauze, oder ich schick dir den Manni noch mal vorbei. Und dann geht's zur Sache, klar?»

Kubitzky will etwas sagen, aber er kann die Lippen nicht bewegen. Brennecke fummelt an ihm herum und zieht ihm seine Brieftasche aus der Hose. «Kubitzky, Fritz, so so!», meint er, nachdem er den Entlassungsschein gefunden hat. Er gibt ihm eine Ohrfeige. «Wir verstehn uns, ja?»

Kubitzky kann nur noch nicken und ist froh, dass Brennecke endlich aufsteht und verschwindet.

. . . Deutschland verliert, Deutschland hat verloren. Das Spiel ist aus.

Sport ist Mord

Burkhard Ziebolz

Schweißperlen.

Kleine, eklige Schweißperlen zwischen den feinen blonden Resthaaren auf der beginnenden Stirnglatze.

Von schräg oben gesehen sieht Günther noch abstoßender aus als gewöhnlich; dass er im Moment stark schwitzt, macht die Sache auch nicht besser. Sein Gesicht verzerrt sich in höchster Anspannung, die Augen verschwinden in schmalen Schlitzen und sind fast nicht mehr zu sehen, die Lippen öffnen sich und bilden einen fast viereckigen Rahmen um die aufeinander gepressten Zahnreihen.

Die Hantel erreicht ihren höchsten Punkt, dann wird sie zurück auf die Ablage geworfen. Schwiers deutet eine Hilfebewegung an, aber der andere ist schon aufgesprungen.

«Nicht schlecht, was?»

Seit Tagen hat er von nichts anderem gesprochen als von dem Versuch, den Studiorekord im Bankdrücken zu brechen. Dass er es jetzt versucht, wo keiner der anderen Sportler mehr da ist und ihm zusehen kann, spricht für eine gewisse Unsicherheit.

Er legt zusätzliches Gewicht auf. Der entscheidende Versuch steht kurz bevor; wie immer beugt er sich erst mal über die Hantelstange und wischt sie sorgfältig mit einem Lappen ab, über die ganze Länge.

Er lacht selbstgefällig.

«Siehst du, mein Junge, wenn man will, kann man alles

schaffen. Ob beim Sport oder im Geschäft, es ist überall das Gleiche.»

Schwiers antwortet nicht. Er hasst es, wenn Hartinger ihn «mein Junge» nennt.

Günther Hartinger ist der Besitzer des Sportstudios, Thomas Schwiers sein Teilhaber. Hartinger hält siebzig Prozent des Kapitals; siebzig Prozent, die Schwiers seit drei Jahren im Weg stehen. Der Laden hätte eine Goldgrube sein können, aber Hartinger verhindert das aus reiner Dummheit. Er ist zufrieden mit dem Gewinn, und er hat alle Geschäftsideen seines Partners niedergemacht, Stück für Stück.

Schwiers' Frustration wurde bald zu blankem Hass. Er kultivierte ihn im Verborgenen, zeigte nie, dass ihm in Gegenwart seines Partners die Kehle eng und der Magen klein wurde.

Und irgendwann war der Gedanke da. Wenn Günther tot wäre, wäre alles gut.

Hartingers Hände suchen den optimalen Griff an der matt glänzenden Stange, dann hat er ihn gefunden. Er atmet tief, füllt die Lungen bis zum Bersten wie ein Taucher und konzentriert sich auf die 280 Kilo über seinem Gesicht. Sein Partner tritt als Hilfestellung hinter das Kopfende der Hantelbank. Es sollte wie ein Unfall aussehen; Schwiers überlegte lange. Als Günther anfing, von seinem Rekordversuch zu reden, hatte er die Idee.

Hartingers Körper verkrampft sich (wie im Todeskampf, denkt der andere in stiller Vorfreude). Er stemmt das Gewicht von der Auflage und lässt es vorsichtig auf die Brust herunter. Augenblicklich verfärbt sich sein Teint ins Purpurne, eine dicke Ader tritt an seiner Schläfe hervor, und ein schweres Stöhnen entringt sich ihm. Langsam, unaufhaltsam steigt die schwere Last in die Höhe, und Triumph zeichnet sich unter der Maske der Anstrengung in seinem Gesicht ab.

Wenn man von oben mit der Hand auf eine Hantel

drückt, kann man deren Gewicht ganz leicht um zwanzig Kilo erhöhen.

Schwiers sieht zu, wie der andere in fassungslosem Erstaunen die Augen aufreißt; dann liegen sechs Zentner auf seinem Hals. Seine Finger bleiben um die Hantelstange gekrallt, die Beine scheinen sich vom Boden abstoßen zu wollen. Schwiers drückt stärker, mal mit dem rechten, mal mit dem linken Arm.

Bis es vorbei ist.

Er atmet auf. Vorsichtig lässt er die Hantel nach links abgleiten; sie fällt lautlos auf den gedämpften Boden. Er sieht sich um. Niemand ist zu sehen. Die einzig lebende Person, die außer ihm noch im Haus ist, ist der alte Rüger in seiner Pförtnerloge.

Rüger ist ein wichtiger Bestandteil seines Planes; er wird beim Verlassen des Hauses noch einen kleinen Plausch mit ihm halten. Dabei wird er ihm erzählen, dass Günthers Rekordversuch fehlgeschlagen ist. Wenn Rüger dann bei seinem Rundgang den Toten findet, dann wird für ihn klar sein, dass Günther es fatalerweise noch mal versucht hat.

Ist es wirklich so warm im Raum? Schwiers wischt sich den Schweiß ab. Schnell packt er seine Sachen zusammen. Ein Blick auf die Uhr – gerade elf.

Ohne Hast steigt er die Treppe hinauf; das Studio liegt im Tiefgeschoss des Hauses. Gleich wird er in Sichtweite der Pförnerloge sein.

Plötzlich bleibt er wie angewurzelt stehen, prickelnd stellen sich seine Haare auf.

Die Hantelstange.

Jeder weiß, dass Günther vor der Übung seine Hantel abwischt. Wenn die Polizei Schwiers' Fingerabdrücke auch auf der Stange findet, wird sie wissen, dass der Tote bei seinem letzten Versuch nicht allein war.

Verdammt. Schwiers hofft inständig, dass der Pförtner ihn

noch nicht gehört hat. In dem weiten Flur hallt jeder Schritt. Er lauscht nach vorn.

Nichts.

Lautlos schleicht er zurück. Alles ist noch, wie er es verlassen hat, und schnell wischt er die Griffstange ab.

«Schön, dass Sie gleich kommen konnten.»

Oberinspektor Strathmann reicht Schwiers die Hand. Der kleine, dicke Mann mit der runden Nickelbrille hat ihn am Morgen angerufen und ins Studio bestellt.

Schwiers' Blick wandert zur Hantelbank. Die Polizisten haben eine Plane über den Toten gedeckt. Um ihn herum werden die letzten Spuren gesichert. Ein großer, blasser Mann steht neben dem Leichnam und notiert sich etwas in einem Ringbuch. Als er fertig ist, nickt er Strathmann zu. Dieser wendet sich an Schwiers.

«Der Tote war Ihr Partner?»

Schwiers' Betroffenheit ist unzählige Male vor dem Spiegel geübt.

«Ja. Mein Gott, hätte ich gewusst, dass er es noch mal versucht . . .»

Der andere geht nicht darauf ein.

«Sie haben gestern als Letzter mit ihm trainiert?»

«Bis gegen elf. Er wollte den Studiorekord im Bankdrücken brechen, aber leider hat das nicht geklappt.»

«Als Sie gingen, war er auch fertig?»

«Das dachte ich. Aber anscheinend . . .»

Wieder lässt er den Satz unvollendet. Rathmann blickt nachdenklich in Richtung Hantelbank.

«Wollte er bei seinem Rekordversuch keine Zeugen?»

«Ich glaube, er war unsicher, ob er es schaffen würde. Aber wenn er es geschafft hätte, hätte uns das hier jeder geglaubt. Er war kein Angeber.»

Rathmann fährt sich durch die grauen Haare.

«Und sein letzter Versuch? Ist es üblich, so etwas ganz allein zu machen?»

Schwiers kreuzt die Arme über der Brust.

»Nein. Normalerweise hat man eine Hilfestellung. Aber Günther war so ... so übermotiviert. Weiß der Teufel ...»

Der Polizist sieht ihn forschend an, und seinem Gegenüber wird etwas unbehaglich. Er hat kein schlechtes Gewissen, dazu war die Sache zu genau überlegt.

Aber irgendwas brütet der kleine Polizist aus.

Rathmann hat sich jetzt halb umgedreht, betrachtet eines der Plakate, die die Wände des Trainingsraumes zieren. Es zeigt Dehnübungen, in verschiedenen Phasen der Bewegungen. Er nimmt eine der Positionen ein, versucht, mit der Hand über die Schulter tief den Rücken hinunter zu fassen. Schwer atmend gibt er nach ein paar Sekunden auf, verlegen lächelnd. Dann verschwindet das Lächeln wieder.

«Sind Sie eigentlich sicher, dass nach Ihnen niemand mehr bei Hartinger war?»

«Ziemlich. Aber fragen Sie doch einfach den Pförtner. An dem muss jeder vorbei.»

Rathmann dreht sich abrupt um.

«Kommen Sie mal. Ich will Ihnen was zeigen.»

Sie treten vor die Hantelbank. Der Oberinspektor bückt sich und zieht das Laken vom Gesicht des Toten.

Günther starrt immer noch überrascht aus weit aufgerissenen Augen in die Welt. Rathmann dreht sich leicht genervt zu dem langen, blassen Mann um, der ihm vorhin zugenickt hat.

«Warum drückt ihm keiner die Augen zu, wenn Ihr fertig seid?»

Der Lange zuckt gleichgültig mit den Schultern und widmet sich wieder seinen Notizen.

Der Oberinspektor schließt dem Toten die Augen.

«Sie waren der Letzte, der bei ihm war, das hat der Pförtner bestätigt.»

Er hat also schon mit Rüger gesprochen.

«Günther Hartinger ist wahrscheinlich erstickt. Die Hantel hat seinen Hals zerquetscht. Es könnte also ein Unfall gewesen sein.»

Er macht eine kurze Pause. Nervös befeuchtet Schwiers sich die trockenen Lippen mit der Zunge. Worauf will der Mann hinaus?

Dieser spricht ruhig weiter.

«Es war aber keiner. Bei näherer Betrachtung der Leiche ist unserem Doktor hier etwas aufgefallen.»

Das Blut rauscht in Schwiers' Adern. Hat er doch einen Fehler gemacht? Nein, er ist völlig sicher, dass alles nach Plan gelaufen ist.

Der blasse Mann klappt sein Ringbuch zu und sieht ihn an.

«Etwas ist seltsam. Die Hantel lag auf seinem Hals und ist dann nach links abgerutscht und neben die Bank gefallen. Der Hals muss also vorn und an der linken Seite gequetscht sein. Und nun sehen Sie mal.»

Sie bücken sich alle gleichzeitig, und alle sehen die Quetschung rechts an Günthers dickem Hals.

Schwiers Blut tost in seinen Ohren; tausend Gedanken schießen ihm durch den Kopf.

Der Oberinspektor lässt ihn nicht mehr aus den Augen

«Natürlich kann er noch mit dem Gewicht gekämpft haben, als es auf seinem Hals lag, das würde die Druckstelle rechts erklären. Aber trotzdem . . . wir haben sicherheitshalber die Fingerabdrücke von der Hantel genommen. Wissen Sie, was wir gefunden haben?»

Der andere schweigt, deshalb spricht er weiter.

«Nichts. Keine Abdrücke, nicht mal die des Toten. Und deshalb muss ich Sie jetzt festnehmen.»

Schwiers schließt die Augen, ihm wird schwindlig.

Und dann erinnert er sich.

Der hohe Sprung

Celia Fremlin

Ihn wunderte, dass die kleine Küstenstadt nach mehr als vierzig Jahren noch immer genauso roch, wie er es in Erinnerung hatte. Man hätte doch annehmen sollen, nicht wahr, dass nach den vielen Veränderungen des letzten halben Jahrhunderts – vom Dampfross zur Diesellok, von der Eisdiele zum Wimpy-Schnellrestaurant – ganz zu schweigen von den eskalierenden Benzindämpfen des Verkehrs, ja da hätte man doch annehmen sollen, dass der nostalgische Geruch der alten Zeit dahin sein würde.

Doch nein. Er hatte ihn sofort bemerkt, als sie aus dem Bahnhofsgelände traten, und freudig Maisie darauf aufmerksam gemacht.

«Was für ein Geruch?», hatte sie kurz angebunden zurückgefragt, müde und gereizt von der langen Bahnfahrt, und Malcolm hatte dieses Thema lieber fallen lassen. Wenn sie sich nicht an den Geruch erinnerte, dann eben nicht. Beschreiben konnte er ihn ihr mit Sicherheit nicht. Er war unbeschreiblich. Es war nicht nur heißer Straßenteer, heißer Stein und Salzluft, nicht einmal die schwache, alles durchdringende Süße abertausender, den ganzen Sommer über gelutschter Eistüten. Es war noch etwas anderes, Undefinierbares, so aufregend wie der Geruch eines nagelneuen Märchenbuchs, wenn man sieben Jahre alt ist und das Aroma des noch steifen Einbands, der noch nie aufgeblätterten Seiten einatmet, klopfenden Herzens, mit dem Gefühl, eine unbekannte, nie gekostete Herrlichkeit vor sich zu haben.

«. . . und nun sieh dir bloß mal die Warteschlange bei den Taxis an!», beschwerte sich Maisie und wies verärgert in die besagte Richtung. «Bestimmt sind schon fünfzig Leute vor uns! Nun los doch, Malcolm, kannst du dich nicht ausnahmsweise mal ein bisschen beeilen? Wenn du nur ein bisschen schneller gingest, wären wir nicht in jeder Schlange immer die Letzten . . .»

Musste sie so darauf herumhacken? Er hatte sich den zweiten Herzanfall gleich nach Weihnachten schließlich nicht ausgesucht und ebenso wenig, dass seine Genesung diesmal so langsam ging und – jedenfalls bis heute – noch immer nicht abgeschlossen war. Von seinem ersten Herzanfall vor fast zehn Jahren hatte er sich fast im Handumdrehen erholt, nach weniger als sechs Wochen wieder gearbeitet und innerhalb von drei Monaten das ganze Wohnzimmer renoviert, samt Decke und allem.

Allerdings war er damals, wie der Arzt ihm beim letzten Check-up vor Augen hielt, auch erst in den Sechzigern gewesen, und jetzt war er – wie viel – sechsundsiebzig? Nun ja, da haben Sie es. Mit sechsundsiebzig, erklärte ihm der junge Medizinmann munter und kritzelte auf seinen Rezeptblock, kann man ja eigentlich nicht erwarten . . .

So waren denn Maisies Klagen zweifellos nicht aus der Luft gegriffen, wenn auch nicht gerade freundlich. Seine derzeitige Behinderung machte ihn wirklich bei allem langsamer, und das auf unbequeme und oft ärgerliche Weise. Diesmal hatte sie doch sie beide darum gebracht – und das erbitterte Maisie wohl noch immer –, im Zug einen Tee zu bekommen. Wegen Malcolms plötzlich einsetzender Attacke von Atemnot und Schmerzen, als sie sich durch den gesteckt vollen Korridor vorwärts kämpften, hatten sie stehen bleiben und den halben Zug an sich vorbeilassen müssen, bis er sich erholt hatte. Und als sie schließlich im Speisewagen ankamen, gab es nichts mehr. Nicht einmal eine Semmel oder eine Packung Keks.

«Du hättest eben vorausgehen sollen, meine Liebe», hielt er ihr sanft vor, doch sie lachte nur kurz und unangenehm.

«So? Und dich allein herummachen lassen, wie? Und Sachen im Abteil liegen lassen? Weißt du noch, damals in Brüssel, als du einen einzigen Koffer und deinen Regenmantel von der Rezeption zur Abfahrtshalle bringen solltest...»

Er wusste es noch. Wie auch anders, wenn sie sich solche Mühe gab, ihn bei jeder Gelegenheit daran zu erinnern? Trotzdem, es bedeutete nicht, dass er altersschwach wurde, was sie mit ihrem endlosen Wiederkäuen dieser Panne zu unterstellen schien. Einmal im Leben verlegt doch jeder mal einen Koffer, oder?

Gewöhnlich war er, wie Maisie genau wusste, sehr ordentlich in solchen Sachen, ging alles noch mal einzeln durch, machte sich Listen... Lebenslanges Reisen in der ganzen Welt, geschäftlich wie auch privat, hatten ihn zu methodisch gemacht. Selbst das Packen hatte er zu einer Kunst entwickelt, mit einer im Kofferdeckel eingeklebten Liste, samt Notizen, in welcher Reihenfolge die Dinge eingepackt werden sollten: Schuhe, Rasierzeug und andere schwere Gegenstände zuunterst, dann Hosen, Unterhemden, Socken, darüber Hemden, Pullover und – jawohl, angenommen, sie würden schwimmen gehen, der Arzt hatte gemeint, sie würden schwimmen gehen, der Arzt hatte gemeint, das würde ihm nicht schaden, im Gegenteil, ihm sogar vielleicht gut tun – deshalb nahm er diesmal auch Badezeug und Handtuch mit. Alles, das wusste er, war tadellos in Ordnung: Brieftasche, Rückfahrkarte und Kreditkarte in der Brusttasche, Schlüssel, Adressbuch und Reservebrille in der Seitentasche, erst gestern Abend hatte er alles noch einmal durchgesehen und dann noch mal heute Morgen...

«Wohin, Sir?», fragte der Taxichauffeur und langte lässig nach hinten, um die Fahrgasttür zu öffnen, und Malcolm, der schon der Mund auftat, um ihm zu antworten, merkte plötzlich, dass ihm der Name des Hotels total entfallen war. Total. Natürlich nur für ein, zwei Sekunden – gleich würde er ihm wieder einfallen.

«Zum Cliff House Hotel», kam Maisie sofort und selbstgefällig und mit einem ganz kleinen gönnerhaften Blick auf ihn zu Hilfe, nahm ihn ostentativ am Ellbogen und half ihm übertrieben fürsorglich in den Wagen, als sei er ein Invalide.

Was er ja auch war, verdammt und zugenäht!

Verdammt, verdammt, verdammt!

Die Fahrt durch die Straßen des Städtchens dauerte nicht lange. Malcolm, der aus dem Seitenfenster schaute, spürte, wie das Gefühl des Altvertrauten bei ihm zunahm. Fünfundvierzig Jahre! Es war nicht zu fassen! Diese stämmigen Frauen mittleren Alters, die da ihre Kinder vom Strand nach Hause trieben, waren noch nicht einmal geboren gewesen, als er das letzte Mal hier durchgekommen war. Und doch kamen sie ihm so bekannt vor, waren ein so unveränderter Teil der ganzen Szene, er hätte schwören können, es seien nicht einmal ein paar Tage vergangen, seit er sich, blind verliebt, stolpernd zwischen ihnen hindurchgedrängt und jenseits all dieser ältlichen Körper nach der einen Ausschau gehalten hatte, jung und golden das schimmernde Haar zu einem kurzen Pferdeschwanz geschnitten, und von der er bislang nur wusste, dass sie in einem der Strandkioske bediente und Maisie hieß.

Sie kamen durch die Hauptstraße, die jetzt von Supermärkten, Betonblocks mit Büros und Parkuhren gesäumt war ... und doch erschien sie ihm noch vollkommen vertraut. Malcolm lächelte vor sich hin und schüttelte verwundert den Kopf. Alles hatte sich verändert, dachte er erstaunt, und doch eigentlich nichts. Gar nichts!

Und doch hatte sich einiges verändert. Das war binnen 24 Stunden nach ihrem Eintreffen überdeutlich, niederschmetternd deutlich geworden.

Selbstverständlich waren sie beide es, die sich verändert hatten, er und Maisie. Das war nur natürlich, und er hatte es nicht anders erwartet. In seiner Rekonvaleszenz nach der Krankheit letzten Winter, noch unter dem Eindruck der Todesnähe, erfüllt von dem Gefühl, dass die Zeit ihm davonliefe, hatte er Maisie dazu überredet, in diese Reise in die Vergangenheit einzuwilligen, hierher, wo sie etwas miteinander verbracht hatten, was sich im Nachhinein als der glücklichste Sommer ihres Lebens erwies, und selbstverständlich hatte er beim Planen eines derartigen Urlaubs eingerechnet und (wie er meinte) auch akzeptiert, dass sie beide, die einst jung gewesen, nun alt geworden waren. Als es aber dann so weit war, wirkte es wie ein Schock.

Sie waren ja nicht nur älter geworden. Damit lernt man sich einrichten, denn es gehört zu den Gesetzmäßigkeiten des Lebens. Nein, das Kräftegleichgewicht zwischen ihnen hatte sich unmerklich, aber total verschoben. Der Altersunterschied von elf Jahren, der ihm einst im Vollbesitz seiner jungen Männlichkeit so mühelos die Überlegenheit verschafft hatte, eine so leichte, so unbestrittene Dominanz in der Beziehung zu der schüchternen kleinen Verkäuferin, die eben die Schule verlassen hatte, all das hatte sich unbemerkt ins Gegenteil verkehrt. Jetzt war sie die Stärkere, die elf Jahre Jüngere, mit dem Recht, zu behüten und zu beschirmen. Sie war es, die ihm über die glitschigen, algenbewachsenen Felsen half, die ergeben auf halber Höhe der ginsterbewachsenen Hänge auf ihn wartete, bis er sie eingeholt hatte. Sie war es, die die schweren Koffer nahm, sie stieg auf einen Stuhl, um die Schranktür zu reparieren, und sie rief: «Geht's dir auch bestimmt gut?» über die tosende Brandung hinweg, wenn sie sich ins Meer wagten.

Am Ende der ersten Woche war klar, dass etwas noch schlimmer war als diese Veränderungen, nämlich die pure Langeweile. Dass man sich beim Schmoren in der Sonne das Hirn zermarterte, damit einem etwas einfiel, was man einander sagen konnte, das nicht schon längst gesagt war, das Durchforsten der lokalen Angebote nach etwas Neuem, was man tun könnte. Worüber hatten sie vor all den Jahren nur gesprochen?

Und was, wenn sie nicht miteinander im Bett waren, hatten sie überhaupt getan?

Wahrscheinlich hatten diese oder doch so ähnliche Überlegungen Maisie nach wenigen Tagen dazu gebracht, ihr Strickzeug hervorzuholen.

«Was für ein Glück, dass ich es mitgenommen habe», sagte sie jedes Mal, wenn sie es unter dem weiten Sommerhimmel oder am Rande der funkelnd blauen See aus einer Plastiktüte holte. «Dann kann ich wenigstens etwas vorzeigen, wenn wir heimkommen.» In gewisser Beziehung erleichterte das Stricken die Dinge für sie beide, weil Maisie von da an sich kaum noch über den Tagesablauf beschwerte. Es war ihr gleichgültig, wohin sie gingen, was sie taten, welche Ausflüge sie buchten, solange sie, am Zielort angekommen, irgendwo sitzen und an ihrer Strickerei weitermachen konnte.

Zwischen Glockenblumen, zwischen Klatschmohn, zwischen unglaublich schönen, mittelalterlichen Klöstern hockte sie zufrieden und mit fliegenden Fingern über ihrem fürchterlich angewachsenen Gestrick.

«Ach ja, tatsächlich?», fragte sie, wenn Malcolm sie an irgendeine längst vergangene romantische Episode erinnerte oder sie an ihren damaligen ersten Picknickplatz oder den letzten oder irgendetwas dergleichen führte.

«Nein, weißt du, offen gesagt erkenne ich ihn nicht wieder, gar nicht. Es ist ja auch alles schon so lange her . . .»

War sie wirklich so gleichgültig gegenüber dem Glück, das ihnen einmal gemeinsam gewesen war? Bedeutete es ihr nichts, nochmals, zum letzten Mal, die Lieblingsplätze ihrer Jugend aufzusuchen?

Schließlich, als der Urlaub fast zu Ende war, kam Malcolm zu einem Entschluss. Morgen, an ihrem letzten Tag, würde er Maisie zum Toten-Mann-Felsen führen, mitsamt ihrem Strickzeug, und sie *zwingen*, sich zu erinnern.

Der Tote-Mann-Felsen hieß offiziell ganz anders, nur die Einheimischen nannten ihn so. Im Grunde war es auch gar kein Felsen, sondern eine schmale Landzunge, ein aus dem Wasser ragender Granitrücken, der an die dreißig Meter weit hinauslief und an seinem Ende gewölbt war wie der Schnabel eines Raubvogels. Und an der äußersten Spitze dieses sonderbaren Gebildes, wo es fünfzig und noch mehr Fuß senkrecht in die grüne See abfiel, stand seit Menschengedenken eine verwitterte, abgeblätterte Tafel mit der Aufschrift:

Achtung! Tauchen verboten!
Anordnung des Landratsamtes Bezirk Seacliffe

Das Dumme an solchen Schildern ist naturgemäß, dass Leute, die keine Angst haben, aus 50 Fuß Höhe in die rumorende See zu springen, sich auch vor Warnungen des Landratsamtes nicht fürchteten, und so geschah es dann sehr häufig, dass irgendein Heißsporn das Verbot ignorierte und von der gefährlichen Spitze absprang. Manchmal nur aus Draufgängerei, manchmal aus purer Freude am Risiko und im Triumphgefühl vollbrachter Leistung. Wie der grausame kleine Spitzname der Stelle besagt, waren einige dieser Unerschrockenen zu Schaden gekommen, entweder weil gerade Ebbe war oder einfach aus Unkenntnis der Tauchtechnik aus solcher Höhe.

Trifft man im falschen Winkel auf der Wasserfläche auf, kann man sich das Rückgrat brechen oder bewusstlos werden. Hält man den Kopf zu hoch, schießt einem das Wasser mit 60 Stundenkilometer Geschwindigkeit durch die Nase in die Nebenhöhlen und lässt die Trommelfelle platzen.

So mussten dann die jungen Männer, die dieses Wagnis unternahmen, sehr vorsichtig sein, und die meisten waren es zum Glück auch. In dieser kleinen, von der Landzunge und der dahinter liegenden Klippe geschützten sandigen Bucht ließen Malcolm und Maisie sich an diesem letzten Nachmittag ihres Urlaubs häuslich nieder. Genau an dieser Stelle, erinnerte sich Malcolm, der die Küstenkrümmung entlangblickte, hatten sie sich vor all den Jahren niedergelassen, voller Freude über die Einsamkeit und Abgeschiedenheit und darüber, dass sie so schlau gewesen waren, diese Stelle zu entdecken.

Damals hatte Maisie natürlich kein Strickzeug bei sich gehabt, hatte lang ausgestreckt in der Sonne gelegen, nur mit einem Badeanzug bekleidet, und Malcolm erinnerte sich heute noch an ihre schlanken, goldenen Glieder und die zarte Krümmung ihrer Wimpern, als sie wegen der Sonne blinzelnd zu ihm auflächelte.

«Erinnerst du dich», fragte er unvermittelt, «an den Nachmittag, als ich vom Toten-Mann-Felsen gesprungen war?»

Sekundenlang schien es, als habe sie sogar das vergessen. Dann meinte sie achselzuckend: «Ja, stimmt.» Sie lachte kurz. «Damals warst du so ein richtiger Angeber, was?»

Ein Angeber? War er das gewesen? Nun ja, sicher. In einer gesicherten öffentlichen Badeanstalt, wo das oberste

Sprungbrett selten höher als 5 m 50 war, war er ein begeisterter Amateurtaucher, hätte aber nie im Leben gewagt, aus solcher Höhe zu springen, wäre Maisie nicht dabei gewesen, die ihm offenen Mundes, ungläubig staunend und atemlos vor Bewunderung zugesehen hatte. Es war ein wunderschöner Sprung gewesen, er hatte es gewusst, hatte es gefühlt, sogar in den langen Augenblicken, als er durch die Luft glitt, und niemals, so lange er lebte, würde er den Triumph vergessen, mit dem er aufgetaucht, mit weiten, gemächlichen Stößen ans Ufer geschwommen war, mit langen Schritten durch das flache Wasser watend, über und über tropfend und ans Ufer tretend wie ein Gott, in die Arme der Geliebten ...

«Das war richtig dumm damals, du hättest dich umbringen können», sagte Maisie tadelnd. «Ich hätte es nicht zulassen dürfen. Es war töricht, richtig töricht.»

Aber etwas in ihrem Blick strafte die schulmeisterlichen Worte Lügen. Für einen Augenblick überzog etwas wie Staunen ihr pummeliges, ältliches Gesicht und ein, vielleicht zwei Sekunden lang hob sie den Blick von ihrer Strickerei und schaute geradeaus. Nicht auf Malcolm, bewahre, nein, auf einen anderen Malcolm hinter ihm, jung, braun gebrannt, vollkommen, den es schon lange nicht mehr gab.

Die Eifersucht auf dieses längst vergangene junge Selbst, das auch jetzt noch einen solchen Augenblick in das Gesicht einer Frau zaubern konnte, schüttelte Malcolm wie ein Unwetter. Ihm wurde schlecht und schwindlig unter dem Ansturm, und es kostete ihn echte Mühe, normal und ausgeglichen weiterzureden. «Ich gehe jetzt und probier den Sprung noch mal», sagte er und sah sie an.

«Ja, tu das», erwiderte sie, wickelte den Wollfaden zweimal um die Nadel und zog sie durch die Masche. Malcolm musste es noch einmal sagen, lauter.

«Ich geh jetzt und tauch noch mal vom Toten-Mann-Felsen», sagte er. «Jetzt gleich. Pass nur auf.»

Sie lachte. Freilich, wer hätte das nicht getan. Die bloße Vorstellung, ein Mann seines Alters mit einem Herzleiden könne . . . «So was darfst du nicht sagen, Liebling», sagte sie, aber nicht unfreundlich, denn der Nachmittag war mild und angenehm. «Die Leute halten dich sonst noch für *gaga*. Warum machst du nicht ein nettes Nickerchen, bis wir heimgehen, oder siehst mal in die Zeitung oder so?»

Noch ehe er am Fuß der Klippe angekommen war, pochte sein Herz beunruhigend, und er hatte das ungute Gefühl, er würde den steilen, gewundenen Weg zur Spitze hinauf niemals schaffen, ja nicht einmal bis ans Ende der Landzunge kommen, geschweige denn von dort ins Meer springen. Er setzte sich ein paar Minuten unterhalb des Felsens, um wieder Luft zu bekommen und seine Ideen zu ordnen. Bald ließ das Hämmern seines Herzens nach und er konnte sich auf den Weg nach oben machen.

Zu seiner Überraschung schien sein Herz den Anstieg gut zu verkraften. Gewiss, er machte unterwegs sehr oft eine Pause, doch nur aus Vorsicht und kein einziges Mal, weil ihn das schrecklich pressende, kolikartige Gefühl hinter den Rippen zum Stillstehen zwang. Er hatte das Empfinden, es gehe ihm schon besser. Der Urlaub musste ihm trotz allem gut getan haben.

Einige Meter unterhalb des Gipfels gönnte er sich vorsichtshalber noch eine letzte kurze Atempause im Angesicht eines blendenden Meeres- und Himmelspanoramas. Er blieb ein Weilchen sitzen, lehnte sich an einen sonnenwarmen Felsblock und genoss die Wärme auf der Haut. Dann stand er auf und machte sich an das letzte Stückchen des Aufstiegs.

Erst als er die Höhe erreicht hatte und barfuß, nur in der Badehose, über die buschig bewachsene, steinige Felszunge wanderte, traf ihn die Realität seines Vorhabens mit aller Gewalt, und einen Augenblick lang blieb er in übergroßem Entsetzen regungslos stehen. Er würde sterben. Daran führte kein Wort vorbei. Er war unterwegs zu seinem Tode. Unmöglich konnte sein sechsundsiebzigjähriger, von zwei Herzanfällen geschwächter Körper die geplante Zerreißprobe bestehen, niemals.

Und es war ja nicht nur sein Herz – wie sollten seine schlaffen Muskeln dem standhalten, was er ihnen abfordern würde, dem Befehl an seinen alten, schlappen Körper gehorchen, sich zu strecken und zu straffen, wie der Körper des Tauchers es muss, während er dem Wasser zustürzt, damit er nicht als verkrampfte Masse die Wasseroberfläche durchstößt, den Atem ausgedroschen und jeder Knochen im Leibe gebrochen?

Es war hoffnungslos, hoffnungslos.

Wie konnte er bloß annehmen, auch nur den Absprung zu schaffen ohne die frühere Elastizität der Fußgelenke, vermutlich sogar unfähig, sich auf die Zehen zu stellen. Auch seine Reaktionsfähigkeit war dahin, hatte sich um vier Jahrzehnte verlangsamt. Unweigerlich würde er das Timing für den Absprung verpatzen, ebenso wie für das Eintauchen ins Wasser – alles.

Ich muss wahnsinnig sein, dachte er. Wahnsinnig. Und ging weiter. Hier oben, außerhalb des Schutzes der Klippen, war der Wind eisig kalt, peitschte messerscharf gegen seinen mageren, alten Körper und riss ihn fast um. Unten, in der sonnigen, geschützten Bucht hätte man nie erwartet, dass überhaupt ein Wind ging. In ebendiesem Augenblick hatte Maisie davon keine Ahnung. Von dort, wo sie saß, musste er bald ganz zu sehen sein, als Umriss gegen den Himmel.

Er fröstelte, schlang die braunen, mageren Arme um den Körper und überlegte, ob er nicht aufgeben sollte.

Umkehren, auf dem gleichen Weg, den er gekommen war,

zurückschleichen und wieder in seine wärmenden Sachen schlüpfen, die ihn sauber aufgeschichtet oben auf dem Klippenweg erwarteten.

«Ich hab mir gedacht, ich mach mal einen kleinen Gang», würde er zu Maisie sagen, um seine Abwesenheit zu erklären, und sie würde ihm das abnehmen, vielleicht nicht klaglos, aber sicherlich ohne Frage. Es gab ja auch nichts zu fragen. Keine Sekunde hatte sie seine verwegene Prahlerei für etwas anderes gehalten als müßiges Geschwätz.

Es war keine Schande, jetzt umzukehren. Das heißt, keine Schande außer für ihn selbst, weil nie jemand davon erfahren würde.

Es war von Anfang an eine verrückte Idee gewesen. Und zu allem Übrigen würde er sich noch zu Tode erkälten. Da er aber nun schon so weit war, wäre es schade, nicht bis zur äußersten Spitze zu gehen, auf dem Absturz der Felszunge zu stehen und hinunterzuschauen. Nur hinunterschauen konnte ja nichts schaden. Und noch ein letztes Mal die Augenblicke der Angst, der Ekstase, des intensiven Lebensgefühls zu durchleben, wie er sie nie vorher und nie nachher kennen gelernt hatte.

Alles war noch genau wie damals. Der eisige Wind, die grauenhafte Entfernung des grünen kabbeligen Wassers weit, weit unten, das gleiche unkontrollierbare Schaudern der Haut beim bloßen Anblick einer so jähen Tiefe, das gleiche zwanghafte Absuchen des Ufers mit dem Blick, um ganz sicherzugehen, dass Maisie auch noch da war ...

Ja, sie war noch da, genau wie er sie verlassen hatte, und sie schaute in seine Richtung. Ohne Brille, die er natürlich beim Kleiderhäufchen gelassen hatte, konnte er weder ihren Gesichtsausdruck noch auch nur die Haltung ihrer Schultern erkennen, wusste aber nur zu gut, wie sehr beides Verachtung ausdrückte. Da ist doch der alte Esel tatsächlich dort hinauf! Schwelgt in Gefühlsduselei und Nostalgie, hätte ich mir denken können. Lebt mal wieder in der Vergangenheit, träumt unsinnige Altmännerträume von einer Zeit, in der er wirklich tauchen konnte ...

Ich werde es ihr zeigen!, dachte er. Und wenn es das Letzte ist, was ich tue, bei Gott, ich werde es ihr zeigen!

«Schau, Maisie, schau!», schrie er in den Wind über die wogende See, stellte sich auf die Zehen – o ja, es ging noch – und sprang.

Merkwürdig, wie die alten Fähigkeiten zurückkehrten, und zwar sekundenschnell, ohne tastende Unsicherheit. Es war, als hätten sie all die Jahre geduldig gewartet, tief in seinem Inneren, stumpfsinnige, endlose Jahrzehnte hindurch auf ebendiese Gelegenheit gewartet. Noch während seine Füße die Felskante verließen, fühlte er jeden Muskel, jeden Nerv in altgewohnter Weise in Aktion treten, wie das alte Schlachtross beim Klang der Trompete. Sie übernahmen die Herrschaft über seinen Körper, wie früher auch, und bolzengerade, straff und fehlerlos sauste er hinab zum Meer.

Schon in den zwei flüchtigen Sekunden des Abwärtsschwebens wusste er, dass er einen makellosen Kopfsprung vollführte. Den Kopf tief zwischen den ausgestreckten Armen, wie es der Kopf eines Turmspringers sein muss, die Augen vorschriftsmäßig geschlossen, sodass er das grüne, schwellende Wasser nicht auf sich zustürzen sah, war das Timing seines Eintauchens trotzdem wieder fehlerlos. Wie ein Pfeil durchschlug er die Wasseroberfläche, und es gab kaum einen Platsch, nur einen sich riesig erweiternden Ring kleiner Wellchen, während sein Körper den langen, graziösen Bogen beschrieb, der ihn Sekunden später einige Meter weiter unbeschadet auftauchen ließ.

Er konnte kaum fassen, dass er noch lebte. Atemlos, ja, aber wer wäre das nicht? Aber es war eine herrliche Atemlosigkeit – ganz und gar großartig anders als die widerwärtige öde Atemlosigkeit, die ihn neulich im Zugkorridor überfallen hatte! Es war die Atemlosigkeit des Odysseus, als das Meer ihn nach zwei Tagen und Nächten Schwimmens ans Ufer der Phäaken schleuderte, die Atemlosigkeit des Hektor, als sich der Kampf nach einem langen Tag auf die Mauern Trojas zuwälzte ...

Noch einmal schwamm er mit langen, langsamen Zügen triumphierend durch das blaue Wasser ans Ufer. So wohl, so körperlich vollkommen hatte er sich seit Jahren nicht gefühlt. Seit vielen, vielen Jahren nicht mehr.

Wieder stelzte er mit großen Schritten durchs flache Wasser, versprühte helle Tropfen ringsum, wieder trat er ans Ufer wie ein Gott – aber diesmal nicht in die Arme der Geliebten. Ja, er musste sogar bis zum Strand hinaufgehen zu dem Platz, an dem sie saß.

«Hast du's gesehen? Hast du mich gesehen? Was sagst du jetzt?», rief er beim Näherkommen, und nun hob sie endlich die Augen von ihrem Strickmuster. Sie hatte am Kragen Maschen abnehmen müssen, eine schwierige Sache, wie jeder weiß, der stricken kann, und etwas, worauf man sich voll und ganz konzentrieren muss.

«Was gesehen?», fragte sie.

Der Läufer im Würfel

Michael Illner

I

Eine Fliege in einem Bernsteinsarg. Es fiel ihm schwer, es sich einzugestehen, aber viel mehr war er nicht. Der Würfel, der ihn einschloss, bestand aus unzerbrechlichem, bräunlich getöntem Glas, Kantenlänge: zehn Meter. Er enthielt hoch konzentrierten Sauerstoff, der während des Wettkampfes allmählich erneuert werden würde.

Der Mann, der im Zentrum dieses Würfels wartete und sich wie eine Fliege in einem Bernsteinsarg fühlte, hieß Barmfeld. Sein Beruf war Marathonläufer. Er lief für die CITY BANK. Zweimal hatte er den Titel gewonnen, aber seitdem waren vier Jahre vergangen. Niemand glaubte mehr an einen weiteren Sieg. Zehn Minuten vor dem Start standen alle Wetten gegen ihn.

Auf der elektronischen Leinwand, die an der Frontwand der Halle angebracht worden war, eröffnete der Bürgermeister die II. Spiele im Cyberspace. In seinem silbernen Smoking wirkte er wie ein Zauberer, der jederzeit ein Kaninchen aus dem Zylinder holen kann. «Sport ist die Freiheit zum Irrationalen», sagte der Bürgermeister, «die Freiheit zur Vernichtung der eigenen Physis als höchster Ausdruck einer selbst bestimmten, demokratischen Kultur ...» Böllerschüsse. Hunderttausend weiße Tauben stiegen über dem menschenleeren Olympiastadion auf. Eine Zeit lang verfolgten die Kameras ihren Flug. Nicht lange genug, um festzuhalten, wie die Vögel ins Taumeln gerieten und abstürzten. Wie sie zu Tausenden auf die unbesetzten Zuschauerbänke klatschten. Wie sie mit ihrem Blut die Skulpturen auf dem Maifeld besudelten. Im vergifteten Himmel über der Stadt konnte kein Vogel länger als eine Minute überleben. Die Organisatoren wussten das, und später würden Müllmänner die Kadaver in schwarze Plastiksäcke sammeln.

DREISSIG SEKUNDEN WERBUNG.

Seit Veranstaltungen im Freien nicht mehr möglich waren, hatten Wettkämpfe im Cyberspace Hochkonjunktur. Jedes Schulkind wusste inzwischen, wie das funktionierte. Synthetische Räume, dargestellt auf elektronischen Leinwänden, erzeugten die Illusion perfekter Sportkulissen. Wo sich die Natur dem Menschen verweigerte, entstand naturidentischer Raum. Die Athleten schleuderten ihre Speere in das künstliche Blau über künstlichen Stadien. Segler steuerten ihre Boote durch computergenerierte Windkanäle. Auch der Marathon fand im Cyberspace statt. Nie wieder würden erschöpfte Läufer einen Smogkollaps erleiden. CYBOLYMPIA – die Spiele im Cyberspace revolutionierten das Abenteuer Sport.

Das Laufband befand sich im Zentrum des Würfels. Es war zwei Meter breit und zehn Meter lang. Wenn Barmfeld lief, passte es sich ohne Verzögerung seiner Schrittfrequenz an. Er konnte das Tempo des Bandes durch seine Laufgeschwindigkeit diktieren. Der Würfel war von Fernsehkameras umstellt, die seine Bewegungen aus sechs verschiedenen Positionen beobachteten. Alle Kameras liefen über den Zentralcomputer, der das Bild des Läufers in die synthetische Laufstrecke projizierte – eine Mittelmeerlandschaft oder eine Ebene auf Island, je nachdem, was sich die Kursdesigner einfallen ließen. Die elektronischen Abbilder der Läufer traten in einem scheinbar realen Raum gegeneinander an. Ihr Bild war aus jeder Perspektive abrufbar. Der Fernsehzuschauer hörte das Keuchen der Athleten. Er sah ihren Schweiß fliegen, wenn sie ihr nasses Haar aus der Stirn warfen. Es war fast wie ein richtiger Lauf. So wie man ihn von früher her kannte.

Barmfeld betrat das Laufband. Er versuchte, die Fernsehkameras zu ignorieren, die sich an seinem Gesicht, an seinem Brustkorb und seinen Oberschenkeln festsetzten wie die Saugnäpfe von Polypen. Er stöpselte sich die Kopfhörer in die Ohren und setzte die 3D-Maske auf, die ihm die Ansicht des Kurses lieferte. Er würde den Läufer vor sich und neben sich sehen können, Athleten, die in Kanada, Indien oder Russland in ähnlichen Glaskästen wie er selbst standen. Erstklassige Läufer, die darauf brannten, sich via Satellit mit ihm zu messen. Er hatte immer noch einen großen Namen, er war eine Legende. Es bedeutete eine Ehre, ihn zu schlagen.

Barmfeld rückte die Maske zurecht. An den Schläfen saß der Riemen ein wenig zu fest. Ein kurzes bläuliches Flackern, dann sah er die Strecke vor sich. Die Kursdesigner hatten sich alle Mühe gegeben: Die Route war ein fiktives Abbild der ersten Marathonstrecke – einer Strandebene bei Athen. Darüber ein wolkenloser, lichtdurchfluteter Himmel voller Blau. Ein Blau, das so gleißend war, dass es sich wie zwei Daumen in die Augen drückte. Barmfeld war einen Augenblick lang völlig benommen.

Er kniff die Lider zusammen, öffnete sie wieder und sah, wie Brian Vonnegut neben ihn trat. Vonnegut kämpfte für KODAK. Sie kannten sich seit über zehn Jahren.

«Hi, Brian», sagte Barmfeld.

«Hi», grüßte der Kanadier zurück.

«Fit?», fragte Barmfeld.

«Ich werde fliegen. Muss aufpassen, dass ich nich gegen die Glaswand renne.» Vonnegut bückte sich, um seine Schuhe fester zu schnüren.

Ein drahtiger Pole, der für IBM lief, hüpfte ins Bild und knetete sich hingebungsvoll die Wadenmuskeln. Die HITACHI- und AmEx-Läufer kamen hinzu, allmählich formierte sich das Starterfeld.

Es gab eine Übertragungsstörung in Australien, und der australische Läufer, der für ADIDAS kämpfte, zerschmolz wie eine Geistererscheinung nach dem ersten Hahnenschrei. Gespenstisch, dachte Barmfeld. Im linken unteren Bildviertel sah er eine rote Vier blinken – was bedeutete, dass ihm das Fernsehpublikum einen Sympathiebonus von vier Punkten gewährte. Zehn Punkte waren maximal möglich. Die Werte wurden über TED ermittelt und alle zehn Sekunden aktualisiert. Barmfeld nahm die Maske noch einmal ab, um den Riemen zu lockern.

2

«Haben Sie das gesehen?», fragte Knauthe, nachdem der Australier verschwunden war. «Eine Leitung bricht zusammen und schon gibt es ihn nicht mehr. Ein paar Funken in allen Farben des Regenbogens, ein bisschen elektronisches Konfetti – das war's.»

Er klatschte hingerissen in die hageren Hände.

«Ganz hübsch», antwortete Schlesinger, Supervisor der CITY BANK. Er schien nicht völlig überzeugt – die Falten auf seiner Stirn signalisierten Sorge.

Knauthe wollte es nicht bemerken. Er war bemüht, seine Begeisterung auf den Chef zu übertragen.

«Genau so lassen wir Barmfeld abgehen. Es wird einen Kurzschluss geben, irgendeinen perfekt arrangierten Defekt, und Barmfeld wird sich einfach in Luft auflösen – wie der Geist von Hamlets Vater.»

«Und es wird keinen Beweis geben?»

«Absolut nicht!», ereiferte sich Knauthe. «Eine Panne. Technisches Versagen. Höhere Gewalt. Die Menschen haben gelernt, damit zu leben. Jeden Tag lecken Chemietanks, jeden Tag entgleisen Hochgeschwindigkeitszüge. Und dabei sterben Menschen. Wer will das ändern? Ich meine, wozu haben wir Versicherungen?»

«Wird es keine Zweifel geben? Keine neugierigen Fernsehleute?»

«Wir haben einen Hauselektriker in Bereitschaft, der den Schaden in Augenschein nehmen wird. Er hält eine plausible Erklärung für den Vorfall bereit. Natürlich werde ich mich als Sprecher des Hauses auf seine Erkenntnisse beziehen. Es wird eine hausinterne Untersuchung geben, die mein – unter Vorbehalt – gegebenes Statement bestätigt.»

Schlesingers Kinn legte sich in Falten. Er nickte nachdenklich und wies auf die rote Vier im linken unteren Bildabschnitt der elektronischen Leinwand. «Barmfeld hat die VIER.»

Knauthe tat gelangweilt. «Wenn schon. Manchmal die DREI, manchmal die VIER. Sie wissen, ich weiß, dass es erst ab FÜNF interessant wird. Finanziell meine ich. Aber Barmfeld wird die FÜNF nie wieder erreichen. Er ist eine Belastung für das Unternehmen. Ich meine, wir stecken jedes Jahr zehn bis zwölf Millionen in seine PR-Kampagnen und Trainingsprogramme, und er bringt uns an Prämien und Werbegeldern knapp vier. Er muss weg.»

Schlesinger widersprach nicht. «Wann?»

«Nach dem Zieleinlauf. Die Aufmerksamkeit des Publikums wird sich völlig auf den Sieger konzentrieren. Niemand wird Barmfelds plötzlichen Abgang bemerken. Man wird es für eine Übertragungsstörung halten. Sie wissen doch, wie bei dem Australier ...»

Schlesinger starrte vor sich ins Leere und malte sich das

mysteriöse Erlöschen des Mannes aus, der einmal sein bestes Pferd im Stall gewesen war. «Er läuft in einem künstlichen Raum», murmelte er. «Dann gibt es ein kleines elektronisches *Ooops!*, und er verschwindet . . . in der vierten Dimension.»

«So könnte man es sehen.» Knauthe grinste. «Gesetzt den Fall, man ignoriert ein gewisses verkohltes Etwas auf dem Laufband im gläsernen Würfel.»

Der Supervisor überging die geschmacklose Bemerkung. «Ist das Band mit seinem Nachruf vorbereitet?»

«Es liegt in meinem Safe.»

Schlesinger stand auf und trat an das Fenster seines Büros. Die Skyline Berlins stand der New Yorks oder Hongkongs in nichts nach. Der Himmel war grau, aber auf den Dächern brannten die Laserschriftzüge der Werbeslogans wie Leuchtfeuer an einer düsteren, nebelbelagerten Küste. «Vielleicht bringt Barmfeld ja doch noch mal die FÜNF oder die SECHS», orakelte Schlesinger gegen die Scheibe. Er malte eine kleine Sechs in den matten Kreis, den sein feuchtwarmer Atem auf dem Glas hinterlassen hatte.

«Wie denn das?», zweifelte Knauthe.

«Als Toter», sagte Schlesinger, «als Toter könnte er es schaffen.» Er musste lächeln, als ihm bewusst wurde, wie theatralisch das klang.

3

Barmfeld blickte ein letztes Mal auf sein Spiegelbild in der Glaswand. Er sah eine hagere, hoch aufgeschossene Gestalt, deren Gesicht zu einem leeren Oval verblasst war. Sah die spiegelverkehrte Aufschrift CITY BANK auf seinem Trikot. Er winkte seinem Trainer zu, der neben einer der Kameras stand, und versuchte einen kurzen Sprint. Das Band sprang augenblicklich an, beschleunigte und kam wieder zum Stillstand, als er auslief. Hinterher stand er immer noch auf dem gleichen Fleck. Er setzte die elektronische Maske wieder auf und fand sich unter dem blauen Himmel Kleinasiens wieder.

Ein Knacken in den Ohrhörern. Die Wettkampfleitung kündigte an, man werde nun die Ausgangsszene einblenden. Der Operator, der die technische Einweisung für die Sportler vornahm, hatte eine heisere Stimme wie nach einer durchzechten Nacht. «Ein paar Worte zu unserem heutigen Kurs», begann er. «Ihr Jungs seid professionelle Marathonläufer, manche von euch gelten quasi als Helden, aber machen wir uns nichts vor. Die meisten von euch Burschen kommen aus irgendwelchen Slums und haben natürlich keine Ahnung, was *Marathon* eigentlich bedeutet. Also aufgepasst.» Der Operator machte eine Kunstpause. «Marathon war eine Strandebene im Osten Attikas», erläuterte er. «Die Schlacht bei Marathon fand im Jahr 490 vor Christi Geburt statt. Sie war die erste in einer Triade von Schlachten, in denen die Athener die Perser verhackstückten, es folgten die Siege bei Salamis und Plataiai. Damals gab es noch kein Telefon, also erhielten die Athener die Siegesnachricht von einem Läufer, der die Distanz zwischen dem Schlachtfeld und der Stadt im gestreckten Galopp zurücklegte. Was zur Folge hatte, dass er am Ende tot zusammenbrach. Fast zweieinhalbtausend Jahre später, bei den Spielen in London, gab es noch so einen Fall. Das war 1908, ist also inzwischen über hundert Jahre her. Da ist ein Spagetti namens Dorando ein paar Meter vor dem Ziel zusammengeklappt. Das passiert manchem, aber dieser Dorando stand nicht mehr auf, und damit war für ihn alles gelaufen. Mit isotonischen Drinks wäre das nicht passiert. Ha ... ha ... ha ...» Das heisere Lachen des Operators hing über dem andächtig lauschenden Starterfeld. Der unsichtbare Witzbold räusperte sich und kam zur Sache. «Wir beginnen mit der Darstellung des Endes der Schlacht. Kriegt keinen Schreck wegen all der Leichen und so, aber schließlich müssen wir den Leuten zu Hause was bieten. Der Start erfolgt, wenn ihr die Fanfare hört. Ich meine, es ist nicht eigentlich eine Fanfare, eher eine Art Schalmei. Etwas ungewohnt für unsere Ohren, aber wir haben eben versucht, so authentisch wie möglich zu sein. Also, wenn ihr dieses Ding hört, lauft einfach los ... Und noch was, wir projizieren jetzt eure Bilder in die Ausgangsszene. In ein paar Sekunden beginnen die Fernsehsender mit der Übertragung. Dann sind die Augen der Welt auf euch gerichtet. Also hört jetzt auf, euch an den Eiern zu kratzen ... Hals- und Beinbruch, ihr Pfeifen!»

Der Operator kündigte die Umschaltung an und eine Sekunde darauf fand sich Barmfeld am Rande des Schlachtfeldes von Marathon wieder.

4

«Widerlich», sagte Schlesinger. «War denn das wirklich nötig?»

«Aber Chef», konterte der Pressesprecher, «wissen Sie, was diese Szene für Einschaltquoten bringt? Noch einen Champagner?» Er goss sich selbst einen Schluck Whisky nach. Dann öffnete er seinen aufklappbaren Siegelring, schüttete sich ein viertel Gramm Koks auf seine goldene AmEx und zog es sich rein. «Sie auch?», fragte er seinen Chef.

Schlesinger winkte gereizt ab. Er wollte einen klaren Kopf behalten.

Die Darstellung der martialischen Szenerie war vermutlich nicht sehr genau, aber das Blut, die klaffenden Wunden und die Schreie der Menschen und Pferde wirkten so lebensnah, wie man es sich nur vorstellen konnte. Es sind wohl immer die gleichen Schreie, vermutete Barmfeld. Immer die gleichen einsamen Schreie, die das Schweigen der Toten durchbrechen. Und das Stöhnen der Verwundeten. Eindringlich wie ein Kurzschwert, das den weichen Schild der Bauchmuskeln durchbohrt.

Er blickte entgeistert auf das Chaos aus fortgeworfenen Waffen und Feldzeichen und abgetrennten Gliedmaßen. Ein Fleischer schien einen Kessel mit den Überresten einer Schlachtung in die Ebene gekippt zu haben. In einem dürren Dornbusch hingen Innereien. Ein Plataier in einem billigen Lederkoller trieb einen Gefangenen vor sich her. Der schlitzäugige Barbar heulte und hüpfte auf einem Bein, weil jemand ein Schwert durch seine linke Kniekehle gezogen hatte.

Die beiden bewegten sich in Richtung der weiß schimmernden Kalkfelsen im Osten, vor denen die Haufen der Sieger Aufstellung nahmen. Aus Richtung des Meeres wälzte sich Rauch über die Ebene. Er kam von den Schiffen der Perser, die von den Griechen in Brand gesetzt worden waren.

«Herrgott im Himmel», knurrte Vonnegut von der Seite her. «Die lassen sich wirklich immer wieder was Neues einfallen. Ich schätze, es ist nur Einbildung, aber irgendwie riecht es nach Blut und Scheiße.»

Barmfeld nickte und kehrte dem Schlachtfeld den Rücken zu. Er hatte das Verlangen, Vonnegut vor dem Lauf auf die Schulter zu klopfen, aber das war nun wirklich irrational. Der Kanadier war tausende von Meilen von ihm entfernt.

Irgendwann schraubte sich der infernalische Missklang der Posaune in sein Hirn – das Startsignal. Das Feld war vierzig Mann stark. Es löste sich mit einer kraftvollen, gleitenden Bewegung von der Linie und zerfiel, wie eine verrostete Kette in ihre Glieder zerfällt.

6

«Er liegt auf Position zwanzig», sagte Knauthe nach einer Stunde. «Seine Verfassung ist gut, aber die Position ist indiskutabel. Die Sympathiewerte standen bis vor fünf Minuten konstant bei VIER und sind dann auf DREI gefallen.»

«Beobachten Sie ihn weiter», sagte Schlesinger und widmete seine Aufmerksamkeit wieder dem Cyber-Golf-Ausscheid. Kybernetisches Golf war in diesem Jahr zum ersten Mal olympische Disziplin. Niemand konnte es sich leisten, ein 50 ha großes Areal zu überdachen und mit einer künstlichen Atmosphäre zu versehen. Der computergenerierte Raum war die einzige bezahlbare Alternative. Die Spieler schlugen ihren Ball aus einer Glaskabine in ein Netz. Die kurze Flugphase reichte aus, um die Kurve des Balls zu berechnen und dreidimensional darzustellen. Jeder beliebige Kurs der Golfgeschichte war imitierbar. Fast wie *richtiges* Golf, dachte der Supervisor, nur die Kosten für die Rasenmäher fallen weg. Er lächelte bei diesem Gedanken und bewunderte den vollendeten Stil eines Mannes, der für die UFA spielte und nach dem sechsten Loch zwei unter Par war.

Die Läufer passierten einen Tempel, der dem Niketempel in der Akropolis nachempfunden war. Ein Anachronismus, stellte ein Reporter fest, der wusste, dass der Niketempel erst Ende des fünften Jahrhunderts vor der Geburt des Herren entstanden war. Aber als Dekoration machte er sich ganz gut. Natürlich hatte NIKE nicht darauf verzichtet, eine Werbefläche zu kaufen.

Unter einer Zypresse balgten sich die Adler um den Kadaver eines toten Persers. Eine Lanze hatte ihn von hinten durchbohrt. Eine Hundertschaft Krähen wartete in respektvoller Distanz auf die Überreste des Mahls. Barmfeld schlug einen kleinen Bogen um den Mann. Wenn es stimmte, dass die Perser ihre Leichen erst dann begruben, wenn ein Hund oder ein Vogel an ihnen herumgezerrt hatte, war der tote Krieger auf dem besten Weg unter die Erde.

Barmfeld arbeitete wie ein Galeerensklave. Hinter einem der Hügel musste Athen liegen ...

Jeder Läufer hat eine Phase, in der die Maschine Körper wie von allein läuft, in der Muskeln und Atmung einem verborgenen Rhythmus folgen. Eine Zeit lang ist das Laufen so leicht wie das Fliegen im Traum. Das Ich des Läufers wird zu einer starken inneren Kraft, die sich aus einer geheimnisvollen kosmischen Quelle speist, wie sie von Yogis oder Zen-Buddhisten beschrieben wird. Barmfeld lächelte mit schmerzverzerrtem Gesicht. Er hatte dieses Gefühl Fernsehleuten und Psychologen geschildert; er hatte in Talk-Shows und Managerkursen darüber gesprochen. Es war einzigartig. Es war die Erfüllung. Und es ging vorüber wie ein eiliger Wanderer, ohne Muße zur Rast.

Inzwischen hatte er die Hälfte der Strecke hinter sich. Er fühlte sich kraftlos und ausgelaugt, abwechselnd von Brechreiz und Schwindel geplagt. Seine Schuhsohlen schienen auf dem Laufband festzukleben. Es war eine Tortur, ohne Aussicht auf Erlösung.

Zwanzig Läufer lagen vor ihm, neunzehn Läufer waren ihm auf den Fersen – Vonnegut an der Spitze. Er konnte keine zehn Meter zurückliegen. Manchmal glaubte Barmfeld, den flach gehenden, unkontrollierten Atem des Kanadiers in seinem Nacken zu spüren. Es war unglaublich, dass er es mit dieser miesen Atemtechnik einmal fast zu einem Titel gebracht hatte. Eigentlich war es keine Technik! Ein Hügel nahm Barmfeld die Sicht. Wahrscheinlich würde ihn Vonnegut auf dem Weg nach oben attackieren. Das passte zu seinem Stil. Er war kein guter Sprinter, aber er hatte Kraft und nahm die steilsten Strecken mit dem Gleichmut eines Maultiers in Angriff.

Barmfeld rüstete sich für die Mehrbelastung. Im Laufen lockerte er seine Schultermuskulatur. Er spie einen klebrigen Batzen Speichel in den Staub auf das Laufband. Danach fiel ihm das Atmen ein wenig leichter. Zwei hydraulische Stempel an der Vorderseite der Anlage fuhren aus und imitierten die Steigung des Weges. Das Gleiche geschah eine Sekunde später in Vonneguts gläserner Kabine in Montreal. Barmfeld taxierte den Anstieg auf zehn Grad und die Distanz bis zum Hügelkamm auf zwei Kilometer. Der Computer in seinem Kopf rotierte. Er stellte sich vor, welche Qualen es ihn kosten würde, hinaufzugelangen. Panik rumorte in seinem Magen wie eine eingenähte Beutelratte. Mit der moralischen Unterstützung durch das Publikum sah es schlecht aus. Im linken unteren Viertel seines Gesichtsfeldes blinkte eine rote DREI. Man strafte seine jämmerliche Position mit Ignoranz. Der Äthiopier, der an der Spitze aller Läufer lag, hatte die SECHS. Wäre er ein Weißer gewesen, hätte er womöglich die SIEBEN gehabt. Oder gar die ACHT.

Barmfeld blieb nicht viel Zeit, über seine traurige Platzierung nachzudenken. Er hörte, wie Vonnegut anzog und sich beharrlich auf ihn zuarbeitete. Seine Schuhe stießen sich mit leisen, saugenden Geräuschen von der Matte ab. ICH KOMME/ICH KOMME/ICH KOMME – signalisierte sein flaches, rhythmisches Keuchen. Barmfeld blinzelte in den gleißenden Himmel. Er schleuderte mit einer heftigen Kopfbewegung den Schweiß von seiner Stirn. All das Blau, dachte er. All das brennende Blau. Und die Spitze des Hügels – sie schaukelte wie ein Kamelhöcker. Er redete sich ein, dass Vonnegut längst nicht mehr so gut in Form sein konnte wie vor vier Jahren. Wenn er vor ihm auf dem Hügel wäre, würde er sich am nächsten Tag zwei Büchsen Bier und ein Wagenrad von einem Steak gönnen.

Mit diesen Gedanken trat Barmfeld an. Zu spät. Eine Sekunde später lag Vonnegut schon gleichauf mit ihm. Sie liefen Schulter an Schulter. In einem richtigen Rennen könnten wir einander berühren, wurde Barmfeld bewusst. Im Cyberspace war Vonnegut so real wie die künstliche Sonne im künstlichen Blau des Himmels. Er schien vorhanden und abwesend zugleich.

Eine Zeit lang hetzten sie nebeneinander her. Vonnegut grinste Barmfeld zu. Barmfeld grinste gequält zurück. In dieser Phase des Laufes fand kein Wettkampf statt. Sie kannten einander aus einem Dutzend Wettkämpfen, zweimal waren sie sich bei Olympischen Spielen begegnet. Sie liefen Seite an Seite, erfüllt von der Sympathie, die sie füreinander empfanden. Sie nutzten die aus ihrer Nähe erwachsene Kraft, um den Hügel zu stürmen. Es war, als hielten sie sich über tausend Meilen Distanz bei den Händen.

Etwa hundert Meter vor dem Kamm, hinter dem der Weg ins Unbekannte kippte, wussten sie, dass sie es geschafft hatten. Sie lösten die geistige Verbindung, die zwischen ihnen entstanden war, koppelten ihre Empfindungen wieder voneinander ab. Gleich würde der Kampf erneut beginnen.

«Jetzt», sagte Barmfeld.

Vonnegut nickte. Er trat hart und unvermittelt an, mit weit ausholenden Schritten, viel zu kräftezehrend für diesen Teil der Strecke. Barmfeld reagierte ein Hundertstel später, blieb auf seiner Höhe und erhöhte dann noch einmal die Schrittfrequenz. Vonnegut zog nach wie ein Pokerspieler, der seinen Einsatz verdoppelt. Barmfeld sah, wie die rote Ziffer in seiner Maske auf VIER sprang und keine fünf Sekunden später auf FÜNF. Etwas Merkwürdiges ging da draußen vor. Irgendein Reporter schien die Aufmerksamkeit des Publikums auf den Zweikampf der Veteranen zu lenken.

Sie sehen uns zu.

Barmfeld spürte den warmen, wohltuenden Schock dieser plötzlichen Erkenntnis, der einen kräftigen Adrenalinstoß zur Folge hatte. Vonnegut schien etwas Ähnliches durchzumachen. Er stöhnte kurz und ruderte mit wütenden Armbewegungen an ihm vorüber. Barmfeld ließ die Distanz nicht über zwei Schritt anwachsen. Der Verfolger hat es leichter als der Verfolgte. Noch achtzig Meter bis zum Hügelkamm.

8

«Oooh, da wird einem warm ums Herz, wenn man diese beiden alten Haudegen miteinander ringen sieht. Wie oft sind der Deutsche und der Kanadier gegeneinander angetreten; wie haben die Landsleute gejubelt, als Barmfeld vor acht Jahren erneut olympisches Gold errang – nach einem unbeschreiblichen Duell gegen Vonnegut. Gold für die CITY BANK, die dieses Jahrhundert-Lauftalent in einem heruntergekommenen Club des Berliner Ostens entdeckte ...» Die Stimme des Kommentators triefte vor Anteilnahme.

Die Kamera schwebte im Tiefflug über dem Läuferpaar, zog auf und erfasste einen Teil des weit auseinander gezogenen Feldes, winzige Punkte in einer weißgrünen Landschaft aus Kalkfelsen und Gestrüpp. Längst hatten die Zuschauer vergessen, dass dieses 3D-Panorama in einem Computer entstand, dass die Läufer in Glaskästen gefangen auf der Stelle traten wie Hamster in einem Laufrad. Kein Gedanke daran. Die Illusion war zu perfekt.

«Zwei in vielen Schlachten erprobte Kämpen, einst Günstlinge des Glücks, liefern uns hier am Rande des Laufs einen großartigen Zweikampf. Gut, dass unsere Kamera die beiden Athleten, die derzeit im Mittelfeld liegen, nicht übersehen hat. Sie haben wohl wenig Aussichten auf einen Sieg; aber sehen Sie nur, mit welchem Ungestüm, ja, mit welcher Wut sie jetzt gegeneinander antreten. Wie so oft in ihrer sportlichen Karriere, die sie immer wieder gemeinsam im Ring gesehen hat, um eine Metapher aus dem Boxsport zu bemühen . . .» Die Stimme des Kommentators begann zu zittern.

Schlesinger kochte vor Wut. «Mein Gott, was redet dieser Idiot denn da?»

Knauthe sah gelassen auf die Uhr. Die euphorisierende Wirkung des Kokains hielt an. Er hatte den Kick und war nicht gewillt, sich aufzuregen. «In zwei Minuten kommt der nächste Werbeblock», erklärte er ungerührt.

«In zwei Minuten? Sehen Sie doch, was dieser Trottel von einem Reporter anrichtet. Barmfeld und Vonnegut liegen beide auf SIEBEN!»

«Ein vorübergehendes Hoch. Es müsste doch mit dem Teufel zugehen, sollte das so bleiben.»

«Sind Sie sich da wirklich sicher?», grollte Schlesinger. Er heftete seinen Blick erneut auf die Bildwand. Die Kamera zeigte die beiden Läufer aus der Vogelperspektive – zwei verloren wirkende Geschöpfe in der Weite der Landschaft. Von oben gesehen hob sich der Hügel, den sie erklommen, kaum ab. Eine kurze Bildstörung – Barmfelds elektronisches Abbild verblasste bis auf die Konturen. Barmfeld wurde durchsichtig. Porös wie ein Sieb. Einen Augenblick lang trabten ein durchsichtiger und ein undurchsichtiger Läufer nebeneinander her. Der Reporter entschuldigte sich für den Übertragungsfehler, aber das Publikum amüsierte sich über den eigenartigen Anblick und war bereit, zu verzeihen. Die Techniker brachten alles in Ordnung, und Barmfeld war wieder vollständig präsent. Umschnitt. Die Kamera zeigte ein Brustbild von Vonnegut – ein verbissenes, schweißüberströmtes Gesicht. Der Speichel sprühende Mund, die Lippen zurückgezogen, die obere Zahnreihe entblößt.

«Ein unästhetischer Sport!», sagte Schlesinger. «Und so etwas mögen die Leute?»

Die Kamera schwenkte hinüber zu Barmfeld, der nicht viel besser aussah als Vonnegut. Die beiden lagen wieder gleichauf, und in diesem Moment zog Barmfeld an Vonnegut vorbei.

«Vielleicht geben wir ihm noch eine Saison?», grübelte Schlesinger. Aber da war Knauthe wie immer rasch zur Stelle, wenn der Chef ins Zweifeln geriet und seine präzise kalkulierten Schachzüge in Gefahr brachte. «Nicht doch», wiegelte er ab, «dieser kleine Sympathiebonus bedeutet doch gar nichts. Nicht, dass er uns schadet, ganz und gar nicht. Wenn er heute ins Gras beißt, wird das Merchandising noch mal kräftig angekurbelt – T-Shirts, Videos, Poster und so weiter. Aber das wirklich große Geld ist mit Barmfeld nicht mehr zu machen.»

Schlesinger nickte. Alles noch mal gut gegangen, dachte Knauthe, der die irrationalen Anwandlungen seines Chefs kennen und fürchten gelernt hatte. Er ging zur Bar und schenkte sich Whisky nach. Teuren schottischen Whisky, den besten, den es gab.

Noch dreißig Sekunden bis zur Werbung. Die Kamera zeigte Barmfeld, der blass war wie ein Untoter in alten Gruselfilmen. Er wirkte mager und knochig, die Schlüsselbeine bohrten sich scharfkantig durch die Haut über seinem Brustkorb. Die 3D-Maske, die seine Augen verbarg, gab ihm etwas Roboterhaftes. Der Reporter schob die Läufer mit seinen Jubelschreien den Hügel hinauf.

Der Himmel über dem Hügel war blau, und Barmfeld wusste noch nicht, was ihn auf der anderen Seite erwartete. Er hatte nicht einmal eine Ahnung. In seinem Kopf war kein Platz mehr für Gedanken. In seinem Kopf saß ein Trommler, der trommelte, dass ihm fast das Hirn platzte. Sein Denken fand irgendwo im Unterbewusstsein statt.

Noch vierzig Meter. Brian im Rücken. Der kommt nich wieder. Das steckt der nich mehr weg. Ich hab ihn immer geschlagen; immer, wenn wir uns begegnet sind. Die rote SIEBEN blinkt – sechzig Mal in der Minute. Und mein Herz schlägt doppelt so schnell. Wüsste gern, was Vonnegut hat. Sicher auch die SIEBEN. Unbegreiflich. Noch dreißig Meter.

Die andere Seite muss ich . . . ruhiger angehen. Hab mir zu viel zugemutet! Dieses Trommeln in den Schläfen. Schlimm is das! Brians Schritte werden leiser. Eine Täuschung? Mein Gott, ich halt das nich mehr lange durch . . . Noch zwanzig Meter. Auf der anderen Seite geht's bergab. Wenn ich drüben keine Kraft mehr hab, werd ich stolpern und auf die Fresse fall'n. Jetzt sind die Schritte wieder lauter; er versucht's noch mal. Verrückter Kerl! Beide sind wir verrückt. Ich bin siebenundzwanzig. Für 'n Sportler 'n alter Mann. Irgendwann servier'n sie mich ab. Kann nich mehr lange dauern. Vielleicht krieg ich 'n netten Posten in der . . . CITY BANK. Zehn Meter. Brian is gestürzt; aber er hat sich . . . gleich wieder aufgerafft. Dieses Stöhnen . . . das war unheimlich. Noch fünf Schritt, vier, drei . . . alles wie in Zeitlupe . . . zwei . . . wie in 'nem Video . . . der letzte. Mein Gott, ich bin auf der ACHT; was geht da draußen nur vor? Die weiße Stadt dort unten . . . das muss Athen sein. Komisch, ich fühl mich gar nich so schlecht. Gutes Gefühl, hier oben zu sein.

Barmfeld sah die Läufer unter sich, ein weit auseinander gezogenes Feld. Und er begann es aufzurollen wie ein Wollknäuel, das einer alten Dame unter den Tisch gefallen ist. Er brauchte eine Stunde, um auf Position zwei zu gelangen. Vonnegut hielt nicht mit.

9

«Die ACHT», donnerte Schlesinger. «Das ist eine Katastrophe!»

«Wo liegt das Problem?», wollte Knauthe wissen.

«Das Problem?» Schlesinger sammelte Luft. Knauthe suchte Deckung. Er war zu weit gegangen. Ein Ausbruch des Supervisors stand bevor.

Aber Schlesinger beruhigte sich wieder. «Blasen Sie die Aktion ab. Schicken Sie einen Mann in den Würfel. Wenn Barmfeld auf der Zielgeraden verkohlt, können wir unseren Laden dichtmachen. Also geben wir ihm noch eine Chance.»

10

Der Elektriker, der Bereitschaftsdienst hatte, stand am Eingang der Halle und wurde nicht hineingelassen. Er sah den Glaswürfel hinter dem breiten Rücken des Wachmannes und trat unruhig auf der Stelle.

«Ich hab meine Weisungen», sagte der Wachmann und grinste, als hätte er einen guten Witz gemacht. Er wies mit dem Kopf auf den gläsernen Würfel. «Sonst noch was? Ich würd mir nämlich gern den Lauf zu Ende ansehen. Dieser Barmfeld ist ein Teufelskerl; am Ende macht er das Rennen.»

«Ich scheiß auf deine Weisungen», zischte der Elektriker. «Wenn du mich nicht reinlässt, kannst du mit ansehen, wie der Kerl da auf Unterarmgröße zusammenschmort. Weißt du, wie so was aussieht? Ist deiner Oma noch nie ein Braten verbrutzelt?»

Der Wachmann schien nachzudenken. Der Fall kam ihm spanisch vor. «Du hast keine Sicherheitsstufe», sagte er.

«Ich hab dir doch gesagt, dass ich der Bereitschaftselektriker bin. Da brauch ich keine Sicherheitsstufe. Geh und ruf die Zentrale an, wenn du mir nicht glaubst.»

Der Wachmann nickte und knallte ihm die Tür vor die Nase. Durch das kleine quadratische Fenster, das sich in Augenhöhe befand, konnte der Elektriker sehen, wie er auf die Kabine zustapfte, in der das Telefon stand. Dort nahm er den Hörer ab, sagte etwas und lauschte dann eine Weile. Der Elektriker schaute auf die Uhr. Vor zehn Minuten hatte er den Anruf aus dem Büro des Supervisors bekommen. Barmfelds Hinrichtung war verschoben worden. Er lag auf der ACHT. Man kann keinen Mann grillen, der auf der ACHT ist. Der Wachmann wurde rot, legte den Hörer auf und kehrte im Eiltempo zurück. «Das mit dem Bereitschaftsdienst war mir neu», entschuldigte er sich und hielt dem Elektriker die Tür auf.

«Was hab ich gesagt?», ätzte der Elektriker. Er schulterte seine Werkzeugtasche, die er während des Streits mit dem Wachmann auf dem Boden geparkt hatte und marschierte auf den gläsernen Würfel zu. «Wo ist die Schleuse?», erkundigte er sich bei einem der Weißkittel, die den Lauf überwachten.

Der Eierkopf zog entsetzt die Brauen hoch. «Wollen Sie da etwa *jetzt* hinein?»

«Er ist der Bereitschaftselektriker», schaltete sich der Wachmann ein.

«Hat er eine Sicherheitsstufe?»

«Er braucht keine Sicherheitsstufe», erwiderte der Wachmann. «Er ist der Bereitschaftselektriker.»

«Stimmt», sagte der Bereitschaftselektriker. Er warf einen Blick auf den Mann im Glaskasten und fühlte sich an einen Hund auf einem Laufband erinnert.

«Das ist mir neu», sagte der Eierkopf.

«Ist Ihrer Oma schon mal ein Braten verbrutzelt?», erkundigte sich der Wachmann.

«Was hat meine Oma damit zu tun?», fragte der Eierkopf pikiert.

«Jetzt wird mir das zu bunt», schimpfte der Elektriker und versuchte, die Schleuse zu öffnen. Es ging nicht.

«Sagen Sie mir den Code», forderte er den Eierkopf auf.

«Nicht ohne Sicherheitsstufe», erwiderte er den Eierkopf.

«Wollen Sie zusehen, wie der Kerl da drin auf Unterarmgröße zusammenschmort?», erkundigte sich der Wachmann. «Wollen Sie das wirklich?» In seiner Stimme schwang Hoffnung mit. Er hatte seine Pflicht getan. Wenn in dem Glaskasten trotzdem irgendeine Sicherung durchknallte, würde der Eierkopf schuld sein.

«Also sagen Sie mir schon den Code», beharrte der Elektriker.

«Erst muss ich telefonieren», greinte der Eierkopf.

Der Elektriker knallte seine Werkzeugtasche auf den Boden. Allmählich kriegte er es mit den Nerven. Die Manipulation, die er am Schaltkasten des Laufbandes vornehmen musste, war geringfügig, aber nicht ungefährlich. Zeitdruck konnte er nicht gebrauchen. Ein falscher Zungenschlag und alles flog ihm um die Ohren. Er fluchte leise vor sich hin.

Warum hatten die Arschlöcher in der Chefetage alle fünf Minuten eine neue Idee?

Der weiße Kittel des Eierkopfs huschte in der Telefonkabine hin und her. Der Wachmann stand neben der Kabine und grinste dem Elektriker zu.

11

Barmfeld war auf der Zielgeraden. Er hatte die NEUN, und ein paar hundert Millionen Zuschauer auf der Welt waren völlig aus dem Häuschen. Der Äthiopier lag zwanzig Meter vor ihm. Er wusste, er würde ihn nicht mehr kriegen. Trotzdem hatte er die NEUN. Was konnte der Äthiopier haben? Die ZEHN? Unmöglich! Eine ZEHN war seltener als ein Gewitter in der Wüste!

Die vergangene halbe Stunde hatte er durchlebt wie einen Traum. Nach dem Hügel war eine Last von ihm abgefallen. All die Demütigungen der zurückliegenden Jahre. Die Erinnerung an Fernsehauftritte, bei denen er für Seife und Hundefutter geworben hatte. Die zynischen Kommentare des Supervisors, wenn es wieder einmal nur für den zweiten oder dritten Platz gereicht hatte. *Wissen Sie eigentlich, was Sie uns kosten, Barmfeld? Was haben Sie in Ihren Adern, Barmfeld – Päderasten-Pisse oder Heldenblut?*

Er war auf der Zielgeraden. Im linken unteren Viertel seiner Maske flackerte die rote NEUN. Er flog, und sein Herz hämmerte einen schnellen, aber angstlosen Takt. Wo mochte Vonnegut liegen? Barmfeld dachte mit einem Gefühl der Dankbarkeit an den Kanadier. *Irgendwie hat er mich den Hügel hochgeschoben. Ohne ihn hätte ich diesen Kick nicht gekriegt! Ein zweiter Platz, das is 'n gutes Finale. Schade, dass ich den Schwarzen nich mehr kriegen kann. Wenn die*

Strecke 'n bisschen länger wär, könnte ich's schaffen. Aber so hab ich keine Chance.

Als der Äthiopier das Zielband durchriss, setzte Barmfelds Denken für eine Sekunde aus. Jubel brandete auf; der Afrikaner riss triumphierend die Arme hoch.

Barmfeld lauschte auf die leise Enttäuschung in seinem Herzen. Sie war da. Er konnte sie nicht ignorieren. Auch nicht das rasende Hämmern in seinen Schläfen. Barmfeld wusste, was auf der anderen Seite der Ziellinie auf ihn wartete: der große Schock der Entkräftung, das Zittern der Glieder, die Sehnsucht nach einem langen, tiefen Sturz in eine erlösende Ohnmacht.

Zwanzig Sekunden später war er im Ziel. Er taumelte über die Ziellinie, exakt in jenem Augenblick, als eine kleine Rauchwolke über dem Schlüsselbein des Äthiopiers aufstieg. Der Schwarze starrte mit ausdruckslosen Augen auf die Anzeichen des Schwelbrandes in seinem Inneren. Dann loderte eine Stichflamme auf, und die Haut über seinem Brustkorb wurde verzehrt wie ein Blatt Pergament. Der Lärm und das Schreien bracht ab. Das Publikum begleitete das gespenstische Schauspiel, das der brennende Mann bot, mit einem andächtigen Schweigen. Ein metallisches Knochengerüst kam hinter den Flammen zum Vorschein, schmelzendes Plastik tropfte als grünliches Wachs in den Sand. Barmfeld sah es und begriff nicht. Keuchend, von Hitzewellen durchschossen, die ihm Schwindel und Übelkeit verursachten, suchte er nach Halt. Er torkelte auf den Afrikaner zu, der die Arme ausgebreitet hatte wie zu seiner Kreuzigung. Vor Barmfelds Augen fraßen sich die Flammen durch den künstlichen Körper des Mannes. Endlich verstand Barmfeld: ein Android. Sie hatten einen künstlichen Läufer ins Rennen geschickt, eine Maschine. Das war gegen die Regeln. Das bedeutete Disqualifikation. Der Zweitplatzierte war der Sieger des Laufs!

Das brennende Metallgerüst kippte ins Leere, fiel durch das körperlose Abbild des CITY-BANK-Athleten und schlug der Länge nach auf den Boden. Dort löste es sich unter Funkengestöber auf.

An der Straße standen die Bürger Athens. Ihr Jubeln setzte wieder ein, wie auf ein unhörbares Kommando. Ihre Schreie galten Barmfeld. Barmfeld war auf der ZEHN.

12

«Es ist o. k.», sagte der Eierkopf. «Sie können rein!»

«Mein Gott», stöhnte der Elektriker und stürzte in die Schleuse.

Der Mann auf dem Laufband hatte die Arme hochgerissen und brüllte. Er taumelte und schrie, gefangen in einem künstlichen Raum. Speichel floss aus seinem Mund.

«Durchgedreht», flüsterte der Elektriker. Er ging auf das Band zu, griff in den Sicherungskasten und bog vorsichtig einen Draht zur Seite. Seine Hand zitterte, als er das tat. Er leistete sich einen Fehler. Irgendetwas ging schief. Ein blauer Funkenbogen prallte fauchend gegen sein Brust. Der Elektriker flog ein paar Meter durch den Glaswürfel. Im Flug verwandelte er sich in einen Klumpen Kohle.

13

«Gott sei Dank!», sagte Schlesinger, der vor Aufregung seine Sektflöte zerbrochen hatte. «Nur der Elektriker?» Seine fette Hand umklammerte den Telefonhörer. «Barmfeld ist nichts passiert? Herrgott im Himmel, ich danke dir!»

Frauen, Kinder und Alte im Jubel. Sie brachten ihm ihre Hochrufe in einer Sprache dar, die er nicht verstand. Sie bewarfen ihn mit künstlichen Blumen, die körperlos zwischen seinen Händen durchglitten. Das Glück schoss wie elektrischer Strom durch seine Adern.

Barmfeld kostete ein Gefühl aus, das er seit Jahren nicht mehr gespürt hatte. Es war wunderbar. Er winkte den Menschen auf den Zinnen zu, er schrie, er lachte. Er tanzte im Blumenregen. Er tanzte, bis ihm eine riesige Faust das Herz aus der Brust riss. Er fiel. Die weiße Stadt mit der PEPSI-Werbung über der Akropolis kippte in den Himmel. Ein blutroter Schleier überzog seine Lider, löschte sein Bewusstsein aus und den künstlichen Himmel über der Stadt. Barmfeld wusste, dass ein Läufer an Erschöpfung sterben kann. Aber dieses Wissen gehörte schon nicht mehr ihm. Er ließ es zurück – in jenem Teil von sich, der auf dem Laufband im gläsernen Würfel lag.

Sonderturnen

Ralf Kramp

Harte Wangenknochen, ein schief dazwischen gemeißelter Mund, graublaue Augen hinter einer antiquierten Hornbrille mit fast quadratischen Gläsern. Keine Frage, der Mann, der die Tür öffnete, war Otto Kwysiak. Zwischen den Tagen des Triumphes und dem Heute lagen rund 65 Jahre, ein Krieg, der Tod seiner Frau in den Fünfzigern, eine brutale Krankheit zwei Jahre später und eine Lähmung, ein Rollstuhl und ein qualvoll sich hinziehendes Lebensende in Bitterkeit.

«Von der Zeitung? Sie sind doch der von der Zeitung?», fragte der alte Mann schnarrend. «Sind Sie der von der Zeitung?» Er musste dreimal fragen, bevor der Mann vor der Tür sich mit einem Räuspern sammelte und seinen Namen nannte: «Reiff, genau. Vom Volks-Anzeiger. Wir haben miteinander telefoniert.»

Der Alte machte keine Anzeichen, mit seinem Rollstuhl zur Seite zu weichen, um ihn einzulassen.

«Sie wollen das nicht hier machen, nicht wahr? Das ist mir recht. Ist mir ganz recht.» Die immer noch kraftvoll aussehende Rechte wies vage auf den Fotoapparat. «Etwas im Wald oder so? Oder auf dem Aschenplatz vielleicht?»

«So ähnlich.» Ein freundliches Lächeln huschte über das runde Gesicht des Journalisten. «Aschenplatz. Daran hatten die Kollegen in der Redaktion auch zuerst gedacht. Aber ich habe was Besseres. Es sei denn, Sie möchten doch vielleicht lieber in Ihrer ...»

«Auf keinen Fall. Das könnte Ihnen so passen. Ich bin ein alter Mann, das ist eine große Wohnung, da drin sieht es nicht gerade aus, als käme jeden Tag die Raumpflegerin. Warten Sie!»

Mit einem Schwung warf er dem Journalisten die Haustür vor der Nase zu. Nach einem Moment der Verblüffung steckte dieser sich eine Zigarette an und schmunzelte. *Was wurde eigentlich aus . . .?* hieß die Rubrik. Sie spürten alte Schlagersänger auf, entdeckten längst vergessene Politiker in ihren Altersrefugien und besuchten senile Theaterdiven im Heim. Fotos von verschrumpelten Knödeltenören und von im Suff aufgedunsenen Ex-Bürgermeistern. *Was wurde eigentlich aus . . .?* Er war sich manchmal gar nicht so sicher, ob die Welt wirklich immer wissen wollte, *was aus . . . wurde.*

Er warf einen Blick auf seinen Notizblock. Otto Kwysiak, geboren 1910 in Danzig, Turner, zweifacher Weltrekordler am Seitpferd, Reck und im Pferdsprung, der Abräumer der Olympischen Spiele in Berlin, Gold fürs Vaterland.

Was aus Kwysiak *geworden war*, konnte man deutlich sehen.

Hinter der Tür tat sich etwas, und wenige Augenblicke später erschien Kwysiak samt Rollstuhl wieder im Türrahmen. Er hatte einen Hut aufgesetzt und sich einen Schal umgeschlungen. Es war grässlich kalt.

Reiff schnippte seine Zigarettenkippe in die immergrünen Sträucher. Kwysiak machte ein Gesicht, als wolle er etwas dazu sagen, aber er verkniff sich einen Kommentar.

«Ich bin froh, dass Sie sich Zeit nehmen konnten, Herr Kwysiak», plauderte der Journalist drauflos, während der alte Mann die Betonrampe von der Haustür zur Straße hinunterrollte.

«Reden Sie keinen Unsinn. Ich habe Zeit in Hülle und

Fülle. Haben Sie denn überhaupt ein Auto, in das mein Rollstuhl reinpasst, Sie Spaßvogel?»

Wie ein großes Walross tapste der Journalist neben seinem Interviewpartner her und wankte mit jedem Schritt von einer Seite zur anderen. «Wir brauchen gar kein Auto. Es ist nur ein paar Straßen weiter. Das hätte Ihnen auch nicht gefallen. Ein dreckiger kleiner Panda. Auch wenn Sie glauben, eine unaufgeräumte Wohnung zu haben, dann haben Sie ...»

«Ein paar Straßen weiter? Wo könnte das denn sein in dieser elenden Gegend?» Hinter der Riesenbrille kniff der Alte seine Augen skeptisch zusammen.

«Da hinten rechts und dann zweimal links. Ahnen Sie, wo?»

Der Alte folgte mit dem Blick dem ausgestreckten Zeigefinger. Wenn man dahinten in den Park abbog und dann bis zum Ende durchrollte, dann zweimal links ... Natürlich, die alte Schule.

«Das alte Grundschulgebäude?»

Reiff nickte. «In der Turnhalle. Was halten Sie von der Idee?»

Kwysiak machte ein Gesicht, als könne er sich nicht entscheiden, ob er wortlos ausspucken oder lauthals losfluchen soll. «Turnhalle. Das halten Sie für eine gute Idee?»

«Sie kennen doch sicher unsere Rubrik. Wir zeigen gerne unsere Gesprächspartner an ihrer ehemaligen Wirkungsstätte. Das erhöht den Nostalgieeffekt, verstehen Sie?»

«Ich lese keine Zeitung. Auch wenn ich vorhin sagte, dass ich über viel Zeit verfüge – dafür ist sie mir dann doch zu schade.» Er rang mit sich. «Die Grundschule? Das waren doch nur zwanzig Jahre, die ich damals dort unterrichtet habe. Der verrottete alte Kasten ist mittlerweile geschlossen. Da ist seit zwei Jahren Schicht. Wenn Sie mich an meiner alten Wirkungsstätte ablichten wollen, dann müssen wir nach

Berlin fliegen, junger Mann, aber dafür reichen wohl Ihre Spesen nicht, was? Kommen wir da überhaupt rein, in diese olle Turnhalle?»

Reiff fischte einen kleinen Schlüsselbund aus einer speckigen, pelzgefütterten Winterjacke und klimperte damit.

«Na, dann bringen wir's mal hinter uns», knurrte Kwysiak mit kiesiger Stimme und rollte los. So schnell, dass der dicke Reporter Mühe hatte, Schritt zu halten.

Während sie sich durch den winterlichen Park fortbewegten, begann Kwysiak zu schwadronieren. Es war, als sei ein Damm gebrochen, als sei er froh, alles wieder abzuspulen, was ihm Tag für Tag durch den Kopf ging. Ein ungeordneter Wirrwarr von Erinnerungen an glückliche Tage, an Erfolge und Medaillen, an den väterlichen Trainer in der Jugendzeit ... All das erstrahlte in ungebrochenem Glanz und sprudelte so wortreich aus ihm heraus, dass der Journalist kaum Zeit fand, alles zu notieren. Er wackelte neben dem Alter her und hielt seinen Block dicht vor den runden Bauch.

«Haben Sie das?», fragte Kwysiak immer wieder, so, als gebe er ein Diktat. Reiff verlegte sich auf stummes Nicken und sonores «Mmmmh!».

Die Grundschule war in einem bedauernswerten Zustand. Seit der Verlegung des Unterrichts in einen Neubau zwei Blocks weiter fristete die städtische Immobilie ein betrübliches Dasein. Investoren mit hochfliegenden Plänen waren abgesprungen, und der alte Backsteinbau verfiel zusehends.

Als sie den Schulhof erreichten, hielt Kwysiak für einen Augenblick inne. Stumm ließ er seinen Blick über das Areal wandern und betrachtete die eingeworfenen Scheiben und den Efeu, der die Außenwände erobert hatte.

«Ich war eine Ewigkeit nicht mehr hier», murmelte er und griff wieder in die Räder. «Nun los, zur Turnhalle!»

Die Turnhalle war in einem separaten Gebäude unterge-
bracht, das an den hinteren Schulhof angrenzte. Als sie die
Hausecke umrundeten, verschlug es ihnen erneut die Sprache, denn hier sah alles noch trostloser aus als zur Straße hin.
Das Gestrüpp hatte sich ungehindert Bahn gebrochen, und
im Dach der Turnhalle klafften mehrere große Löcher. Von
einer Autowerkstatt aus der Nachbarschaft her zerriss das
schrille Gekreische des Trennschleifers die Luft.

Das Vorhängeschloss des Gebäudes war geknackt. Kein
Mensch nahm mehr Anteil an dem, was hier vor sich ging.
Und was hier vor sich ging, wurde hinter der zweiflügeligen
Eingangstür klar. Waschbecken waren auf dem Boden zertrümmert worden, Graffiti und obszöne Schmierereien be-
deckten die Wände. In einer Ecke war sogar ein Feuerchen
gemacht worden. Die Wände darum herum waren rußig
und verdreckt. Überall waren Teile des Bodens zerborsten,
das alte graue Linoleum hing in Lappen hinunter in die ent-
standenen knöcheltiefen Versenkungen.

«Nicht zu fassen», flüsterte Kwysiak mit einer Mischung
aus Faszination und Abscheu und rieb sich das kantige
Kinn. «So ein verfluchtes Dreckspack. Denen gehört mal ordentlich der Arsch versohlt, was meinen Sie?»

Reiff nickte wortlos und starrte ebenfalls eine Weile wie
gebannt auf die Trümmerlandschaft, die sich vor ihnen aus-
breitete.

Am Vortag war er hier gewesen, um sich das Szenario anzusehen. Da hatte ihn der Anblick getroffen wie ein Schlag.
Jetzt jagte ihm die Verwüstung nur noch einen verhaltenen
Schauder über den Rücken. Er ging voran und machte ein
paar Schritte auf die Tür zu den Umkleidekabinen zu, wobei
er Acht darauf gab, nicht in eins der Löcher im Fußboden zu
treten und zu stolpern.

«Was machen Sie, Mann?», fragte Kwysiak scharf. «Sie
wollen doch wohl hier keine Fotos machen, oder?»

«Da drinnen gibt es ein paar Stellen, da sieht es ganz passabel aus. Da sieht man auf den Fotos nachher nichts von dem Dreck.»

«Ich begebe mich nicht auf diese Müllhalde. So ein idiotischer Einfall! Lassen Sie uns gehen.»

Reiff ließ die Worte des Alten an sich abperlen. Er drehte sich zu ihm um und lächelte ihn wieder an. Eifer legte sich über seine runden Wangen. «Sie haben hier zwei Jahrzehnte Sportunterricht erteilt, Herr Kwysiak. Wollen Sie nicht sehen, wie es da drinnen aussieht?»

Kwysiak besann sich einen Moment und griff dann leise murmelnd in die Räder. Er rollte durch die Tür, die Reiff ihm aufhielt.

Durch die bemoosten Dachfenster fiel schummriges Licht in die Umkleidekabinen. Hier standen immer noch die alten Holzbänke und die Garderobengestelle. Hier drinnen war weniger zerstört worden. Bierdosen lagen herum, Kwysiak rollte über ein paar Pornoheftchen, als er den Raum durchquerte, um zur gegenüberliegenden Tür zum Turnsaal zu kommen, aber der Boden und die Wände waren nahezu unversehrt.

Im Turnsaal war es hell und luftig. Weiße Dampfwolken hingen ihnen vor den Mündern. Durch ein großes Loch im Dach fiel winterliches Tageslicht in den riesigen Raum, und in der Öffnung waren die kahlen Äste der umstehenden Bäume zu sehen. Ein paar Deckenbalken waren herabgestürzt und lagen wie riesige Mikadostäbe übereinander getürmt. Um sie herum hatte sich eine große, hart gefrorene Pfütze im eingesackten Hallenboden gebildet.

«Tja, Herr Kwysiak», sagte Reiff in nachdenklichem Tonfall. «Hier sieht es nicht mehr so richtig nach Turnunterricht aus, nicht wahr?» Er stemmte die Hände in die massigen Hüften und ließ den Blick schweifen.

Am anderen Ende des Raumes waren drei unversehrte Kletterstangen und ein an der Rückwand angebrachtes hölzernes Klettergerüst zu erkennen, dessen Holme teilweise zertrümmert worden waren. Ein altes Reck wuchs dort ebenfalls aus dem Boden.

Aus der Gerätenische kamen raschelnde Geräusche aus dem hereingewehten Laub, und von ferne hörten sie wieder das Kreischen des Trennschleifers, das seinen schrillen Klangteppich über die Szenerie breitete.

«Mannomann», murmelte Kwysiak ungläubig. «Es wundert mich, dass hier überhaupt noch ein Stein auf dem anderen steht.»

«Ich dachte, wir könnten da hinten etwas schießen. Am Barren vielleicht. Aber der ist nicht mehr ganz in Ordnung. Dann eher doch am Reck. Am Reck? Was halten Sie davon?»

Kwysiak blickte mit gefurchter Stirn zu ihm auf. «Ich glaube, Sie meinen diesen Unsinn wirklich ernst, was, junger Mann?»

Reiff riss die Arme hoch. «Das haben wir ganz schnell erledigt. Wenn ich Sie aus der Froschperspektive fotografiere, sieht man nichts von dem Dreck. Das Fenster im Hintergrund ist sogar noch heil. Sie könnten die Hände an die Reckstange halten. So wie ein echter Turner, ein Athlet. Man sieht dann nicht mal den Rollstuhl.» Er redete voller Begeisterung und gestikulierte mit den fetten Armen.

«Quatsch, Mann!»

«Bitte, Herr Kwysiak. Sie würden mir einen Riesengefallen tun. Ich brauche diese Fotos. Wo soll ich Sie denn sonst fotografieren? Am Schreibtisch? Vor dem Fernseher? Die Leute kennen Sie als Olympioniken, als Sportler, als Sportlehrer. Das muss aufs Foto!»

«Kommt gar nicht in Frage.»

«Bitte.» Reiff packte die Führergriffe des Rollstuhls

und schob den alten Mann mit sanfter Gewalt nach vorne.

Kwysiak begann, wie wild mit den Armen herumzufuchteln. «Sind Sie wahnsinnig, Mann? Lassen Sie sofort meinen Rollstuhl los! Ich will nach Hause. Bringen Sie mich aus diesem Drecksloch hier weg!»

Aber Reiff rollte ihn unerbittlich nach vorne und leierte pausenlos «Nur ein Foto, nur ein einziges Foto!» vor sich hin, während sie die Trümmer des Daches und den Eisspiegel umrundeten.

«Lassen Sie mich augenblicklich los, Sie Irrer!»

«Gleich sind wir so weit. Wir machen ein Foto am Reck, und dann nichts wie raus hier!»

«Sie haben wohl nicht mehr alle Tassen im Schrank!»

«Beruhigen Sie sich, Herr Kwysiak. Ein Foto, und die Sache ist durch.»

Sie erreichten das Reck. Starr und kühl und unversehrt ragte es empor.

Für einen Augenblick blieb es still, und der alte Mann blickte mit einer Mischung aus Ehrfurcht und Skepsis auf das Gerät, an dem er einst seine größten Erfolge gefeiert hatte.

«Am Reck, am Reck», keifte er plötzlich. «Wie soll ich denn da überhaupt drankommen, Sie verdammter Idiot?»

Und bevor er sich's versah, hatte ihn der Journalist direkt unter die Querstange bugsiert, die für den Rollstuhlfahrer unerreichbar hoch in der Winterluft hing, und zwei Hände packten ihn unter den Achseln und verschränkten sich vor seinem Brustkorb. Er wurde aus dem Sitz herausgehebelt, und das Schnaufen des dicken Mannes zischte in seinem linken Ohr. Es stank nach der verqualmten speckigen Winterjacke und Männerschweiß.

«Lassen Sie mich los, Sie Irrer! Sie gehören ja weggesperrt! Haben Sie gehört? Weggesperrt!»

«Halten Sie die Stange fest!», schnaufte der Mann ganz dicht bei seinem Ohr. «Los, die Hände an Stange!»

Eisig legte sich der kalte Stahl in Kwysiaks Handflächen, und instinktiv packte er zu.

Mit einem Mal verschwanden die Arme, die ihn umfasst gehalten hatten, und ein leises Kichern war zu hören.

Kwysiak klammerte sich mit aller Kraft an die Stange und nahm kaum wahr, wie ihm der Rollstuhl unter dem gefühllosen Unterleib weggenommen wurde.

Ein Poltern ertönte, und unter das Geräusch aus der Autowerkstatt mischte sich ein leises Schnurren, das nur vom langsamen Ausrollen eines in der Luft hängenden Rades rühren konnte. Der Irre hatte seinen Rollstuhl umgeworfen!

«Was tun Sie, Mann?», presste Kwysiak hervor und versuchte, den Kopf zu wenden, was in seiner Position kaum zu bewerkstelligen war. «Soll ich Ihnen hier vielleicht was vorturnen?»

Aber es kam keine Antwort. Er vernahm nur ein leises Schnaufen.

Dann kam eine leise Stimme: «Turnen? Warum nicht?»

«Das sollten Sie mal lieber selbst tun, Sie fettes Stück Scheiße, hören Sie! Das würde Ihnen gut tun, Sie Fettsack. Und jetzt holen Sie mich gefälligst hier runter!»

Als der Reporter vor ihn trat, hatte er den Kopf leicht schief gelegt und betrachtete den Alten mit Interesse, ungefähr so, wie man ein exotisches Insekt betrachtete.

«Fettsack», murmelte er unsicher. «Es ist so lange her, seit Sie das zu mir gesagt haben. Fettsack . . .»

«Ich kenne Sie überhaupt nicht, Sie!»

‹Ich war Ihr *kleiner Fettsack.* So haben Sie mich damals schon immer genannt. *Uli, der kleine Fettsack . . . Specki . . . Säckchen . . . Möpschen . . .*»

Kwysiak schwieg und biss die Zähne aufeinander. In seinen Ohren rauschte das Blut. «Uli?» Möglich, dass er den Kerl kannte. Vom Alter her konnte es hinkommen. Ende dreißig vielleicht. Möglicherweise vierzig. Konnte es sein, dass dieser Kloß einmal Schüler ...

«Haben Sie die alle so genannt?», unterbrach der Mann seine Gedanken. «Können Sie sich nicht mehr an den kleinen dicken Uli erinnern? Uli ... Uli ... Der kleine Dicke, der immer wie ein kleiner, nasser Sack an der Kletterstange hing, während die anderen rechts und links längst oben an der Decke abklatschten? Uli, der am Reck baumelte wie ein überreifer Pfirsich, der immer als Letzter auf der Bank saß, wenn es darum ging, dass sich die Mannschaften für den Völkerball formierten. Uli, den keiner haben wollte. Uli, der immer in der Umkleide geheult hatte.»

«Was soll das?»

«Uli, der beim Weitsprung immer auf seinem fetten Arsch landete. Uli, der mit dem Seitenstechen. Der mit den blauen Flecken ... Uli. Erinnern Sie sich nicht?»

«Hören Sie, das ist doch so lange her. Ich war immerhin Ihr Lehrer. Was hätte ich denn anderes im Turnunterricht mit Ihnen machen sollen? Halma spielen? Fang den Hut? Oder Schokoladenwettessen? Mann, das war doch kein Kindergeburtstag, das war Schule! Den anderen hat es immer Spaß gemacht, hier zu turnen.»

«Mir nicht!»

Bevor Kwysiak begriff, was geschah, hatte der Dicke ausgeholt und versetzte ihm eine schallende Ohrfeige. Die Brille flog ihm vom Nasenrücken und landete irgendwo außerhalb seines Gesichtsfeldes im Unrat. «Ich habe hier gelitten. Ich habe geweint. Ich hatte Angst, in diese Scheißturnhalle zu gehen. Einmal habe ich mir in die Hose gepisst vor Angst!»

«Ich will hier raus», kreischte Kwysiak und klammerte verbissen die Finger um die Reckstange.

«Das wollte ich auch. Und was kriegte ich stattdessen? *Sonderturnen!*» Das fette Gesicht kam unangenehm nahe. «*Sonderturnen* war die Hölle. Da waren nur noch wenige da. Da waren nur noch die, die zu krüppelig waren oder zu fett. Der Abschaum. Das Pack, das nichts auf die Reihe kriegte. Und da war ein böser Mann im Rollstuhl, der an ihnen all den Frust seines zerstörten Sportlerlebens ausließ. Wissen Sie was, Kwysiak? Der Teufel hatte für mich als Kind keinen Pferdefuß . . . er hatte Räder!» Eine fette Hand packte Kwysiak bei der Nasenspitze und kniff sie so fest zusammen, dass der Alte schmerzgepeinigt das Gesicht verzog. «Das war ein Spaß, was? O Mann, war das damals ein Spaß!»

«Bitte», wimmerte Kwysiak. «Bitte, lassen Sie mich. Bitte!»

Das Gesicht verzog sich zu einem Grinsen. «Aber natürlich lasse ich Sie. Was denken Sie denn? Soll ich mir an Ihnen die Finger schmutzig machen?» Er begann zu lachen. «Ich lasse Sie in Ruhe, alter Teufel. Einfach in Ruhe. Sie werden hier hübsch hängen bleiben, bis der Frost Ihnen die Finger an Ihr verdammtes Reck klebt. Vielleicht lassen Sie aber auch irgendwann einfach los und zertrümmern sich Ihren verfluchten alten Schädel auf dem Boden. Die Ratten werden Sie hier wimmern hören. Sonst keiner. Zwei Dinge sind sicher: Ich bin fett und ein Versager, aber ich werde hier weggehen. Und Sie sind alt und gelähmt, und Sie werden hier bleiben.»

«Ihre Zeitung . . . Ihre Geschichte! Was werden Sie denen erzählen? Verdammt, Mann, kommen Sie doch zur Vernunft, das kommt doch alles raus!» Ächzend griff Kwysiak mit den Händen um. Seine Finger schmerzten.

Reiff zuckte mit den Schultern. «Kein Mensch hat uns zusammen gesehen. Ich werde einfach erzählen, dass ich Ihnen am Telefon gesagt habe, wo wir morgen die Aufnahmen machen wollen. Da wird man halt denken, es habe Sie eine lang verschüttete Sehnsucht gepackt, und Sie seien schon mal auf eigene Faust los zu Ihrer alten Wirkungsstätte.»

Sein rundes Gesicht kam wieder ganz nahe. «Das wird das Thema meines nächsten Artikels sein: Ein alter Krüppel stirbt, weil er sich selbst nicht mehr helfen kann. Olympia, das war einmal . . .»

Ihre Nasenspitzen berührten sich fast. Ohne Brille erkannte Kwysiak ihn nur verschwommen. «Du faules, fettes Schwein», ächzte der Alte und kniff die Augen angriffslustig zusammen. «Wer sagt . . . dass ich mir . . . nicht mehr alleine helfen kann . . .»

«Was willst du tun, alter Mann? Mir Angst machen? So wie früher?»

Der Spott wich aus seiner Stimme, als er sah, dass in Kwysiak mit einem Mal etwas vorging. Die Kiefer begannen zu mahlen, die Lippen wurden fest zusammengekniffen, und die faltigen Augen schlossen sich.

Ehe Reiff reagieren konnte, riss der Alte seinen Oberkörper mit der Kraft seiner beiden gesunden Arme empor und stemmte ihn hoch über das Reck.

Reiff sah staunend den stahlharten Ausdruck im Blick des Alten. Aufgebäumt und kerzengerade hatte Kwysiaks Körper trotz der leblos baumelnden Beine etwas Triumphales. Und dann schoss auch schon, als der Oberkörper nach vorne über die Stange klappte, mit unglaublicher Geschwindigkeit der kahle Schädel auf ihn zu und donnerte von oben ungebremst auf seinen Kopf.

In Reiffs Gehirn explodierte ein Feuerwerk. Er taumelte nach vorn, strauchelte, versuchte noch, sich irgendwo am Rest festzuhalten, und stürzte zentnerschwer auf den morschen Fußboden, der unter seinem Gewicht barst und wegsackte.

Dann war es minutenlang still, bevor erneut das kreischende Geräusch von draußen hereindrang.

Reiff schmeckte Blut und spürte, dass er nicht imstande war, sich zu bewegen. Zwischen einzelnen Holzsplittern hindurch, die direkt vor seiner gebrochenen Nase aus dem Turnhallenboden aufragten, erkannte er den Körper des alten Mannes, der neben dem umgestürzten Rollstuhl auf dem Boden lag. Reglos. Tot. Aus dem Mund stieg kein Atem mehr in die Winterluft hinauf, aber um die Mundwinkel herum hatte sich ein zufriedenes, triumphierendes Lächeln gelegt. Ein letzter Siegestaumel, der sich in sein Gesicht gegraben hatte und nie mehr vergehen würde.

«Kleiner, fetter Uli, jetzt los, hopp, häng da nicht so rum . . .», hörte er wie aus weiter Ferne eine Männerstimme. Und dreiundzwanzig Augenpaare starrten ihn belustigt und spöttisch an und riefen seinen Namen.

Dann färbte sich das Bild rot und ihm schwanden die Sinne.

Die letzte Chance des Trainers Espemann

Jaroslav Kutak

Nachts konnte er nicht schlafen, wälzte sich herum, ächzte laut und schaute mit offenen Augen in die Dunkelheit, die ihm wie eine Leinwand all das vorspielte, alle möglichen Katastrophen vorexerzierte. Wenn er aufwachen würde – falls er überhaupt einschlief –, würde es den Tag der Entscheidung geben. Die Mannschaft, die er in die Bezirksliga gebracht hatte, stand vor dem letzten Saisonspiel, einem Spiel, das sie gewinnen musste. Jedes andere Ergebnis außer einem Sieg bedeutete den Abstieg. Eine Schande, die Trainer Espemann nicht erleben mochte.

Fußball war sein Leben. Er hatte früher im Tor gestanden und verwahrte bis heute die dutzendmal geflickten Sporthosen, die er als Talisman immer angezogen hatte. Das waren die so genannten «Siegeshosen». Er hatte immerhin im Tor von Jiskra Horice, TJ Trebechovice, Spartak Hradec Kráalové, Tesla Pardubice und zuletzt von Ajax Petrovice gestanden. Dies war aber schon Jahre her. Nun war er Trainer. Trainer einer der Mannschaften, in der er vor fünfzehn Jahren selber gespielt hatte, der TJ Trebechovice, die in der wunderschönen böhmischen Kleinstadt mit dem berühmten holzgeschnitzten «Betlém» zu Hause war – der riesengroßen Weihnachtskrippe mit Maria und Josef und dem kleinen Jesus, dem Esel, den Schäflein und mit mehreren hundert anderen beweglichen Figürchen.

Gegen fünf hielt es Espemann im Bett nicht mehr aus. Seine Frau brummte etwas über Verrückte, schlief dann aber weiter; nach den langen Jahren war sie allerlei gewöhnt.

Er duschte, dann warf er unglücklich und nur symbolisch einen Blick in den Kühlschrank, da er wusste, dass er trotz Hungergefühlen keinen Happen herunterschlucken konnte, schlug die Kühlschranktür zu und ging auf Toilette. Er musste immer Wasser lassen, wenn es um etwas ging.

Schließlich verließ er das Haus. Draußen wartete er kurz auf den Bus, der ihn an den Rand der Stadt bringen sollte, stieg ein und setzte sich.

Fußball in Böhmen hat bereits eine mehr als hundert Jahre alte Geschichte. Trainer Espemann hatte gut dreißig Jahre mitgemischt und fühlte sich nun immer mehr an den Rand gedrängt. Er trainierte eine Mannschaft niedrigen Ranges, und übers Geld, das er dafür ausgezahlt bekam, ließe sich mit Erfolg streiten – neben seiner Trainertätigkeit musste er noch einer anderen geregelten Arbeit nachgehen. Er wünschte sich so sehr eine Sportschule, in der er ausschließlich Fußball unterrichten könnte . . .

An der Endstation stieg er aus und machte sich zu Fuß weiter auf den Weg zu der zwanzig Kilometer entfernt liegenden Stadt, deren Mannschaft er trainierte. Zum Glück hielt ein bärtiger Abenteurer im Jeep an und nahm Espemann mit.

Es war kurz vor sechs am Morgen, als er in der Stadt ankam. Noch fast ganze fünf Stunden. Ein Glück, dass das Spiel auf den Vormittag vorverlegt worden war. Wenn Espemann noch länger warten müsste, wäre es gänzlich unerträglich für ihn. Alle anderen Mannschaften der Staffel spielten erst nachmittags.

Das Stadion erwachte aus dem Frühmorgennebel. Trainer Espemann beobachtete die Tribüne mit dem Baugerüst. Man hatte alles Mögliche renovieren lassen, nachdem das Team letzte Saison aufgestiegen war: In neue Baderäume und Umkleidekabinen war investiert worden, der Bau hatte einen neuen Putz und neue Anschlüsse für Wasser und Gas bekommen. Und nun würde die Mannschaft wieder tiefer fallen ...

Die erste Stunde spazierte der Trainer in der Stadt herum. Sonntag. Frühmorgens. Wer war jetzt schon auf? Der Trainer spürte eine große Verantwortung für alle Bewohner der Stadt auf seinen schmalen Schultern lasten.

Die ganze vergangene Woche hatte er versucht, in die Nähe der heutigen Schiedsrichter zu gelangen, um ihnen gut zuzureden, aber alles in allem traf er nur einen Linienrichter, und der wollte mit ihm auf keinen Fall verhandeln. Wichtig war für ihn, was der Hauptunparteiische sagt. Trainer Espemann wusste, dass die Herren in Schwarz bestechlich waren, hatte jedoch keine Ahnung, was man ihnen bieten musste.

Während seines frühen Spaziergangs passierte er auch das Haus des Fußballvereinsvorsitzenden. Da es mittlerweile sieben Uhr war, hielt der Trainer an und rief wie ein Ertrinkender: «Honzo! Héééj, Honzo!»

Niemand antwortete ihm. Eigentlich wusste Espemann auch nicht, worüber er mit dem Vorsitzenden noch reden könnte. Alles war bereits tausendmal im Ausschuss besprochen worden. Als dem Trainer bewusst wurde, dass er einfach nur irgendein Gesicht sehen wollte, machte er eine ablehnende Geste und schlug den Weg zum Spielplatz ein.

Um halb neun kam der Verwalter. Linien ziehen. Während der ganzen Zeit, während der er mit einem kleinen Wagen die Linien zeichnete, schritt Espemann ihm nach und murmelte irgendetwas Zusammenhangloses. Es klang etwa so: «Was soll ich machen? Was soll ich nur machen? Ich hab doch gebundene Hände! Der Vorstand hilft mir nicht, die sind alle gegen mich, die Hunde, was soll ich tun? Was kann ich tun? Na, sag doch! Schau, unter welchen Bedingungen ich arbeite, was sind das für Spieler? Ich kann doch nichts dafür . . .»

Während der Verwalter den Spielplatz vorbereitete, musste der Trainer viermal zum Klo. Sein Magen zitterte wie Sülze. Er war blass und kaute auf seinen Lippen.

Um halb zehn kamen die Spieler. Einer nach dem anderen, mit hängenden Köpfen. Der Trainer sprach auf jeden Einzelnen ein, erklärte ihnen, dass sie auf dem Rasen alles geben mussten, ihr höchster Einsatz gefordert war.

Fünf Minuten vor halb elf betrat Espemann die Kabine der Schiedsrichter und versprach ihnen, dass er für sie fünfhundert Kronen zusammenkratzen würde – aber erst nach dem Spiel und nur für den Fall, dass seine Mannschaft gewinnen würde.

«Ich habe ihnen einen Tausender versprochen», informierte er dann die Mitglieder des Vorstandes, die vor der Tribüne Bier süffelten. «Wenn wir gewinnen. Ihr müsst mir so viel geben.»

Dann wandte er sich ab und biss sich erneut auf die Lippen.

Ein schrecklicher Tag.

Der Schiedsrichter pfiff den Beginn des Spiels an.

Espemann spürte das höhnische Lächeln eines Spielers auf seinem Rücken. Dieser Spieler saß auf der Tribüne, weil er der Meinung des Trainers nach einfach zu alt war. Nun saß er da oben und machte Espemann das Leben schwer. Außerdem bemerkte Espemann, dass ihn auch die Vorstandsmitglieder schief anschauten. Letzte Woche hatten sie angeblich über einen neuen Trainer diskutiert. Espemann wusste, dass ihm nicht einmal mehr die Spieler vertrauten, da er sie so lange nicht mehr zu einem Sieg geführt hatte.

Aber davon nahm er nichts richtig wahr. So kam es zu einem Konflikt zwischen seinem Körper und seiner Seele, der ihn zum starken Urinieren zwang.

Am Spielfeldrand stehend schrie er: «Los! Ihr Scheißer! Los! Spielt, ihr Scheißer!» Dies war seine Art, die Spieler zu motivieren.

Dann machte sich der Trainer langen Schrittes auf zur Eckfahne, wo keine Zuschauer standen, wandte sich ab und befreite sich vom Druck im Bauch. Diesen Vorgang wiederholte er noch viele Male.

Auf seinem Platz zurück, entsandte er dann unzählige verzweifelte Blicke ins Publikum, zuckte entschuldigend die Schultern, tauchte ein Handtuch immer wieder ins Wasser und wies ab und zu einen Ersatzspieler an, sich warm zu machen, obwohl jeder wusste, dass er nie jemanden auswechselte. Sein Faustrecht hieß – nur im Falle einer Verletzung, sonst nie.

Die erste Halbzeit endete unentschieden.

In der Pause besuchte Espemann die Kabine des Gegners. Er ging hinein, ohne zu klopfen, sank vor den verschwitzten Kerlen in den bunten Trikots auf die Knie und stöhnte: «Um Gottes willen, ihr habt doch nichts zu verlieren! Tut mir das nicht an! Warum lasst ihr uns nicht leben? Gebt uns eine Chance! Nächstes Mal könnte es euch genauso gehen wie uns jetzt! Dann helfen wir euch!» Dann stand er auf und ging.

Die Spieler des Gegners ließen sich erklären, dass es sich um den Trainer der heimischen Mannschaft handelte.

In der Kabine seines Teams erteilte Espemann folgende Anweisungen: «Es ist nichts zu machen! Wir müssen spielen! Es ist nichts zu machen, ihr Scheißer, ihr müsst spielen, ihr Bastarde! Ich weiß, es ist schwer, wenn uns der Vorstand nicht hilft, aber da kann man nichts machen, ihr Scheißer, ihr müsst etwas zeigen, ihr seid euer Geld nicht wert!»

Hiernach verließ er seine Schützlinge, um draußen ein paar Worte mit dem Vorstand zu wechseln: «Na, was kann ich tun? Schaut euch doch die Mannschaft an! Ich habe sonst niemanden! Man will guten Fußball sehen, aber man muss damit auskommen, was man hat, ja, ja, ich verstehe euch, ich verstehe euch!»

Schließlich ging er zu der Trainerbank und füllte dort in aller Ruhe sein Reisekostenformular aus. Er veranschlagte ganze 120 Kronen, denn er benutzte ja noch nicht einmal seinen eigenen Wagen. Und eine Rückfahrkarte brauchte er auch nicht, denn nach Hause brachte ihn immer einer der Spieler, der unweit vom Trainer wohnte.

Die zweite Halbzeit begann.

Trainer Espemann pendelte von einer Eckfahne zur anderen und bemühte sich aus allen Kräften, nicht ins Spielfeld zu blicken. Deshalb lief er mit dem Rücken zum Spielgeschehen und betrachtete die Umgebung des Stadions. Der beginnende Sommer war angenehm warm.

Es stand immer noch unentschieden.

Unentschieden.

Immer noch unentschieden!

Espemann begann, Blut zu urinieren. Der Zwang war stärker als das Bedürfnis, aber er konnte sich nicht helfen. Etliche Male schon hatte er sich untersuchen lassen, aber die Ärzte fanden nichts. Sie sagten, es wären die Nerven.

Zehn Minuten vor Schluss stolperte ein gegnerischer Stürmer um den Ball und schoss aus Versehen ein langsames, direkt peinlich aussehendes Führungstor.

Espemann spürte, wie ihm ein Buckel wuchs.

Er brach innerlich zusammen, schaffte es aber noch, ein paar verzweifelte, durch eigenes Geklatsche begleitete Schreie hervorzubringen: «Macht nichts! Ist nichts passiert! Es ist noch nicht zu Ende! Spielen wir, spielen wir, ihr Scheißer! Wir versuchen's weiter, es ist noch nicht alles vorbei!»

Aber im Stillen dachte er, dass doch alles schon vorbei wäre.

Die Mannschaft ist nicht mehr in der Bezirksliga.

Eine einzige Katastrophe.

Er torkelte ab, unter die Tribüne, dann die Treppe in den Keller hinunter. Dort schloss er sich in einem dunklen Raum ein, um nichts mehr vom Spiel sehen und hören zu müssen.

Und da fiel die ganze Spannung der vergangenen zwanzig Stunden endlich von ihm ab. Die Müdigkeit von der durchwachten Nacht und dem langen Spaziergang traf ihn wie ein Hammer. Er schlief sofort ein . . .

Gerade als Trainer Espemann die Bank verlassen hatte und im Innern der Tribüne verschwunden war, schoss der heimische Stürmer Rehak dank einem harten Querschuss das Ausgleichstor. Und nachdem der Gegner in der Mitte kurz nach der Unterbrechung den Ball verloren hatte und der Mittelverteidiger Holotik durch die gegnerische Reihen wie das Messer durch die Butter geschnitten war und dicht am Pfosten das Siegestor platziert hatte, war das Spiel zu Ende.

Die Feier anlässlich des wichtigen Sieges, dank dem die Mannschaft in der Bezirksliga bleiben durfte, nahm einfach kein Ende. Die Spieler tobten in den Duschen, die glücklichen Vorstandsmitglieder brachten Sekt in die Kabine, und begeisterte Fans spendeten ein paar Kästen Bier. Diese allgemein fröhliche Stimmung ließ die Gefeierten vergessen, sich zu fragen, wo sich ihr Trainer befand.

Schließlich erinnerte sich aber doch jemand an ihn und behauptete, dass Espemann nach Hause gefahren sei, jemand hätte ihn nach dem ersten Tor wegfahren gesehen. Er hätte es angeblich nervlich nicht ausgehalten.

Die Feier war großartig. Sie ging später weiter in der Stammkneipe der Fußballer und endete schließlich spät in der Nacht auf den Straßen der schlafenden Nacht.

Die Leiche des Trainers wurde erst am Montagvormittag von Handwerkern gefunden. In einem tiefen, ruhigen und vor allem ewigen Schlaf umarmte Trainer Espemann ein defektes Gasrohr.

Der vermisste Rugbyspieler

Sir Arthur Conan Doyle

Wir waren in der Baker Street gewöhnt, die seltsamsten Telegramme zu erhalten, aber ich erinnere mich noch besonders an eines, das uns an einem trüben Februarmorgen erreichte. Die Sache liegt jetzt sieben oder acht Jahre zurück und bereitete Sherlock Holmes eine Viertelstunde Kopfzerbrechen. Es war an ihn adressiert und lautete folgendermaßen:

«Bitte erwarten Sie mich. Schreckliches Missgeschick. Rechter Flügel fehlt Dreiviertel. Morgen unentbehrlich. Overton»

«Poststempel vom Strand, aufgegeben um zehn Uhr sechsunddreißig», sagte Holmes, als er es immer und immer wieder durchlas. «Mr Overton war offensichtlich ziemlich aufgeregt, als er es absandte, und demzufolge unfähig, sich klar auszudrücken. Nun, bis ich die ‹Times› überflogen habe, wird er wohl da sein, und dann werden wir ja wissen, was er will. An solchen Tagen, wo nichts los ist, würde mir selbst das unbedeutendste Problem willkommen sein.»

Es war bei uns tatsächlich eine ziemlich flaue Zeit, und ich hatte gelernt, solche Perioden der Untätigkeit zu fürchten, denn ich wusste aus Erfahrung, dass das Gehirn meines Freundes so ungewöhnlich aktiv war und ständig auf Hochtouren arbeitete, dass es gefährlich werden konnte, wenn man es ohne Material ließ. Vor Jahren hatte ich ihn glücklich von seiner Drogensucht abgebracht, die einst seine glänzende Karriere zu gefährden drohte. Ich wusste nun, dass er unter normalen Umständen nicht mehr nach dieser künstlichen Stimulanz verlangte, aber es war mir wohl bewusst, dass der Suchtteufel nicht tot war, sondern nur schlief und dieser Schlaf nicht sonderlich tief war. Und so hatte ich Angst um ihn in diesen Zeiten, wo er nichts Rechtes zu tun hatte, wenn ich den gespannten Ausdruck auf Holmes' asketischem Gesicht und das Brüten in seinen unergründlichen Augen bemerkte. Daher war ich glücklich über diesen Mr Overton, wer immer er auch war, denn er würde mit seiner rätselhaften Botschaft die gefährliche Stille durchbrechen, die meinem Freund weniger gut tat als alle Stürme in seinem bewegten Leben.

Wie wir es erwartet hatten, folgte der Absender schnell seinem Telegramm, und die Karte von Mr Cyril Overton, Trinity College, Cambridge, kündete die Ankunft eines enormen jungen Mannes an, der mindestens zwei Zentner Lebendgewicht an soliden Knochen und Fleisch auf die Waage brachte und mit seinen breiten Schultern den ganzen Türrahmen ausfüllte. Mit einem guten, angenehmen Gesicht, das jetzt in Erwartung und Sorge gespannt war, sah er von einem zum anderen.

«Mr Sherlock Holmes?»

Mein Freund verbeugte sich.

«Ich war schon im Scotland Yard, Mr Holmes, und habe mit Inspektor Stanley Hopkins gesprochen. Er gab mit den Rat, zu Ihnen zu gehen. Er sagte, soweit er das beurteilen könne, sei mein Fall mehr Ihr Gebiet als das der offiziellen Polizei.»

«Bitte setzen Sie sich und erzählen Sie, was los ist.»

«Es ist scheußlich, Mr Holmes, einfach scheußlich! Ich wundere mich, dass ich noch keine grauen Haare bekommen habe. Godfrey Staunton – Sie haben doch natürlich schon von ihm gehört? Er ist einfach der Angelpunkt, an dem die ganze Mannschaft hängt. Ich erspare mir lieber zwei von dem Pack und habe Godfrey für meine Dreiviertellinie. Ob er mit dem Ball läuft oder zuspielt oder dribbelt, da ist niemand, der an ihn herankommt. Und dann hat er Köpfchen. Er hält uns alle zusammen. Was soll ich tun? Das frage ich Sie, Mr Holmes. Da ist Moorhouse, erste Reserve, aber er ist trainiert als Halber, und er gerät immer ins Außen, statt innerhalb der Linie zu bleiben. Auf dem Platz tritt er gut, das muss man ihm lassen. Aber er kann nichts abschätzen. Und sprinten kann er überhaupt nicht. Ei je, Morton oder Johnson, die Oxfordflieger, könnten um ihn herumspielen und mit ihm machen, was sie wollen. Stevenson ist wohl sehr schnell, aber er könnte nicht von der Fünfundzwanziger-Linie einwerfen, und ein Dreiviertel-Mann, der nicht stoßen oder zuspielen kann, ist kaum als Schrittmacher zu gebrauchen. Nein, Mr Holmes, wir sind erledigt und müssen einpacken, wenn Sie mir nicht helfen, Godfrey Staunton zu finden.»

Mein Freund hatte mit amüsierter Überraschung dieser langen Rede zugehört, die mit außergewöhnlicher Lebhaftigkeit und Kraft vorgetragen wurde, und jeder Punkt wurde von dem Redner noch dadurch unterstrichen, dass er mit seiner muskulösen Hand sich klatschend auf den Schenkel schlug. Als unser Besucher geendet hatte, streckte Holmes seinen Arm aus und zog den Buchstaben «S» aus seiner Referenzsammlung hervor. Diesmal zapfte er die große Quelle der Information vergeblich an.

«Hier haben wir Arthur Staunton, den viel versprechenden jungen Fälscher», sagte er, «und dann gab's noch Henry Staunton, dem ich zum Galgen verholfen habe, aber Godfrey Staunton ist mir ein neuer Name.»

Nun war es an unserem Besucher, überrascht auszusehen.

«Nanu, Mr Holmes, ich dachte, Sie wüssten über alles Bescheid», sagte er. «Wenn Sie noch nie von Godfrey Staunton gehört haben, muss ich dann annehmen, dass Sie auch Cyril Overton nicht kennen?»

Holmes schüttelte gut gelaunt seinen Kopf.

«Großer Gott!», rief der Athlet. «Aber ich war doch erste Reserve für England gegen Wales, und ich habe dieses ganze Jahr die Mannschaft geführt. Aber das ist gar nichts! Ich hätte nicht gedacht, dass es eine Seele in England gibt, die Godfrey Staunton nicht kennt, den Klassespieler – Mensch: Cambridge, Blackheath und fünf Internationale! Guter Gott! Mr Holmes, wo haben Sie gelebt?»

Über das naive Staunen des jungen Riesen lachte Sherlock Holmes herzlich.

«Sie leben in einer anderen Welt als ich, Mr Overton – einer schöneren und gesünderen Welt, nehme ich an. Meine Arbeit führt mich in viele Schichten der Gesellschaft, aber, und das macht mich richtig glücklich, nicht in den Amateursport, welcher die beste und gesündeste Sache ist, die England zu bieten hat. Nun zeigt mir Ihr unerwarteter Besuch heute Morgen allerdings, dass selbst in dieser Welt von frischer Luft und Fairplay es für mich Arbeit geben kann. So, nun setzen Sie sich mal hin, und erzählen Sie mir langsam und in aller Ruhe, was sich genau zugetragen hat und auf welche Weise ich Ihnen helfen kann.»

Mr Overtons Gesicht nahm den bekümmerten Ausdruck eines Mannes an, der mehr gewöhnt ist, mit seinen Muskeln zu arbeiten als mit seinem Geist. Aber nach und nach, mit vielen Wiederholungen und Obskuritäten, die ich in seiner Erzählung übergehe, breitete er seine seltsame Geschichte vor uns aus.

«Es war so, Mr Holmes. Wie ich schon gesagt habe, ich bin der Mannschaftskapitän des Rugger-Teams der Universität Cambridge und Godfrey Staunton ist mein bester Mann. Morgen spielen wir in Oxford. Gestern sind wir alle hingefahren und haben uns in Bentleys Hotel niedergelassen. Um zehn Uhr machte ich meine Runde und sah nach, ob sich die Kameraden alle in die Falle gehauen hatten, denn ich glaube daran, dass viel Training und reichlich Schlaf ein Team fit hält. Ich habe noch ein bisschen mit Godfrey geredet, bevor er sich auch hingelegt hat. Er erschien mir ein bisschen bleich. Irgendwie sah er bekümmert aus. Ich fragte ihn, was denn los sei. Er sagte, alles sei in Ordnung, er hätte bloß Kopfschmerzen. So habe ich ihm dann gute Nacht gesagt und bin gegangen. Eine halbe Stunde später kommt der Portier und erzählt mir, dass ein strubbelig aussehender bärtiger Mann, so 'ne Schlägertype, mit einer Nachricht für Godfrey gekommen sei. Er war noch nicht zu Bett gegangen, und so wurde der Brief ihm aufs Zimmer gebracht. Godfrey las ihn und fiel auf einen Stuhl, als hätte ihm jemand mit dem Holzhammer eins vor den Schädel gegeben. Der Portier hatte sich so erschrocken, dass er mich holen wollte, aber Godfrey hielt ihn zurück, trank einen Schluck Wasser und nahm sich zusammen. Dann kam er herunter, redete ein paar Worte mit dem Mann, der in der Hotelhalle wartete, und die zwei gingen zusammen fort. Sie rannten fast die Straße in Richtung Strand hinunter, das war das Letzte, was der Portier von ihnen sah. Heute Morgen war Godfreys Zimmer leer. Sein Bett war unberührt, und seine Sachen waren gerade so, wie ich sie am Abend vorher gesehen hatte. Er war von einem Augenblick auf den anderen mit dem Fremden fortgegangen, und wir haben seitdem nichts mehr von ihm gehört. Ich glaube nicht, dass er zurückkommen wird. Er war Sportsmann, der Godfrey, Sportler bis ins Mark, und er hätte nicht mit dem Training aufgehört und seinen Kapitän im Stich gelassen, wenn es nicht aus einem Grund geschehen ist, über den er selbst nicht Herr war. Nein, ich fühle es genau, er ist für immer weg, und wir werden ihn nie wieder sehen.»

Sherlock Holmes lauschte mit größter Aufmerksamkeit diesem eigenartigen Bericht.

«Was haben Sie unternommen?», fragte er.

«Ich telegrafierte nach Cambridge, um zu erfahren, ob man dort etwas von ihm gehört hat. Ich habe die Antwort erhalten. Niemand hat ihn gesehen.»

«Hätte er noch nach Cambridge zurückkommen können?»

«Ja, es gibt einen späten Zug Viertel nach elf.»

«Aber soweit Sie feststellen konnten, hat er den nicht genommen?»

«Nein, niemand hat ihn gesehen.»

«Was haben Sie als Nächstes getan?»

«Ich habe Lord Mount-James ein Telegramm geschickt.»

«Wer ist Lord Mount-James?»

«Godfrey ist Waise, und Lord Mount-James ist sein nächster Verwandter – sein Onkel, glaube ich.»

«Das wirft allerdings ein neues Licht auf die Angelegenheit. Lord Mount-James ist einer der reichsten Männer in England.»

«So habe ich's von Godfrey auch gehört.»

«Und Ihr Freund war mit ihm nahe verwandt?»

«Ja, er ist sein Erbe. Und der alte Knabe ist nahezu achtzig – hat dazu noch schwer die Gicht. Man sagt, er könnte mit seinen Knöcheln den Billardstock einkreiden. Godfrey hat nie in seinem Leben auch nur einen Shilling von ihm gekriegt. Er ist der totale Geizhals. Aber am Ende kriegt Godfrey doch alles.»

«Haben Sie von Lord Mount-James etwas gehört?»

«Nein.»

«Was für ein Motiv könnte Ihr Freund haben, zu Lord Mount-James zu gehen?»

«Na ja, irgendetwas hat ihn gestern Abend bekümmert. Und wenn es etwas mit Geld zu tun hatte, dann hätte er sich doch sicherlich an seinen nächsten Verwandten gewandt, der so viel davon hat, wenn auch nach allem, was ich gehört habe, keine große Chance bestand, dass er etwas herausrückte. Godfrey mochte den alten Mann nicht. Wenn es nicht unbedingt sein musste, ging er nicht zu ihm.»

«Nun, diesen Punkt können wir schnell klären. Wenn Ihr Freund vorhatte, zu seinem Verwandten, Lord Mount-James, zu fahren, wie erklären Sie dann den Besuch des Schlägertyps zu einer so späten Stunde und die Aufregung, die sein Kommen ausgelöst hat?»

Cyril Overton presste die Hände an den Kopf. «Ich begreife das alles nicht», sagte er.

«Nun», sagte Holmes, «ich habe an diesem Tag nichts anderes vor und will mich gern um diese Sache kümmern. Ich möchte Ihnen aber sehr empfehlen, die Vorbereitungen für das Spiel zu treffen, ohne auf den jungen Herrn zu rechnen. Es muss schon, wie Sie sagen, eine überwältigende Notwendigkeit vorgelegen haben, die ihn auf solche Weise Ihnen entrissen hat. Und die gleiche Notwendigkeit wird ihn wahrscheinlich weiter fern halten. Lasst uns zusammen zum Hotel hinübergehen und sehen, ob der Portier uns in dieser Sache noch weiterhelfen kann.»

Sherlock Holmes verstand die Kunst, einen schlichten Zeugen durch seine Freundlichkeit zum Reden zu bringen. In Godfrey Stauntons verlassenem Zimmer, wo wir ungestört waren, hatte er sehr bald aus dem Portier alles herausgeholt, was dieser zu berichten hatte. Der Besucher von gestern Abend war weder ein Gentleman noch war er ein Arbeiter. Er war einfach das, was der Portier als «mittelmäßig aussehender Typ» bezeichnete, ein Mann um die Fünfzig, grau melierter Bart, blasses Gesicht, unauffällig gekleidet. Er schien selber aufgeregt zu sein. Der Portier hatte bemerkt, wie seine Hand zitterte, als er ihm die Nachricht übergab. Godfrey Staunton hatte die Botschaft in seine Tasche gestopft. Staunton und der Mann in der Halle hatten einander nicht die Hände geschüttelt. Sie hatten ein paar Worte gewechselt, aber der Portier hatte nur das Wort «Zeit» verstanden. Dann waren sie auf die beschriebene Weise davongeeilt. Die Uhr in der Halle zeigte gerade zweiundzwanzig Uhr dreißig.

«Warten Sie mal», sagte Holmes und setzte sich auf Stauntons Bett. «Sie haben doch am Tag Dienst, nicht wahr?»

«Ja, Sir, mein Dienst endet um elf Uhr.»

«Der Nachtportier hat nichts gesehen, nehme ich an?»

«Nein, Sir, eine Theatergruppe kam noch spät, aber sonst niemand.»

«Hatten Sie auch gestern den ganzen Tag Dienst?»

«Ja, Sir.»

«Brachten Sie Mr Staunton gestern auch irgendwelche Nachrichten?»

«Ja, Sir, ein Telegramm.»

«Ah! Das ist interessant. Wann war das?»

«Um sechs Uhr herum.»

«Wo war Mr Staunton, als er es bekam?»

«Hier in seinem Zimmer.»

«Waren Sie dabei, als er es öffnete?»

«Ja, Sir, ich wartete, um zu wissen, ob es beantwortet werden sollte.»

«Na und? Gab's eine Antwort?»

«Ja, Sir, er schrieb eine Antwort.»

«Haben Sie die aufgegeben?»

«Nein, Sir, er hat es selber erledigt.»

«Aber er schrieb sie in Ihrer Gegenwart?»

«Ja, Sir, ich stand an der Tür, und er drehte mit den Rücken zu und schrieb an diesem Tisch. Dann sagte er: ‹In Ordnung, Portier, ich werde dies selber aufgeben.›»

«Womit hat er denn geschrieben?»

«Mit einer Feder.»

«War das Telegrammformular eines von diesen hier auf dem Tisch?»

«Ja, Sir, es war das oberste.»

Holmes stand auf. Er nahm die Formulare und trug sie hinüber zum Fenster und untersuchte das oberste sorgfältig.

«Es ist schade, dass er nicht mit Bleistift geschrieben hat», sagte er und warf sie mit einem enttäuschten Achselzucken wieder auf den Tisch. «Wie Sie sicher schon häufig beobachtet haben, Watson, drückt er meistens durch – eine Tatsache, die schon manche glückliche Ehe aufgelöst hat. Ich kann hier jedoch keine Spur finden. Es freut mich aber, festzustellen, dass er mit einer breiten Feder schrieb. Höchstwahrscheinlich finden wir einen Abdruck auf diesem Löschpapier. Ah ja, das ist genau die Sache!»

Er riss ein Stückchen des Löschpapiers ab und zeigte uns die folgenden Hieroglyphen:

Cyril Overton war sehr aufgeregt. »Halten Sie einen Spiegel darüber!», rief er.

«Das ist nicht nötig», sagte Holmes. «Das Papier ist dünn, und die Rückseite wird uns die Botschaft verraten. Hier ist sie schon.»

Er drehte das Löschblatt herum, und wir lasen:

«So, das ist das Schwanzende des Telegramms, das Godfrey Staunton ein paar Stunden vor seinem Verschwinden absandte. Mindestens sechs Worte dieser Botschaft sind uns entgangen, aber was erhalten geblieben ist – ‹Steh uns um Gottes willen bei!› – , zeigt, dass der junge Mann eine furchtbare Gefahr auf sich zukommen sah, vor welcher er von jemand anders Schutz und Hilfe erwartete. ‹Uns›, schreibt er! Es ist noch jemand im Spiel. Wer könnte es anders sein, als der blasse, bärtige Mann, der selbst einen so nervösen Eindruck machte? Was verbindet diesen bärtigen Mann mit Godfrey Staunton? Und wer ist der dritte Mann, bei dem sie gemeinsam Hilfe in der drohenden Gefahr suchten? Soweit hat inzwischen unsere Untersuchung das Problem schon eingekreist.»

«Wir brauchen doch nur herauszufinden, an wen das Telegramm gesandt worden ist», schlug ich vor.

«Genau, mein lieber Watson. Ihre tiefgründige Überlegung ist mir auch schon gekommen. Aber es mag Ihnen wohl auch bekannt sein, dass es so etwas wie ein Postgeheimnis gibt. Wenn Sie in ein Postamt hineinmarschieren und den Kontrollabschnitt eines Telegramms sehen wollen, das jemand anders aufgegeben hat, stoßen Sie bei den Postbeamten sicherlich auf Widerstand. Da lernen Sie die Bürokratie kennen. Doch ich zweifle nicht, dass wir mit ein wenig Feingefühl und Raffinesse herauskriegen, was wir wissen wollen. Inzwischen möchte ich in Ihrer Gegenwart, Mr Overton, diese Papiere durchsehen, die hier auf dem Tisch liegen.»

Da waren eine Anzahl Briefe, Rechnungen und Notizbücher, die Holmes aufnahm und mit behenden, feinnervigen Fingern und scharfen, durchdringenden Augen untersuchte. «Hier ist nichts», sagte er schließlich. «Ach, übrigens, Ihr Freund war doch gesund – es fehlte ihm nichts?»

«Gesund wie nur einer.»

«Haben Sie ihn je krank erlebt?»

«Nicht einen Tag, mal ein kleiner Sportunfall, aufgeschlagenes Knie oder dergleichen. Aber das ist ja nichts.»

«Vielleicht war er nicht so kräftig, wie Sie annehmen. Er könnte vielleicht ein heimliches Leiden gehabt haben. Wenn Sie erlauben, stecke ich mir ein oder zwei von diesen Papieren ein, für den Fall, dass sie bei unseren Nachforschungen von Bedeutung sind.»

«Einen Augenblick – einen Augenblick!», rief eine nörgelige Stimme. Wir sahen auf und fanden einen seltsam aussehenden kleinen alten Mann zappelnd und gestikulierend in der offenen Tür stehen. Er trug einen verschossenen schwarzen Anzug, dazu einen altmodischen Zylinder mit sehr breiter Krempe und ein weißes, loses Halstuch. Er machte mit der ganzen Aufmachung den Eindruck, als sei er ein Beerdigungsunternehmer oder ein Pfarrer vom Lande. Und doch hatte, trotz seiner schäbigen, ja grotesken Kleidung, seine Stimme einen scharfen Unterton und seine Art etwas, was Gehorsam heischte.

«Wer sind Sie, Sir, und mit welchem Recht wühlen Sie in den Papieren dieses Herren herum?», fragte er.

«Ich bin Privatdetektiv und bemühe mich, sein Verschwinden aufzuklären.»

«Oh, sind Sie das? Und wer hat Sie beauftragt?»

«Dieser Herr, ein Freund von Mr Staunton, wurde von Scotland Yard an mich verwiesen.»

«Wer sind Sie, Sir?»

«Ich bin Cyril Overton.»

«Dann sind Sie es, der mir das Telegramm geschickt hat. Mein Name ist Lord Mount-James. Ich bin so schnell, wie es mit dem Bayswater-Bus eben möglich ist, hergekommen. So, Sie haben einen Detektiv beauftragt?»

«Ja, Sir.»

«Und gedenken Sie auch, die Kosten zu tragen?»

«Ich bin ganz sicher, dass mein Freund Godfrey, wenn wir ihn finden, das tun wird.»

«Und wenn man ihn nicht findet, wie? Was ist dann? Beantworten Sie mir das!»

«In diesem Falle wird doch sicherlich seine Familie . . .»

«Nichts dergleichen, Sir!», schrie der kleine Mann. «Erwarten Sie von mir nicht einen Penny, nicht einen einzigen Penny! Ich hoffe, Sie haben das verstanden, Herr Detektiv! Alles, was der junge Mann an Familie hat, bin ich, und ich sage Ihnen, dass ich für nichts aufkomme. Wenn er überhaupt etwas zu erwarten hat, dann ist es dem Umstand zu verdanken, dass ich niemals Geld verschwendet habe, und ich denke nicht daran, jetzt damit zu beginnen. Um noch einmal auf die Papiere zurückzukommen, mit denen Sie so frei umgehen, als gehörten sie Ihnen, so möchte ich Sie nur für den Fall, dass etwas von Wert darunter sein sollte, darauf aufmerksam machen, dass Sie für alles, was Sie damit tun, verantwortlich sind und strikt Rechenschaft geben müssen.»

«Sehr gut, Sir», sagte Sherlock Holmes. «Darf ich Sie inzwischen fragen, ob Sie vielleicht eine Erklärung für das Verschwinden des jungen Mannes haben?»

«Nein, Sir, ich habe keine. Er ist groß und alt genug, um auf sich selbst aufzupassen, und wenn er verloren geht, hat er sich dämlich angestellt. Darum lehne ich schlichtweg jede Verantwortung ab und weigere mich, nach ihm zu suchen.»

«Ich verstehe Ihre Einstellung vollkommen», sagte Holmes mit einem spitzbübischen Lächeln in seinen Augen. «Vielleicht verstehen Sie meine Position nicht so ganz. Godfrey Staunton scheint ein armer Mann gewesen zu sein. Sollte man ihn entführt haben, dann könnte das, was er selber besitzt, kaum der Grund gewesen sein. Jedermann weiß, dass Sie ein reicher Mann sind, Lord Mount-James, und es ist durchaus möglich, dass eine Diebesbande sich Ihres Neffen bemächtigt hat, um Informationen über Ihre Gewohnheiten, Ihr Haus und Ihre Schätze zu erhalten.»

Das Gesicht unseres unfreundlichen kleinen Besuchers wurde so weiß wie sein Halstuch.

«Um Himmels willen, Sir, was für ein Gedanke! An solch eine Schurkerei hätte ich niemals gedacht! Was für Schufte gibt es doch in der Welt! Aber Godfrey ist ein feiner Junge – ein ehrlicher Bursche. Nichts könnte ihn dazu bringen, seinem Onkel zu schaden. Ich werde meine Silbersachen heute Nacht der Bank zur Aufbewahrung geben. In der Zwischenzeit sparen Sie keine Mühe, Herr Detektiv! Bitte, lassen Sie nichts unversucht und bringen Sie ihn mir heil zurück. Was Geld anbelangt, na ja, einen Fünfer oder Zehner will ich gerne dafür springen lassen.»

Auch in seiner Angst um den geliebten Besitz war unser edler Geizkragen nicht imstande, uns irgendwelche Informationen zu geben, die uns hätten weiterhelfen können, denn er wusste wenig vom Privatleben seines Neffen. Unsere einzige Hoffnung lag in dem Fragment des Telegramms, und mit einer Kopie desselben in der Hand ging Sherlock Holmes los, um das zweite Glied in der Kette zu finden. Lord Mount-James hatten wir abgeschüttelt, und Overton war gegangen, um sich mit seinem Team über die unglückliche Lage, in die sie geraten waren, zu beraten.

Nicht weit vom Hotel entfernt befand sich das Telegrafenbüro. Wir blieben davor stehen.

«Der Versuch lohnt sich, Watson», sagte Holmes. «Mit einer behördlichen Vollmacht hätten wir natürlich das Recht, die Akten des Amtes einzusehen. Aber dieses Stadium haben wir noch nicht erreicht. Ich glaube nicht, dass sie an einem Ort mit so viel Publikumsverkehr sich an einzelne Gesichter erinnern. Wir wollen es mal versuchen.»

«Es tut mir schrecklich Leid, Sie noch einmal zu belästigen», sagte Holmes auf die betörendste Weise zu der jungen Frau hinter dem Gitter. «Es muss da etwas schief gelaufen sein mit einem Telegramm, das ich gestern abgesandt habe.

Ich habe keine Antwort bekommen und fürchte nun, dass ich vergessen habe, meinen Namen ans Ende zu setzen. Könnten Sie mir wohl sagen, ob dem so ist?»

Die junge Frau nahm sich ein Bündel Belege vor.

«Wann haben Sie es aufgegeben?», fragte sie.

«Kurz nach sechs.»

«An wen war es?»

Holmes legte seinen Finger an die Lippen und sah mich an. «Die letzten Worte darin waren ‹um Gottes willen›», flüsterte er vertrauensvoll. »Ich warte ganz dringend auf Antwort.»

Die junge Frau löste ein Formblatt heraus.

«Hier ist es», sagte sie. «Da steht auch kein Name», sagte sie und glättete das Blatt vor sich auf dem Tisch.

«Dann ist natürlich klar, warum ich keine Antwort bekommen konnte», sagte Holmes. «Du liebe Zeit, wie dumm von mir. Guten Morgen, Fräulein, und vielen Dank, dass Sie mir geholfen haben.» Er lachte leise in sich hinein und rieb sich die Hände, als wir wieder draußen auf der Straße standen.

«Nun?», fragte ich.

«Wir kommen voran, mein lieber Watson, wir kommen voran. Ich hatte sieben verschiedene Pläne, wie ich es anstellen könnte, um einen Blick auf das Telegramm zu werfen, aber ich hätte kaum zu hoffen gewagt, dass es gleich beim ersten Mal klappen würde.»

«Und was haben Sie gewonnen?»

«Einen Ausgangspunkt für unsere Untersuchung.» Er winkte ein Cab heran. «King's Cross Station», sagte er.

«Verreisen wir?»

«Ja, ich denke, wir fahren zusammen nach Cambridge. Alle Anzeichen deuten in diese Richtung.»

«Sagen Sie mir», fragte ich, als wir Gray's Inn Road entlangrasselten, «haben Sie schon eine Vermutung, was der

Grund für das Verschwinden sein kann? Ich wüsste nicht, dass wir je einen Fall gehabt hätten, wo das Motiv so obskur gewesen wäre. Sie glauben doch sicherlich selber nicht daran, dass er entführt worden ist, um von ihm Informationen über seinen reichen Onkel zu erlangen?»

«Ich gebe zu, mein lieber Watson, dass ich das auch für ziemlich unwahrscheinlich halte. Aber es war jedenfalls das Motiv, das höchstwahrscheinlich diese äußerst unangenehme alte Person am meisten interessierte.»

«Das ist gewiss, aber haben Sie andere Möglichkeiten, an die Sie denken?»

«Ich könnte Ihnen mehrere nennen. Sie müssen doch zugeben, dass es seltsam ist und zu denken gibt, dass dieser Zwischenfall sich gerade am Vorabend eines so wichtigen Spiels ereignet und dass es gerade den Mann betrifft, der den siegreichen Ausgang des Spieles garantieren sollte. Das kann natürlich Zufall sein, aber interessant ist es doch. Beim Amateursport darf zwar nicht gewettet werden, aber außerhalb der Wettbüros finden doch eine ganze Menge illegaler Wetten statt. Manchem mag es vielleicht ganz nützlich erscheinen, einen Spieler vom Feld zu bekommen, genau wie die Halunken manchmal gerne ein Pferd von der Rennbahn verschwinden lassen. Dies wäre eine mögliche Erklärung. Eine zweite wäre, dass dieser junge Mann tatsächlich der Erbe eines großen Vermögens ist, so bescheiden seine Mittel auch im Augenblick sind, und es darum nicht auszuschließen ist, dass jemand ihn für ein Lösegeld festhält.»

«Aber diese Theorien lassen das Telegramm unberücksichtigt.»

«Das ist richtig, Watson. Das Telegramm bleibt zunächst der einzige solide Hinweis, den wir in dieser Sache haben, und wir dürfen darum unsere Aufmerksamkeit nicht davon abwenden. Um aufzuklären, was der Zweck dieses Telegramms war, sind wir ja jetzt auf unserem Weg nach Cambridge. Noch tappen wir im Dunkeln, was unsere Untersuchung betrifft, aber es würde mich doch sehr wundern, wenn wir bis zum Abend nicht schon klarer sehen und ein gehöriges Stück vorangekommen sind.»

Als wir die alte Universitätsstadt erreichten, war es schon dunkel. Am Bahnhof nahm Holmes ein Cab und wies den Kutscher an, zum Haus von Dr. Leslie Armstrong zu fahren. Ein paar Minuten später hielten wir vor einem großen Mietshaus an einer der belebtesten Durchgangsstraßen. Wir wurden eingelassen, und nach einer sehr langen Wartezeit ließ man uns schließlich das Sprechzimmer betreten, wo der Doktor hinter seinem Schreibtisch saß.

Wie sehr ich die Verbindung zu meinem alten Beruf inzwischen verloren hatte, erweist der Umstand, dass mir der Name Leslie Armstrong nichts sagte. Inzwischen weiß ich, dass er nicht nur einer der wichtigsten medizinischen Köpfe der Universität ist, sondern auch ein Forscher auf mehreren Gebieten der Naturwissenschaft, der weltweit bekannt ist. Aber auch ohne etwas von seinem wissenschaftlichen Rang zu wissen, genügte ein Blick auf den Mann, auf sein breites, massiges Gesicht, die brütenden Augen unter dem Strohdach der dichten Brauen und die Granitform seines unnachgiebigen Kinns, um von ihm beeindruckt zu sein. Ein Mann von großartigem Charakter, ein Mann mit beweglichem Geist, unerbittlich, asketisch, selbstsicher, furchteinflößend – so kam mir Dr. Leslie Armstrong vor. Er hielt die Karte meines Freundes in der Hand und sah uns nicht besonders freundlich an.

«Ich habe von Ihnen gehört, Mr Sherlock Holmes, und weiß, was Sie für einen Beruf haben – einen, den ich keineswegs billige.»

«Darin Doktor, stimmen Sie sicherlich mit jedem Verbrecher im Lande überein», sagte mein Freund ruhig.

«Soweit Ihre Bemühungen darauf gerichtet sind, die Kriminalität zu unterdrücken, Sir, werden Sie die Unterstützung jedes vernünftigen Bürgers haben, wenn ich auch der Meinung bin, dass die amtliche Maschinerie hierfür völlig ausreichend ist. Meine Kritik an Ihrem Beruf setzt da ein, wo Sie das Privatleben anderer Menschen ausspionieren, Familienangelegenheiten ausgraben, die besser im Dunkeln blieben, und, nebenbei gesagt, Leuten die Zeit stehlen, die vermutlich mehr zu tun haben als Sie. In diesem Augenblick müsste ich zum Beispiel eine Abhandlung schreiben, anstatt mich mit Ihnen zu unterhalten.»

«Ohne Zweifel, Doktor. Und doch könnte diese Unterhaltung sich als wichtiger erweisen als Ihr Artikel. Ganz nebenbei darf ich Ihnen sagen, dass wir genau das Gegenteil von dem tun, was Sie mit vollem Recht brandmarken. Wir bemühen uns gerade, die öffentliche Bloßstellung privatester Angelegenheiten zu verhindern, was unbedingt die Folge sein muss, wenn der Fall erst einmal in den Händen der offiziellen Polizei ist. Sehen Sie mich doch einfach als einen irregulären Pionier an, der weit vor den regulären Streitkräften als vorgeschobener Beobachter das Land erkundet. Ich bin gekommen, um mich bei Ihnen nach Mr Godfrey Staunton zu erkundigen.»

«Was ist mit ihm?»

«Sie kennen ihn doch, nicht wahr?»

«Er ist ein guter Freund von mir.»

«Dann wissen Sie auch, dass er verschwunden ist?»

«Ach, nicht möglich!» In dem imposanten Gesicht des Arztes verzog sich keine Miene.

«Er hat gestern Abend sein Hotel verlassen – niemand hat seitdem was von ihm gehört.»

«Sicherlich wird er wieder auftauchen.»

«Morgen findet das Rugbyspiel der Universitäten statt.»

«Ich habe kein Interesse an kindlichen Spielen. Das Schicksal des jungen Mannes interessiert mich sehr, denn ich kenne ihn und mag ihn. Das Rugbyspiel dagegen interessiert mich in gar keiner Weise.»

«Dann sind wir uns ja einig. Auch mich interessiert das Schicksal von Mr Staunton. Wissen Sie, wo er sich befindet?»

«Ganz gewiss nicht.»

«Sie haben ihn auch gestern nicht gesehen?»

«Nein, das habe ich nicht.»

«War Mr Staunton ein gesunder Mensch?»

«Ganz gesund.»

«Ist er Ihres Wissens jemals krank gewesen?»

«Niemals.»

Holmes legte plötzlich ein Blatt Papier vor den Doktor hin. «Wie erklären Sie sich dann diese quittierte Rechnung über dreizehn Guineen, gezahlt vor einem Monat von Mr Godfrey Staunton an Dr. Leslie Armstrong, Cambridge. Ich fand sie zwischen den Papieren auf seinem Schreibtisch.

Der Arzt wurde rot vor Zorn.

«Ich sehe überhaupt keinen Grund, weshalb ich Ihnen eine Erklärung geben sollte, Mr Holmes.»

Holmes steckte die Rechnung wieder in sein Notizbuch. «Wenn Sie eine öffentliche Erklärung vorziehen, dann kommt das früher oder später wohl auf Sie zu», sagte er. «Ich habe Ihnen bereits gesagt, das ich das zudecken und vertuschen kann, was andere aufdecken müssen. Sie wären sicherlich besser beraten, wenn Sie mich vollständig in Ihr Vertrauen ziehen würden.»

«Ich weiß davon nichts.»

«Haben Sie aus London etwas von Mr Staunton gehört?»

«Gewiss nicht.»

«Du liebe Zeit – mal wieder die Post!», seufzte Holmes müde. «Ein sehr dringliches Telegramm wurde von Godfrey Staunton in London gestern Abend um sechs Uhr fünfzehn an Sie aufgegeben – ein Telegramm, das ganz sicherlich mit seinem Verschwinden zusammenhängt – , und doch haben Sie es nicht bekommen. Das ist doch unverzeihlich. Ich gehe hier zur Postdirektion und beschwere mich. Gewiss tue ich das.»

Dr. Leslie Armstrong sprang hinter seinem Schreibtisch hervor, und sein dunkles Gesicht war glühendrot vor kaum beherrschtem Zorn.

«Wollen Sie jetzt bitte mein Haus verlassen», sagte er. «Sie können Ihrem Auftraggeber, Lord Mount-James, bestellen, dass ich weder mit ihm noch mit seinem Agenten etwas zu tun haben möchte. Nein, Sir, es langt – kein Wort mehr!» Er drückte wild auf den Klingelknopf. «John, führen Sie diese Herren hinaus!» Ein pompöser Butler geleitete uns mit strengem Gesicht zur Tür, und schon fanden wir uns auf der Straße wieder. Holmes brach in schallendes Gelächter aus.

«Dr. Leslie Armstrong ist gewiss ein Mann von Energie und Charakter», sagte er. «Ich habe noch keinen Mann erlebt, der, wenn er seine Talente in dieser Weise gebraucht, besser die Lücke ausfüllen könnte, die der berühmte Moriarty hinterließ. Und nun sind wir hier, mein armer Watson, ohne Freunde und allein gelassen in dieser ungastlichen Stadt, die wir nicht verlassen können, wenn wir unseren Fall nicht aufgeben wollen. Diese kleine Kneipe gerade gegenüber Armstrongs Haus ist genau das Richtige für uns. Wenn Sie hineingehen und für uns ein Zimmer mit Blick zur Straße nehmen und alles, was wir für die Nacht brauchen, besorgen, dann hätte ich noch Zeit, um ein paar Erkundigungen einzuholen.»

Die paar Erkundigungen dauerten aber wesentlich länger, als Holmes es sich vorgestellt hatte, denn er kam erst gegen neun Uhr zum Gasthof zurück. Er war blass und niedergeschlagen, schmutzig, hungrig und müde. Ein kaltes Abendbrot stand schon auf dem Tisch, und als er zu Ende gegessen und seine Pfeife angezündet hatte, war er bereits wieder so weit, die komische Seite der ganzen Angelegenheit zu sehen und es philosophisch zu nehmen, wie er es immer hielt, wenn etwas schief ging. Das Geräusch von den Rädern einer Kutsche veranlasste ihn, aufzustehen und aus dem Fenster zu sehen. Ein Brougham mit einem Schimmelpaar davor stand im hellen Schein der Gaslaterne vor der Haustür des Arztes.

«Er ist drei Stunden unterwegs gewesen», sagte Holmes. «Um halb sieben hat er sich auf den Weg gemacht, und jetzt kehrt er zurück. Das ergibt einen Radius von zehn oder zwölf Meilen. Und das macht er ein- oder zweimal am Tag.»

«Keine unübliche Sache für einen praktizierenden Arzt.»

«Aber Armstrong ist eigentlich kein praktizierender Arzt. Er hält Vorlesungen, und man kann ihn konsultieren, aber er geht doch nicht aus, um Krankenbesuche zu machen. Das würde ihn doch von seiner wissenschaftlichen Arbeit abhalten. Warum macht er also diese langen Fahrten, die ihm sicherlich sehr wenig Spaß machen, und wen besucht er?»

«Sein Kutscher . . .»

«Mein lieber Watson, Sie dürfen wohl annehmen, dass ich den als Ersten gefragt habe. Ich weiß nicht, ob es aus angeborener Gemeinheit oder auf Anweisung seines Herren geschah, aber er war unhöflich genug, einen Hund auf mich zu hetzen. Weder dem Hund noch dem Mann gefielen allerdings mein Stock, und so bin ich heil davongekommen. Danach war das Verhältnis etwas gespannt, und weitere Erkundigungen kamen nicht in Frage. Alles, was ich erfahren habe, habe ich von einem freundlichen Einheimischen, den ich hier im Hof unseres Gasthauses traf. Er war's, der mir von den Gewohnheiten des Doktors und seinen täglichen Fahrten erzählte. In diesem Augenblick, wie um seine Worte zu unterstreichen, kam auch gerade die Kutsche um die Ecke.»

«Konnten Sie ihr nicht folgen?»

«Ausgezeichnet, Watson! Sie sind ja heute Abend richtig

in Form. Ich habe auch daran gedacht. Wie Sie vielleicht bemerkt haben, befindet sich neben unserem Gasthof ein Fahrradladen. Da hinein eilte ich, mietete mir ein Fahrrad und war imstande, damit loszubrausen, bevor ich die Kutsche ganz aus den Augen verloren hatte. Ich hatte sie schnell eingeholt und folgte dann in einem Abstand von etwa hundert Metern oder so den Lampen, bis wir aus der Stadt heraus waren. Wir waren schon ein gutes Stück auf der Landstraße vorangekommen, als ein etwas peinlicher Zwischenfall passierte. Die Kutsche hielt an. Der Doktor stieg aus, ging mit schnellen Schritten dorthin zurück, wo ich auch angehalten hatte, und sagte zu mir richtig freundlich, er fürchte, die Straße sei sehr schmal, und er hoffe, seine Kutsche würde mich nicht hindern, an ihm vorbeizuradeln. Wie er mir das auf diese höflich-ironische Art sagte, war bewundernswert. Natürlich musste ich sofort die Kutsche überholen und fuhr auf der Hauptstraße noch ein paar Meilen dahin. Dann hielt ich an einem geeigneten Platz an und wartete darauf, dass der Wagen vorbeikäme. Es war aber nichts von ihm zu sehen, und da wurde mir klar, dass er in einen der vielen Nebenwege eingebogen war, die ich bemerkt hatte. Ich fuhr also zurück, sah aber nichts von der Kutsche, die, wie Sie sehen, jetzt erst zurückgekehrt ist. Natürlich hatte ich, als ich losgefahren bin, keinen besonderen Grund, diese Fahrten mit dem Verschwinden von Godfrey Staunton in Zusammenhang zu bringen. Ich sah mich nur veranlasst, sie zu untersuchen, weil alles, was Dr. Armstrong betrifft, ja im Moment von Interesse für uns ist. Aber jetzt, da ich feststelle, wie sehr er darauf bedacht ist, dass niemand ihm auf diesen Ausflügen folgt, scheint mir die Angelegenheit doch bedeutsamer, und ich werde mich nicht eher zufrieden geben, als bis ich weiß, was dahintersteckt.»

«Wir können ihm ja morgen folgen.»

«Können wir das? Es ist nicht so einfach, wie Sie annehmen. Ihnen ist die Landschaft um Cambridge wohl nicht vertraut, was? Verstecke gibt es da nämlich nicht. Die ganze Landschaft ist flach wie ein Pfannkuchen, und der Mann, dem wir folgen wollen, ist kein Narr. Das hat er heute Abend sehr klar bewiesen. Ich habe ein Telegramm an Overton geschickt, ihm diese Adresse mitgeteilt und ihn gebeten, uns über jede neue Entwicklung in London auf dem Laufenden zu halten. In der Zwischenzeit können wir unsere Aufmerksamkeit nur auf Dr. Armstrong konzentrieren, dessen Namen mich die gefällige junge Dame in dem Postamt auf dem Formular von Stauntons dringendem Telegramm hat freundlicherweise lesen lassen. Er weiß, wo der junge Mann sich aufhält, darauf könnte ich schwören, und wenn er es weiß, dann müsste es mit dem Teufel zugehen, wenn wir es nicht ebenfalls herauskriegen können. Im Augenblick müssen wir uns damit abfinden, dass er die besseren Karten in der Hand hat. Aber Sie wissen, Watson, dass es ganz und gar nicht meine Art ist, das Spiel bei diesem Stand der Dinge aufzugeben.»

Und doch brachte der nächste Tag uns der Lösung des Rätsels keinen Schritt näher. Ein Brief wurde nach dem Frühstück hereingereicht, den Holmes mit einem Lächeln mir über den Tisch reichte. Er lautete:

«Sir, Ich versichere Ihnen, dass Sie nur Ihre Zeit verschwenden in dem Versuch, mich zu beschatten. Ich habe, wie Sie gestern Abend sicherlich festgestellt haben, auf der Rückseite meiner Kutsche ein Fenster. Wenn Sie Lust haben auf eine Zwanzig-Meilen-Tour in der Landschaft, die Sie genau an Ihren Ausgangspunkt wieder zurückbringen wird, dann brauchen Sie mir nur zu folgen. Inzwischen kann ich Sie dahingehend unterrichten, dass es Mr Staunton sehr wenig nützt, wenn Sie hinter mir her spionieren. Nach meiner Überzeugung tun Sie diesem

Herrn den besten Dienst, wenn Sie sofort nach London zurückkehren und Ihrem Auftraggeber mitteilen, dass Sie nicht in der Lage sind, ihn zu finden. Ihre Zeit in Cambridge ist ganz gewiss verschwendete Zeit.

Hochachtungsvoll – Leslie Armstrong.»

«Ein freimütiger, ehrlicher Gegner ist der Doktor», sagte Holmes. «Nun gut, jedenfalls stachelt er meine Neugier an, und bevor ich Cambridge verlasse, muss ich wirklich wissen, was mit ihm los ist.»

«Seine Kutsche steht vor der Tür», sagte ich. «Jetzt steigt er ein. Er hat zu unserem Fenster hinaufgesehen, als er einstieg. Soll ich mal mein Glück auf dem Fahrrad versuchen?»

«Nein, nein, mein lieber Watson! Bei allem Respekt vor Ihrem angeborenen Scharfsinn glaube ich nicht, dass Sie der richtige Gegner für unseren würdigen Doktor sind. Ich glaube vielmehr, dass ich das Ziel eher erreiche, wenn ich mich in aller Stille selbst auf einen Erkundungsgang begebe. Es tut mir Leid, dass ich Sie jetzt sich selbst überlassen muss. Das Erscheinen von zwei Fremden könnte mehr Klatsch in diesem verschlafenen Landstrich provozieren, als mir lieb ist. Sicherlich finden Sie es ganz interessant und amüsant, sich die alte Stadt ein bisschen näher anzusehen. Dann hoffe ich, dass ich Ihnen heute Abend etwas Interessantes zu erzählen habe.»

Aber auch diesmal war es meinem Freund beschieden, dass er in seinen Hoffnungen enttäuscht wurde. Er kam spät am Abend heim, müde und erfolglos.

«Es war kein guter Tag, Watson. Nachdem ich die Hauptrichtung kenne, die der Doktor immer nimmt, habe ich auf dieser Seite von Cambridge alle Dörfer besucht und mich mit Gastwirten und anderen lokalen Nachrichtenagenturen unterhalten. Ich bin ziemlich herumgekommen. Chesterton, Histon, Waterbeach und Oakington habe ich durchgekämmt, aber es war jedes Mal enttäuschend. Das tägliche Erscheinen einer Kutsche kann doch in diesen verschlafenen Nestern nicht einfach übersehen werden. Der Doktor hat mal wieder Punkte für sich erzielt. Ist ein Telegramm für mich gekommen?»

«Ja, ich habe es geöffnet. Hier ist es.

‹Fragen Sie Jeremy Dixon, Trinity College, nach Pompey.›

Ich verstehe das nicht.»

«Oh, das ist doch ganz klar. Es kommt von unserm Freund Overton und ist die Antwort auf eine Frage von mir. Ich schicke Mr Jeremy Dixon gleich eine Nachricht, und dann habe ich keinen Zweifel, dass uns endlich einmal wieder Erfolg beschert sein wird. Haben Sie übrigens etwas vom Ausgang des Spieles gehört?»

«Ja, die Abendausgabe des Lokalblattes hat einen ausgezeichneten Bericht gebracht. Oxford hat gewonnen. Die letzten Sätze lauten:

‹Die Niederlage der Hellblauen ist sicherlich auf die Abwesenheit des internationalen Klassespielers Godfrey Staunton zurückzuführen, dessen unglückliches Fehlen während des ganzen Spieles deutlich zu spüren war. Der Mangel an Zusammenspiel in der Dreiviertellinie und ihre Schwäche bei Abwehr und Angriff neutralisierten die Anstrengungen des schwer kämpfenden Teams.›»

«Dann hat unser Freund Overton mit seiner Vorahnung Recht gehabt», sagte Holmes. «Persönlich stimme ich mit Dr. Armstrong überein. Rugby ist auch jenseits meines Horizontes. Heute früh zu Bette, Watson, denn es ist vorauszusehen, dass wir morgen einen ereignisreichen Tag haben werden.»

Als ich Holmes am nächsten Morgen sah, war ich entsetzt, denn ich sah ihn am Feuer sitzen und mit seiner kleinen Injektionsspritze hantieren. Ich bringe dieses Instrument immer mit der einzigen Schwäche seiner Natur in Zusammenhang und fürchte das Schlimmste, wenn ich es in seiner Hand blitzen sehe. Er lachte über mein bestürztes Gesicht und legte es auf den Tisch.

«Nein, nein, mein lieber Freund, kein Grund zur Sorge. Diesmal ist es kein Instrument des Bösen, sondern wird uns vielmehr als Schlüssel dienen, der das Schloss zu unserem Geheimnis aufschließt. Auf diese Spritze gründe ich alle meine Hoffnungen. Ich bin gerade von einer kleinen Erkundungstour zurückgekehrt, und alles sieht günstig aus. Frühstücken Sie ordentlich, Watson, denn ich habe mir vorgenommen, heute Dr. Armstrong auf den Fersen zu sein. Und wenn ich erst mal auf seiner Fährte bin, gibt es nicht Ruhe noch Rast, bis ich ihn in seinen Fuchsbau getrieben habe.

«In dem Falle», sagte ich, «packen wir uns besser das Frühstück ein, denn er bricht heute früh auf. Sein Wagen steht schon vor der Tür.»

«Macht nichts. Lassen Sie ihn doch losfahren. Er muss schon sehr clever sein, wenn er irgendwohin fährt, wo ich ihm nicht folgen kann. Wenn Sie fertig sind, gehen wir gemeinsam hinunter, und dann werde ich Ihnen einen Detektiv vorstellen, der für die Arbeit, die vor uns liegt, ein ganz hervorragender Spezialist ist.»

Als ich mein Frühstück beendet hatte, gingen wir hinunter, und ich folgte Holmes in den Hof, wo sich die Ställe befanden. Er öffnete die Tür eines Hundezwingers und ließ einen kurzen, dicken, weißbraunen Hund mit Schlappohren heraus, eine Mischung etwa zwischen einem Dackel und einem Jagdhund.

«Darf ich Ihnen Pompey vorstellen», sagte er. «Pompey ist der Stolz der hiesigen Jagdhunde. Kein großer Flitzer, wie man schon an seiner Figur sieht, aber ein tüchtiger kleiner Spürhund. Na ja, Pompey, du bist vielleicht nicht sonderlich schnell, aber vermutlich doch zu schnell für ein paar Herren mittleren Alters aus London, so nehme ich mir die Freiheit, dich an die Leine zu nehmen. Nun komm mal her, mein Junge, und lass sehen, was du alles kannst.» Er führte ihn vor die Haustür des Arztes. Der Hund schnüffelte einen Augenblick dort herum und setzte sich dann mit einem schrillen, aufgeregten Gewinsel in Bewegung, die Straße hinunter. Er zog heftig an der Leine, um uns zu veranlassen, schneller zu gehen. In einer halben Stunde waren wir aus der Stadt heraus und hasteten auf einer Landstraße dahin.

«Holmes, was haben Sie bloß angestellt?», fragte ich.

«Eine schon etwas fadenscheinige ehrwürdige alte List, aber bei Gelegenheit immer noch recht nützlich. Ich bin heute früh mit meiner Spritze in des Doktors Hof marschiert und habe eine Ladung voll Anis über das hintere Wagenrad gespritzt. Ein Spürhund wird dem Anisgeruch bis ans Ende der Welt folgen, und unser Freund Armstrong müsste schon eine ganze Menge mit seinem hinteren Wagenrad anstellen, bevor er einen Spürhund abschütteln kann. Oh, dieser alte, schlaue Fuchs! Hier ist die Stelle, wo er mich damals hereingelegt hat.»

Der Hund strebte plötzlich von der Hauptstraße fort und bog in einen grasbewachsenen Feldweg ein. Eine halbe Meile weiter mündete dieser in eine andere, breite Fahrstraße, und die Spur wandte sich nun scharf rechts wieder der Stadt zu, die wir gerade verlassen hatten. Die Straße machte einen Bogen zum Süden der Stadt hin und führte weiter in die Richtung, aus der wir gekommen waren.

«Dann hat er also diesen Umweg nur um unsertwillen gemacht?», sagte Holmes. «Kein Wunder, dass meine Nachforschungen unter den Dorfbewohnern zu nichts geführt haben. Das war also dem Doktor das Spiel wert, und man würde gerne den Grund für solch ein vollendetes Täuschungsmanöver wissen, Das Dorf hier rechts von uns müsste doch Trumpington sein. Und, liebe Zeit, da kommt die Kutsche um die Ecke! Schnell, Watson, schnell – oder das Spiel ist verloren!»

Er sprang durch ein Gatter in ein Feld hinein und zog den widerstrebenden Pompey hinter sich her. Wir hatten kaum Schutz hinter eine Hecke gefunden, als der Wagen auch schon vorbeirasselte. Ich bekam flüchtig Dr. Armstrong zu sehen, der drinnen saß, die Schultern gebeugt, den Kopf in den Händen, und ein Bild des Jammers bot. An meines Freundes ernster gewordenem Gesicht konnte ich sehen, dass er ihn ebenfalls gesehen hatte.

«Ich fürchte, dass unsere Suche mit einem düsteren Ergebnis enden wird», sagte er. «Lange kann es nicht mehr dauern, bis wir es wissen. Komm, Pompey! Ah, es ist die Hütte dort im Feld!»

Ja, zweifellos hatten wir das Ziel unserer Reise erreicht. Pompey lief außerhalb des Gatters aufgeregt herum und jaulte und schnüffelte dort, wo die Spuren der Kutschenräder noch zu sehen waren. Ein Fußpfad führte zu der einsamen Hütte. Holmes band den Hund an der Hecke fest, und wir eilten den Weg entlang. Mein Freund klopfte an die kleine, rustikale Tür und klopfte wieder, erhielt aber keine Antwort. Und doch war das Häuschen nicht verlassen, denn ein leiser Klageton drang an unser Ohr, so unbeschreiblich traurig und verzweifelt, der sich immer wiederholte wie eine Litanei des Elends. Einen Augenblick war Holmes sich nicht schlüssig, was er tun sollte, dann blickte er zurück auf die Straße, die er gerade überquert hatte. Eine Kutsche kam da entlanggefahren, und die grauen Pferde waren unverwechselbar.

«Um Gottes willen, der Doktor kommt zurück!», rief er.

«Damit ist's entschieden. Wir müssen jetzt nachsehen, was das bedeutet, ehe er zurückkommt.»

Er öffnete die Tür, und wir betraten den Flur. Der klagende Laut drang nun lauter an unser Ohr, bis er eine einzige lange, tiefe Wehklage wurde. Er kam von oben. Holmes sprang die Treppe hinauf, und ich folgte ihm. Er stieß eine halb offene Tür auf, und bei dem Anblick, der sich uns bot, blieben wir beide entsetzt stehen.

Eine Frau, jung und schön, lag tot auf dem Bett. Ihr stilles, bleiches Gesicht mit den nun trüben, weit offenen blauen Augen blickte aus einem Wirrwarr von goldenen Haaren nach oben. Am Fußende des Bettes, halb sitzend, halb kniend, sein Gesicht im Bettzeug vergraben, befand sich ein junger Mann, dessen Gestalt von seinem Weinen und Schluchzen geschüttelt wurde. Er war so vertieft in seinen Schmerz, dass er uns nicht einmal bemerkte und erst aufsah, als ihm Holmes sacht die Hand auf die Schulter legte.

«Sind Sie Mr Godfrey Staunton?»

«Ja, ja, der bin ich – aber Sie kommen zu spät – sie ist tot.»

Der Mann war so benommen, dass er nichts anderes denken konnte, als dass wir Ärzte wären, die man zu Hilfe gerufen hatte. Holmes wollte gerade ein paar teilnehmende Worte sagen und erklären, welche Beunruhigungen sein plötzliches Verschwinden bei seinen Freunden ausgelöst hatte, als Schritte auf der Treppe zu hören waren und das düstere, strenge, fragende Gesicht Dr. Armstrongs zur Tür hereinschaute.

«So, meine Herren», sagte er, «Sie haben Ihr Ziel erreicht und haben wirklich einen besonders delikaten Augenblick gewählt, hier einzudringen. Ich möchte in der Gegenwart des Todes nicht laut werden, aber ich kann Ihnen versichern, wenn ich noch jünger wäre, würde Ihr monströses Verhalten nicht ungestraft bleiben.»

«Entschuldigen Sie, Dr. Armstrong, ich fürchte, wir missverstehen uns ein wenig», sagte mein Freund mit Würde. «Wenn Sie mit uns nach unten kommen, dann können wir diese miserable Affäre leicht aufklären.»

Einen Augenblick später befanden der grimmige Doktor und wir uns unten im Wohnzimmer.

«Nun, Sir?», sagte er.

«Als Erstes möchte ich Ihnen sagen, dass ich nicht im Auftrag von Lord Mount-James arbeite und dass meine Sympathien in diesem Fall ganz und gar nicht auf Seiten dieses Edelmanns sind. Wenn ein Mensch verschwunden ist, ist es meine Aufgabe, zu ermitteln, was aus ihm geworden ist. Aber wenn ich das getan habe, ist die Sache damit für mich erledigt, und solange nichts Kriminelles vorliegt, ist es mein Bestreben, alles zu tun, um einen öffentlichen Skandal zu verhindern. Schließlich gehört nicht jedes private Ärgernis an die Öffentlichkeit. Wenn, wie ich vermute, hier keine Gesetzesübertretung vorliegt, dann können Sie mit meiner Diskretion und Kooperation rechnen und dürfen sich absolut darauf verlassen, dass davon nichts in die Zeitungen kommt.»

Dr. Armstrong machte einen schnellen Schritt nach vorwärts und drückte Holmes die Hand.

«Sie sind ein guter Kamerad», sagte er. «Ich habe Ihnen Unrecht getan. Ich danke dem Himmel, dass meine Gewissensbisse mich veranlassten, umzukehren, um den armen Staunton in dieser Lage jetzt nicht alleine zu lassen, denn nun kann ich Ihnen doch in Freundschaft die Hand schütteln. Sie wissen ja schon eine Menge, und so ist die Situation schnell erklärt. Vor einem Jahr war Godfrey Staunton eine Weile in London und verliebte sich leidenschaftlich in die Tochter seiner Wirtin. Er heiratete sie. Sie war nicht nur gut, sondern auch schön, und nicht nur schön, sondern auch intelligent. Kein Mann braucht sich einer solchen Frau zu schämen. Aber Godfrey war der Erbe dieses verrückten alten Geizkragens, und es war ganz klar, wenn er erfuhr, wen er geheiratet hatte, hätte er ihn schlicht enterbt. Ich kannte den Jungen gut, und ich mochte ihn seiner guten Qualitäten wegen. Ich habe alles getan, um ihnen zu helfen. Kein Mensch sollte von der Heirat erfahren, denn wenn erst einmal jemand anfängt zu flüstern, dann weiß es bald jeder. Wir hatten das Glück, dieses einsame Häuschen zu finden, und Godfrey selbst war sehr verschwiegen, sodass es ihm bis jetzt gelungen ist, sein Geheimnis zu bewahren. Außer mir und einer treuen Haushaltshilfe, die im Augenblick unterwegs ist, Hilfe aus Trumpington zu holen, kannte keiner ihr Geheimnis. Aber der furchtbare Schlag kam in Gestalt einer gefährlichen Krankheit. Es war die Schwindsucht in ihrer furchtbarsten Form. Der arme Junge war halb verrückt vor Kummer, und doch musste er nach London fahren und das Spiel spielen, denn ohne Erklärung und ohne sein Geheimnis preiszugeben, konnte er nicht fortbleiben. Ich versuchte, ihm durch ein Telegramm etwas Mut zumachen, und er schickte mir ein Antworttelegramm, mit dem er mich anflehte, alles zu tun, was mir nur möglich war. Dieses Telegramm muss auf für mich unerklärliche Weise in Ihre Hände geraten sein. Ich habe ihn nicht wissen lassen, wie ernst es um sie stand, denn ich wusste, dass seine Anwesenheit hier auch nichts nützte. Aber ich habe den Vater des Mädchens informiert, und der war unweise genug, die Nachricht an Godfrey weiterzugeben. Der Erfolg war, dass er hier in wilder Verzweiflung ankam. In dem Zustand ist er die ganze Zeit gewesen. Er hat am Fußende ihres Bettes gehockt, bis sie heute Morgen von ihren Leiden erlöst wurde. Das ist alles, Mr Holmes, und ich bin gewiss, dass ich mich auf Ihre Diskretion und die Ihres Freundes verlassen kann.»

Holmes ergriff die Hand des Doktors und schüttelte sie.

«Kommen Sie, Watson», sagte er, und wir traten aus dem Trauerhaus in den blassen Sonnenschein des Wintertages.

Zwei in einem Boot

Anke Gebert

Nur aus Liebe zu ihm saß Ellen in diesem Boot. Mit ihm. Jochen. Und ließ sich seit zwei Wochen beschimpfen. Eigentlich hasste sie Paddeltouren, Campingurlaube oder Übernachtungen in Wohnmobilen. Das waren für Ellen Urlaubsformen, die keinen Stil hatten – etwas für Primitive. Bis sie ihn kennen gelernt hatte: Jochen. Von dem sie sich Dinge gefallen ließ, die sie sich von keinem Mann vor ihm gefallen lassen hatte. Ellens Bekannte kommentierten dieses Verhältnis mit «Liebe macht blind» und luden das Paar nicht mehr auf Partys ein. Ellens beste Freundin hatte besorgt gefragt, ob sie eventuell eine masochistische Ader hätte. Ellen strafte die Freundin dafür mit Kontaktabbruch. Seitdem war ein halbes Jahr vergangen.

Neuerdings kam es vor, dass Ellen sich gelegentlich dafür verachtete, wenn sie zuließ, dass Jochen sie erniedrigte. Und sie ertrug es zunehmend weniger, wenn er Leuten, die gar nichts darüber hören wollten, immer wieder begeistert dieselben Geschichten erzählte. Zum Beispiel die darüber, dass er Geografielehrer sei und in seinem Beruf nur mit dämlichen Schülern zu kämpfen habe. Die Jugendlichen heutzutage wüssten nicht einmal, wo die Sonne auf- oder untergehe, geschweige denn, wo Osten oder Westen liegt. Wie kleinen Idioten würde er den Schülern die Windrose einpauken. Norden – Osten – Süden – Westen. Die Eselsbrücke – *Nie Ohne Seife Waschen!* –

und das Ganze im Uhrzeigersinn – würde er ihnen beibringen. Ellen verschwieg lieber, dass sie zwar wusste, wie eine Windrose auf dem Papier aussah, jedoch in der freien Natur konnte sie meist nicht bestimmen, wo Norden oder Süden waren. Jochen erzählte auch gern die Geschichte, wie er vor fünfzehn Jahren dieses FDJ-blaue Paddelboot im Osten Deutschlands, in der ehemaligen DDR, gekauft hatte, weil es dort damals billiger, sehr viel billiger als im Westen gewesen war. Auf welche Weise er einen ‹dummen› Ossi gefunden hatte, der so versessen darauf gewesen war, sein läppisches Ostgeld 6:1 in Westgeld umzutauschen. Und Jochen so für das Boot umgerechnet nur einhundertachtzig Mark bezahlt hatte.

In diesem Boot saß Ellen nun seit zwei Wochen und paddelte um ihre Liebe, hatte manchmal das Gefühl, sich *um* ihre Liebe zu paddeln.

Als sie das Paddelboot bei Hamburg aufgebaut hatten, um es ins Wasser zu lassen, hatte Jochen sie beschimpft, weil sie nicht gewusst hatte, wohin Sprosse 23 kam. Als Ellen mit ihren neuen weißen Turnschuhen, die sie eigens für diese Tour gekauft hatte, einsteigen wollte, schrie er sie an, ob sie ihm sein schönes Boot beschmutzen wollte und ob sie nicht wüsste, dass sogar Leute auf großen Segeljachten ihre Schuhe ausziehen würden. Als sie in Plau am See in Mecklenburg-Vorpommern das Boot um die Elde-Schleuse herum trugen (sie schleppten das Paddelboot an jeder Schleuse herum, weil Jochen die Gebühren für die Schleusungen sparen wollte), war Ellen vom vielen Paddeln auf der langen Strecke bis hierher so erschöpft gewesen, dass ihr der Bug, den sie jeweils zu tragen hatte und in dem sämtliches Gepäck verstaut war, aus den Händen glitt. Ellen hätte sich beinahe auf die Knie geworfen, um Jochen um Vergebung zu bitten, doch dann hatte sie Abstand davon genommen, denn dies war der Moment gewesen, in dem Jochen sie das erste Mal als «dusselige Kuh» beschimpfte.

Inzwischen paddelten sie auf dem Plauer See, dem drittgrößten der Mecklenburger Seenplatte, und wie immer war er es, der bestimmte, dass das Paar natürlich nicht auf einem der komfortablen Zeltplätze oder gar in einer der idyllisch am Wasser gelegenen Jugendherbergen übernachten würde, sondern einsam und abgelegen – in Jochens Igluzelt. Denn ansonsten, meinte er, könne man ja gleich pauschal verreisen, und das wäre überhaupt nicht Jochens Stil – still*los* wäre das. Ellen träumte sich bei jedem Paddelschlag in eines der Fünfsternehotels zurück, in denen sie früher mit ihrer besten Freundin Urlaub gemacht hatte – all inclusive.

Das Paar paddelte eine menschenleere Stelle an. Dichtes Gebüsch ragte dort bis ins Wasser. Jochen redete immer noch kein Wort mit Ellen, weil diese die Dreistigkeit besessen hatte, sein schönes Boot fallen zu lassen. Er unterstellte ihr, dass sie dies absichtlich getan hatte, denn er wüsste längst, dass sie sein Paddelboot nie hatte leiden können . . .

Jochens Schweigen machte Ellen weniger als sonst aus. Sie sagte sich, dass sie mit jedem Paddelschlag dem Ziel, dem Ende dieser Tour näher kam. Bis zur Müritz, dem größten See der Mecklenburger Seenplatte, musste sie diese Tortur noch durchhalten – und danach die gesamte Strecke nach Hamburg zurück. Ellen verdrängte den Gedanken an den Luxus einer heißen Dusche, denn das Wasser in den Seen war kalt, so kalt, dass Jochen sich, im Gegensatz zu ihr, schon seit Tagen nicht mehr wusch.

Wenn Ellen sich am Anfang der Tour gelegentlich unvermittelt zu Jochen umgedreht hatte, hatte sie ihn dabei ertappt, dass er sich ausruhte und sie allein es war, die schon seit diversen Kilometern das Boot voranbrachte. Natürlich hatte sich Ellen nicht darüber beklagt. Momentan paddelte auch Jochen stark mit, vermutlich, damit er nicht erfror, denn die Sachen an seinem Körper waren genauso klamm wie die von Ellen. Sie hatten in den vierzehn Tagen, die sie inzwischen unterwegs waren, fast ununterbrochen Regenwetter gehabt.

Ellen zog die Socken aus und krempelte die Hose hoch, um das Boot mit Jochen an Land zu ziehen und dort an dem schmalen steinigen Ufer anzulegen. Sie bahnten sich einen Weg durch dichtes Geäst, zeckenverseuchtes Farnkraut und zwei Meter hohe Brennnesseln, um einen Platz zum Aufschlagen des Igluzeltes zu finden. Ellen beschlich heimliche Schadenfreude, als sie sich vorstellte, wie hier die Mücken in großen Schwärmen über Jochen herfallen würden. Ellen wurde seit ihrer Kindheit von Mücken gemieden, seit dem Tag, an dem sie ihren Vater zum Regenwürmerausgraben in einen dichten Wald begleitet hatte. Ellens Aufgabe war es damals gewesen, ihm eine mit schwarzem Waldboden gefüllte Konservendose bereitzuhalten, in die der Vater die Würmer, die er ausgegraben hatte, hineinwerfen konnte. In diesem dunklen höhligen Wald mussten tausende Mücken gewesen sein, denn die damals siebenjährige Ellen wusste nicht, welche sie zuerst verscheuchen sollte. Heimlich, denn ihr Vater duldete es nicht, wenn seine Tochter herumzappelte. «Stell dich nicht so dusslig an – wegen der paar Mücken!» Das Summen um Ellens kleinen Körper klang immer aufgeregter, als könnten es die vielen Insekten selbst gar nicht fassen, wie viel Blut ihnen gerade zum Fraß vorgeworfen wurde. Irgendwann wurde das Jucken an Ellens Leib gleichmäßig, Minuten später störte es sie nicht mehr. Kurz danach fiel das Kind in Ohnmacht. Dabei fiel die Dose mit den Regenwürmern auf den Boden. Erst als der Vater seine

Köder zum Angeln wieder eingesammelt hatte, trug er seine Tochter aus dem Wald hinaus. Im Tageslicht bemerkte er, dass ihr Körper stark gerötet und aufgedunsen war.

Seit diesem Tag wird Ellen von Mücken gemieden, so, als wäre ihr Blut von den vielen Einstichen verseucht worden. Eigentlich müsste sie ihrem Vater dankbar dafür sein . . .

Ellen und Jochen bauten das Zelt auf schwarzem morastigem Waldboden auf. Ellen erahnte, wie in der bevorstehenden Nacht die Kälte durch den dünnen Boden des Zeltes, die Isomatte und durch den Schlafsack in ihren Körper hinaufkriechen würde. Auch Jochen musste klar geworden sein, wie ungemütlich dieser Platz war, denn er schlug vor, vor dem Schlafengehen noch einmal hinauszupaddeln, um einen Ort zu finden, wo man unter Leuten etwas essen und trinken gehen konnte. Ellen war überrascht, nicht nur deswegen, weil er wieder mit ihr sprach, sondern auch deshalb, weil Jochen verkündete, sie zum Abendessen einladen zu wollen, etwas, das er noch nie vorher getan hatte. Jochen und Ellen hatten getrennte Kassen, wie es sich für ein modernes Paar, seiner Meinung nach, gehörte (was ihn aber nicht daran hinderte, sich öfter von Ellen Geld zu leihen, das er dann jedoch nie zurückzahlte).

Wenn Jochen trank, gab es Momente, in denen er charmant sein konnte. Ellen hatte es also sehr eilig, ins Boot zu kommen.

Sie paddelten über eine Stunde lang, bis sie eine kleine Ortschaft fanden, in der es eine Gaststätte mit dem Namen «Zum Anker» gab. Das Paar hing seine klammen Pullover zum Trocknen über die Stühle. Selbstverständlich bestellte Ellen das billigste Essen, Spiegeleier mit Brot, damit Jochen nicht dachte, sie wolle seine Einladung ausnutzen. Jochen trank einen «Stonsdorfer» nach dem anderen zu seinem großen Rumpsteak mit doppelter Portion Champignons und Kroketten, um sich auch von innen zu wärmen.

Zwei Einheimische gesellten sich zu ihnen an den Tisch und gaben eine Runde Kräuterschnäpse nach der anderen aus. Es dauerte nicht lange, bis Jochen seine Geschichte darüber erzählte, wie clever er gewesen war, als er vor fünfzehn Jahren mit einem nach Westgeld gierenden Ossi ein «gutes Geschäft» gemacht und dadurch sein Paddelboot so billig erworben hatte. Unauffällig trat Ellen Jochen unter dem Tisch gegen das Schienbein, doch Jochen wollte anscheinend nicht begreifen, dass man hier im Osten lieber nichts über Ossis, die, wie er laut sagte, die Marktwirtschaft niemals in ihrem Leben begreifen würden, zum Besten geben sollte. Er beschimpfte Ellen wegen ihrer Tritte mit: «Was soll denn das? Bist du dusslig oder was?» Jochen bemerkte ebenfalls nicht, dass einer der beiden Mecklenburger, derjenige mit dem schwarzen Oberlippenbart, immer näher an Ellen heranrückte, so nah, dass sie seinen Schenkel an dem ihren spürte. Ellen ließ es geschehen und trank erregt die vielen Schnäpse, die ihr der fremde Mann spendierte. Als dieser sich dann zur Toilette begab und sich in der Tür mit aufforderndem Blick zu Ellen umdrehte, ging sie ihm jedoch nicht nach, denn an diesem Punkt hörte für sie die Freundschaft, die deutsch-deutsche Wiedervereinigung, auf.

Nachdem der Mann an den Tisch zurückgekehrt war, fand der Abend ein zügiges Ende. Die beiden Mecklenburger bestanden darauf, Ellen und Jochen zum Abschied noch zu ihrem Paddelboot zu begleiten. Während des Abends hatten sie immer wieder Geschichten darüber erzählt, wie heimtückisch das Wasser des Plauer Sees sein konnte.

Bis zu dreißig Meter tief war das Gewässer an manchen Stellen, so tief, dass man sich von einer Stadt erzählte, die hier vor hunderten von Jahren versank. Noch heute würden die Fischer mit ihren Netzen in der Turmspitze einer versunkenen Kirche hängen bleiben. Zu Ellens Verwunderung widersprach Jochen nicht, obwohl er sie kürzlich erst belehrt hatte, dass dies eine Sage war, die man sich über den nahe gelegenen Plötzensee – und nicht über den Plauer See – erzählte. Die Männer hatten auch davon berichtet, dass plötzlich aufkommender Wind bereits so manches Boot zum Kentern gebracht hätte und es nachts auf dem Wasser so dunkel sei, dass man im Boot seinen Vordermann nicht mehr sehen könne. Jochen empfand die Geschichten in keiner Weise als beängstigend. Torkelnd verkündete er: «Nur ein guter Seemann findet sich im Roten Meer zurecht.» Dann lachte er laut über die Anzüglichkeit seines Witzes und blieb der Einzige, der sich amüsierte.

Die beiden Mecklenburger stießen Ellen und Jochen in ihrem Boot vom Ufer ab. Ellen war im selben Moment sicher, dass es die falsche Richtung war, in die sie nun trieben. Jochen jedoch ließ auf das Wort der beiden «netten» Einheimischen nichts kommen. Er wäre der Geolehrer in diesem Boot, belehrte er sie, und als solcher wisse er, in welche Himmelsrichtung sie paddeln müssten. Ellen war froh, dass sie ihren dicken Pullover bei sich hatte, denn in dieser Nacht war es nicht nur sehr dunkel, sondern auch ungewöhnlich kalt. Jochen hatte seinen Pullover in der Kneipe vergessen und fragte Ellen, ob er den ihren haben dürfte. Ellen hörte sich «Nein» sagen. Erst nach einer Stunde sah Jochen ein, dass sie vermutlich nie ans Ziel, in ihr kleines Zelt im abgelegenen Wald, kommen würden, wenn sie nicht endlich versuchten, sich in der Dunkelheit neu zu orientieren. Er befahl zurück, weg vom Schilfgürtel, weiter auf den See hinauszupaddeln, damit sie von außen einen Blick auf die Uferzone haben und sich auf diese

Weise eventuell an bestimmte Punkte zurückerinnern und so vielleicht herausfinden könnten, wo sich ungefähr ihr Zelt befand.

Starker Wind kam auf. Wie ein leichter Ball trieb das Paddelboot auf dem Wasser. Natürlich gab Jochen Ellen die Schuld – für den vergessenen Pullover, für die falsche Richtung, für den Wind. Und wieder beschimpfte er sie als dusslige Kuh. Starke Windböen ließen Wellen gegen das Boot schlagen. Wasser schwappte über die Reling. War Ellen am Anfang der Tour um ihre Liebe gepaddelt, kam es ihr vor, als paddelte sie nun um ihr Leben. Weit entfernt entdeckte sie den großen Campingplatz, auf dem sie vor Stunden gern das Zelt aufgeschlagen hätte. Ein Lagerfeuer war dort am Verglimmen. Einige Lichtpunkte verrieten, dass in manchen Zelten noch Taschenlampen oder Kerzen brannten. Ellen und Jochen hatten also noch mehr als eine Stunde lang zu paddeln, um ihr Zelt in der abgelegenen Waldhöhle zu erreichen.

Nachdem sie zurück an den Schilfgürtel gelangt waren, glitt ihr Boot wieder ruhig durch das Wasser, wie durch eine schwarze bleierne Masse. Erschöpft sah sich Ellen zu Jochen um und bemerkte, dass er wieder einmal nicht mitpaddelte. Sie legte ebenfalls ihr Paddel über die Knie und sagte: «Jetzt bis du dran! Wenigstens hier am Schilf wirst du ja wohl etwas tun können.» Betrunken wie er war, konnte Jochen das Boot nicht vorwärts bewegen. Sie trudelten im Kreis, als wären sie in einen Wasserstrudel gekommen. Ellen begriff, dass sie diesen Mann die gesamten vierzehn Tage durch den Urlaub, durch die Gewässer der Mecklenburger Seenplatte, geschaukelt hatte. Und dies, obwohl Ellen diejenige war, die Paddeltouren hasste!

«Ach, Liebes», hörte sie Jochen plötzlich in schmeicheln-
dem Tonfall bitten, «sei doch nicht so und paddel wieder.»
Es gefiel Ellen, dass er sie um etwas bat, das wollte sie noch
eine Weile genießen und unternahm deswegen nichts. Erst in
dem Moment, als das Boot zu schaukeln begann, bemerkte
sie, dass Jochen angefangen hatte, sich hinter ihrem Rücken
nackt auszuziehen.

Jochen ließ sich klatschend ins Wasser fallen. Erschrocken
klammerte sich Ellen am Boot fest. Jochen tauchte wieder
auf, keuchte, weil die Kälte seinem alkoholisierten Körper
stark zusetzte.

«Dann zieh ich eben das Boot – und dich!», rief er und
schien fröhlich über seine Idee zu sein. Er hangelte sich an
der Reling entlang zum Bug und zerrte das Tau ins Wasser.
Einen Moment lang war Ellen überrascht, empfand es als
amüsant, was er sich einfallen ließ, um ihr wieder gute Laune
zu bereiten. Sie hatte Jochen noch nie so übermütig erlebt.
Im nächsten Augenblick jedoch befiel sie panische Angst,
weil sie sich fragte, wie es ihm gelingen sollte, wieder in das
Boot hineinzukommen.

Jochen wickelte sich die Leine um das Handgelenk und
schwamm schwer atmend ein paar Meter. Nach ein paar Zügen verließen ihn die Kräfte. Er war noch nie ein guter
Schwimmer gewesen.

Ohne Vorwarnung hievte er sich seitlich auf das Boot, das
unter seinem Gewicht sofort zur Seite kippte.

«Bist du wahnsinnig!», schrie Ellen. Jochen rüttelte an
dem Boot und befahl ihr, sich gefälligst anzustrengen, um
das Gleichgewicht zu halten. Ellen hatte jedoch wesentlich
weniger Körpergewicht als er, und so war es ihr unmöglich,
gegenhalten zu können. Jochen ließ sich nicht davon abbrin-
gen, erneute Versuche zu unternehmen und stemmte sich
immer wieder auf die schmale Kante des Bootes, um darin
wieder auf seinen Platz zu kommen.

Es war eine Sache eines Augenblicks, eines einzigen kurzen Schreies, als Jochen das Boot zum Kentern brachte.

Ellen kippte ins Wasser, hing mit den Füßen zwischen dem im Bug verstauten und durch das Kentern verrutschten Gepäck unter dem Boot fest. Jochen schwamm hektisch auf der Stelle und zerrte immer wieder ruckartig an der Leine, um sein Boot vor dem Untergang zu bewahren. Dadurch machte er es Ellen jedoch unmöglich, sich aus ihrer Fesselung lösen zu können. Irgendwann war sie so erschöpft, dass sie die Versuche, unter Wasser ihre Füße zu befreien, aufgab und wehrlos Augen und Mund öffnete. Einen Augenblick später lösten sich Gepäckstücke aus dem Bug, einige trudelten auf den Grund. Ellen trieb mit den restlichen nach oben.

Die Leine fest um sein Handgelenk geknotet, zerrte Jochen immer noch an seinem Boot, das jedoch stetig sank. Er war nicht einmal nach Ellen getaucht und schrie nun: «Da bist du ja endlich! Nun hilf mir doch! Mein Boot geht sonst unter!»

Ellen schwamm los. In Richtung Zeltplatz. Ihre Beine hingen schwer im Wasser. Nur zentimeterweise kam sie vorwärts. Plötzlich stieß sie mit den Füßen gegen etwas. Sie erinnerte sich an die versunkene Stadt, die tief auf dem Abgrund des Plauer Sees liegen sollte. Doch es war Jochens Boot, das an langer Leine beinahe zwei Meter tief unter Wasser dümpelte – immer noch mit dem Bug nach oben –, weil Jochen es nicht losließ. Ellen hatte den Impuls, dagegen zu treten, doch sie durfte ihre Kräfte nicht vergeuden. Unter großer Anstrengung zog sie ihre weißen Turnschuhe aus und schwamm weiter.

Jochen schrie ihr nach: «Wo willst du denn hin? Du kannst mich doch hier nicht allein lassen! Du dusslige Kuh. Das wirst du mir büßen. Mein Boot, mein schönes Boot . . .»

Fehlte nur noch, dass er in diesem Moment begann, seine Geschichte zu erzählen, wie er das Boot vor fünfzehn Jahren von einem Ossi ... Ellen hatte den Impuls, sich die Ohren zuhalten zu wollen, doch sie brauchte ihre Arme zum Schwimmen. Zug um Zug – auf das Licht des kleinen, fast verglommenen Lagerfeuers auf dem noch weit entfernten Zeltplatz zu.

Plötzlich war Jochen dicht hinter ihr, klammerte sich an Ellens Rücken. «Ich kann nicht mehr», keuchte er. «Du musst uns retten.»

Seine Last drückte sie unter Wasser. Die Bootsleine schnitt sich in Ellens Rumpf. Jochens Nacktheit ließ sie immer wieder abgleiten, wenn sie versuchte, diesen Mann abzuwehren. Er klammerte sich an ihrem Pullover fest. Langsam zog das Boot das Paar mit sich in die Tiefe. An Jochen jedoch zerrte es stärker, denn Jochen ging es über die Kräfte, gleichzeitig an Ellen und an seinem geliebten Paddelboot festzuhalten.

Er musste sich entscheiden, und er entschied sich für sein Boot. Als er einen Moment lang von Ellen abließ, tauchte sie auf und schwamm. Zug um Zug. Zentimeter für Zentimeter. Sie hörte Jochen nicht noch einmal nach ihr rufen. Jochen versuchte, sein Boot nach oben zu ziehen. Doch es riss ihn mit jedem Zentimeter schneller in die Tiefe. In die versunkene Stadt.

Ellen schwamm. Sie wunderte sich darüber, dass sie ausgerechnet in diesen Momenten begann, über banale Dinge nachzudenken. Darüber zum Beispiel, dass sie froh war, den dicken Pullover bei sich zu haben. Darüber, ob sie es wagen sollte, nachts an fremde Zelte zu klopfen, um um Hilfe für Jochen zu bitten. Und darüber, auf welche Weise man eigentlich an Zelte klopfte ...

Ellen wartete am Ufer bis zum Morgen. An der restlichen Glut des Lagerfeuers hatte sie sich wärmen können und ihren Pullover getrocknet. Als die Sonne aufging, lag das Wasser silbriggrau da. Auf dem ganzen See waren kein Mensch und kein Boot zu sehen. Ein Möwenschwarm segelte über eine Stelle weit draußen und stürzte sich plötzlich mit Geschrei auf die Wasseroberfläche.

Ellen zog ihren Pullover über und ging ein paar Meter in den See hinein. Nachdem sie sich umgesehen hatte, tauchte sie einmal unter. Auf den ersten Menschen, der verschlafen aus seinem Zelt kroch, um in der Frühe zum Angeln hinauszufahren, lief sie zu. Aufgeregt erzählte sie, dass sie und ihr Freund gekentert seien. Es gelang ihr zu weinen. Der Angler, ein freundlicher Sachse, schenkte Ellen Geld für die Telefonzelle. Aufgeregt telefonierte sie mit der Polizei, rief in den Hörer, dass dringend jemand nach ihrem Freund und seinem Boot tauchen müsse. Sehr genau könne sie die Stelle jedoch nicht mehr beschreiben, weil sie die ganze Nacht um ihr Leben geschwommen sei . . .

Bald darauf rief Ellen ihre beste Freundin an, diejenige, mit der sie wegen Jochen seit fast einem halben Jahr nicht gesprochen hatte. Ellen sagte, dass sie dringend Urlaub bräuchte, fragte, ob die Freundin sie begleiten wolle – in ein Fünfsternehotel – all inclusive.

Aus dem Wege geräumt

-ky

Detlef Müller lag auf dem Sofa und sah IHM zu, wie ER bei 6:5 und 30:0 im fünften Satz die Nummer eins mit einem wunderschön überrissenen Lob alt aussehen ließ. Immer wieder rief er SEINEN Namen, um IHN anzufeuern, so als machte eine neue Fernsehtechnik die Kommunikation auch in diese Richtung möglich; Wimbledon, der heilige Rasen. Heute hatte ER die Chance, den alten Ranglistenersten der ATP von der Spitze zu verdrängen und selbst die Nummer eins zu werden. Noch zwei Punkte bei eigenem Aufschlag, dann war es geschafft.

Für Detlef Müller wäre es der größte und schönste Tag seines Lebens geworden.

Die Sonne knallte auf das Blechdach seiner Mansarde, und in seinem kleinen Verschlag wurde es unerträglich heiß. Aber welches *Grand Hotel* brachte einen kleinen Etagenkellner wie ihn schon in klimatisierten Suiten unter.

ER warf den Ball zum Aufschlag in die Luft.

«Herr, lass es ein Ass werden», betete Detlef Müller. Und es wurde eins. 40:0 – und drei Matchbälle für IHN. Die Nummer eins schien sich mit ihrem Schicksal abgefunden zu haben, hielt die weiße Mütze so schlaff wie ein Bettler, der um eine milde Gabe bat.

Doch das war nur Bluff, wie sich alsbald zeigen sollte, damit sich der andere in Sicherheit wiegte. Denn obwohl SEIN Ball mit ungeheurer Fahrt auf den Idealpunkt krachte, da, wo sich T- und Außenlinie trafen, zog die Nummer eins ihre

Rückhand so kraftvoll durch, als hätte das Finale gerade erst begonnen. ER hatte keine Chance gegen diesen Mordsreturn. Ebenso erging es IHM beim Matchball Nummer 2. Auch der kam so scharf und cross geschlagen in SEIN Feld zurück, dass nicht einmal ein 9,00-Sprinter ihn bekommen hätte

40:30 stand es nun, und ER zeigte deutlich Nerven. Detlef Müller hatte einen Puls von mindestens 119, 120. Aber einen Matchball hatte ER ja noch, den letzten. O Gott, womöglich wirklich den letzten, denn gelang der Nummer eins das ‹deuce› und im Anschluss daran womöglich auch noch das ‹sechs beide›, dann sanken SEINE Chancen ganz erheblich, Wimbledonsieger und damit selber die Nummer eins zu werden. Der Amerikaner war unglaublich robust.

Mit IHM zusammen stellte sich Detlef Müller an der weißen Linie auf, die er auf seiner rasengrünen Auslegware aufgebracht hatte.

«Mein Gott, lass ihn ganz ruhig bleiben!» Er hatte die Augen geschlossen und die Hände gefaltet.

Ein Aufschrei der Menge, ein zweiter. «Doppelfehler!», rief der Reporter.

Detlef Müller riss den Schläger vom Tisch, SEINEN Schläger, eine Reliquie, eine kürzlich erst erbeutete Trophäe, und schlug ihn in seiner unbändigen Wut derart kräftig auf den Tisch, dass ein großer Flatschen des Furniers weit ins Zimmer flog. «Scheiße!», schrie er. «Scheiße!»

Doch das rächte sich sofort, denn SEIN nächster erster Aufschlag ging ins Netz und der zweite war so lasch, dass die Nummer eins nach dem Return sofort ans Netz vorrücken und IHN, der an der Grundlinie verblieben war, mit einem gefühlvollen Volleyball austricksen konnte. ‹Advantage› für den Amerikaner und Breakball für ihn. Und den nutzte er auch. Detlef Müller nahm sein Handtuch vom Bett und wischte sich den Schweiß von der Stirn. Wechselte dann sein Hemd, trank die Flasche mit dem ‹isotonischen Durst-löscher› leer und richtete die Saiten seines Schlägers.

Es war wie in einem Videoclip. Der Bildschirm entfaltete plötzlich einen riesigen Sog, und wie ein Weltraumschiff in ein schwarzes Loch, so wurde Detlef Müller in den Fernseh-kasten gerissen, stand nun wirklich in Wimbledon auf dem Center Court, verschmolz mit der Nummer zwei, mit IHM, nein: Er *war* ER.

Er schaukelte, um die Nummer eins unsicher zu machen, den Oberkörper affenartig hin und her und erwartete das Service. Der Ball touchierte die T-Linie und sprang so hoch ab, dass er für Detlef völlig unerreichbar war. 15:0 für den Amerikaner, und auch das 30:0 ließ sich nicht vermeiden, obwohl er den Ball so lange im Spiel halten konnte, dass die Nummer eins fast die Geduld verloren hätte. Aber auch nur fast. Ein Netzroller brachte ihr den Punkt.

«Wir schaffen es!», schrie Detlef Müller und packte seinen Schläger wie ein Schwert.

Und in der Tat, die Nummer zwei kämpfte sich auf ein ‹30 beide› heran. Dann aber glückten dem Amerikaner zwei perfekte Aufschläge, die der Deutsche nur so hoch und schwach zurückbringen konnte, dass die beiden Volleys reine Formsache waren.

7:6 für den Amerikaner, aber noch war ja nichts verloren, denn Detlef Müller hatte nun Aufschlag, und wenn er den Ball mit 200 Stundenkilometern und mehr übers Netz brin-gen konnte, dann war das Match noch lange nicht verloren.

Detlef zog seinen Ball aus der Tasche und knallte ihn ge-gen die Tür. «Fault!», schrie der Linienrichter in Wimble-don. Der nächste Ballwurf, dann ein Kickaufschlag. Klasse, aber die Nummer eins erwischte ihn früh und zog ihn ‹long line› an ihm vorbei, ‹Love-fifteen›. Die Spieler prallten am Netz fast mit den Köpfen zusammen.

«Du, ich bring dich um, wenn du gewinnst!», flüsterte

Detlef dem anderen zu. «Ich kann es nicht länger ertragen, immer der ‹ewige Zweite› zu sein. Du oder ich!»

Diese Drohung schien ihre Wirkung nicht verfehlt zu haben, denn die beiden nächsten Punkte machte Detlef ziemlich mühelos und führte plötzlich wieder mit 30:15.

Dann aber setzte die Nummer eins alles auf eine Karte, spielte bei jedem Return alles oder nichts und machte zwei Punkte in Folge, sodass Detlef auf seinem Fernseher hinter dem 30:40 plötzlich einen roten Ball eingeblendet sah. Breakball für den Amerikaner und sein erster Matchball zugleich.

Hat keinen Zweck, der ist unschlagbar heute. Nicht nur heute – immer.

Sein Arm wurde schwer und schwerer, der Schläger wog mehr als die riesengroße Bratpfanne in der Hotelküche unten. Müde tupfte der gelbe Ball ins Aufschlagfeld des anderen, und dennoch stürmte Detlef ans Netz.

Der Amerikaner, diese fiese Sau, schlug ihm den Ball genau auf den Körper. Zwar konnte er den Schläger noch nach oben reißen, doch der Ball ging weit ins Publikum herein.

Spiel, Satz und Sieg für den Amerikaner. Die Nummer eins blieb die Nummer eins.

Detlef Müller warf sich auf den rasengrünen Teppich und begann zu schluchzen. Dieser Schmerz, diese Kränkung. Alle waren gegen ihn. Was war es schon, die Nummer zwei zu sein. Nichts, nichts, nichts! Er schrie es immer wieder. Was zählte, war der Sieg, nichts anderes.

«Ich würd am liebsten sterben . . .»

Er beschaffte sich eine Flasche Whisky und trank so lange, bis er sein Elend vergessen hatte.

Drei Wochen später, als ein Grand-Prix-Turnier in S. stattfand, wohnten etliche der ‹Topten› in dem Hotel, in dem Detlef Müller noch immer als Etagenkellner arbeitete. Und da sich sein Manager schon jahrelang um diese werbeträchtigen Gäste bemüht hatte, war es durchaus kein Zufall, sondern eher eine Fügung des Schicksals, dass die Nummer eins gebeten wurde, in der Suite 312 zu wohnen, auf dem Flur also, den man Müllers Obhut anvertraut hatte.

Nach der Vorrunde, in der die Nummer eins viel Mühe mit einem jungen Niederländer gehabt hatte, lag der Amerikaner in der Badewanne und telefonierte nach einem Schluck Champagner. Offensichtlich hatte er irgendwo ein Mädchen aufgerissen und wollte sich in Stimmung bringen.

Es war kurz nach 15 Uhr und im Hotel so still, wie sonst selten am Tag. Die Gäste, die abreisen wollten oder mussten, hatten ihre Zimmer längst geräumt, und nachdem alles wieder hergerichtet worden war, konnte es noch ein Weilchen dauern, bis ihre Nachfolger angerückt kamen.

Müller klopfte bei der Nummer eins an. Nach dem ‹come in› des Amerikaners drückte er die Tür nach innen und trat ein, das Tablett mit dem Champagner und zwei Gläsern, vorsichtshalber, auf dem Handteller balancierend. Doch die Nummer eins war noch allein.

Und nichts wäre passiert, wenn der elektrische Rasierapparat des Amerikaners nicht so dagelegen hätte, unmittelbar auf dem Rand der lindgrünen Badewanne. Das vielfach geringelte lange Kabel steckte hinten in der Dose. Die Nummer eins plantschte vergnügt im meeresblau gefärbten Wasser herum.

Tu es, Detlef, tu es. Für dich, für IHN und für euch beide. Ein Stoß mit dem Fuß …

Am frühen Abend desselben Tages fuhr Detlef Müller zur *Pension Matchball* hinauf, einer wunderschönen Gründerzeitvilla, die ein ausgedienter Tennisprofi billig erworben und für viel Geld wieder hergerichtet hatte. Da die Nummer zwei einer seiner besten Freunde war, hatte sie hier draußen, wo es schon ein wenig felsig war, Quartier genommen.

Detlef Müller klingelte, und da die Nummer zwei einen

Journalisten erwartete, hatte er das Glück, IHN direkt vor sich zu haben. Es nahm ihm den Atem, und fast wäre er seinem ersten Impuls gefolgt, hätte sich zu Boden geworfen und IHM die Füße geküsst.

«Du, die Nummer eins! Endlich!»

Völlig verwirrt und als Folge dieser außergewöhnlichen Aufwallung stammelte er sofort, dass er es nur für IHN getan habe.

«Was denn?», frage die neue Nummer eins.

Detlef Müller nannte den Namen dessen, den er getötet hatte, die alte Nummer eins. «. . . den Rasierapparat in die Badewanne gestoßen, und der war noch angeschlossen.»

Die neue Nummer eins mochte es nicht glauben. «Das ist doch 'n Unfall gewesen . . .»

«Nein, nein . . .» Detlef Müller, mit scharlachroten Flecken im Gesicht, schilderte seine Tat in allen Einzelheiten. «Ich habe es nicht mehr ertragen können, immer nur der ‹ewige Zweite› zu sein. Ich wollte einmal selber ganz oben an der Spitze sein, der Größte.»

«Du . . .?»

«Nein, entschuldige, *wir*, wir beide.»

«Spinner, Mann!» Die neue Nummer eins wollte die Tür wieder zuschlagen, doch Detlef Müller hatte schnell den Fuß dazwischen.

«Ich hab doch gelesen, wie happy du bist», sagte er.

«Ja, sicher . . .» Die neue Nummer eins hielt Ausschau nach einem, der ihm helfen konnte, doch die anderen Bewohner der ‹Pension Matchball› schienen alle ausgeflogen zu sein.

«Dann verlang ich aber auch, dass du mir dankbar bist dafür», wagte Detlef Müller zu fordern.

«Willst du Geld?» Die neue Nummer eins tippte sich an die Stirn. «Damit alle denken, ich hätte dir den Auftrag dazu gegeben.»

«Ich will immer bei dir sein, in *deiner* Nähe, *dich* betreuen, *dich* massieren, *deine* Schläger neu bespannen. Und alle Spieler, die unsern Thron gefährden, die bring ich auch noch um!»

«Komm, hau ab!»

«Du hast kein Herz, du bist undankbar. Soll ich vielleicht zur Polizei gehen und denen sagen, was ich getan habe? Und dass du dir immer gewünscht hast, dass mal einer kommt, der den . . .», jetzt nannte er die alte Nummer eins beim Namen, «. . . aus'm Verkehr zieht?»

«Soll das 'ne Erpressung sein?», fragte die neue Nummer eins.

«Mann, verstehst du's denn immer noch nicht», schrie Detlef Müller, «was ich bin und was ich will?»

«Nein, los, verschwinde!» Und ER machte eine Bewegung, als wolle er eine lästige Fliege verscheuchen.

«Bitte, nimm mich!»

«Psychopath, Mann, such dir 'n Arzt!»

Detlef Müller war verzweifelt, war völlig außer sich. «Dann sag ich eben, dass du mir den Auftrag gegeben hast.»

«Arsch!»

Die neue Nummer eins, ebenso erregt wie Detlef Müller, machte einen Ausfallschritt, hob die Arme mit vorgestreckten Handflächen, so als ginge es darum, einen schweren Schrank zur Seite zu schieben, und stieß ihn in Richtung Treppe.

Es war eine steile, in die Felsen geschlagene Treppe, und als Detlef Müller, der plötzlich die Balance verloren hatte, unten angekommen war, blieb er leblos liegen.

Sturmnacht

Vic Suneson

Wir segelten von Sandhamn hinaus, gegen Abend.

Der schöne Hochseekreuzer schaukelte anmutig in der Dünung, und die Brise aus Nordwest schien den ganzen Abend, vielleicht die ganze Nacht hindurch anhalten zu wollen. Eine Wolkenbank im Westen beunruhigte uns nicht weiter, auch wenn im Wetterbericht von frischen Winden die Rede war.

Die Stimmung an Bord war ausgezeichnet. Der Bootseigentümer, Bankdirektor Hilmer Lång, saß am Ruder und parierte geschickt die Krängbewegungen des Bootes. Er ist in den Fünfzigern, hat leicht angegraute Schläfen und zwei Hobbys. Segeln und Golf.

Im Cockpit befand sich auch Yvonne Bragenius, eine bald dreißigjährige Golfmeisterin, die während der letzten Monate zusammen mit dem Bankdirektor häufig in den Klatschspalten der Zeitungen durchgehechelt worden war. Man machte keine Andeutungen – man behauptete offen, es gäbe eine Romanze des eleganten Witwers mit der schicken Yvonne. Was ich an Bord gesehen hatte, strafte diese Behauptung nicht Lügen.

Yvonne war Gast an Bord, und wenn ihre Spezialität auch der leichte weite Schlag auf dem Golfplatz ist, so soll sie doch auch mit gleicher Bravour ein Boot steuern können. Die Besatzung machte sich auf dem Vordeck zu schaffen. Das ist meine Schwester Kristina, Långs Sekretärin, und das bin ich selbst, ein Technologe mit Namen Pelle

Werell. Auf dem Achterdeck saß Filip Holmin und genoss die letzten Sonnenstrahlen, wobei er an seiner ausgegangenen Pfeife sog, und seine Frau Barbro, Hilmer Långs einziges Kind, machte sich in der Pantry mit dem Abendbrot zu schaffen. Sie hatte das Radio laut aufgedreht und hörte die endlose Unterhaltungsmusik – das einzige störende Moment.

Lång übergab das Ruder seinem Schwiegersohn und ging hinunter in die Kajüte – in die Navigationskabine, nehme ich an. Dort verfügte man über Sprechfunk und noch einige andere Finessen. Die «Longboat», wie der Kreuzer heißt, ist zweifellos ein hervorragendes Boot. Und der «Schiffer» versteht seine Sache. Er schlug vermutlich einen Kurs über die so genannte Grauschärenförde ein, was nicht gerade angenehm ist, weil es dort Untiefen und anderes Unzeug gibt. Das Ziel ist Visby, und wir werden drei volle Tage unterwegs sein, bis wir wieder in Sandhamn sind. Eine Art Vorübung für die Regatta im Sommer.

Die Kajüte ist ihr besonderes Kapitel wert. Sie ist unerwartet geräumig und enthält zwei Kojen, von denen selbstverständlich eine dem Schiffer gehört, während die andere seltsamerweise mir zugeteilt wurde. Nun befindet sich da auch noch ein zusammenklappbarer Esstisch, sodass es vielleicht doch nicht so geräumig ist, wie man glauben könnte. Hinter dem ersten Teil liegt eine Abteilung, die durch einen Vorhang abgetrennt ist, und die soll sich meine Schwester mit Yvonne teilen. Ich habe sie schon gefragt, wie sie sich als Anstandswauwau fühle, aber sie mochte keinen Technologenhumor, wie sie sagte. In der Vorpiek gibt es noch eine dritte, ziemlich enge Abteilung. Dort sollen die Herrschaften Holmin logieren. Aber es hat keine Not mit der Luft, wenn man das Skylight ein wenig offen lässt.

Es war kühler geworden, und ich ging hinunter in die Kajüte, um mir einen Anorak zu holen. Barbro war emsig in der Pantry beschäftigt, ich steckte den Kopf hinein und schnupperte.

«Aha! Ein Westküstensalat», sagte ich. «Macht sich prima, hier in östlichen Gefilden.»

Sie schüttelte eine Flasche mit Würztunke und sah mich über die Schulter an.

«Topfgucken ist hier nicht!», entgegnete sie schnippisch. «Übrigens – sollen hier nicht recht viel Endivien rein? Sie mögen doch Endivien?»

«Macht sich gut im Salat», sagte ich und ging weiter nach der Kajüte.

Als ich wieder heraufkam, merkte ich, dass der Wind aufgefrischt hatte und nach Süden umgesprungen war. Weiße Gänse begannen aus dem Meer aufzutauchen, und das schnittige Boot schoss in guter Fahrt durch das blaugrüne Wasser. Die Segel standen prall, da wir mit achterlichem Wind segelten, und das Leben war herrlich. Der Schiffer jedoch hielt misstrauisch Ausschau nach der Wolkenbank im Westen, die sich allmählich auftürmte, und ließ die Segel einholen. Mir erschien das zu voreilig, doch selbstverständlich gehorchte ich.

Kristina hatte sich ebenfalls wärmer angezogen und kam zu uns in das Cockpit, wo wir es uns so richtig gut gehen ließen. Vor allem, nachdem jemand auf die gute Idee gekommen war, nach Bier zu rufen. Barbro reichte geöffnete Dosen herauf, und wir tranken direkt daraus, was auf einem Boot, das in die See eintaucht, ein Kunststück ist. Wir hatten hart vorgeschotet wegen des von dem Schiffer eingeschlagenen neuen Kurses, und nun kreuzten wir auf die See hinaus.

Barbro steckte den Kopf aus der Kajüte.

«Wir können essen, wenn ihr wollt», sagte sie und parierte die Krängbewegung des Bootes. «Ihr braucht nur zuzulangen. Der Westküstensalat muss jetzt ausgezeichnet sein, er hat kalt gestanden. Und dann gibt es noch Käse und Pain-riche.»

Ich löste Filip am Ruder ab, und die anderen zwängten sich hinunter in die Kajüte. Dort begann eine allem Anschein nach heitere Mahlzeit, während es mir immer schwerer wurde, das Boot gegen den Wind zu halten, der inzwischen tüchtig aufgefrischt hatte. Sie mochten da unten in der Kajüte wohl ihre Schwierigkeiten mit Tellern und Gläsern haben, doch die Stimmung schien gehoben. Barbro kam mit einer herrlichen Portion Westküstensalat zu mir hinaus, und es gelang mir, das meiste hinunterzubringen, obwohl das Boot meine volle Aufmerksamkeit verlangte. Beim Würzen war sie vielleicht ein bisschen zu großzügig gewesen, sonst aber schmeckte es ausgezeichnet.

Kristina erzählte später von einem kleinen Zwischenfall unten in der Kajüte. Filip hatte gefragt, ob man nicht ein wenig Rotwein zum Käse haben könne, doch der Schiffer hatte es in ziemlich barschem Ton abgeschlagen. «Keinen Alkohol an Bord bei solchem Wetter!», hatte er erklärt. Filip wies drauf hin, dass der Unterschied zwischen Starkbier und Rotwein nicht eben groß sei, aber der Schiffer blieb bei seiner Ablehnung, und sein Wort ist natürlich Gesetz. «Es wird doch weggeblasen!», hatte Filip es noch einmal versucht. Aber auch das hatte nicht geholfen.

Wenig später bestimmte der Schiffer den neuen Kurs, kam heraus und löste mich am Ruder ab, was großartig war, da ich allmählich doch recht mürbe wurde. Er wies mich an, die Laternen zu kontrollieren, die sämtlich funktionierten.

Wir wurden in Wachen von jeweils einer Stunde eingeteilt, denn der Schiffer nimmt es genau mit der Ordnung an Bord. Dann kommandierte er allgemeines Zubettgehen und überließ Filip die erste Wache an Ruder.

Er hoffe auf eine ruhige Nacht, sagte er. Doch damit irrte er sich.

Der Wind wurde immer stärker, und das Boot arbeitete hart in der See. Von ruhigem Schlaf konnte nicht die Rede sein, aber das hatte man ja auch kaum erwartet, und der Schiffer kam mir etwas blass vor, als er die Koje aufsuchte; wir schalteten das Licht aus und versuchten zu schlafen. Plötzlich spürte ich, dass mir übel wurde. Ich werde nie seekrank und war daher recht verwundert. Doch der Magen war entschieden nicht gut Freund mit dem übrigen Körper. Ich beschloss, hinauf in das Cockpit zu gehen.

Seltsamerweise war dem Schiffer der gleiche Gedanke gekommen. Wir stießen im Dunkeln zusammen und murmelten etwas von frischer Luft.

Yvonne hatte offenbar Filip abgelöst, der nicht zu sehen war. Es hatte inzwischen noch mehr aufgefrischt, und der Schiffer befahl, weitere Segel einzuholen. Eigentlich hätten wir auch die Sturmfock setzen müssen, doch mir war schwach in den Knien, und ich protestierte. Niemand auf der Welt vermochte mich in diesem Zustand auf das Vordeck zu bringen.

Und dann beugte ich mich über die Reling und spie. Es war nicht angenehm, aber unvermeidlich.

Der Schiffer war sarkastisch.

«Wenn du gerade zu dem Zeitpunkt seekrank wirst, wo wir es am schwersten haben», schrie er, «dann spei wenigstens nach Lee!»

Er hatte es kaum gesagt, als auch er sich über die Reling beugte und Neptun opferte. An der Leeseite.

Nun lag das Boot so hart an, dass wir Wasser über und in das Cockpit bekamen, das jedoch automatisch lenzte, und wir wurden recht gut damit fertig. Yvonne wurde allmählich ebenfalls blass um die Nase, und Kristina kam heraus und löste sie ab. Sie ist ja geübter. Doch auch sie sah ein bisschen blass und hohläugig aus.

Trotz alldem gelang es dem Schiffer und mir, uns zum

Mast durchzuarbeiten und weitere Segel einzuholen. Doch die Sturmfock mussten wir sein lassen. Das hätten wir nie geschafft

In das Cockpit zurückgekehrt, sahen wir Barbro, die ihren zerzausten Kopf aus der Kajüte steckte. Hinter ihr kam Filip angekrochen, er arbeitete sich an uns vorbei und spie dann ebenfalls.

Wir befanden uns in einem elenden Zustand. Vor allem die Männer.

»Wir müssen Schwimmwesten anlegen!«, schrie Barbro aus dem Roof.

«Gib sie rauf!», schrie Yvonne, die trotz allem so aussah, als käme sie etwas besser zurecht als wir anderen.

Wir bekamen unsere Westen, Barbro reichte sie herauf. Yvonne nahm ihre zuletzt. Sie nestelte ungeschickt daran herum, und ich half ihr.

«Du weißt doch wohl, wie sie funktioniert?», rief ich ihr ins Ohr. «Sie bläst sich selbst auf, wenn man im Wasser landet. Wenn man dort landet! Aber noch ist es nicht so weit.»

«Verdammt, es muss der Krebssalat sein!» stöhnte der Schiffer mit halb erstickter Stimme. «So etwas ist mir noch nie passiert Ob wir eine windgeschützte Stelle aufsuchen? Aber das ist schwer bei diesem Wetter. Man kann ja weder Sandbänke noch Untiefen erkennen. Ich denke, wir versuchen trotz allem, den Sturm hier draußen abzureiten. Die ‹Longboat› ist stark und seetüchtig. Wir müssen aushalten. Ich nehme die erste Wache. Ihr anderen könnt hinuntergehen.»

Yvonne protestierte.

«Ich merke wirklich kaum etwas», sagte sie. «Und ich habe auch nicht so viel von dem Salat gegessen. Wer sich am wohlsten fühlt, soll oben bleiben. Geht ihr anderen nur hinunter.»

Man debattierte ein Weilchen, aber Yvonne ist eine Frau

mit Eigensinn und Verstand, und so setzte sie ihren Willen durch. Sie übernahm das Ruder von Kristina und setzte sich zurecht.

«Mit mir hat's keine Not!», rief sie forsch. «Geht ihr nur runter!»

Wir gingen hinunter, und das war ein Fehler.

Merkwürdigerweise schlief ich ziemlich schnell ein. Ich weiß nicht, wie lange ich geschlafen hatte, aber plötzlich – ich lag irgendwie da und starrte an die Kojendecke – spürte ich, dass sich das Boot eigenartig benahm. Die Stöße wurden härter. Man kann sagen, das Boot stampfte und rang gleichsam mit der See.

Ich wankte auf wackligen Beinen aus der Koje und ging durch das Roof hinauf.

Das Steuerhäuschen war leer, und das Ruder schlug hin und her. Die «Longboat» trieb steuerlos in der aufgewühlten See. Yvonne war nicht zu sehen.

Ich stürzte ans Ruder und bekam das Boot allmählich unter Kontrolle. Gleichzeitig merkte ich, dass der Wind erheblich abgeflaut war. Aber die See ging noch immer hoch.

Ich schrie in die Kajüte hinunter, und nach wenigen Augenblicken waren alle versammelt. Alle außer Yvonne.

«Sie ist nirgends zu finden», sagte Filip stöhnend. «Ich habe überall herumgestöbert.»

«Wir müssen den Seerettungsdienst alarmieren», schrie ich. «Tun Sie das, Schiffer!»

«Wenn sie über Bord gegangen ist, gibt es keine Chance, sie zu finden. Nicht eine von tausend. Sie ist ein nicht erkennbarer Punkt – falls sie nicht schon versunken ist.»

«Die Schwimmweste», sagte Barbro. «Bestimmt schwimmt sie noch!»

«Achtung!», schrie ich entschlossen. «Ich wende in den Wind!»

Die «Longboat» gehorchte erstaunlich gut, und während

ich die Segel für den neuen Kurs setzte, reagierte ich kalt auf alle Proteste. Der Schiffer war irgendwie gelähmt. Er hatte den Seerettungsdienst alarmiert, und damit schien seine Initiative erschöpft zu sein. Mit verlorenem Blick starrte er auf die aufgewühlte See.

Er hatte ja wirklich etwas verloren.

Ein neues Leben – vielleicht.

Es war schlimmer, als in einem Heuhaufen nach einer Nadel zu suchen. Ich erkannte natürlich das Hoffnungslose der Situation, aber da eine graue Dämmerung die Wellenkämme zu färben begann, gab es ja für uns eine Chance, die gelbe Schwimmweste zu sichten.

«Es ist zwecklos», sagte der Schiffer.

«Das weiß ich», entgegnete ich, «aber es ist das Einzige, was wir tun können.»

Und ich kreuzte Schlag um Schlag durch das Gebiet zurück, das wir durchfahren hatten. Ich wusste ja nicht, wohin Wind und Strömung sie getrieben haben konnten. Wusste nicht, wo sie über Bord gefallen war. Wusste nur, dass ich suchen musste.

Und das Unglaubliche geschah. Wir fanden sie.

Als wir sie in das Cockpit zogen, war sie tot.

Der Rest der Segelpartie war ein Albtraum. Wir kehrten nach Sandhamn zurück, anfangs ging es bei achterlichem Wind noch toll voran, doch der flaute langsam ab. Wir hatten aber einen Hilfsmotor und liefen gegen Abend ein. Die Symptome der Seekrankheit waren mittlerweile verschwunden, wenn alle auch ziemlich blass um die Nasen waren.

Vielleicht mehr wegen der stillen Gestalt, die in der Vorderkajüte lag. Tot und kalt.

Es kam natürlich zum Seeverhör – oder nennt man das polizeiliche Ermittlungen? Ich war einige Male mit von der Partie, hauptsächlich aber musst der Schiffer Rede und Antwort stehen. Aus irgendeinem Grund wurde die Obduktion verlangt. Ich glaube, es hing mit einer Wunde zusammen, die Yvonne an der Schläfe hatte und die sie sich wahrscheinlich zuzog, als sie über Bord fiel

Und da kam der große Knall. In ihrem Magen fand der Gerichtsarzt so ein Teufelszeug von Brechmittel – Ipekakuanha heißt es, wir pflegen es Brechwurz zu nennen; und man kann es rezeptfrei in der Apotheke kaufen. Da hatten wir die Seekrankheit! Und plötzlich war alles furchtbar hässlich. Noch viel hässlicher.

Wir hatten alle von dem Salat gegessen und die Würze gebraucht. Jemand hatte uns vergiftet. Jemand schlug Yvonne nieder und warf sie über Bord.

Die Polizei kam nicht von der Stelle, obwohl wir langen und hölzernen Verhören unterzogen wurden. Alle hatten ja dasselbe Essen zu sich genommen, alle waren mehr oder weniger erkrankt. Irgendwelche Spuren des Brechmittels waren nicht zu finden. Barbro hatte aufgewaschen, und der kleine Rest des Salats und die Soßenflasche waren über Bord gegangen. Wie gesagt, die Polizei kam nicht von der Stelle.

Aber sie ließ den Fall nicht auf sich beruhen. Man war offenbar überzeugt, dass es sich um einen Mord handelte. Der Schiffer kam als Verdächtiger wohl nicht in Frage. Ich weiß, dass auch mich kein Verdacht traf. Und auch Kristina hatte nicht den geringsten Anlass.

Aber Filip und Barbro.

Barbro ist das einzige Kind des Schiffers und seine einzige Erbin. Eine neue Frau im Hause Lång wäre für Tochter und Schwiegersohn wohl nicht gerade angenehm gewesen. Außerdem lagen sie im Vorpiek und konnten in das Cockpit gelangen, ohne uns in der Kajüte stören zu müssen.

Es war eine hässliche Perspektive, und die Überlegungen der Polizei liefen offenbar in gleicher Richtung

Und dann ging es um die Schwimmweste. Die von

Yvonne getragene hatte nicht richtig funktioniert. Sie war an der Innenseite punktiert, sodass man es nicht gewahrte; und sie war nur zu Hälfte aufgeblasen und hätte Yvonne kaum längere Zeit über Wasser gehalten. Man hatte damit wohl erreichen wollen, dass Yvonne unterging.

Die erste Erregung in der Presse hatte sich gelegt, doch wir wussten, dass die Polizei nicht lockerließ. Ab und zu kam sie mit neuen Fragen oder wiederholte alte. Es sah aus, als konzentriere man sich auf Filip. Er war ja mehrmals in die Kajüte gegangen und konnte den Salat sehr wohl vergiftet haben, ohne dass Barbro etwas merkte. Die Soße übrigens auch. Wir hatten ja alle davon genommen, und Barbro war damit auch nicht sparsam gewesen. Das Bier war natürlich über jeden Verdacht erhaben. Wir hatten es ja direkt aus den Dosen getrunken.

Barbro konnte es natürlich auch gewesen sein. Und schließlich konnten sie es gemeinsam getan haben; Barbro vergiftete den Salat, und Filip warf Yvonne über Bord.

Auf Umwegen erfuhr ich, dass die Polizei diskrete Ermittlungen über das Verhältnis des Schiffers zu der Toten anstellte. Man sprach mit ihren Freundinnen und überprüfte Bankkonten, sichtete ihren persönlichen Besitz und konnte sich allmählich ein Bild machen. Es war offenkundig, dass Hilmer Lång der toten Golfmeisterin sehr zugetan war, weit mehr, als selbst die Klatschblätter berichtet hatten. Er hatte sogar mit einer Versicherungsgesellschaft über eine Leibrente für sie gesprochen.

Zog man alles in Betracht, schien der Witwer auf dem Weg in eine neue Ehe gewesen zu sein. Und da war das Motiv klar. Barbro war ja seine einzige Erbin, und Lång war wohl durchaus noch kompetent, sich eine Schar Kinder anzuschaffen.

Was schließlich das Problem löste, war, dass die Polizei nach langer Kleinarbeit in verschiedenen Apotheken schließlich etwas herausfand: In einer nicht weit von Stockholm entfernten Kleinstadt hatte jemand eine Flasche Ipekakuanha – Brechwurz – gekauft.

Barbro Holmin. Nachdem das Personal der Apotheke sie identifiziert hatte, brach sie zusammen und legte ein Geständnis ab. Sie hatte das Brechmittel gekauft und auch die Schwimmweste punktiert. Die Tat selbst jedoch hatte Filip ausgeführt.

Beide wurden zur gesetzlichen Höchststrafe verurteilt, Filip wegen Mordes und Barbro wegen Beihilfe zum Mord.

Perfektes Anspiel

Gabriele Wolff

Norbert mogelte. Zwanzig Liegestützen hintereinander, das schaffte er wohl doch nicht mehr in seinem Alter. Mit vierunddreißig war er auf dem absteigenden Ast, jedenfalls, was die Kondition anging. Mit dem Ball zaubern, das konnte er immer noch, da tippte keiner dran, und überhaupt, wozu braucht ein Fußballer überhaupt Muckis in den Armen? O.K., Bulle nebenan wippte auf und nieder mit der Regelmäßigkeit einer Maschine, aber Norberts Stammplatz als Mittelfeldregisseur kriegte er dadurch noch lange nicht. Norbert drückte seinen Körper mit Hilfe der Beinmuskulatur hoch und versuchte, durch die Nase zu atmen. Bloß nicht das angestrengte Hecheln wie vor drei Tagen nach der Aufwärmgymnastik, und Bulle, vollkommen entspannt und ruhig, der ihn besorgt anschaute. Mit zweiundzwanzig hatte der doch alles vor sich, konnte der Typ nicht noch ein paar Jährchen warten, bis er an die Reihe kam?

Das lockere Lauftraining absolvierte Norbert ohne größere Probleme, doch als dann Zwischenspurts eingelegt wurden, jagte sein Puls gefährlich hoch. Norbert stolperte und tat, als ob sich der Schnürsenkel seines Fußballstiefels gelockert hätte. Die Minute der Erholung brauchte er dringender, als er sich selber eingestehen wollte. Mist, Bodo hatte ihn im Visier, der hatte seine Augen überall. Als Trainer musste er das wohl, stand ja auch ziemlich unter Druck. Der Verein hatte Schulden und stand auf dem vorletzten Tabellenplatz.

Norbert sprang auf wie ein junges Reh und spürte einen stechenden Schmerz in der Achillessehne. Bloß das nicht, nicht schon wieder... Er biss die Zähne zusammen und trabte weiter. Gott sei Dank, das Training mit dem Ball fing an. Linkes Knie, rechtes Knie, Rist, Kopf, kunstvoll von der Brust abtropfen lassen, richtig vorgelegt und sofort ein Zickzacklauf durch eine imaginäre Verteidigung, enge Ballführung, links, rechts und dann der satte Schuss. Er konnte es noch immer, der Kapitän.

«He», schrie Bodo, «und jetzt Zweiergruppen, Katz und Maus, los, ran!»

Katz und Maus, Bodos gebrüllte Kommandos spielten immer in der Tierwelt. Norbert grinste. Er grinste immer noch, als Bulle tänzelnd auf ihn zukam. «Du fängst an», sagte Bulle und kickte ihm den Ball zu. Und ob, dachte Norbert. *Den* Ball kriegst du nicht. Links, rechts, eine Drehung, Bulle sah alt aus. Einmal setzte er zu einem Grätschschritt an, ließ es aber sein. Mistkerl, hatte er etwa Angst, Norbert zu verletzen? Bulle kam von vorn, von hinten, er war verdammt schnell und wendig, und plötzlich hatte er den Ball und zog ab, Norbert hinterher. Der Junge war weg, mit dem Ball am Fuß war der noch flotter als er ...

Als Norbert ihn erreichte, verließ den Älteren die Kraft und er stieg ein, von hinten in die Beine. Bulle schrie auf und stürzte. Schöne Schwalbe, so was konnte der also auch schon, als wenn das ein Foul gewesen wäre ... Bodo rannte hin, klopfte Bulle auf die Schulter, stellte ihn auf die Beine und warf Norbert einen bösen Blick zu. «Alles klar, Meister», tönte Bulle. «War nichts Ernstes. Kommt schon mal vor.»

Das war das Schlimmste überhaupt. Dass der ihn noch verteidigte, alles nur, um sich beim Trainer als pflegeleichter Typ lieb Kind zu machen. Norbert spielte das Spiel mit.

«Tut mir echt Leid», murmelte er in die generelle Richtung von Bulle, «da ist was mit mir durchgegangen. Hab glatt vergessen, dass es nur Training ist.»

Bulle lächelte herablassend, als ob er es besser wisse, Bodo erleichtert: Wenigstens der Teamgeist funktionierte noch.

Norbert trottete in die Kabine, vollkommen erledigt, schwer atmend. Der alte Leistenbruch machte sich bemerkbar, und die Achillessehne schmerzte noch immer. Diese Saison musste er einfach durchhalten, am besten auch noch die nächste. Erst dann hatte er genug Geld zusammen, um seine zweite Karriere anfangen zu können; es schwebte ihm vor, ganz groß irgendwo einzusteigen. Er hatte nichts gelernt, außer mehr oder weniger kunstvoll gegen einen Ball zu treten, und das brachte nichts für die zweite Hälfte seines Arbeitslebens. Zweite Liga, vorletzter Tabellenplatz, drohender Abstieg. Die Kumpel hinter ihm scherzten, Zoten wurden gerissen, er hörte schon nicht mehr hin. Es war doch jeden Tag dasselbe.

«Mann, die Elfi, haste schon gehört?» Erst da wurde er wach, hellwach sogar. Elfi, ob die etwa über seine Frau redeten? Norbert trottete weiter, die Ohren voll auf Empfang, aber jetzt wurde nur noch geflüstert. Bulle lachte. Norbert fuhr herum und starrte ihn an. Bulle prustete wie nach einem dreckigen Witz und wischte mit dem Handrücken über seinen Mund. Wenn der Kerl . . . nicht auszudenken . . .

Als alle unter der Dusche waren, durchwühlte Norbert Bulles Tasche. Socken, Schraubstollen, Schnürsenkel, Deo, Kamm, Vitamintabletten, sieh an, ein Trainerkurslehrbuch, der Junge plante schon jetzt für seine Zukunft, oder wollte er Bodo einen reinwürgen? In der Innentasche des Blousons fand er die Brieftasche. Kreditkarten, Ausweis, Führerschein, Fotos. Ein blondes Mädchen, die Eltern, ein Schnappschuss von der letzten Vereinsfeier: ganz rechts am Rand Elfi. Auf der Rückseite: keine Widmung. Wenigstens etwas, aber trotzdem, da nagte ein tiefer Zweifel. Norbert zog sich rasch aus und ging in die Dusche.

Bulle sah gut aus, er machte seinem Namen Ehre. Muskelbepackt, trotzdem schlank, und schlecht ausgestattet war er auch nicht. Norbert seifte seinen Bauch ein und sah an sich herunter. Eigentlich brauchte er den Vergleich nicht zu scheuen, oder? Er sah wieder zu Bulle hinüber, der ihn so unverschämt angrinste, als ob er ihn beobachtet hätte. Scheißer.

«Leute», tönte Bodo bei der Mannschaftsbesprechung eine Stunde später, «reißt euch zusammen. Da muss die Post abgehen beim nächsten Mal. Denkt nicht an die Weiber, nicht an die Prämie, nicht einmal an euren Trainer. Denkt nur daran, wie kriege ich den Scheißball in das Scheißtor und wie verhindere ich, dass der Gegner den Scheißball in unser Scheißtor kriegt ...»

Sprüche, nichts als Sprüche, zum Kotzen. Norbert schaltete ab. Er sah wieder, wie Bulle mit Elfi getanzt und wie sie ihn angefasst hatte. Und wenn da doch was war ...

«He, Norbert, das geht dich an. Gegen den FC spielst du nicht so offensiv wie sonst, du hängst zurück und überbrückst das Mittelfeld, Steilpässe, kurze Abgaben, Überblick, da brauche ich einen erfahrenen Mann. Das Stürmen überlassen wir den jungen Hüpfern. Bulle, du machst den offensiven Libero, kannst ruhig nach vorn, aber immer mannschaftsdienlich, kapiert? Ich will keine ballverliebten Alleingänge, das ist gestorben ...»

Norbert schluckte. Das war der Anfang vom Ende. Bulle rückte in *seine* Position. Da konnte Bodo noch so viel schwafeln von «erfahren», alles Mist. Zu langsam war er, zu müde, er brachte es eben nicht mehr. Norbert saß da wie betäubt.

In der Nacht vor dem Spiel, als er schlaflos neben Elfi lag, die für Sex viel zu müde gewesen war, stellte er sich vor, wie er Bulle einen Ball voll gegen die Eier knallte.

Sie lagen null zu eins zurück, zweite Halbzeit, und Bodo hüpfte am Spielfeldrand auf und ab wie ein Gummiball. Er schrie, fuchtelte herum und schlug die Hände vor das Gesicht. Norbert führte den Ball wie in alten Zeiten. Natürlich blieb er nicht hinten, das wäre ja gelacht. Weit hinter dem Anstoßpunkt suchte er den freien Mann. Links außen stand Bulle, und Norbert spielte einen Wahnsinnspass, der nur einen Tick zu steil war. Wie geplant. Bulle spurtete und grätschte mit letzter Kraft hinein, schickte das Leder über die Torauslinie und sah alt aus. Norbert trabte locker zurück, an ihm lag es ja nicht. Wie das Spiel ausging, war ihm völlig egal. Er stand im Rampenlicht und zauberte, perfekte Ballannahme, energischer Antritt und immer eins a vorgelegt. Wenn es ernst wurde, eine kurze Abgabe, und Norbert war aus dem Schneider. Er spielte alle an, nur Bulle nicht. Einmal stand Bulle im Abseits, was suchte der Kerl auch da vorne, und Norbert entlarvte sein beschissenes Spiel ohne Ball, indem er ihm das Leder genau auf die Füße servierte, ein sauberer Schuss über fünfundzwanzig Meter. Erst das Ahhh der Zuschauer und dann das enttäuschte Ohhh, als der Linienrichter abpfiff. Olli, der kleine Rechtsaußen, kriegte die schönsten Vorlagen von ihm. Nur Norbert wusste, dass Olli Zoff mit seiner Freundin hatte und an alles dachte, nur nicht an Fußball und wie man eine Flanke schlägt. Olli war völlig von der Rolle, Bulle wirkungslos und Norbert rackerte sich ab, ohne unnütz Kraft zu vergeuden. Ein tolles Spiel, das bald zum null zu zwei führte und Bodo näher zum Herzinfarkt. Zwanzig Minuten vor Schluss wurde Bulle ausgewechselt.

Das Spiel war verloren. Norbert versteckte seine totale Zufriedenheit hinter knorrigen Sprüchen über Bulle und wie abgemeldet der gewesen war.

Auf dem Weg in die Kabine verstellte Bulle ihm den Weg. «Glaub nicht, du hast gewonnen. Ich hab kapiert, was da abgelaufen ist. Und damit du es gleich weißt: In der nächsten Saison kriege ich deinen Stammplatz. Dein Vertrag wird sowieso nicht verlängert, und ob du Elfi noch halten kannst – die weiß genau, wer was bringt und wer nicht. Kannste mir glauben.» Dann drehte er lässig ab. Norbert sagte nichts.

Olli stieß ihn zur Seite. «Dir erzähl ich nichts mehr. Und was ich dir noch ausrichten wollte, warste schon beim Mannschaftsarzt? Bodo meinte, 's wär Zeit für 'nen Check, die Versicherung, klar?»

Norbert schaffte es, lässig abzuwinken und «Kein Problem» zu murmeln; aber als er allein war, taumelte er auf die Wand zu und lehnte sich an. Ihm war schlecht wie nach einem Schlag in den Magen. Aus. Die rote Karte. Und alle, alle wussten Bescheid. Nur er nicht.

Langsam zog Norbert das schweißnasse Trikot aus. Er ekelte sich vor dem eigenen Geruch. Erst als ihm kalt wurde, machte er sich auf den Weg in die Dusche. Dampf stieg auf und hüllte ihn ein. Norbert war es recht. Er wollte keinen sehen. Die hallenden Stimmen der anderen verstummten irgendwann, und das heiße Wasser war wie eine Liebkosung. Dann hörte er Bulle. Er sang, laut und falsch und hemmungslos. Sie waren allein. Bulle stellte die Dusche ab, schloss die Augen und kippte den Kopf zur Seite. Dann hüpfte er auf einem Bein herum, bis das Ohr vom Wasser befreit war. Als sein anderes Ohr an der Reihe war, nahm Norbert ein Stück Seife, legte es auf den glitschigen gekachelten Boden und schlenzte es gefühlvoll mit dem Außenrist in Bulles Richtung. Perfektes Anspiel. Schon der dritte Hüpfer beendete Bulles lächerliche Vorstellung. Er landete genau auf der Seife, rutschte weg, schrie einmal kurz auf und krachte mit dem Kopf gegen die Wand.

Keine Schwalbe, das war alles, was Norbert in diesem Moment dachte.

Fit für den Tod

Alwin Ixfeld

«Oh, das ist ganz einfach. Ich mache grundsätzlich nur Urlaub in den abgeschiedenen Gegenden dieser Welt.»

Ludger Bahsalt lächelte leicht.

«Also Amazonas, Hochland von Peru, Tschetschenien, Neufundland, Irak, Afghanistan, so was halt. Und im vergangenen Jahr haben Freunde mich überredet, so eine Ferrari-Oldtimer-Tour zum Nürburgring zu machen. Ich sage Ihnen, das war ein richtiger Abenteuertrip. Bis wir hier mal ein Restaurant gefunden hatten, das nach eins noch geöffnet war, das war fast so schlimm, wie Anfang der Siebziger, als ich zum ersten Mal hier war . . .»

Er redete schnell, fast zu schnell für die junge, drahtige Reporterin von «allsports», dem neuen Fernsehsender mit den überraschend hohen Einschaltquoten; und ganz nebenbei dem Sender, von dem ihm 33,3 Prozent gehörten.

Die kleine Blonde war ganz hibbelig, schließlich steht man nicht alle Tage einem der Bigbosse mit Kamera und Mikro gegenüber.

«Mit dir könnte ich mir eine Runde auf der Rudermaschine mit anschließendem Schwitzbad im Whirlpool gut vorstellen . . .» Ludger Bahsalts Gedanken schweiften ab, wenn er der Kleinen auf ihren extra gestylten, eng anliegenden Body mit dem «allsports»-Logo quer über den Busen starrte. Er riss sich zusammen.

«Der Zufall hat Sie also in die Eifel geführt. Aber wie haben Sie die Marktlücke der fehlenden Wellness-Studios erkannt?»

Ein paar kleine Schweißperlen hatten sich auf der Jungreporterinnenstirn gebildet.

Die Kleine gefiel ihm wirklich. Wie hieß sie noch mal? Maja irgendwas.

«Sehen Sie, was tun alte Männer . . .», er lächelte gewinnend in die Kamera, «wenn sie alleine unterwegs sind? Nun, sie tun etwas für ihre körperliche Fitness. Aber hier war nix, außer einem wirklich erstaunlich heruntergekommenen Hallenbad. Ich sage Ihnen, fünf Minuten Schwimmen und man konnte sich die Haut in Streifen abschälen, von all der Chemie, die da drin war im Wasser. Na da ist doch wohl klar, woran ich . . .» Er erlaubte sich ein neues, diesmal eindeutiges Grinsen, «. . . denke. An Wellness natürlich, an ein ganzkörperliches Gefühl des Wohlfühlens.»

«Selbstverständlich, Sie als der größte Anbieter von Wellness-Studios . . .»

Sie hatte das geschickt eingebaut, vielleicht würde er sie ein wenig protegieren, zu beiderseitigem Nutzen natürlich.

«Na ja . . .», er winkte abschwächend, «. . . nur in Westeuropa, sonst gibt es da schon ein paar Konkurrenten . . .»

Eine unangenehm kratzige Stimme drängte sich dazwischen.

«Aber was halten Sie von dem Gerücht, Sie selbst hätten für die Misere auf dem Markt der Fitness-Studios gesorgt, um dann als Retter der Fitten auftreten zu können?»

Langsam wandte Bahsalt sich dem Fragesteller zu. Dieser Typ Journalist war ihm einfach widerlich. Sein kleiner Radiosender hatte gerade mal die Einschaltquote eines mittleren Ameisenhaufens und er spielte sich auf wie der Aufklärer der Nation. Außerdem sah er nach mindestens 40 Zigaretten pro Tag und dazu einer Flasche Whisky aus. Und so einer traute sich in sein gepflegtes Fit-Center. Seinen Widerwillen konnte Ludger Bahsalt gerade noch unterdrücken.

«Wie Sie schon sagten, es ist ein Gerücht, ein haltloses, von unfähigen und neiderfüllten Konkurrenten in die Welt gesetzt. Dagegen anzugehen, ist mir jeder Pfennig für Rechtsanwälte zu viel.»

Er hatte, da war er sich ganz sicher, die richtige Miene aufgesetzt, um wirklich souverän zu wirken.

Die Ankunft des Ministerpräsidenten wirkte auf die Meute der Journalisten wie ein Magnet.

Mit Genugtuung stellte Ludger Bahsalt fest, dass Maja ihren Kameramann anwies, den inszenierten Zwei-Minuten-Händedruck zwischen ihm und dem CDU-Politiker aus verschiedenen Perspektiven aufzunehmen.

Etwas verloren, weil öffentlich vernachlässigt, spielten der Landrat und der Verbandsgemeindebürgermeister zehn Minuten später an den neumodischen Fitnessmaschinen herum.

Er gesellte sich zu ihnen, prostete ihnen mit halb erhobenem Sektglas zu. «Tja, wenn man so was hier sieht, da stört der Terminkalender doch sehr!»

Beide nickten stumm.

«Aber bestimmt findet sich doch im Tagesablauf eine kleine Lücke?»

Schulterzucken, unbestimmte Armbewegungen.

«Na, ich hab da so meine Erfahrungen, wir sollten uns gelegentlich mal zusammensetzen . . .»

Ihre Blicke wirkten plötzlich hoffnungsvoll und er wusste, er hatte die Lokalpolitiker in der Tasche.

Alles war so einfach. Es war doch überall gleich. Egal ob in Patagonien, am Südpol oder in der Eifel. Für ein paar

Stunden Abgeschiedenheit und Ausstieg aus dem Alltag würden die schlecht bezahlten Kleinpolitiker alles tun. Er hatte den richtigen Riecher dafür.

Warum sollten diese armen kleinen Schweine der Eifel schlechter wegkommen als ihr Chef in der Landeshauptstadt? Dem hatte er schließlich auch ein komplettes Wellness-Center eingerichtet, inklusive Entspannungsmassage im Hot-Whirlpool nach den anstrengenden Sitzungen. Und seine Kollegen in den diversen Bundesländern waren allesamt zufrieden mit den Bahsalt-Angeboten.

Nur in Saarbrücken hatte es ein paar kleine Probleme gegeben, weil sein Ferrari-Freund Kajo so dämlich gewesen war, Haus und Garten auf Landeskosten sanieren zu lassen. Da hatte er erst einmal einen taktischen Rückzug antreten müssen. Allerdings standen jetzt Fitness-Maschinen im Wert von ein paar hunderttausend Euro unbezahlt und nutzlos herum.

Er schüttelte die lästige Erinnerung schnell ab und wandte sich den sehr viel amüsanteren Anblicken in seinem Fit-Center zu.

Überall zeigten jetzt die honorigen Gäste, was sie sich an körperlicher Fitness erhalten hatten. Natürlich immer nur dann, wenn wenigstens das Objektiv einer Digitalkamera der örtlichen Presse auf sie gerichtet war.

Power-Gym, Perfect-Ellips, Multi-Center oder Step-Curl; alle Geräte hatte er neu erfunden, nicht nur dem Namen nach. Auch wenn es gelegentlich ein paar dumme Nachfragen bezüglich der geistigen Urheberschaften gegeben hatte, hier gab es die raffiniertesten Foltermaschinen der Neuzeit. Von wegen, einfach nur ein paar Gewichte stemmen.

Da mussten die Fitnessgeilen schwengeln oder steigen, als seien sie auf einer Hochgebirgstour. Und für den Abstieg gab es Skitrainer, die, mit einem Computer gekoppelt, jede nur erdenkliche Abfahrt mit all ihren Schwierigkeitsgraden so perfekt simulieren konnten, dass jeder Trockenski-Abfahrtschampion nichts sehnlicher herbeisehnte, als den Après-Ski, mit möglichst viel Eis im Schnaps.

Jogger konnten 3D-Brillen aufsetzen und quer durch alle Wälder dieser Welt laufen, mal flach, mal steil bergauf oder als Hindernisläufer durch Berge, Täler und Schluchten.

Besonders stolz war er auf die «Tour de Frankenreich». Drei Jahre lang hatte er die Motorrad-Kameramänner bestochen. Jetzt verfügte er über ein riesiges Archiv an Filmaufnahmen vom schwersten und berühmtesten Radrennen der Welt, perfekt umgesetzt in ein Computerprogramm, das jeden Höhenanstieg, jede Abfahrt, jedes Zeitfahren in einen Zufallsgenerator lud und, durch seine raffinierte Steuerung von leicht bis muskelzerfetzend, garantiert jeden selbst ernannten Jan-Ullrich-Trainer der gesamten Republik so fertig machte, wie er es verdiente.

«Fit zu sein, das ist heute nicht mehr nur modern, sondern geradezu ein Akt der selbstverständlichen Verpflichtung zwischen Jungen und Alten zur Gesundheitsvorsorge.»

Der Ministerpräsident hatte seine Eröffnungsrede begonnen.

Ohne Aufmerksamkeit zu erregen, glitt der Herr über die Fitness immer näher in dessen Dunstkreis hinein. Erst als er in der vordersten Reihe die roten Lämpchen der Kameras deutlich sehen konnte, war er zufrieden.

«Wir alle», so hörte er den Landeschef vortragen, «wir alle müssen mit Fug und Recht gelegentlich die kritischen Stimmen derjenigen ertragen, die, zu unserem Missfallen, aber durchaus berechtigt, gelegentlich anmerken, dass man uns die vielen Arbeitsessen, die fehlende Bewegung und die damit verbundene ungesunde Lebensweise leider anmerkt. Die Einzigen, die daran ihre Freude haben, sind natürlich unsere Schneider.»

Das Gelächter wirkte nicht ganz echt. Viele der anwesenden Damen und Herren warfen verstohlene Blicke über die Figuren der neben ihnen Stehenden. Einige wirkten erleichtert, die meisten allerdings machten eher den Eindruck eines blassgelben Neides ob zu vieler eigener Pfunde.

«Und so haben wir Herrn Ludger Bahsalt viel zu verdanken. Ihm, der monatelang unter haltlosen Gerüchten zu leiden hatte. Nicht nur, dass er die Basis für eine geradezu revolutionäre Form körperlich-geistiger Wiederbelebung geschaffen hat mit seiner Philosophie vom fitten Körper, der zum Altar eines schnell denkenden Geistes wird . . .»
Der katholische Pfarrer und sein evangelischer Kollege, die für den Einweihungssegen zuständig waren, nickten bedeutungsschwer.
Bahsalt reckte sich, weil die Kameras alle zu ihm schwenkten.
«. . . nein, unser Freund Ludger hat es geradezu im Blut, all die Orte bei uns im Land zu entdecken, die regelrecht nach körperlicher Ertüchtigung schreien, damit auch der Geist wieder rege wird. Ich denke . . .»
Der Applaus war mehr als höflich.
«. . . ich denke, ein solches Konzept, wie wir es hier vorfinden, schreit geradezu danach, auch in die Reform unseres Schulsystems einzufließen. Schließlich hat die Pisa-Studie uns – ich sage das im Vertrauen – doch recht nachdenklich gemacht. Auch wenn wir uns hier in unserem Land wenig vorzuwerfen haben, aber wenn es uns gelingen sollte, in jeder Schule parallel zum Sportunterricht ein ergänzendes Programm «Fit für die Schule» aufzubauen, mit Hilfe unse-

res geschätzten Freundes Ludger natürlich, dann, so prophezeie ich, und man wird noch in vielen Jahren davon sprechen, dann werden wir bei der nächsten Bildungsstudie ganz weit vorne stehen, möglicherweise sogar Maßstäbe setzen für alle anderen Nationen.»

Der Applaus war jetzt fernsehgerecht. Vor den tränenschweren Augen von Ludger Bahsalt zogen in unermesslicher Folge Nullen vorbei, gefolgt von dicken Euro-Zeichen. Ihm war fast schwindelig ob dieser unerwarteten Liebesbezeugung des Ministerpräsidenten. Die begehrlichen Blicke der örtlichen Politprominenz ließen in weich werden.

«Eine solch großartige Idee werde ich natürlich nach Kräften unterstützen . . .», tönte er in der Phalanx der ihm entgegengereckten Mikrofone, «. . . als Symbol der zukünftigen Zusammenarbeit werde ich den hiesigen Schulen jeweils ein Sortiment neuester Gerätschaften zur Verfügung stellen, damit hier ein Zeichen gesetzt werde. Ein Zeichen, das dafür sorgen soll, dass Bildung und körperliche Ertüchtigung wieder eins werden.»

So viele klatschende Hände und Schulterklopfer hatte er nicht mehr erlebt, seit er dem ehemaligen russischen Präsidenten zu einer deutlich sichtbaren Verjüngung verholfen hatte; durch vier ausgemusterte Trainingsmaschinen und zwei absolut neuwertige Trainerinnen.

Ganz nebenbei hatte er durch die noble Geste das saarländische Problem vom Hals: Aus dem nicht realisierbaren Studio für den Saarbrücker Ex-Politiker und Ex-Ferrari-Freund ließen sich leicht vier bis fünf Schulen bestücken. Sein allzu leicht zu beeindruckender Steuerprüfer würde es ihm mit von Herzen kommender Dankbarkeit quittieren.

Mit breitem Lächeln verabschiedete er den letzten Ehrengast, den etwas angetrunkenen Landtagsabgeordneten, der gebetsmühlenartig die Vielfalt der Trainingsgerätschaften wiederholte, obwohl er lediglich die leichten Hanteln ausprobiert hatte, in der einen Hand triumphierend nach oben gereckt die Fünf-Kilo-Hantel, in der anderen ein stets gut gefülltes Sektglas. Die Fotografen und Kameraleute waren beglückt gewesen.

Die leicht schwankende Gestalt entschwand in den nur von einer dürftigen Weihnachtsbeleuchtung aufgehellten Schatten der einsetzenden Dunkelheit. Er wartete, bis das Mitglied des Landtages seine schwarz glänzende Nobelkarosse aus der vom Bundeskanzler verordneten Autoschmiede erreicht hatte und schloss dann aufatmend die Studiotür

Langsam und genießerisch wanderte er durch die rund 500 Quadratmeter. Das 69. Fit-Center in nur sieben Jahren. Auch wenn es ihn viel Zeit und Geld kostete, ließ er es sich nicht nehmen, mindestens zweimal im Jahr quer durch Europa zu fahren, um sie alle zu kontrollieren. Schließlich hatte er sie sich alle hart erarbeitet, und das würde ihm keiner mehr abnehmen.

Er schloss die Augen und streichelte versonnen über die weichen Formen seiner liebsten Errungenschaft, des Multi-Gym. Allein das Patent hierfür hatte ihm Millionen eingebracht, weil gleich drei Warenhausketten mit Großaufträgen vor der Tür gestanden hatten. Kaum zu fassen, dass der aufstrebende junge Mann ihm damals seine Erfindung so günstig verkauft hatte. Zehntausend Mark, geradezu lächerlich, aber was sollte einer auch tun, wenn er nur drei Monate nach Eröffnung seines Studios einen ungeklärten Todesfall unter der Hantelbank liegen hatte und die Kunden wegblieben.

Ein leises Quietschen aus dem hinteren Teil des Raumes ließ ihn die Augen aufreißen.

Sie hatte sich ihrer lästigen Oberbekleidung entledigt und zog mit gleichmäßigen Bewegungen die angedeuteten Ruder durch. Der feine Schweißfilm auf ihrer Haut unterstrich effektvoll das Spiel ihrer Muskeln unter der perfekt gebräunten Haut.

Genießerisch leckte er sich über seine plötzlich trockenen Lippen, und bei jedem Schritt, den er auf die konzentriert arbeitende Reporterin von «allsports» zuging, fiel ein Stück seiner Nobelbekleidung auf den von hunderten verdreckter Schuhe verfärbten Teppichboden. Ja, sie hatte wirklich etwas Unterstützung verdient.

Erst die vierte Tasse Kaffee zeigte den nötigen Erfolg. Den hatte er sich schließlich selbst gebraut.

Nicht einmal Kaffee kochen konnte die falsche Rothaarige vom Empfang. Er würde sie gleich wieder hinauswerfen. Vielleicht hatte er sich von ihrem tiefen Ausschnitt beim Einstellungsgespräch doch zu sehr blenden lassen. Nun, ein wenig Selbstkritik schadete nie.

Drei Vorstellungsgespräche standen heute an, aber es fiel ihm schwer, sich auf die Bewerbungsmappen seiner zukünftigen Trainer zu konzentrieren. Immer wieder schweiften seine Gedanken zurück zur vergangenen langen Nacht. Sie hatte ihn fast geschafft, die kleine Maja. Aber beim Bein-Curl hatte sie dann doch aufgeben müssen.

Lustlos schob er die standardmäßigen Bewerbungen beiseite. Seine Blicke schweiften über den Berg der Begrüßungsgeschenke auf dem Konferenztisch. Ein kleines, offenbar in Zeitungspapier gehülltes Päckchen erregte seine Aufmerksamkeit, gerade wegen der schlichten Verpackung. Eine CD. Enttäuscht wollte er die offenbar selbst gebrannte Kopie in den Mülleimer werfen, als seine Aufmerksamkeit von den stechend blauen Augen des jungen Mannes auf dem Cover angezogen wurden.

Er kannte diese Augen. Dann fiel sein Blick auf das Wort Bewerbung, das in Großbuchstaben quer über den Rand der Hülle geschrieben stand.

Mehr als interessiert schob er die Silberscheibe in das Laufwerk seines Computers. Eine Fehlermeldung. Die CD konnte nicht geöffnet werden. Irritiert schaute er noch einmal auf die Hülle. Ganz klein fand sich der Hinweis: DVD. Der Junge war ein hohes Risiko eingegangen. Schließlich hätte ein weniger technisch versierter Mensch die Scheibe wahrscheinlich direkt in den Müll befördert. Aber genau das imponierte Ludger Bahsalt. Also legte er die DVD in das Abspielgerät der Studio-Videoanlage.

Der Blonde vom Cover schien wirklich durchtrainiert. Ohne Anstrengung erzählte er, profihaft zusammengeschnitten, an verschiedenen Geräten, alle natürlich aus der Ideenküche des Ludger Bahsalt, seinen Werdegang.

Die rothaarige Tiefausgeschnittene, deren komplizierten Doppelnamen er sich ohnehin nicht merken können würde, saß mit offenem Mund an der Rezeption und starrte auf die Bildschirme, die überall verteilt von der Decke hingen.

«Besorgen Sie mir diesen Kerl sofort her!»

Er bellte das beinahe direkt in ihr Ohr. Sie zuckte zusammen.

«Ich gebe Ihnen fünf Minuten!»

Das würde ihm den Grund für ihre fristlose Kündigung liefern.

«Hier ist der junge Mann, den Sie zu sprechen wünsch-
ten . . .»

Keine Minute war vergangen. Nun, vielleicht war sie ja
doch brauchbar.

«Karsten Vollava hier, Sie wollten mich sprechen?»

Die Stimme war tief und volltönend, passend zu der
durchtrainierten Gestalt, die im Hintergrund auf fünfzehn
Bildschirmen lief.

«Ja, junger Mann. Sie haben sich – auf etwas ungewöhnli-
che Weise, aber durchaus nicht zu Ihrem Nachteil – für die
Leitung meines neuen Studios beworben . . .»

Das Gespräch war kurz. Er hatte seinen neuen Studioleiter.

Die Trauerfeier war wirklich ergreifend gewesen. Karsten
Vollava riss sich mit einem Ruck die schwarze Krawatte
vom Hals. So viel Prominenz aus Politik, Wirtschaft, Me-
dien und Kultur hatte die Eifel selten gesehen, wie bei der
Beerdigung des überraschend verstorbenen Ludger Bahsalt.
Auch die Kirchenvertreter hatten zum würdevollen Abschied ihres großen Gönners beigetragen.

Ein Schwächeanfall beim Work-Out an seinem Lieblings-
gerät hatte den durchtrainierten Endfünfziger dahingerafft
oder besser gesagt, eine folgenschwere Verkettung unglück-
licher Umstände herbeigeführt, die letztlich darauf hinaus-
liefen, dass Ludger Bahsalt von seiner munter weiterarbei-
tenden Maschine sowohl stranguliert als auch erdrückt
worden war. So hatte der ermittelnde Kripo-Beamte das
ausgedrückt. Und so hatte es auch in allen Zeitungen gestanden.

Erst am nächsten Morgen hatte die schockierte Rothaarige
von der Rezeption ihren Chef gefunden.

Maja schleuderte die hochhackigen Pumps von ihren fein geschnittenen Füßen und seufzte erleichtert.

«Der Typ, der diese Dinger erfunden hat, gehört gefoltert, gevierteilt und danach ertränkt, alles ganz langsam.»

Er grinste, drehte sich einmal um seine eigene Achse und beendete die Drehung in einem vollendeten Side-Step.

«Nenn mir den Namen des Typen, und sein Laden gehört dir!»

«Pschscht. Nicht so laut. Außerdem sind uns gerade 75 Fit-Center und Schulaufträge über 250 Millionen in den Schoß gefallen. So was haben wir jetzt nicht mehr nötig.»

«In den Schoß gefallen ist gut!»

Karstens Grinsen war fast so breit, wie das seines gerade beerdigten Vaters.

«Ich kann es immer noch nicht fassen, dass der bis zum Schluss einfach nichts gemerkt hat.»

Maja starrte nachdenklich auf ihre Füße.

«Ach, Schatz, es war alles so einfach!»

Kasten ließ sich in den Designer-Sessel fallen.

«Woher sollte der so überaus beliebte Ludger Bahsalt auch wissen, dass er vor achtundzwanzig Jahren einer seiner gut aussehenden Blondinen ein bleibendes Andenken von neun Pfund und 54 Zentimetern hinterlassen hatte. Nur hatte er leider nicht berücksichtigt, dass verlassene Eifelerinnen nachtragend sein können und durchaus erfinderisch, was ihr mögliches Erbteil anbelangt.»

Er kickte die engen englischen Schuhe weg und massierte sich die Füße.

«Ohne meine weit vorausdenkende Mutter wäre das ja gar nicht möglich gewesen. Was hältst du davon, wenn wir ihr die Wohnung hier schenken?»

«Kein Problem, hier ist es mir ohnehin viel zu ruhig. Aber weißt du, worüber ich gerade nachdenke?»

Maja biss sich konzentriert auf ihre formvollendete Unterlippe.

«Wir haben doch da ein ziemlich umfangreiches Archiv von Videomaterial aus den Überwachungskameras diverser Fitness-Studios. Und passend dazu einige bislang ungeklärte Todesfälle in verschiedenen Kleinstädten. Teilweise sogar mit Originalmaterial der letzten Minuten des jeweiligen Opfers. Wäre das nicht Stoff genug für einen spannenden Realo-Krimi? Natürlich müssten all die Szenen, in denen dein verblichener Vater zufällig mit im Bild ist, herausgeschnitten werden.»

«Klingt nicht schlecht. Aber was ist, wenn deine Kollegen aus Köln oder München oder Hamburg daraus eine neue Hetzkampagne gegen die ‹Fit-Studios› einläuten?»

«Na, wir brauchen natürlich einen Drehbuchschreiber, der genau das zu Papier bringt, was wir ihm vorgeben. Davon gibt's ja schließlich genug. Und außerdem bin ich Chefredakteurin bei ‹allsports› und, dank dir, Mitteilhaberin, da habe ich Macht genug, um Ideen durchzusetzen. Außerdem, denk mal an die Publicity!»

Maja war von ihrer eigenen Idee absolut begeistert.

«Selbst, wenn irgend so ein kleinkarierter Kriminaler daraus was basteln will: Erstens ist der gute Ludger tot, und zweitens dürften die bei mir nicht mal ans Rohmaterial, weil das Zeugnisverweigerungsrecht für Journalisten jetzt auf selbst recherchiertes Material ausgedehnt wurde.»

Irgendwie klang das auch in den Ohren von Karsten wie kostenlose Werbung und damit als Garantie, das 100. «Fit-Studio» spätestens in zwei Jahren eröffnen zu können. Beerdigungen können ganz schön kreativ machen.

«Du meinst also, die Tatsache, dass Ludger B. jeweils ein halbes Jahr nach dem totalen Ausfall von Fitness-Einrichtungen überall in Europa als Retter in der Not aufgetreten ist, lässt sich als filmreifer Stoff wirklich vermarkten?»

Maja drehte sich verführerisch um ihre Achse.

«Da kannst du Gift drauf nehmen, Entschuldigung, tu das besser nicht!»

Karsten grinste nur.

«Mach weiter!»

«Sieh mal. Das ist der ideale Stoff: Habgieriger Möchtegern-Bodybuilder killt Fitness-Süchtige, treibt damit Studios in den Bankrott, kauft sie für Pfennigbeträge auf, wird Millionär. Und am Schluss taucht der blonde Ritter in der silbernen Rüstung auf und bringt die gerechte Strafe.»

Karsten küsste sein blondes Urweib.

Zufrieden lächelnd drückte die Rothaarige mit dem stets tiefen Ausschnitt die Stopptaste des Rekorders an der Rezeption.

Zum Glück hatte sie sich schon immer für Technik interessiert. Sie hatte wirklich ganze Arbeit geleistet mit den neuen Kameras, die so klein und unscheinbar jeden Winkel des Studios und der Vollava-Wohnung darüber überwachten. Die Aufnahme des Gespräches verbarg sie neben der DVD mit den letzten Minuten aus dem Leben ihres Ex-Chefs und dem triumphierenden Grinsen des Karsten Vollava in den Tiefen ihres Korsetts.

Alles für ihren kleinen Sohn Ludger-Karsten.

Denn verlassene Eifelerinnen können sehr nachtragend sein.

Schwimmen lernen

Sabine Deitmer

Gerda rührte mit dem Kaffeelöffel in der Tasse herum und beobachtete, wie sich die weißen Schleifen der Kondensmilch langsam verbreiterten und das Schwarz des Kaffees in ein helles Braun färbten. Mit einem Klirren ließ sie den Löffel auf die Untertasse fallen.

«Ich will schwimmen lernen», hörte sie sich zu ihrer eigenen Verblüffung laut und deutlich sagen. «Ich will schwimmen lernen», wiederholte sie eine Spur lauter. «Schwimmen lernen», sie fühlte sich beschwingt von den Worten und rührte nur so zum Spaß weiter in ihrem Kaffee herum. Die braune Flüssigkeit begann in der Tasse hin und her zu wogen, bis sie über den Rand schwappte und in der Untertasse eine Pfütze bildete. Zufrieden ließ Gerda ihren Löffel in die Lache platschen. Ein paar braune Spritzer landeten auf dem hellen Tischtuch.

Da Gerda im Allgemeinen eine eher ruhige Frau war, die erst redete, nachdem sie einen Gedankengang von allen Seiten begutachtet hatte, was nicht selten dazu führte, dass sie gar nichts mehr zu diesem Thema sagte, traf ihren Mann Georg dieser Ausbruch völlig unvorbereitet. Er war dermaßen überrascht, dass er gleich bei ihren ersten Worten die Morgenzeitung sinken ließ, bei der Wiederholung die Zeitung zusammenfaltete und sich nach ihrem letzten Ausruf endgültig zu einer Entgegnung veranlasst sah.

«Gerda», rief er entsetzt und merkte, dass ihm die Worte fehlten. Weder hatte Gerda bisher seine morgendliche Zeitungslektüre durch Zwischenrufe gestört noch hatte sie Überschwemmungen in Untertassen verursacht oder Tischdecken bekleckert.

Gerda legte beide Hände, zu Fäusten geballt, neben Frühstücksteller und Tasse, hob sie gleichzeitig hoch und ließ sie wieder zurück auf die Tischplatte fallen. Das Messer hüpfte auf dem Teller nach vorne, stieß den Eierbecher mit den leeren Eierschalen um. Die Tasse schepperte auf der Untertasse, und ein paar weitere Kaffeespritzer landeten auf der Decke.

«Ich will schwimmen lernen.»

«Aber ja doch», versuchte Georg seine Frau zu beruhigen. Er stand auf, um die Zeitung aus der Gefahrenzone zu retten. Auf dem Weg zum Küchenbüfett strich er ihr kurz über die Haare.

«Lass das», sagte Gerda. «Ich will schwimmen lernen. Das ist alles.»

«Aber ich habe doch gar nichts dagegen, dass du schwimmen lernst. Überhaupt nichts. Lass uns heute Abend in Ruhe darüber reden. Ich muss ins Geschäft.»

«Ich will nicht darüber reden. Ich will schwimmen lernen.»

«Ja, warum auch nicht», sagte Georg munter. «Warum solltest du denn nicht schwimmen lernen. Ich weiß gar nicht, warum du dich so aufregen musst.»

«Ich rege mich nicht auf. Ich will nur nicht darüber reden. Ich will keine vernünftigen Argumente dafür oder dagegen. Ich will einmal etwas machen, wozu ich Lust habe, ohne vorher darüber zu reden.»

«Aber ja doch, Liebling. Natürlich kannst du das. Lern ruhig schwimmen, wenn es dir so viel bedeutet.»

«Ich weiß ja noch gar nicht, ob es mir so viel bedeutet. Ich will es einfach mal ausprobieren.»

«Sicher, Liebling, probier es ruhig aus. Du weißt doch,

dass ich dich in allem unterstütze. Lern ruhig schwimmen, wenn es dich glücklich macht», rief er ihr noch aus der Diele nach, bevor die Haustür hinter ihm ins Schloss fiel.

Gerda fühlte sich zu gleichen Teilen beschwingt und beunruhigt, als sie den Tisch abräumte und die Eierschalen in den Abfalleimer warf. Was sie für Sachen machte. Sie stellte das Geschirr zum Spülen in den Ausguss. Georg hatte sich ganz gut gehalten, gestand sie sich ein, als sie das heiße Wasser in das Becken laufen ließ. In Anbetracht dessen jedenfalls, dass sie ihn das erste Mal in ihrer zweiundzwanzigjährigen Ehe beim Lesen der Morgenzeitung gestört hatte.

Sie stellte das nasse Geschirr zum Trocknen auf die Ablage. Wie war sie nur darauf gekommen? Gerda zog den Stöpsel aus dem Spülstein. Das Spülwasser verschwand gurgelnd im Abfluss. Sie drehte den Hahn mit dem Heißwasser auf und wischte das Becken mit einem Tuch aus. Wieso hatte sie gesagt, sie wollte schwimmen lernen? Warum nicht bergsteigen oder Auto fahren oder segelfliegen? Alles Tätigkeiten, die sie ebenfalls nicht beherrschte. Warum ausgerechnet Schwimmen? Gerda trocknete sich die Hände ab und klaubte sich die Tageszeitung vom Büfett, wo Georg sie abgelegt hatte.

Richtig, da war es auf der ersten Seite. Ein großes Foto, nicht besonders scharf, und doch konnte man erkennen, worum es sich handelte: grauschwarze Wellen, in denen ein paar hellere Teile auszumachen waren. Flugzeugabsturz in der Ägäis. Dreiunddreißig Menschen waren an Bord der Maschine einer griechischen Luftfahrtgesellschaft. Auf dem Flug von Athen nach Samos. Kurz vor der Landung war die Maschine gegen einen Berg geprallt und vom Radarschirm verschwunden. Von einer Sekunde auf die andere war der leuchtende Punkt auf dem Bildschirm nicht mehr zu sehen, die Maschine ins Meer gestürzt, und von den dreiunddreißig griechischen Passagieren fehlte jede Spur.

Ob es das war? Gerda betrachtete nachdenklich das Foto. Es ging eine ungeheure Faszination von dieser Fläche aus, die nirgendwo begrenzt zu sein schien. Wasser. Sie selbst bestand zu drei Viertel aus Wasser. Wieso hatte sie sich nie diesem Element anvertraut? Als Kind war sie ins Wasser geworfen worden. Mit den hellen Flügeln aus Nessel, die ihre Mutter genäht hatte und die mit Luft gefüllt waren. Sie hatte gebrüllt wie am Spieß und war schreiend aus dem Wasser gelaufen. Danach hatten die Eltern sie in Ruhe gelassen, und sie hatte nie schwimmen gelernt. Sie hatte es einfach nicht mehr versucht. Georg konnte auch nicht besonders gut schwimmen. Er hatte schon nach wenigen Zügen Mühe und schwamm an das Ufer zurück. Dafür waren ihre Kinder richtige Wasserratten geworden. Silke und Michael brachten in den Ferien als Erstes in Erfahrung, wo das nächste Schwimmbad war. Und während sie mit Georg auf den umliegenden Bergen herumkraxelte, vertrieben sich die Kinder die Urlaubszeit im Wasser. Doch trotz deren Vorliebe für das Wasser waren sie immer ins Gebirge gefahren und kein einziges Mal ans Meer.

Und jetzt wollte sie auf einmal schwimmen lernen. Gerda schmunzelte, als sie, während sie sich nach der Küchenarbeit die Hände eincremte, ihr Gesicht im Badezimmerspiegel sah. Sie war schließlich noch keine alte Frau. Mitte vierzig, jung genug, um alles Mögliche zu lernen. Warum nicht schwimmen? Dem Sternbild nach war sie ein Fisch. Und ein Fisch gehörte ins Wasser.

«Das Meer», rief Gerda aufgeregt, als sie abends mit Georg vor dem Fernseher saß und der Nachrichtensprecher das Bild mit den blauen Wellen und den weißen Schaumkronen kommentierte.

‹Trotz der Anstrengungen der griechischen Polizei und mehrerer Flüge mit Rettungshubschraubern . . .›

«Mein Gott, ist das wirklich so blau dort?», rief Gerda dazwischen, was Georg zu einem unkontrollierten Zischlaut veranlasste.

‹. . . konnte bisher kein einziger Insasse des Flugzeugs geborgen werden. Es wird damit gerechnet, dass niemand den Flugzeugabsturz überlebt hat. Das waren die Nachrichten. Und nun zum Wetter.›

Georg schaltete den Fernseher ab.

«Gerda. Du wolltest mir etwas sagen?»

«Ich habe mich angemeldet zum Einzelunterricht.»

«Angemeldet, wozu?»

«Zum Schwimmenlernen. Das habe ich dir doch heute Morgen beim Frühstück gesagt, dass ich schwimmen lernen will.»

«Und jetzt hast du dich angemeldet», resümierte er. «Wo hast du dich angemeldet?»

«Ich habe mich beim Sportamt angemeldet. Der Schwimmunterricht beginnt nächsten Montag. Im Bilkerbad. Das sind nur drei Stationen mit der Straßenbahn.»

«Was kostet das?» fragte er.

«Es ist nicht teuer. Es ist unglaublich billig.»

«Wie viel?»

«Dreißig Mark für sechs Schwimmstunden.»

»Und wie viele Schwimmstunden braucht man?»

«Das kommt darauf an. Kinder lernen es meistens schon in sechs Stunden.»

«Du bist kein Kind mehr», erinnerte er sie.

«Bei Erwachsenen dauert es länger», gab sie zu. «Man rechnet so mit zwölf bis achtzehn Stunden.»

«Das macht sechzig bis neunzig Mark», rechnete er. «Und die Fahrtkosten.»

«Ich bezahle es von meinem Taschengeld», sagte Gerda.

«Na, dann hätten wir ja alles geregelt», sagte er befriedigt und legte den Arm um sie. «Wenn meine kleine Frau nur zufrieden ist, dann bin ich es auch.»

Gerda holte die Badesachen aus dem mittleren Wäschefach hervor. Da waren sie in einer Plastiktüte hinter dem Stapel weißer Bettlaken gelagert. Sie öffnete die Tüte und breitete den Inhalt auf der Bettdecke aus. Sie fand zwei verblichene Baumwollbikinis: ihren ersten Bikini in einem rosaweißen Karo mit Rüschen an den Beinen und am Busen und den Bikini, den Georg ihr vor der Hochzeitsreise geschenkt hatte, hellblau mit roten Röschen, schlicht und ohne Rüschen. Dafür mit einer Hose, die bis zur Taille reichte, und einem ziemlich geschlossenen Büstenhalter. Georg mochte es nicht so offenherzig. Das Material war ebenfalls Baumwolle. Gerda seufzte. Das war alles etwas zum Sonnen, dazu waren Bikinis ja auch in erster Linie da. Zum Sonnen und nicht zum Schwimmen. Auch der einzige Einteiler in ihrer Tüte war kaum das Richtige. Ebenfalls aus Baumwolle, im Rücken gerüscht und an den Beinen mit einem kleinen Röckchen. Gerda probierte ihn trotzdem an. Er passte noch wie angegossen. Er musste an die zwanzig Jahre alt sein. Sie hatte ihn mit Georg gekauft, als die Kinder noch im Kindergarten waren und als sie zum ersten Mal an den Wolfgangsee gefahren waren. Damit konnte sie sich heute kaum noch unter die Leute wagen. So was trug niemand mehr. Außerdem konnte sie sich noch genau erinnern, wie unangenehm das Röckchen um die Beine schlabberte, wenn es nass war.

«Georg, ich brauche einen neuen Badeanzug», sagte sie, als er das Fernsehen nach den Nachrichten abgestellt hatte und sich zufrieden hinter seinem Bier in die Couchkissen zurücklehnte.

Er fuhr hoch. «Wo ist denn der alte? Der, den ich dir gekauft habe, als wir das erste Mal mit den Kindern an den Wolfgangsee gefahren sind?»

«Der ist unmöglich. Mit so einem Badeanzug kann man heute einfach nicht mehr unter die Menschen gehen.»

«Ist er kaputt?», fragte er.

«Nein, er ist noch ganz in Ordnung.»

«Passt er nicht mehr?»

«Doch, er passt noch», musste sie zugeben.

«Dann brauchst du auch keinen neuen.»

«Doch», beharrte sie. «Ich brauche einen neuen.»

«So kenne ich dich ja gar nicht, dass du jeden Abend davon redest, was du alles haben willst, wofür du Geld brauchst.»

«Du bist ungerecht.» Tränen stiegen ihr in die Augen. «Ich will doch bloß schwimmen lernen. Und dazu brauche ich einen ordentlichen Badeanzug.»

«Ist ja schon gut, mein Kleines.» Er küsste sie auf die Wange. «Ich habe es doch nicht so gemeint. Wenn du wirklich einen neuen möchtest, dann bekommst du ihn auch. Du weißt doch, dass du alles von mir haben kannst.»

Er fuhr mit der Hand in die Gesäßtasche seiner Hose und förderte ein schwarzes Lederportemonnaie zutage, das sie ihm zu ihrem zwanzigsten Hochzeitstag geschenkt hatte. Das Geld dafür hatte sie von dem Taschengeld zusammengespart, das er ihr zuzüglich zum Haushaltsgeld gab.

Er öffnete das Fach mit den Scheinen.

«Wie viel brauchst du denn, Kleines?»

«So an die hundert Mark», schätzte sie. «Damit komme ich aus.»

«Hier hast du hundertzwanzig», sagte er. «Dafür kriegst du bestimmt einen schönen. Ich will ja nur, dass meine kleine Frau glücklich ist.»

Sie steckte die Geldscheine in den Gürtel ihres Kleides.

Der Badeanzug war aus dünnem Nylon, schwarz mit zwei weißen Seitenstreifen. Ein Material, das superschnell trock-

nete, wie ihr die Verkäuferin versicherte. Es war das sport-
lichste Modell, das sie fand, und kostete knapp achtzig
Mark. Passend dazu genehmigte sie sich noch eine einfa-
che weiße Badekappe. Die Bademäntel auf dem Ständer
streifte sie mit einem sehnsüchtigen Blick. Das wäre schön,
wenn sie aus dem Wasser käme und sich gleich in so einem schönen weißen Mantel warm kuscheln könnte. Aber
die Anschaffung musste noch warten. Vielleicht würde
Georg ihr den Bademantel zum nächsten Geburtstag
schenken. Georg erfüllte ihr jeden Wunsch. Sie musste ihn
nur darum bitten.

«Dafür hast du achtzig Mark aus dem Fenster geworfen?»
Georg starrte auf den Badeanzug, den Gerda vor ihm auseinander faltete. «So ein formloses Ding? Da haben die sich
sicher gefreut, dass sie eine Dumme gefunden haben, die ihnen den abgekauft hat.»
    Gerda legte den Badeanzug wieder zusammen und
schniefte in ihr Taschentuch.
    «Aber Liebling», entschuldigte er sich sofort. «Wer wird
denn so empfindlich sein. Ich wollte dir doch nicht wehtun.
Du weißt doch, dass ich Schwarz nicht mag. Das war schon
immer so. Schon als kleiner Junge konnte ich Schwarz nicht
leiden. Du brauchst bloß meine Mutter zu fragen.»

Gerda stand bis zu den Knien im Wasser und wunderte sich,
wie sich die Wellen um ihre Knie kräuselten und das Licht
auf ihnen tanzte. Die Kacheln des Schwimmbeckens waren
blau und hell wie der Aquamarinring, den die Großmutter
ihr zur Konfirmation geschenkt hatte.
    «Guten Tag, ich glaube, wir sind verabredet.»
    Vor ihr stand ein Mann in Georgs Alter in einer knappen
schwarzen Badehose. «Ich bin Ihr Schwimmlehrer. Na,
schon tüchtig Angst?»

«Ich weiß nicht», sagte Gerda und blickte auf die Kacheln am Boden.

«Sie brauchen keine Angst zu haben», sagte er. «Wir fangen ganz langsam an. Heute plantschen Sie nur ein bisschen im Flachen. Legen Sie sich auf den Rücken», befahl er. «Ja, genau so. Und jetzt entspannen Sie sich. Es kann Ihnen hier überhaupt nichts passieren. Ich halte Sie ja.»

Gerda spürte in ihrem Rücken in Höhe der Lendenwirbel einen festen Halt. Sie schloss die Augen und ließ ihre Arme auf den Wellen treiben. Sie blieben oben und sackten nicht ab. Das Wasser trug ihre Arme.

«Gut so», lobte er sie. «Sie sehen ja, das Wasser mag Sie. Und jetzt sehen wir mal, wass passiert, wenn ich die Hand wegnehme. Keine Angst, Sie werden nach unten sinken, denn noch habe ich Ihnen nicht beigebracht, wie Sie auf dem Wasser schweben bleiben. Wir machen das auch nur im Flachen. Hier kann überhaupt nichts passieren. Sie werden höchstens ein bisschen Wasser schlucken.»

Schnaufend und nach Luft ringend kam sie wieder an die Wasseroberfläche. Sie schüttelte sich.

«Na, war es schlimm?», fragte er mitfühlend.

«Ich weiß nicht. Ein bisschen», sagte Gerda.

«Sie sind mir eine», entgegnete er lachend. «Schlucken eine Hand voll von diesem gräuslichen Chlorwasser und wissen nicht, ob es schlimm ist. Das hab ich ja noch nie erlebt.»

An diesem Tag lernte Gerda die Hand- und Fußbewegungen, die sie machen musste. Angst hatte sie nicht im flachen Becken. Die Hand unter ihrem Bauch trug sie.

«Das Wasser mag mich», erzählte Gerda stolz.

«Das Wasser mag dich?», fragte Georg.

«Ja, ich weiß nicht, wie ich es dir erklären soll», setzte sie an. «Ich habe meine Arme einfach treiben lassen, und sie sind auf dem Wasser geblieben.»

«Das ist ja nun nur natürlich», belehrte er sie, «das spezifische Gewicht von Wasser und deine Arme ...»

«Hör auf», unterbrach sie ihn. «Ich will nicht alles wegerklärt haben.»

«Wegerklärt?»

«Ja, du erklärst mir alle Dinge so, dass ich mich hinterher über nichts mehr wundern kann. Ich will mich wundern. Ich will staunen, dass meine Arme auf dem Wasser treiben. Ich will keine sachliche Erklärung dafür. Keinen Vortrag über das spezifische Gewicht von Wasser oder so etwas.»

«Bist du sicher, dass das Schwimmen dir bekommt?», fragte er besorgt.

«Es ist wunderbar, und es bekommt mir prächtig.»

«Was machen deine Kopfschmerzen?», fragte er. «Hast du heute wieder deine Migräne gehabt?»

«Warum fängst du von meinen Kopfschmerzen an? Ich wollte vom Wasser reden.»

«Aber natürlich, Liebling. Natürlich können wir vom Wasser reden.»

Fünf Minuten später verfolgten sie im Fernsehen einen amerikanischen Spielfilm. Er handelte von einem Witwer, der mit seinen Kindern auf einem Hausboot lebte. Gerda schaute gebannt auf die Wellen, die das Hausboot wiegten.

Sie freute sich auf ihre nächste Schwimmstunde.

«Das geht ja schon prima», lobte ihr Schwimmlehrer.

Gerda trug um ihre Oberarme lustige kleine Plastikflügel, die prall mit Luft gefüllt waren. Sie waren leuchtend orange. Gerda plantschte mit ihnen in dem Teil des Beckens, in dem sie nur noch auf Zehenspitzen stehen und ihre Nase mühsam über Wasser halten konnte. Immer noch stützte er sie unter dem Bauch leicht mit seiner Hand.

«Sie machen das schon sehr schön. Sie werden noch eine richtige Wasserratte. Das habe ich im Gefühl.»

Er zog seine Hand fort, Gerda schwamm ein paar Züge allein ohne seine Hilfe.

«Ich bin ein Fisch», scherzte sie und plantschte mit den Füßen.

«Was für einer?», fragte ihr Schwimmlehrer.

«Ich weiß nicht», sagte Gerda und hörte auf zu plantschen.

Nach der vierten Schwimmstunde traute sich Gerda schon allein mit den Schwimmflügeln ins Tiefe.

«Wie wär's mit Goldfisch?», schlug er vor. «Sie sind ein hübscher Goldfisch. Jedenfalls solange Sie noch die Flügel haben. Danach können Sie sich was anderes aussuchen.»

«Wenn ich mich einmal dafür entscheide, ein Goldfisch zu sein», sagte Gerda entschieden, «dann bleibe ich auch ein Goldfisch.»

«Sie sind mir eine», wunderte er sich. «Warum wollen Sie bloß ein Goldfisch bleiben, wenn Sie die freie Auswahl unter den tollsten und buntesten Fischen haben?»

«Ich weiß nicht», sagte Gerda verunsichert.

«Das habe ich ja schon lange nicht mehr von Ihnen gehört. Mir hat direkt was gefehlt.»

Jetzt musste sie mitlachen.

«Was für ein Fisch wärst du gerne, wenn du die freie Wahl hättest?», fragte Gerda ihren Mann nach dem Abendessen.

«Was für ein Fisch?», fragte er ungläubig.

«Ja, was für ein Fisch», gab sie zurück. «Wärst du gern ein Hai oder lieber eine Forelle oder ein Goldfisch?»

«Ein Goldfisch oder eine Forelle oder ein Hai», wiederholte er verblüfft.

«Ja, was du gern für ein Fisch wärst, würde ich gerne wissen.»

«Gerda», er ergriff fürsorglich ihre Hand. «Findest du nicht, dass du langsam etwas wunderlich wirst?»

«Warum können wir uns nicht einmal über etwas unterhalten, das mich interessiert? Sonst reden wir ja immer über das, was dich interessiert.»

«Und dich interessieren Fische», stellte er fest. «Und das findest du normal?»

«Ich weiß nicht», antwortete Gerda und spürte den Anflug einer Migräne, die sie schon lange nicht mehr gehabt hatte.

«Was für ein Fisch wären Sie denn gerne?», fragte sie ihren Schwimmlehrer in der nächsten Schwimmstunde. Diesmal schwamm sie schon ohne Flügel an der Angel durch das Schwimmbecken.

«Hey, Sie machen ja Fortschritte. Wollen Sie etwa doch noch was anderes als Goldfisch werden?»

«Und Sie?» Gerda ließ nicht locker.

«Heute wäre ich gern ein Aal und würde mich einfach nur treiben lassen.»

«Heute?»

«Ja, heute. Morgen wäre ich dann vielleicht lieber ein fleißiges kleines Fischchen, das einem großen die Zahnlücken poliert.»

«Das gibt es», fragte Gerda, «oder erfinden Sie das alles nur?»

«Das gibt es. In der Natur gibt es einfach alles. Es gibt die tollsten Sachen. Nichts, was es nicht doch gibt. Und es gibt die tollsten Fische. Da kenne ich mich aus.»

«Sie interessieren sich für Fische?»

«Ich interessiere mich für alles, was kreucht und fleucht, im Wasser, auf der Erde, in der Luft. Menschen inbegriffen. Und wofür interessieren Sie sich?», fragte er jetzt. «Für Fische?»

«Ja, im Moment interessiere ich mich für Fische.»

«Na also», sagte er. «Das ist doch was. Ich hatte schon Angst, Sie würden mir wieder Ihr ‹Ich weiß nicht› auftischen.»

«Aber ich weiß es doch», sagte Gerda und wunderte sich selbst über diese Antwort.

«Heute Abend würde ich mich gerne mit dir ernsthaft über Fische unterhalten», begann Gerda.

«Du suchst Streit.», stellte er fest.

«Nein, ich möchte mich mit dir nur einmal über etwas unterhalten, das mich interessiert. Nicht nur über deine Kollegen, dein Auto, deinen Beruf.»

«Und die Kinder? Reden wir nicht oft auch über unsere Kinder?»

«Wir reden nicht wirklich über sie. Wir reden darüber, wie wir sie gerne hätten. Wie gut wir sie erzogen haben. Wie erfolgreich sie sind. Wir reden nicht wirklich über sie. Ich glaube, wir hätten Silke nicht zur Ehe raten sollen. Das Kind hätte sie auch so großgekriegt. Sie ist nicht glücklich mit diesem Mann.»

«Gerda», rief er entsetzt. «Das kann doch nicht dein Ernst sein. Glaubst du das wirklich?»

«Ja, das glaube ich», hörte sie sich mit fester Stimme sagen. «Das glaube ich wirklich.»

«Du spinnst», sagte er. «Wir könnten uns keinen besseren Schwiegersohn wünschen. Die Frau, mit der ich zweiundzwanzig Jahre lang eine harmonische Ehe geführt habe, fängt an zu schwimmen und zu spinnen. Was soll ich denn davon halten?», er redete sich in Rage.

«Ich weiß es ja selber manchmal nicht», gab Gerda zu. «So viele Gedanken gehen mir durch den Kopf.»

«Denk bloß nicht zu viel», sagte er ernst. «Davon kriegst du nur Kopfschmerzen.»

«Es ist komisch, aber seit ich so viel denke, habe ich eigentlich weniger Kopfschmerzen.»

«Ist das wahr? Machst du dir auch nichts vor? Das ist doch alles lächerlich. Eine Frau in deinem Alter, die schwimmen lernen will. Lächerlich. Hast du es einmal so betrachtet? Eine dumme kleine Hausfrau, die auf einmal Ehrgeiz entwickelt und ausgerechnet schwimmen lernen muß.»

«So siehst du mich?«, fragte sie. «Als lächerliche kleine Hausfrau? Als dumme, lächerliche kleine Hausfrau?», verbesserte sie sich.

«Ich habe schon sehr viel Geduld für dich aufbringen müssen in den letzten Wochen. Das ist ja nicht mehr normal, wie du dich aufführst.»

«Meinst du das ernst mit der dummen, kleinen Hausfrau?», wollte Gerda wissen. « Du hast doch gewollt, dass ich zu Hause bleibe, unseren Haushalt führe.»

«Jetzt, wo die Kinder aus dem Haus sind, könntest du ja ein bisschen mitverdienen», sagte er. «Dann könnten wir uns mehr erlauben. Und was tust du? Du lernst schwimmen.»

«Ich werde mich um eine Arbeit bemühen», sagte sie.

«Aber so habe ich das doch nicht gemeint. Ich war doch bloß verletzt, weil du so mit mir geredet hast.» Er legte den Arm beschützend um sie. «Es ist ja schon wieder gut, mein Kleines.»

«Haben Sie Angst?«, fragte der Schwimmlehrer vom Beckenrand herab, die Angel im Arm. «Soll ich Sie an die Angel nehmen, oder geht es ohne?»

«Es geht», stieß sie zwischen dem Atemholen hervor, bevor sie ihr Kinn wieder ins Wasser legte, und als ihr Kopf erneut aus dem Wasser tauchte, um den nächsten Zug Luft zu holen: «Es geht gut.»

«Sie sind ein echtes Talent», sagte er ihr am Ende der

Stunde. «So schnell wie Sie lernen es sonst nur die Kinder. Bei einem Erwachsenen habe ich das noch nie erlebt.»

«Das Wasser mag mich», erwiderte sie stolz. «Dazu brauche ich kaum was zu tun. Es geht wie von selbst. Mit Ihrer Hilfe», ergänzte sie.

«Na, seien Sie nur nicht so bescheiden. Ich habe wirklich noch nie jemanden erlebt, der es so schnell gelernt hat. Sie können stolz auf sich sein.»

«Stolz», zögernd wiederholte sie das Wort.

«Stolz wie ein Fisch.»

«Sind Fische stolz?», fragte Gerda.

«Haben Sie schon einmal einen Fisch in einer Tierhandlung gesehen? Wie stolz der durch sein Aquarium schwimmt. Mit geblähten Kiemen und wie er vor sich hinredet.»

«Redet?»

«Na, ja, wie Fische halt reden», relativierte er. «Mir sagen sie immer: Blas dich nur nicht so auf. Du Mensch da draußen. Du Luftwesen. Ich lebe schon viel länger als du. Ich weiß viel mehr vom Leben.»

«Das erzählen die Fische Ihnen?»

«Nur wenn ich sie ernst nehme, erzählen sie mir das. Wenn ich sie lange beobachte. Ihnen meine Zeit widme. Sonst strafen sie mich mit Verachtung und blasen mir nur das Wasser, das sie ausatmen, ins Gesicht.»

«Sie erzählen Geschichten», sagte sie.

«Was denn sonst?», entgegnete er. «Wissen Sie, Sie sollten als Nächstes den Freischwimmer machen. Das sind fünfzehn Minuten Schwimmen, ohne am Beckenrand Pause zu machen, und ein Sprung vom Einmeterbrett.»

«Das schaffe ich nie», sagte sie.

«Jetzt erzählen Sie Geschichten. Natürlich schaffen Sie das. Sie müssen es nur wollen.»

«Ich kann schwimmen», erzählte Gerda stolz, als sie mit Georg abends auf der Couch saß. «Ich habe den Freischwimmer gemacht.»

«Das ist schön, sehr schön», sagte Georg und tätschelte ihre Hand. «Dann kannst du ja jetzt mit den Schwimmstunden aufhören.»

«Aufhören?», fragte Gerda verwundert. «Ich fange doch gerade erst an. Als Nächstes mache ich den Fahrtenschwimmer. Das sind dreißig Minuten schwimmen ohne Pause und ein Sprung vom Dreimeterbrett.»

«Und wozu soll das gut sein?», fragte er.

«Dann kann ich richtig schwimmen. Das ist dann etwas, worauf ich stolz sein kann.»

«Weißt du, wie hoch das ist, wie hoch drei Meter sind? Komm mal mit mir ans Fenster, Kleines. Was glaubst du wohl, wie hoch wir hier im zweiten Stock wohnen?»

Gerda trat mit ihm ans Fenster.

«Von hier aus dürften es etwa drei Meter sein. Und da stehst du dann auf einem schmalen Brett, das wackelt, und musst springen. Von dieser Höhe.»

Die Entfernung vom Fenster bis zum Bordstein hinunter begann Gerda Angst zu machen. Sie trat vom Fenster zurück. «Ich schaffe es schon. Wenn ich es will, werde ich es schon schaffen.»

«Übernimm dich nicht, Kleines», warnte er sie. «Sonst liegst du wieder auf der Nase.»

«Ich habe schon einen Monat lang keine Kopfschmerzen gehabt.»

«Oh, schon seit einem Monat», spottete er. «Seit zwanzig Jahren hast du diese Migräneanfälle, und seit einem Monat hast du keine mehr. Das ist sicher ein Grund zu der Annahme, dass du deine Migräne für immer besiegt hast. Und es wäre schön, wenn es so wäre. Aber gerade deshalb mache ich mir Sorgen um dich und will nicht, dass du dich übernimmst. Willst du wirklich diesen dummen Schein machen?»

«Ja, ich will», sagte Gerda. «Und ich werde es schaffen. Ich brauche keine Angst zu haben. Das Wasser mag mich.»

«Was machen die Fische?», fragte ihr Schwimmlehrer, als sie ihre Trainingsrunden im Becken drehte. «Sind Sie mal in ein Aquarium gegangen und haben mit ihnen geredet?»

«Ich habe mit meinem Mann geredet», sagte sie.

«Was für ein Fisch ist das denn?», zog er sie auf. «Der Mein-Mann-Fisch?»

Gerda fiel auf, dass sie seit der letzten Schwimmstunde nicht mehr gelächelt hatte.

«Ein Haifisch», sagte sie zu ihrem Erstaunen spontan, «ein böser Hai, der alle hübschen kleine Fische verschlingt.»

«Und was sind Sie?», fragte er. «So ein hübscher kleiner Fisch, der sich verschlingen lässt, oder sind Sie auch ein Hai?»

«Gestern war ich ein kleiner Fisch, der fast verschlungen worden wäre, aber heute bin ich schon ein viel größerer Fisch geworden.»

«Na, vielleicht werden Sie ja auch ein Haifisch. Morgen oder übermorgen. Wer weiß. Kommen Sie. Heute üben wir ein bisschen fliegen. Wie ein Delfin. Aber wir fangen klein an. Zuerst fliegen Sie nur von diesem Brett hier. Das ist noch nicht ganz so hoch.»

«Haben Sie Angst?»

«Große», erwiderte sie ehrlich.

«Kommen Sie», sagte er. «Es ist ganz einfach. Wir machen es wie beim Schwimmenlernen. Am Anfang helfe ich Ihnen ein bisschen, und dann machen Sie es alleine.»

Schritt für Schritt gingen sie hintereinander auf dem schmalen Brett vorwärts. Sie spürte seine Hände in der Seite, die sie stützten. Am Ende des Brettes sah sie unter sich das helle blaue Wasser des Beckens.

Er ließ sie los.

«Den Rest müssen Sie selber machen. Einfach den Schritt über das Brett hinaus wagen. Ins Wasser. Und wenn Sie kein Wasser schlucken wollen, halten Sie sich am besten die Nase zu. Es ist Ihre Entscheidung», sagte er. « Sie müssen nicht. Tun Sie es nur, wenn Sie wirklich wollen.»

«Ich will aber», sagte Gerda, setzte ihren Fuß vor und ließ sich in das türkisblaue Wasser fallen.

Sie berührte mit den Füßen den Grund, und ein paar Sekunden lang erfasste sie Panik, ob sie es schaffen würde, rechtzeitig zum Atemholen wieder an der Wasseroberfläche aufzutauchen. Stolz kletterte sie auf der Leiter aus dem Becken hoch.

«Bravo», sagte er. «Wenn Sie sich etwas in den Kopf gesetzt haben, dann machen Sie es auch.»

Es ist so einfach, waren Gerdas erste Gedanken, als sie den Sprung vom Dreimeterbrett hinter sich hatte. Eigentlich braucht man sich nur fallen zu lassen. Es ist überhaupt nicht schwierig. Unten in das Wasser, das dich auffängt, nach unten zieht, wieder hochtreibt, an die Luft spült.

Als Gerda den Fahrtenschwimmer bestanden hatte, ging sie in ein Zoogeschäft und kaufte sich einen Goldfisch in einem hübschen runden Glas.

Die Verkäuferin versicherte ihr, dass er pflegeleicht sei, gab ihr das passende Futter mit und klärte sie auf, wie oft sie das Wasser wechseln musste. Sie stellte den Goldfisch neben die Zimmerlinde auf das Blumenbänkchen. Ein bisschen Grün war ihm sicher recht.

«Gefällt es dir hier bei mir?», fragte sie ihn und stellte sich vor das runde Glas. Er schwamm hochnäsig seine Bahnen und stieß das Wasser durch die Kiemen, sein Maul lässig blasiert auf und ab bewegend.

«Hey», sagte sie, «wir könnten Freunde werden. Ich mag das Wasser genauso gern wie du. Ich heiße Gerda. Und wie heißt du?»

Er schwamm, ohne sie eine Blickes zu würdigen.

«Wir könnten Freunde werden», beharrte sie. «Überleg es dir.»

Jetzt bewegte er die Flossen auf der Stelle. Das Maul zum Glasrand gerichtet und es nach wie vor unentwegt auf- und zuklappend, blickte er sie zum ersten Mal mit seinen großen Augen an.

«Wie heißt du?»

Gerda probierte ein paar Namen. Heinrich, Peter Edouard, Alfons, August. Edouard schien ihr noch am ehesten mit den Bewegungen seines Mauls synchron zu gehen.

«E-dou-ard», prustete er ihr entgegen.

«Angenehm, Edouard, freut mich, Ihre Bekanntschaft zu machen. Ich hoffe, wir werden Freunde werden.»

«Was ist das?», fragte Georg, als er nach Hause kam.

«Das ist ein Goldfisch», klärte Gerda ihn auf. «Er heißt Edouard.»

«Wie kommt der hierher?»

«Aus der Zoohandlung. Ich habe ihn hierher geholt.»

«Du hast Geld für ihn ausgegeben?»

«Goldfische sind nicht teuer», sagte Gerda.

«Und das Futter und das Glas?»

«Es hat wirklich nicht viel gekostet», verteidigte sich Gerda.

«Seit wann tätigt meine Frau Anschaffungen, ohne dass ich vorher informiert werde?» Die Ader an seiner Schläfe schwoll beträchtlich an.

«Es ist keine Anschaffung. Es ist ein Goldfisch», stellte Gerda klar.

«Und wozu brauchen wir einen Goldfisch? Wozu?»

«Brauchen», überlegte Gerda. «Wir brauchen Edouard eigentlich nicht. Aber er ist einfach hübsch.»

«Hübsch?», wiederholte Georg ungläubig. «Was ist an diesem Fisch hübsch? Er guckt blöde immer nur geradeaus und schwimmt dämlich im Kreis.»

«Ich finde, du beleidigtst Edouard›‹, wies sie ihn zurecht. «Das hat er nicht verdient.»

«Ja, sag mal, bist du denn noch normal? Du redest von diesem glubschäugigen Monster, als wäre es ein Mensch.»

«Es ist kein Mensch», gestand Gerda ein, «es ist ein Fisch. Ein Goldfisch. Aber auch Fische haben eine Seele. Vielleicht kann Edouard dich hören, und es verletzt ihn, was du sagst.»

«Ich bin in einem Tollhaus», schrie er. «Meine Frau lernt schwimmen, sie plagt sich für irgendwelche dummen Schwimmprüfungen, und jetzt schleppt sie auch noch Fische ins Haus.»

«Einen Fisch», stellte Gerda klar. «Einen hübschen kleinen Goldfisch. Ich finde, wir sollten nett zu Edouard sein. Sicher haben wir ihn schon beleidigt mit diesem ganzen Gerede.»

«Ja, bist du denn verrückt. Soll ich mir in Zukunft von einem Goldfisch vorschreiben lassen, was ich sagen darf und was nicht?»

«Fische sind schon länger auf der Erde als wir Menschen. Wir sollten ihnen mit etwas mehr Respekt begegnen.»

«Ich finde, du solltest ein bisschen netter zu mir sein. Ich bin schließlich dein Mann. Und ich sorge dafür, dass du hier in dieser hübschen Wohnung sitzen kannst und schwimmen gehen und neue Dinge lernen, während ich acht Stunden lang an einem Schreibtisch sitzen muss. Da habe ich doch verdient, dass ich wenigstens zu Hause meine Ruhe habe, oder?»

«Edouard ist nicht laut», sagte Gerda. «Das kannst du nicht sagen, dass er deine Ruhe stört.»

«Wo ist Edouard?», fragte Gerda mit zitternder Stimme, als sie am Donnerstagnachmittag vom Schwimmen kam. Sie ging an zwei Vormittagen und an einem Nachmittag in der Woche schwimmen und fühlte sich sehr gut dabei.

Georg saß auf der Couch hinter seinem Bier.

«Komm, setz dich, Kleines», sagte er und legte den Arm um ihre Schulter. Sie schüttelte den Arm ab.

«Was ist mit Edouard?»

«Dein Edouard schwimmt jetzt mit seinen Freunden in der Kanalisation. Da hat er gutes Futter. Deinem Edouard geht es jetzt bestimmt besser als hier in seinem Glas.»

«Du hast . . .»

«Ich habe Edouard die Toilette hinuntergespült, und jetzt schwimmt er sicher glücklich und zufrieden in einer nahrhaften Umgebung. Sehr nahrhaft», wiederholte er und nahm einen Schluck von seinem Bier.

«Warum hast du das getan?», fragte sie. «Warum hast du mir das angetan?»

«Weil es besser für dich ist.» Er legte wieder den Arm um ihre Schultern. Diesmal fehlte Gerda die Kraft, ihn abzuschütteln.

«Ich weiß doch, was gut ist für meine Kleine», flüsterte er in ihr Ohr. «Dieser Edouard hätte dich verrückt gemacht. Du hast schon angefangen, dich mit ihm zu unterhalten. Dich mit einem Fisch zu unterhalten. Ich wollte meine kleine Frau doch nur beschützen, deshalb habe ich deinen Edouard in den Abfluss getan.»

Gerda fühlte, wie ein Rauschen in ihrem Hinterkopf einsetzte, das einen Migräneanfall ankündigte.

«Vergiss deinen Edouard, Kleines. Du hast doch mich. Und ich habe mir etwas ganz Besonderes einfallen lassen, Kleines. Zu unserem Hochzeitstag. Wir beide machen mal wieder Ferien. Ganz allein. Und diesmal fahren wir ans Meer. Da, wo es am blauesten ist, Liebes. Nicht nach Mallorca wie dein Bruder. Wir fahren in die Karibik. Dort gibt es die tollsten Fische überhaupt. Ganze Schwärme, in allen Farben. Da wirst du deinen Edouard schon vergessen.»

«Wie geht es Edouard?», fragte ihr Schwimmlehrer, als sie ihn am nächsten Morgen im Schwimmbad traf.

«Edouard,», sie schluckte, «mein Mann . . .» Sie konnte nicht weiterreden.

«Goldfische sind tapfere kleine Tiere. Die wirft so schnell nichts um», versuchte er sie aufzumuntern.

Das Meer war so blau, dass sie es kaum glauben konnte. Viel blauer und viel weiter, als sie es sich in ihren kühnsten Träumen vorgestellt hatte. So musste das Paradies sein. So durchsichtig, so zart, so farbenfroh, so wild und so geheimnisvoll. Am liebsten hätte sie den ganzen Tag im Wasser verbracht. Georg lächelte nachsichtig, wenn sie nach dem Frühstück mit den Schwimmflossen und der Taucherbrille loszog. Der Vormittag gehörte ihr. Während Georg mit den Männern Karten spielte, schnorchelte sie am Korallenriff. Sobald sie ihren Kopf auf das Wasser legte und nach unten schaute, war ihr, als wäre sie selbst ein Teil dieser farbenprächtigen Wasserwelt. Sie beobachtete die Fische, die durch das Korallenriff schwammen, und fühlte sich diesen stummen Lebewesen seltsam verwandt. Wenn sie dann wieder an Land ging und Georg von weitem auf der Hotelterrasse sitzen sah, kam er ihr vor wie ein Wesen aus einer anderen Welt.

«Na, Kleines, habe ich dir zu viel versprochen?», fragte Georg immer wieder stolz, wenn sie am Nachmittag mit einem der Boote, die einen Boden aus Glas hatten, aufs Meer hinausruderten. Es war ein Traum. Ein wilder, bunter Traum. Nach wie vor hielt sie den Atem an, wenn ein Fischschwarm genau vor ihren Augen unter dem Boot herschwamm.

«Glaubst du jetzt, dass Fische eine Seele haben?», fragte sie Georg, als gerade ein besonders leuchtender Fischschwarm unter dem gläsernen Boden durchzog und sie sich beide über den Rand des Bootes lehnten, um zu sehen, wie die Fische weiterschwammen.

«Eine Seele? Sei nicht kindisch, Kleines», entgegnete er. «Das hier ist alles nur für uns da. Am besten, gut gegrillt mit einer schmackhaften Sauce auf der Clubterrasse.»

Er wollte es nicht anders. Gerda haute ihm das Ruder über den Kopf, packte ihn mit beiden Armen und warf ihn über Bord. Wasser spritzte auf, das Boot schaukelte ein wenig. Die Wellen beruhigten sich in der Weite des Meeres. Weit und breit war kein anderes Touristenboot zu sehen. Der Sonnenball war am Horizont schon zur Hälfte ins Meer gefallen. Die meisten Gäste saßen um diese Uhrzeit auf der Clubterrasse und tranken ihren Aperitif. Die Oberfläche des Wassers war wieder spiegelglatt.

Gerda hoffte, dass es ein paar Fische geben würde, die sich über den Leckerbissen freuten, den sie ihnen beschert hatte. Sie hoffte, dass es Edouard gut ging. Mit dem Zeigefinger fuhr sie an der scharfen Seitenkante des Bootes entlang, bis die Fingerkuppe blutete und das Blut ins Wasser tropfte. Im Reiseführer stand, dass schon ein paar Spritzer genügten, um die Haie anzulocken.

Golf hält jung

Henry Jaeger

Drei Tage nach seinem sechzigsten Geburtstag erfuhr Konrad Stein von seiner totalen Pleite. Die Nachricht erreichte ihn auf dem Golfplatz. Sein Anwalt war schnaufend über die riesige Grünfläche gekommen und hatte gesagt: «Konrad, es ist alles aus. Sie haben auf amerikanische Papiere spekuliert, die sind um die Hälfte gesunken. Jetzt ist alles geplatzt.» Er atmete tief aus.

«Alles!»

«Moment», sagte Stein. «lassen Sie mich diese Partie zu Ende spielen. Ich habe noch neun Löcher . . .»

Er stand vor dem Golfball, simulierte mit dem Schläger zwei-, dreimal sorgfältig, dann holte er aus zum großen Schwung. Der Schläger traf den Ball und trieb ihn weit über den Platz.

Der Anwalt schüttelte nur den Kopf. Sicher, er wusste, dass Konrad Stein immer ein leidenschaftlicher Golfspieler gewesen war. Niemand sah ihm die sechzig an, er wirkte wie ein drahtiger Vierziger mit kräftigen, breiten Schultern.

Bei der Kriminalpolizei gab es eine Akte über Konrad Stein. Er stand im Verdacht, ein großer Gangster gewesen zu sein. Aber niemand hatte ihn je überführen können. Man vermutete, dass er bei mindestens drei großen Bankeinbrüchen und bei einem Juwelenraub maßgeblich beteiligt gewesen war. Dieser Juwelenraub war wegen seiner geradezu genialen Ausführung in die Kriminalgeschichte eingegangen.

Der Anwalt kannte ihn seit fünfzehn Jahren und führte seine Geschäfte, die über Millionen gingen, großen Gewinn abwarfen und für alle Zeiten stabil zu sein schienen. Nun aber war der Dollar ins Bodenlose gerutscht.

Der Anwalt wusste: Es gab nur einen Menschen, der Stein nahe stand, und das war ein Mann um die fünfzig, der seit einigen Jahren im Zuchthaus saß. Im Auftrag Konrad Steins fuhr der Anwalt jedes Jahr kurz vor Weihnachten zum Zuchthaus, brachte ein großes Paket und die Nachricht: «Alles läuft großartig . . .»

Der Anwalt konnte sich einen Vers auf diese Verbindung machen, denn Peter Harms, der Gefangene, war vier Jahre nach dem Juwelenraub mit einer beträchtlichen Anzahl von unverwechselbaren Steinen in Paris verhaftet worden. Ein deutsches Gericht hatte ihn auf Grund von Indizien zu acht Jahren verurteilt. Beim letzten Besuch sah er krank aus, aber er beklagte sich nicht.

Konrad Stein gewann die Golfpartie, und der Anwalt fragte erstaunt: «Regt es Sie nicht auf, dass Sie fünf Millionen Mark verloren haben?»

«Es ist nur Geld, und das kann man wieder beschaffen.»

«Haben Sie schon darüber nachgedacht?»

«Ja», sagte er nur. Er hatte bereits einen Plan, bei dem Peter Harms ein entscheidender Faktor war. Auf ihn war Verlass, das hatte er oft genug bewiesen. Und er konnte schweigen wie das Grab.

Sieben Monate später wartete Konrad Stein in seinem Wagen vor dem großen Tor des Zuchthauses. Es war acht Uhr morgens. Peter Harms kam heraus, er trug einen eleganten Koffer. Sein Anzug entsprach nicht mehr der Mode und war außerdem zu knapp geworden.

Als sie sich die Hand gaben, sagte Peter Harms nur: «Mensch, das war ein langer Tampen.»

«Bist du gesund?», fragte Konrad Stein. Es war ihm aufgefallen, dass Peter ein wenig gedunsen aussah.

«Kerngesund», sagte Peter. «Aber der Fraß – na, du weiß ja.»

Konrad Stein wusste es nicht. Er hatte, dank Peter Harms, nicht einen einzigen Tag im Gefängnis zugebracht.

Während sie über die Autobahn nach Frankfurt fuhren, fragte Harms: «Wie stehen meine Aktien?»

Konrad Stein war direkt: «Schlecht. Wir haben fast alles verloren durch die Abwertung des Dollar. Aber ich habe einen Plan, der uns genau das bringt, was wir verloren haben.»

Peter Harms sagte kein Wort, aber er wurde bleich.

«Alles, was ich noch habe, teile ich mit dir», sagte Konrad Stein. «Natürlich auch die Wohnung. Zuerst wirst du dich erholen, danach schlagen wir zu. Ich habe schon eine Zweizimmerwohnung in einem Hochhaus mit Tiefgarage gemietet.»

«Um was geht es?», fragte Peter Harms.

«Eine Entführung. Ein schwerreicher Industrieller. Du musst nur den Wagen fahren und ihn in der Wohnung bewachen, während ich das Geschäftliche abwickle.»

Am nächsten Tag fuhren sie für eine Woche in den Schwarzwald. Sie machten lange Wanderungen, besprachen dabei den Plan bis ins letzte Detail. Peter Harms bekam ein wenig Farbe ins Gesicht. Aber irgendwie schien es Konrad Stein, als sei er nicht mehr der gleiche Mann.

Der Portier des kleinen Waldhotels nahm den Telefonhörer ab. Die Stimme am anderen Ende war drängend: «Verbinden Sie mich sofort mit Herrn Dr. Krüger.»

«Herr Dr. Krüger? Es befindet sich kein Dr. Krüger in unserem Haus.»

«Machen Sie keine Geschichten, es geht um einen Todesfall. Ich weiß genau, dass Herr Dr. Krüger jeden Montagabend mit seiner Sekretärin bei Ihnen absteigt. Ich gehöre zur Familie.»

Der Portier war unschlüssig geworden. Ein Todesfall? Er erinnerte sich an die strikten Anweisungen und das großzügige Trinkgeld, das er jeden Montag für seine Diskretion empfing. Aber wenn das wirklich stimmte? «Moment», sagte er, «ich verbinde.»

Während Konrad Stein mit Dr. Krüger telefonierte, ging Peter Harms nervös vor der Telefonzelle auf und ab. Der Motor des Wagens lief. Es war ein Leihwagen, der außerdem noch falsche Nummernschilder trug.

Als Stein aus der Telefonzelle kam, sagte er: «Fahr sofort los. Er wartet auf dem großen Parkplatz auf mich. Ich habe ihm eingeheizt. Er vermutet, ich sei ein Privatdetektiv seiner Frau.»

Sie trugen jetzt beide Gummimasken, die sich ihren Gesichtern faltenlos anpassten. Peter Harms spürte, dass sein Herz rasend klopfte. Aber es ging alles glatt. Der Mann stand wartend in der Dunkelheit, und Konrad Steins Pistole überzeugte ihn sofort.

Auf der Fahrt nach Frankfurt sagte er mit bebender Stimme: «Was wollen Sie von mir?»

«Genau fünf Millionen Mark in kleinen Scheinen. So viel sollte Ihnen Ihr Leben wert sein.»

Es ging auf zwölf Uhr nachts, als sie in die Tiefgarage einbogen. Kein Mensch war zu sehen. Mit dem Lift fuhren sie zu dritt hinauf in die Zweizimmerwohnung.

Konrad Stein rief Krügers Familie an und sagte: «Ihr Mann ist entführt worden. Beschaffen Sie die Summe von fünf Millionen Mark in kleinen Scheinen. Und keine Polizei! Sie können ihn jetzt kurz hören . . .»

Stein winkte Dr. Krüger heran. Er beugte sich zum Telefon: «Ich bin in ihrer Gewalt. Tut, was er euch sagt!»

Stein legte auf und deutete auf Peter: «Er wird Sie bewachen, bis ich zurückkomme.»

«Es ist Wahnsinn», ächzte Dr. Krüger. Der Schweiß stand in dicken Tropfen auf seiner Stirn.

«Aber mit Methode», antwortete Stein. «Ich werde Ihre Familie informieren, was sie heute Nacht und morgen früh zu tun hat. Dann wird die Übergabe geregelt. Morgen Abend sind Sie frei, wenn Sie vernünftig sind – oder tot, falls Sie . . . Na, Sie wissen ja.»

Konrad Stein verließ die Wohnung. Peter Harms saß Dr. Krüger gegenüber, die Pistole in der rechten Hand.

Dr. Krüger versuchte nach einer Viertelstunde ein Gespräch, aber Peter Harms befahl ihm: «Schweigen Sie!»

Peter Harms lehnte sich zurück und holte tief Luft. Dann spürte er wieder diesen Stich unter dem Brustbein. Um Gottes willen! dachte er. Es geht schon wieder los! Der Schmerz in seiner Brust steigerte sich. Er atmete schwer, ächzte ein paar Mal und sank dann in sich zusammen. Er war tot.

Für Dr. Krüger, der sich völlig gefasst hatte, war es ein Kinderspiel, Peter Harms die Pistole aus der Hand zu nehmen. Er war Hauptgesellschafter eines Arzneimittelkonzerns und wusste genau, was geschehen war: Herzanfall – Myokardinfarkt.

Und das sagte er auch dem Kriminalinspektor am Telefon, fügte aber noch hinzu: «Bringen Sie gleich den Krankenwagen mit. Es sieht ernst aus.»

Als Konrad Stein drei Stunden später in die Wohnung kam, empfingen ihn vier Kriminalbeamte mit gezogenen Pistolen.

Er hatte keine Chance, und er wusste es. Als er Peter Harms nicht sah, fragte er nur: «Was war es? Das Herz?»

Der Inspektor nickte. «Ja, das Herz. Untrainiert. Das hätten Sie wissen müssen, dass er nach acht Jahren Zelle zu schwach war für so eine Sache.»

Konrad Stein nickte. «Sie haben Recht. Ich habe ihm schon vor zehn Jahren gesagt, er solle Golf spielen. Aber er wollte nach Paris . . .»

So viel steht fest

Peter Gerdes

«Immer die dritte Hürde», sagte Feiler, schüttelte den Kopf und senkte den Blick. Er sagte es bedauernd, aber in seiner Stimme schwang jene Art von Bedauern mit, die nach der Enttäuschung kommt und Versagern gilt. Der, auf dessen Körper Feilers gesenkter Blick ruhte, hatte ganz offenkundig versagt. Und darum lag er jetzt auch da und war tot.

«Was hatte er denn überhaupt so früh hier zu suchen?», fragte Stahnke. Halb acht Uhr morgens war es, und der junge Sommertag ließ zwar schon die Wärme erahnen, die er bringen würde, aber noch wehte eine frische Brise und ließ den fülligen Hauptkommissar schaudern.

Trainer Hubert Feiler schaute auf und runzelte verständnislos die Stirn. «Jeden Morgen ab sechs Uhr wird trainiert, der Junge ist Schüler, anders geht das gar nicht.» Er korrigierte sich: «War Schüler.» Dann, mit etwas heiserer Stimme, setzte er hinzu: «Vielleicht das größte Talent, das wir hier jemals hatten. Und das will etwas heißen.»

Allerdings, dachte Stahnke. Er interessierte sich nicht die Bohne für Leichtathletik, aber diese Geschichte hatte selbst er mitbekommen. Die beiden stärksten Hürdensprinter der Republik, die einzigen, die auf der 110-Meter-Strecke international mithalten konnten – und beide stammten sie aus demselben kleinen ostfriesischen Dorf, beide gehörten sie zum selben Verein. Michael Werring, 28, inzwischen ein gesuchtes Werbemodel für Rasierklingen und Duschgel. Und Karl-Hendrik Storm, 19 Jahre, tot.

Immer die dritte Hürde, hatte Feiler gesagt. Storms Körper lag vor der vierten, das Gesicht auf der linken Wange, Arme und Beine ausgestreckt, oder nein, doch leicht angewinkelt. Dort, wo Hürde Nummer drei hätte stehen sollen, klaffte ein Loch in der schwarzweißen Hindernisreihe, wie eine Zahnlücke. Hürde drei von Bahn drei war nach vorne gekippt oder vielmehr gerissen und offenbar im Fallen ein gutes Stück mitgeschleift worden. Jetzt lag sie mit der verschrammten Latte auf der rissigen Tartanbahn, das fleckige Metallgestell wie anklagend in die Höhe gestreckt. Und davor lag Karl-Hendrik Storm auf dem Bauch und war tot.

«Was war denn das eigentlich mit dieser dritten Hürde?», fragte Stahnke.

Feiler warf die Hände hoch, mit einem plötzlichen Ruck. «Das war doch sein Schwachpunkt, immer nach der Beschleunigungsphase, jedes Mal mit dem Sprungbein im Nachziehen die Hürde mitgenommen. Konzentration, nichts als Mangel an Konzentration! Wie oft hab ich's ihm eingetrichtert.» Stahnke trat unwillkürlich einen halben Schritt zurück, denn Feiler hatte die Augen aufgerissen, die Zähne gebleckt und sämtliche Finger zu Krallen gekrümmt, so, als hätte er vergessen, wer sein Gegenüber war, als hätte er einen begriffsstutzigen Läufer vor sich. Storm vielleicht, dachte Stahnke. Und: dieser Feiler ist ein Fanatiker. Aber er ist ein erfolgreicher Trainer. Vielleicht muss er ja so sein.

Der Sportplatz des SV Arminia hatte weder Wälle noch Zäune, nur eine ausgewachsene Birkenhecke als Windschutz, und war bis auf den flachen Backsteinbau mit den Dusch- und Geräteräumen vollständig eben und überschaubar. Umso überraschter war Stahnke, dass plötzlich eine fremde Gestalt zwischen Amtsarzt und Polizeifotograf auftauchte, dann machte er sich klar, dass er diesen Mann schon vor Minuten hatte auftauchen sehen, als winzig stetige Bewegung am anderen Ende des Geländes, die sich seiner

Wahrnehmung im Näherkommen durch Gewöhnung nach und nach entzogen hatte. Jetzt war er da, und er war mitnichten ein Fremder, sondern Michael Werring, amtierender deutscher Meister im Hürdensprint und bestgeduschter Body im Werbefernsehen.

Ein etwas fülliger Body, fand Stahnke. Natürlich war der kleine Wulst, der da Werrings T-Shirt an der Taille ein wenig ausbeulte, ein Nichts im Vergleich zu der eigenen Speckschürze, über die sich der Hauptkommissar immer wieder ärgerte und die er immer wieder mit wütenden Hungerkuren bekämpfte und die sich doch immer wieder als stärker erwies. Aber diesen kleinen Wulst gab es an dem goldbraun angebratenen Dusch-Body im Fernsehen eben nicht. War Werring nicht austrainiert? Kaum vorstellbar, dachte Stahnke. Der Athlet wird im Winter gemacht, und jetzt ist Sommer, kurz vor den Meisterschaften. Wer jetzt nicht fit ist, der schafft's auch nicht mehr. Obwohl, für die deutsche Meisterschaft müsste es eigentlich trotzdem noch reichen, denn die Konkurrenz war kaum der Rede wert, jetzt, da Storm tot war. Aber wer hatte das ahnen können?

Werring hatte sich neben Feiler gestellt und ebenso wie er die Fäuste in die Taille gestemmt. Wie Vater und Sohn standen sie da; die Vaterfigur einen halben Kopf kleiner, ergrauter, zerzauster, die Kleidung ein wenig schlampiger, die Haltung etwas gebeugter, trotzdem war die Ähnlichkeit frappierend. Feiler hatte Werring entdeckt, gefördert, geformt, hatte ihn zu dem gemacht, was er heute war. Und genauso war es mit Storm gewesen. Nur dass Storm jetzt tot war.

Stahnke ging zu Werring hinüber, stellte sich vor, gab ihm die Hand, verkniff sich gerade noch die Beileidsbekundung. Der Mann sah auch so schon verstört genug aus. Sein Blick irrte zwischen dem Hauptkommissar, dem Trainer, der umgefallenen Hürde und dem Toten umher. Mit beiden Händen knetete er den Griff seiner Sporttasche.

«Wollten Sie zusammen trainieren?», fragte Stahnke.

Werring schüttelte den Kopf. «Nein, ich fange an, wenn er geht. So machen wir das – haben wir das schon länger gemacht.»

«Warum?»

«Na, weil er doch Schüler ist. War. Zeitprobleme eben.»

Kein Grund für Werring, nicht auch morgens um sechs anzutreten, fand Stahnke. Der Fettwulst stand eben doch für allgemeine Bequemlichkeit. Werring hatte sich lange für den Erfolg geschunden, und offenbar hatte er das Gefühl, dass es jetzt reichte.

Oder waren sich die Rivalen bewusst aus dem Weg gegangen?

Was Stahnke hier untersuchte, war ein Unfall mit Todesfolge, reine Routine, das wusste er ganz genau. Zu nichts anderem hatte man ihn hergerufen, und nichts anderes gab es hier zu sehen. Und trotzdem wurde ihm schlagartig bewusst, dass dieser Gedanke schon die ganze Zeit hinter seiner Stirn herumgelungert und nur auf seine Chance gewartet hatte. Dies hier war eine klassische Konfliktlage: Rivalität, und zwar um die materielle Existenz. Der eine hat, der andere will es haben. Der es haben will, meint es nicht bös und denkt vielleicht sogar, es sei genug für zwei da. Was der, der es hat, ganz anders sieht.

Aber änderte das irgendwas daran, dass dies hier eindeutig ein Unfall war?

Stahnke rief sich die Leichtathletik-Wettkämpfe ins Gedächtnis, die er gesehen hatte, allesamt im Fernsehen. Andauernd wurden da Hürden gerissen, und meistens passierte dabei überhaupt nichts, außer dass ein Läufer aus dem Rhythmus kam. Ganz selten schlug mal einer lang hin. Das gab dann ein paar Kratzer, Abschürfungen. Sicher nicht angenehm, aber doch alles andere als lebensgefährlich.

Karl-Hendrik Storm aber war tot.

Ein paar weitere Details fielen dem Hauptkommissar ein, Wissenskrümel, die noch aus dem eigenen Sportunterricht stammen mussten. Schwungbein und Sprungbein. Mit letzterem sprang man ab, klar, während ersteres möglichst gerade vorgestreckt und unmittelbar hinter der Hürde heruntergeklappt werden musste, um gleich wieder Bodenkontakt zu finden und beschleunigen zu können. Das Sprungbein wurde, kaum dass es seine Schuldigkeit getan hatte, angewinkelt und nachgezogen. Das war es also, was Storm immer falsch gemacht hatte, wie Feiler sagte, immer an der dritten Hürde. Nur noch ans Vorwärtsstürmen gedacht und vergessen, dass das Sprungbein ja auch noch da war und hoch und sauber nachgezogen werden musste.

Und deswegen sollte er jetzt tot sein?

So eine Hürde war kein wirkliches Hindernis, sie war eigens so konstruiert, dass sie bei leichter Berührung kippte. Und das hatte die dritte Hürde ja auch getan. Außerdem waren die Latten, die oben in den Aussparungen der Metallrohre steckten, aus dünnem Holz und brachen leicht, was ein weiterer Sicherheitsfaktor war.

Diese hier war nicht gebrochen. Warum nicht, wenn doch ein Hürdensprinter, der zweitstärkste in Deutschland oder vielleicht sogar der stärkste, in vollem Lauf daran hängen blieb und so schwer stürzte, dass er jetzt tot war?

Stahnke versuchte, sich die Sprungbewegung vorzustellen. Abdrücken, nachziehen, anwinkeln, abspreizen. Vielleicht war Storm mit dem Fuß am rechten Metallrohr hängen geblieben. Das würde die intakte Latte erklären. Aber nicht, warum Storm jetzt tot war.

Ob der Junge nun an seinen Kopfverletzungen oder durch sein gebrochenes Genick gestorben war, da wollte sich der Doc noch nicht festlegen. Auf jeden Fall musste sein Körper mit enormer Wucht auf den Boden geschlagen sein, ohne eine Chance zum Abstützen. Sein Körper und sein Kopf. Natürlich konnte das passiert sein, nachdem er die Hürde gerissen und sich mit den Füßen irgendwie darin verhakelt hatte. Eher aber sah es danach aus, als hätte ihm etwas mit Macht die Beine unter dem Hintern weggerissen.

Wieder lauerte da ein Gedanke, ungerufen, aber hartnäckig. Onkel Happa? Was hatte denn der mit dem toten Hürdenläufer zu tun?

Stahnke stammte aus kleinbürgerlichen Verhältnissen, und in der Zeit nach dem Krieg waren seine Eltern richtig arm gewesen, so arm, dass sie von ihren drei Zimmern eins untervermieten mussten. Was sich als großes Glück erwiesen hatte, denn einen besseren Mitbewohner als Onkel Happa konnte es auf der ganzen Welt nicht geben. Wie war denn bloß sein richtiger Name? Stahnke konnte sich nur an Happa erinnern, den Kosenamen, den sich der Mann durch seine unermüdliche Geduld beim Babyfüttern erworben hatte. Der richtige Name würde wohl auf dem Grabstein stehen, dachte Stahnke und seufzte. Und dann wusste er plötzlich den Zusammenhang.

Onkel Happa hatte ihn und seine Geschwister nicht nur gefüttert, er hatte ihnen auch Geschichten erzählt. Unendlich viele Geschichten. Einige davon hatten sich um seine Arbeit gedreht. Onkel Happa war nämlich Orgelbauer. Ein Meister. Und diese eine Geschichte handelte davon, wie seine Lehrjungen ihm einmal einen bösen Streich gespielt hatten.

Natürlich war es in Onkel Happas Geschichte kein böser Streich gewesen, in Wirklichkeit aber eben doch. Orgeln sind große Instrumente, und Orgelbauer klettern bei der Arbeit viel auf ihnen herum. Darum tragen sie Filzpantoffeln. Und Onkel Happa, der seine Arbeit liebte, pflegte schon in der Tür zur Werkstatt seine Straßenschuhe von den Füßen zu schleudern, in die Filzlatschen zu treten und sofort dorthin zu eilen, wo er am Abend zuvor aufgehört hatte. Ohne Zwischenstopp.

Und einmal hatte es ihm dabei die Füße weggerissen, und er war fürchterlich auf die Nase gefallen. Weil seine Lehrjungs ihm die Pantoffeln auf dem Boden festgenagelt hatten.

Wie in Trance ging Stahnke zu jener Lücke in der Hürdenreihe, die von Nummer drei geblieben war, mit weichen, leisen Schritten, so als fürchte er, die Erinnerung zu verscheuchen. Vorsichtig nahm er die benachbarte Hürde Nummer zwei hoch und setzte sich auf den Platz der gerissenen Nummer drei. Der rechte untere Holm endete genau über einer blauen Bahnmarkierung, mit denen die Standorte der 400-Meter-Hürden gekennzeichnet waren. Vorsichtig ging Stahnke in die Knie. Da war ein schmaler Spalt rund um die blaue Markierung, nur aus der Nähe zu sehen und fast nicht zu fühlen. Mühsam zog der Hauptkommissar sein Taschenmesser aus der zusammengepressten Hosentasche heraus, klappte es auf und schob die kleine Klinge in den Spalt. Da war Widerstand, vermutlich Klebstoff. Noch nicht ganz ausgehärtet, wie die Spuren auf dem Stahl bewiesen. Er zog die Klinge einmal ringsherum, hebelte dann. Das blau gefärbte Stückchen Tartanbahn sprang heraus. Darunter war eine kleine Höhlung. Und darin die blanke Öse eines Erdankers.

Wer konnte nur auf so was kommen, dachte Stahnke. Skurril. Absurd. Und eine überflüssige Frage, nebenbei. Nur ein Hürdenläufer. Und nicht irgendeiner, sondern dieser eine. Der andere von den beiden. Der, der nicht tot war.

Werring hatte sich nicht gerührt, hatte dem Kriminalbeamten regungslos zugesehen, ebenso wie Feiler. Er hat ihn genau gekannt, dachte Stahnke, er wusste alles von ihm, auch den Tick mit der dritten Hürde. Und er wollte noch nicht abtreten. Jetzt, wo er endlich oben war, populär, in der Werbung, an den Fleischtöpfen, zählte jedes weitere Jahr zehnfach. Ein Jahr noch ganz oben stehen, dann wären die Weichen gestellt. Und darum . . .

Gleich wird er sagen, er habe ihn doch gar nicht umbringen wollen, dachte Stahnke, während er langsam auf Werring zuging, immer in diesen starren Blick hinein. Frühmorgens vor dem Training die Hürde präpariert, das Tartanstück eingesteckt und den Holm mit dickem Draht am Erdanker festgemacht, anschließend selbst die Hürde umgeworfen und die Spuren verwischt, ja sicher, aber doch nur, um Storm zurückzuwerfen, um ihn auszuschalten für diese Saison. Aber doch nicht, um ihn umzubringen.

Oh, doch, würde er dann sagen, dachte Stahnke, Umgebracht. Für so eine Tat darf es keinen Zeugen geben, schon gar nicht das Opfer. Storm hätte doch sofort gewusst, dass ihm da etwas passiert war, was eigentlich gar nicht passieren kann. Du wolltest ihn nicht ausschalten, du wolltest ihn töten. Und wenn es nicht gleich geklappt hätte, dann hättest du ihn erschlagen. Wer weiß, vielleicht hast du das sogar.

«Ich wollte ihn doch gar nicht umbringen», sagte Feiler.

Stahnke blieb stehen, als sei er mit dickem Draht an einen Erdanker gefesselt.

Feiler hatte die struppigen Augenbrauen angehoben, sodass seine rötliche Stirn unter den grauen Zotteln in tiefen Falten lag. «Immer das Sprungbein, immer an der dritten Hürde», sagte er, mehr anklagend als bedauernd. «Ich konnte reden, so viel ich wollte. Das perlte alles nur so ab wie unter der Dusche. Mit Worten war da nichts mehr auszurichten. Was sollte ich denn machen?»

Werring hatte sich seinem Trainer zugewandt, sein Mund stand offen. Stahnke kramte in seinen Taschen nach den Handschellen, obwohl er wusste, dass er sie im Büro gelassen hatte. Er fand nur sein Schlüsselbund. Und ein Stück Draht.

«Irgendwas musste ich ja machen», sagte Feiler.

So viel steht fest, dachte Stahnke.

Libero

Harald Bongart

I

Von einem leisen Quietschen begleitet senkte sich der Sarg
ins Grab. Nachdem er auf dem Grund angekommen war,
trat der Pfarrer an den dunkel gähnenden Schlund heran
und segnete die sterblichen Überreste der Maria Metzen,
geborene Dederichs. Mechanisch falteten alle daraufhin die
Hände und der Pastor sprach das Gebet für denjenigen der
Trauergäste, die der Verstorbenen als Erster vor das Angesicht Gottes folgen werde. Seit seiner Kindheit schüttelte
Paul Berger bei der Ansage dieses Gebets ein eisiger Schauder. Verstohlen sah er sich im Rund der schwarz Geklei-
deten um. Die überwiegende Mehrheit hatte den Blick
gesenkt, nur derjenige, den Berger suchte, schaute geistes-
abwesend über die Köpfe hinweg. Er hielt ihn im Auge
und wartete auf das Abschiednehmen am offenen Grab.
Dann reihte er sich so in die Schlange ein, dass er gleich
hinter dem auffallend großen Mann im langen schwarzen
Mantel zu stehen kam. Im Gänsemarsch defilierten sie an
der Öffnung im Boden vorbei, die an den beiden Längs-
seiten von zwei sanft ansteigenden Hügeln eingefasst war,
auf denen sich Kränze und Blumenschalen auftürmten. Ein
unscheinbarer kleiner Mann stand am Rand des rechten
Hügels und reichte allen einen kleinen Lorbeerzweig, auch
denen, die selbst Blumen mitgebracht hatten. Berger nahm
den Zweig, nickte zum Dank kurz in die Richtung des

Mannes, der austeilte und trat vor. Die Figur des Gekreuzigten auf dem Sargdeckel fixierend, warf er den Lorbeerzweig in die Tiefe und sah, wie er an den Knien des Heilands abglitt. Er bekreuzigte sich und trat zurück. Der Mann im langen schwarzen Mantel hatte sich bereits ein gutes Stück weit entfernt. In Berger stieg Unruhe auf. Er musste den Langen erreichen, musste mit ihm reden und nach Möglichkeit ein Vier-Augen-Gespräch erreichen, noch bevor der andere seinen Pkw erreichen und davonfahren konnte. Und alles musste unauffällig vonstatten gehen. In der Anonymität der Großstadt konnte man vielleicht in einer Menschenmenge untertauchen. Aber hier, auf einem Dorffriedhof, wo nicht nur jeder der Anwesenden die Verstorbene gekannt hatte, sondern jeder mit jedem bekannt oder schlimmstenfalls sogar verwandt war, schien das unmöglich. Berger beschleunigte, soweit es ihm angemessen erschien, seine Schritte. Fast hatte er den groß Gewachsenen erreicht, als sich eine Hand um seinen rechten Oberarm legte und hart zupackte. Berger blieb ruckartig stehen. Er wandte den Kopf und blickte in das Gesicht des Kriminalkommissars Franz Büllesfeld.

«Ich hab Ihnen doch gesagt, ich lasse nicht locker», zischte Büllesfeld Berger an.

Dieser versuchte vergeblich, sich dem harten Griff des Kriminalen zu entwinden.

«Früher oder später packen Sie aus, Berger, Sie sind doch gar nicht der Typ, so ein Lügengebäude lange aufrecht zu halten. Ich muss Ihnen nur ins Gesicht sehen, dann werden Ihre Knie schon weich. Mann, der Druck lastet auf Ihnen, er wird von Tag zu Tag schwerer. Geben Sie auf.»

«Bisher habe ich Sie als sehr lästig empfunden, aber jetzt gehen Sie mir gewaltig auf den Senkel», knurrte Berger, «lassen Sie jetzt endlich meinen Arm los.»

Mittlerweile hatte sich eine Menschentraube um die beiden Männer gebildet. Mit Interesse in ihren Blicken belauerten sie die Konfrontation. Einigen aus dem unmittelbaren Umfeld der Verstorbenen war Büllesfeld durch die Vernehmungen in den letzten Wochen bekannt, und sie klärten die neugierigen Frager schneller auf, als es Paul Berger lieb war.

«Hören Sie, Büllesfeld, alles, was ich zu sagen habe, habe ich Ihnen und Ihren Kollegen bereits mehrfach erzählt. Ich habe es auf dem Revier zu Protokoll gegeben, gegengelesen und unterzeichnet. Ich werde mich bei Ihren Vorgesetzten über Sie und Ihre penetrante Art beschweren.»

«Wenn schon. Ich komme Ihnen trotzdem auf die Schliche. Wenn es sein muss lade ich Sie noch einmal vor. Ein neuer Hinweis, vielleicht, oder eine Spur, die sich neu ergibt, oder ein Zeuge, dem noch etwas eingefallen ist. Egal. Beim geringsten Anlass tanzen Sie wieder bei mir an. So lange, bis Sie sich nur noch wünschen, in Ruhe gelassen zu werden. Denken Sie darüber nach.» Er wandte sich grußlos ab und verließ den Friedhof durch einen der Nebeneingänge.

Verärgert rieb Berger sich den noch immer schmerzenden Oberarm und setzte sich langsam wieder in Bewegung. Die Umstehenden machten ihm nur widerwillig Platz, indem sie zurückwichen und eine Gasse frei machten. Berger vermied es, einem der Gaffer ins Gesicht zu sehen. In seinen Ohren hallten die Worte des Kommissars nach. «Früher oder später sind Sie reif. Denken Sie darüber nach.» Er erreichte die nahe gelegene Gaststätte. Seit Generationen lag sie gleich gegenüber der Kirche. Es gehörte zum Dorfleben dazu, erst das Hochamt zu besuchen, um anschließend gegenüber des Teufels Gebetbuch zu schwingen. Ganz eifrige Spieler hatten es sich sogar zur Gewohnheit werden lassen, die Kirche während der Predigt zu verlassen, um früher an die Spieltische zu gelangen, was der Pfarrer zu unterbinden versuchte, indem er die Kirchentüre durch den Küster nach Beginn des Gottesdienstes abschließen ließ.

Unschlüssig blieb Paul Berger von der Gaststätte stehen. Er legte keinen Wert darauf, am Begräbniskaffee teilzunehmen. «Das Fell versaufen» nannten das die Dörfler, weil nach Kaffee und Kuchen Bier und härtere Sachen auf den Tisch kamen, mitunter auch Karten gespielt wurde, wenn sich die richtige Clique traf. Mit Ausnahme einer einzigen Person wünschte Berger niemanden zu sehen. Aber den einen, den er unbedingt sprechen wollte, hatte er nach dem Vorfall mit Büllesfeld aus den Augen verloren. Noch bestand die Hoffnung, ihn vielleicht in der Gaststätte zu finden. Dann fiel Berger eine alternative Möglichkeit ein. Er sah sich die parkenden Autos an, suchte nach dem Fahrzeug mit dem Frankfurter Kennzeichen. Als er es endlich entdeckt hatte, atmete er erleichtert auf. Mit einem Griff in die Innentasche seines Sakkos förderte er sein Notizbuch zu Tage, schlug es auf und schrieb mit Kugelschreiber. «Ich muss dich unbedingt sprechen. Meine Adresse ist noch die alte. Paul Berger.» «Unbedingt» unterstrich er doppelt, während er «Berger» in Klammern setzte. Jetzt konnte er nur darauf vertrauen, dass Roland Heise sich bei ihm melden würde.

2

Nachdem Roland Heise die Gaststätte betreten hatte, ging er zielstrebig in den Saal hinein, der über den Flur links neben dem Schankraum zu erreichen war. Mehr als 15 Jahre waren vergangen, seit er den Raum zuletzt betreten hatte. Er spielte damals noch in der B-Jugend des Fußballvereins und seine Mannschaft hielt Anschluss im Kampf um die Tabellenspitze. Die Weihnachtsfeier des Vereins stand an und alle waren in fröhlicher Stimmung, besonders sein Trainer, ein groß gewachsener, schlanker Mann, der sich recht flink bewegte, obwohl er an Krücken ging. Jeder, der diesen Mann zum ersten Mal sah, tippte auf eine Sportverletzung. Erst bei genauerem Hinsehen konnte man durch das unnatürlich schlenkernde rechte Hosenbein das Fehlen des rechten Unterschenkels erahnen.

Das Essen war beendet und das leere Geschirr wurde soeben abgeräumt. Der Vereinsvorsitzende hatte sich mit einem Mikrofon bewaffnet, es standen einige Ehrungen auf dem Programm. Nur mit halbem Ohr hörten die Jungen hin. Es war ohnehin alles schon festgemacht. Einige Spieler würden einen Ehrenteller mit dem Vereinsemblem erhalten, auf den sie absolut keinen Wert legten, dann würde mit Roland Heise der beste Nachwuchsspieler einen bronzenen Staubfänger in Gestalt eines balljonglierenden Fußballers überreicht bekommen. Die Auszeichnung für den besten Nachwuchsspieler war 20 cm hoch, die für den besten Seniorenspieler hatte 35 cm, zeigte aber das gleiche Motiv. Man nahm das Ding für gewöhnlich artig entgegen, versprach, es ein Jahr lang in Ehren zu halten, um es eine Woche vor der nächsten Weihnachtsfeier wieder dem Vorsitzenden auszuhändigen, damit es vor der Übergabe an den nächsten Geehrten noch einmal aufpoliert werden konnte. Das ganze Jahr über stand das überflüssige Ding dann in der Bude herum, meist hinter den Glastüren des Wohnzimmerschrankes, und zog magisch Staub an. Stolze Väter – manchmal auf Mütter – zeigten es bei Familienbesuchen der gelangweilten Verwandtschaft, die sich dann zum wievielten Mal die Geschichte eines zweiten oder noch besser dritten Tores anhören musste. Geschichten, die zu erzählen der Vater den Sohn so lange aufforderte, bis dieser endlich nachgab und begann, damit der Vater sie schließlich zu Ende vortrug, weil der Sohn angeblich überhaupt keinen Sinn für die Details hatte, die doch erst die Spannung erzeugten. Kurzum, Geschichten, für die sich außer dem stolzen Vater niemand interessierte und die dieser nur vortrug, weil sich in seinem eigenen Leben noch weniger Berichtenswertes ereignet hatte.

Als der Vorsitzende ihn aufrief, stand Roland Heise auf und schlurfte auf die Bühne. Den Sermon ließ er geduldig über sich ergehen, schüttelte auch artig die Hand des Funktionärs, lehnte aber zu dessen Überraschung die Annahme der Statue ab und bat stattdessen um das Mikrofon. In dürren Worten teilte er seinen Umzug in die Kreisstadt für den 1. Februar mit, weshalb er für das letzte Drittel der Rückrunde der Mannschaft nicht mehr zur Verfügung stünde. In der folgenden Saison wolle er es ohnehin in der A-Jugend eines rheinischen Bundesligisten versuchen. Er dankte für die schöne Zeit im Verein, dem er sich immer verbunden fühlen würde, dann verließ er die Bühne. Am Aufgang verstellte ihm der Trainer den Weg. Ohne auch nur ein Wort zu sagen, holte er aus und versetzte Heise einen Schlag ins Gesicht. Bebend vor Zorn und weiß im Gesicht starrte er den Jungen an, der sich an die Nase fasste. Mit seinem Zeigefinger tastete er in das dünne rote Rinnsal, das aus seiner Nase in Richtung Oberlippe lief. Er besah sich das Blut auf der Fingerkuppe, dann gab er dem Jähzornigen einen heftigen Stoß gegen den Oberkörper, der diesen aus dem Gleichgewicht brachte. Wortlos verließ Heise den Saal, während sich der Gestürzte aufsetzte und dem Jungen eine der Krücken nachwarf.

Mehr als 15 Jahre lag diese Szene nun zurück, aber es war das Erste, woran Roland Heise denken musste, als er den Saal betrat. Er blickte sich um, sondierte. Einige Gesichter kamen ihm bekannt vor, die Namen der Personen tauchten aus der Tiefe seines Gedächtnisses auf, ordneten sich wie von selbst den Gesichtern zu. Jedem, den er wieder erkannte, schenkte er ein Lächeln, bemüht, Vertrauen herzustellen und Kontakt zu knüpfen.

«Roland, Roland Heise,» sagte eine kleine kugelige Frau, die mindestens zwei Köpfe kleiner war als er.

«Resi? Resi Ohlert! Mensch, wie geht es dir?»

«Gut, ich freue mich, dass du dich noch an mich erinnerst.»

«Klar erinnere ich mich. Du hast doch früher hier bedient.»

«Stimmt. Auch damals, als ihr . . . als ihr diese . . .»

«Diese Weihnachtsfeier hatten. An die musste ich denken. Wie geht es deinem Mann?»

«Das kann er dir selber sagen. Er sitzt dort vorne. Setz dich doch zu uns.»

«Gerne,» sagte Roland Heise und nahm am Tisch von Resi und Gerd Ohlert Platz. Sie tauschten ein paar Nettigkeitsfloskeln aus, versorgten sich mit Kaffee und Kuchen.

«Was machst du eigentlich heute? Spielst du noch Fußball?», wollte Gerd Ohlert wissen.

«Ab und zu trete ich noch gegen einen Ball, aber das ist mehr das Alt-Herren-Gekicke, das hier genauso aussehen dürfte wie in Frankfurt. Es ist mehr aus Spaß an der Freude. Beruflich bin ich bei einer Bank untergekommen.»

«Hast du es nie bereut, dass du nicht Profi geworden bist?»

Heise zuckte verlegen die Schultern. «Ich habe darüber nachgedacht. Ich glaube, es war besser so.»

«Du warst der talentierteste . . . nein, entschuldige, ich will dir nicht zu nahe treten, der zweitalentierteste Spieler, den unser Verein je hervorgebracht hat.»

«Ja, ich weiß, ich musste mir das früher zweimal die Woche anhören.»

«Aber es stimmt, nur Bernd Metzen brachte vom Talent her mehr mit als du.»

«Ich habe von ihm fußballerisch vieles lernen können. Aber ich bin nie mit seiner Art der Vermittlung zurechtgekommen. Nie habe ich begriffen, wie ein Mensch so besessen sein konnte. Das hatte mit fußballverrückt nichts mehr zu tun. Das war schon pathologisch.»

«Was meinst du damit?»

«Krankhaft. Und Bernds Jähzorn steigerte alles bis ins Unerträgliche. Darunter hat auch Maria sehr gelitten.»

«Ja, das hat sie,» schaltete sich Resi Ohlert ein. «Ich kann bis heute nicht verstehen, wie sie es nur so lange mit ihm aushalten konnte. Du hast sicher davon gehört, dass er spurlos verschwunden ist. Angeblich nach Australien, sagen die einen. Wieder andere behaupten, er hätte sich nach Kanada abgesetzt. Es gibt aber auch Leute, die wollen Bekannte haben, die Leute getroffen hätten, die Bernd ganz sicher auf Mallorca begegnet seien. Wie dem auch sei, ich weiß nicht, wie ein Einbeiniger auf den Gedanken kommen sollte, die Frau, die ihn versorgt, und das eigene Haus aufzugeben und zu verlassen, um woanders neu anzufangen. Erst recht nicht im Alter von 55 Jahren.»

«Ich weiß nicht», räumte Heise ein, «was ich davon halten soll.»

«Eine Zeit lang», ergänzte Gerd Ohlert, «hat das Gerücht kursiert, Bernd hätte ein Doppelleben geführt. Finanziell abgesichert durch einen Lottogewinn, hätte er dann den Absprung gewagt. Aber selbst die Leute, die das kolportieren, streiten sich, ob er das Geld nun vom Lotto oder aus einer Erbschaft hätte.»

«Und was glaubst du selbst?»

Ohlert neigte das Haupt zur rechten Seite, dann zur linken Seite, so, als wolle er mit dem Wiegen des Kopfes das Abwägen der Worte unterstützen. «Schwer zu sagen. Ich bin mir nicht schlüssig. Maria kann nichts mehr sagen. Wie du sicher erfahren hast, kam sie in ihrem Haus ums Leben. Stürzte auf der Kellertreppe. Wer vielleicht noch etwas wissen könnte, ist Paul Berger.»

«Berger, Berger . . .»

«Der spielte auch eine Weile Fußball, war in der gleichen Altersklasse wie Bernd Metzen, aber bei weitem nicht so talentiert.»

«Natürlich nicht, wie denn auch.»

Den ironischen Unterton in Heises Stimme überhörte Ohlert. Unbeirrt fuhr er fort: «Der Paul wohnt ja auch gleich neben den Metzens. Deshalb wurde er von den Ermittlern auch ganz schön durch die Mangel gedreht. Sogar heute war der Büllesfeld hier und hat dem Paul auf dem Friedhof noch einmal zugesetzt.»

«Büllesfeld», flocht Resi Ohlert ein, «ist einer der Ermittler.»

«Wenn ermittelt wurde, heißt das, man geht von einem Kapitalverbrechen aus?»

«Das, so sagten die Beamten, könne man nie ausschließen. Denen ist eben auch die Geschichte des Einbeinigen, der ein neues Leben anfängt, spanisch vorgekommen. Und der Büllesfeld, der ist meiner Meinung nach fest davon überzeugt, dass beim Verschwinden von Bernd nachgeholfen worden ist. Ist im Übrigen ein ganz scharfer, der Büllesfeld. Ein richtiger Wadenbeißer.»

«Den Begriff kenne ich noch. In die Schublade sortierte man im Fußball Spielertypen wie den Berti Vogts ein. Typen, die ihren Kontrahenten als persönlichen Feind ansahen, der mit allen Mitteln bekämpft wurde.»

«Das trifft es, so einer ist der Büllesfeld. Ich glaube, der gibt nie auf. Abgesehen davon, nimmt er es als persönliche Beleidigung, dass er den Fall noch nicht aufgeklärt hat.»

«Und Licht wird er in diese Sache erst bringen können, wenn der Paul auspackt.» Resi Ohlert unterstrich ihre Feststellung mit einem heftigen Kopfnicken. «Der Paul und die Maria konnten sowieso gut miteinander. Vielleicht . . .»

«Moment», sagte Roland Heise, «soll das bedeuten, sie hatten ein Verhältnis miteinander?»

«So kann man das vielleicht nicht sagen. Sie waren aber zumindest gute Freunde.»

«Ich denke, ich sollte Paul Berger einmal einen Besuch abstatten. Er müsste sich noch an mich erinnern können, denn bei Maria und Bernd war ich als Kind ja oft zu Besuch. Ich habe den Kontakt erst reduziert, als Bernd uns als Trainer in der C-Jugend übernahm und uns dann einige Jahre betreute. Es war ab dieser Zeit einfach nicht mehr auszuhalten, ihm außerhalb des Trainings zu begegnen. Seine Besessenheit machte mir Angst. Ich habe damals Maria nur besucht, wenn ich wusste, dass Bernd außer Haus war.»

«Maria war dir im Übrigen sehr wohl gesonnen. Sie sprach immer gut von dir.»

Heise nickte. «Ich kann auch nur Gutes von ihr berichten. Da meine Mutter ja arbeiten musste, um uns beide durchzubringen, kam ich mir oft verloren vor. Dann konnte ich zu Maria gehen, die sich Zeit für mich nahm, mir manchmal sogar bei den Schularbeiten half.»

«Habt ihr denn nach deinem Wegzug noch Kontakt halten können?», fragte Gerd Ohlert.

«Solange meine Mutter und ich in der Kreisstadt wohnten, sahen wir Maria vielleicht alle zwei Monate. Sie besuchte uns. Später zogen wir nach Köln, wo ich dann Volkswirtschaft studierte. Damit riss der Kontakt nahezu ab. Nur ab und zu haben wir uns Karten geschickt, zum Geburtstag oder zu Weihnachten zum Beispiel. In den letzten drei Jahren habe ich nichts mehr von ihr gehört. Als ich von ihrem Tod erfuhr, wollte ich ihr unbedingt die letzte Ehre erweisen.»

«Wie hast du es denn erfahren?»

«Ich hatte am vergangenen Freitag eine Trauerkarte in meiner privaten Post. Ich nehme an, sie wurde mir von Marias Verwandten geschickt.»

«Das ist seltsam. Maria hatte nur eine Nichte, die das Begräbnis und das Kaffeetrinken organisiert hat. Aber Karten hat sie keine drucken lassen, das weiß ich ganz sicher. Sie hat nur eine offizielle Todesanzeige in die Tagespresse setzen lassen.»

«Es erscheint mir alles sehr seltsam. Ich erfahre von Marias Tod durch eine Karte, die eigentlich nicht gedruckt worden sein dürfte. Ihr erzählt mir davon, das Marias Mann verschwunden ist. Ein Kommissar läuft auf dem Friedhof Amok. Irgendwie scheint nur einer etwas zur Aufhellung beitragen zu können, aber der schweigt wie ein Grab.»

«Du hast eben schon überlegt, ob du Paul besuchen solltest. Ich glaube, es wäre einen Versuch wert», meinte Gerd Ohlert. »Paul hat sich in den letzten Jahren immer mehr zurückgezogen. Er war nie sehr gesellig.»

«Junggesellig ist er», kicherte Resi Ohlert, «und die werden mit zunehmendem Alter immer seltsamer, immer eigenbrötlerischer.»

«Junggesellig», wiederholte Roland Heise, «das werde ich mir merken.»

«Du bist nicht zufällig selbst noch Junggeselle?»

«Noch. Aber in festen Händen. Eine nette Kindergärtnerin. Fünf Jahre jünger als ich. Wir werden wohl im kommenden Jahr heiraten.»

«Da kann ich dir nur zuraten», lächelte Gerd Ohlert.

Der Saal leerte sich jetzt zügig. An der Garderobe bildeten sich Schlangen, weil sich die wenigsten gemerkt hatten, wo sie Jacken und Mäntel aufgehängt hatten. Die dunklen Farben trugen nicht zum schnelleren Auffinden des gesuchten eigenen Kleidungsstücks bei. Mancher musste erst in die Taschen eines Mantels greifen, um dann peinlich berührt festzustellen, dass er zielsicher den falschen gegriffen hatte.

Roland Heise schüttelte Resi und Gerd Ohlert die Hände

und verabschiedete sich von ihnen mit dem Versprechen, von sich hören zu lassen. Er hatte seinen Mantel auf einem der freien Stühle abgelegt, weshalb er sich schnell an der Garderobe vorbeistehlen konnte. Er erreichte sein Auto und öffnete die Fahrertür. Bevor er einstieg, blickte er über den Parkplatz, auf den sich jetzt das Chaos, das an der Garderobe seinen Anfang genommen hatte, zu verlagern schien. Einzelne Personen oder ganze Familien stiegen in ihre Autos, und da jeder als Erster ausparken wollte, bildeten sich Fahrzeugknäuel auf dem Parkplatz und eine Blechlawine auf der Straße, die sich erst bei den ersten Abzweigungen lockerte, um sich wenige Kilometer weiter wieder in einzelne Fahrzeuge aufzulösen.

Roland Heise hatte gewartet, bis sich die Unordnung entfernte. Er hatte den Motor gestartet, Heizung und Radio eingeschaltet, die Wischanlage angestellt und gewartet. Dann hatte er den Wagen aus der Parktasche heraus- und vom Parkplatz heruntergesteuert und den Weg zu Paul Berger eingeschlagen.

3

Er fuhr über eine Landstraße, die auf einer der Höhenlinien der Eifel gebaut war. Zu beiden Seiten konnte man die Schönheit der Landschaft betrachten. Zur Rechten eröffnete sich Roland Heise der Blick auf die Ahreifel. Die Besucher aus den Großstädten an Rhein und Ruhr hatten es nie begreifen können, dass dieser Teil der Eifel ein bekanntes Weinanbaugebiet war, während in der westlich gelegenen Schneeeifel das Klima so rau war, dass man bis in den Mai hinein noch mit Schneefall rechnen musste. Der Einfachheit halber unterschieden sie deshalb nicht zwischen Ahreifel und Schneeeifel, sondern hatten sich die kürzeren Etiketten Ahr und Eifel eingeprägt. Roland Heise genoss den Anblick der hügeligen Landschaft, an deren Horizont sich helles Himmelsblau und dunkles Graublau abzeichneten. Zwei Punkte hoben sich deutlich von den Hügeln ab, überragten diese gleichsam, als wollten sie in das Himmelsblau vordringen. Eine der Spitzen war die Hohe Acht, die andere der Hügel, den die Ruine der Nürburg krönte, die man auf der ganzen Welt nur in der Verbindung mit der Nürburgring genannten Rennstrecke kannte.

Roland Heise fuhr betont langsam, was einen anderen Autofahrer dazu reizte, das Fahrzeug mit dem Frankfurter Kennzeichen unter kurzem Hupen zu überholen. Das unangenehme Geräusch riss Heise aus seinen Betrachtungen heraus.

Paul Berger wohnte nur wenige Kilometer vom Kirchdorf entfernt. In diesem Dorf waren die meisten Häuser entlang der Hauptstraße gebaut. Ausnahmen machten hier nur eine Straße am Ortseingang, die Richtung des nächsten Dorfes führte, sowie eine Straße am Ortsausgang, die in eine bewaldete Parzelle wies, die man ab den 60er Jahren mit Wochenendhäusern bebaut hatte, welche aber längst dauerhaft bewohnt wurden. Bergers Haus war ein einfacher Klinkerbau, der mitten auf einer Wiese im Bungalowstil errichtet worden war. Heise stellte sein Fahrzeug am Straßenrand ab und ging die Stufen zur Eingangstür hoch. Die Bewegung hinter der Gardine des Fensters rechts neben dem Eingang war ihm nicht entgangen. So wunderte er sich nicht, als die Tür geöffnet wurde, noch bevor er die Klingel betätigen konnte.

Paul Berger erschien ihm kleiner, als er in Erinnerung hatte. Falten begannen sein Gesicht zu zerfurchen und die ehemals dunklen Haare waren von grauen Strähnen durchzogen. Forschend sahen sich die beiden Männer ins Gesicht.

Bergers Mund umspielte der Anflug eines Lächelns. Er bot dem Gast die Hand und sagte: «Schön, dass du gekommen bist. Komm herein.»

Heise schlug stumm in die gebotene Hand ein und betrat die Diele. Hinter ihm fiel die Türe ins Schloss. Paul Berger führte seinen Gast ins Wohnzimmer. Roland blickte sich um. Der Raum wirkte anders als früher. Berger fing den Blick Heises auf und sagte: «Ich habe einiges umgeräumt in letzter Zeit. Kann ich dir etwas anbieten? Kaffee, Tee, Bier, Wein oder vielleicht einen Sherry?»

«Am liebsten einen Tee, wenn es dir keinen unnötigen Aufwand bedeutet.»

«Durchaus nicht.»

Er ging in die Küche. Heise sah sich die Buchtitel an. Biografien und Reiseerzählungen.

Berger kam mit einem Tablett zurück. «Das Wasser dauert noch einen Augenblick, aber ich stelle uns schon einmal Tassen hin. Nimmst du Zucker oder Süßstoff in den Tee?»

«Zucker, bitte. Du liest mehr als früher.»

«Na, ja, ich muss meine Tage füllen und der Garten gibt in dieser Jahreszeit nicht viel her. Angeln geht im Moment auch nicht.»

«Arbeitest du nicht mehr bei Miele?»

«Nein, ich bin seit einem halben Jahr im Vorruhestand. Ist nicht das Schlechteste.»

«Bist du seither einmal von hier weggekommen?»

«Noch nicht. Ich habe immer gerne Bücher über fremde Länder und Kulturen angeschaut, manchmal auch Pläne geschmiedet. Aber wenn es darauf ankam, habe ich immer gekniffen, die Pläne dann auch umzusetzen. Ich hatte nie Lust, alleine zu reisen.»

«Aber geheiratet hast du auch nie.»

«Nein, geheiratet habe ich auch nie.»

Eine Pause trat ein. Heise überlegte sich, ob die letzte Anmerkung nicht zu indiskret gewesen war. Berger erhob sich: «Jetzt müsste das Teewasser so weit sein.» Er schlurfte in die Küche und kam mit dem heißen Wasser zurück, füllte es in die Tassen und gab die Teebeutel hinzu.

»Ich freue mich, dass du gekommen bist», sagte er. «Ich brauche jemanden, mit dem ich reden kann.»

«Warum gerade ich? Wir haben uns 15 Jahre nicht gesehen, und davor kannten wir uns nur, weil wir beide Maria und Bernd kannten.»

«Genau das ist der Grund. Weil wir sie beide kannten und weil uns Maria sehr nahe stand.»

«Ist es auch, weil wir beide Bernd nicht mochten?»

«Das auch. Aber wer mochte den schon, abgesehen von Maria. Die meiste Zeit konnte er sich selbst nicht ausstehen.»

«Erzähl mir von den beiden.»

«Die letzten Jahre, oder was?»

«Was dir wichtig erscheint. Ich höre einfach nur zu.»

«Die Geschichte beginnt Anfang der 60er Jahre. Eine junge, hübsche und lebensfrohe Frau und ein durchschnittlicher, schüchterner junger Mann lernten sich kennen. Sie verabredeten sich ein paar Mal, gingen ins Kino, besuchten Tanzveranstaltungen. Es war nichts Ernstes, jedenfalls nicht seitens der Frau. Seitens des jungen Mannes schon, wenn ich mich recht erinnere. Aber der war viel zu ungeschickt, viel zu unsicher, als dass er bei der Frau hätte landen können. Dazu hätte es Draufgängertums bedurft, aber damit konnte der Junge nicht dienen. So unternahmen die beiden hin und wieder etwas gemeinsam, ohne dass der junge Mann seinem Ziel näher gekommen wäre.»

Er unterbrach seine Erzählung, um den Teebeutel aus der Tasse zu ziehen. Mit dem Löffel presste er die letzten Tropfen ab, dann legte er den Beutel auf einem dafür bereitgestellten Untersetzer ab. Zwei Zuckerwürfel gab er in seine Tasse. Nachdem er umgerührt hatte, führte er die Tasse zum Mund und nahm den ersten Schluck. «Geht so.»

«Wie ging es mit den beiden weiter?», fragte Roland leise.

»Eines Tages verabredeten sie sich, um gemeinsam ein Fußballspiel anzusehen. Das war damals für Frauen etwas ungewöhnlich. Aber der Fußball begann eine andere Rolle zu spielen. Man hatte gerade erst die Bundesliga eingeführt und die ARD-Sportschau lieferte sensationelle drei Spielreportagen in bester Schwarzweißqualität. Drei Spielberichte von insgesamt acht Partien. Kaum vorstellbar.» Berger nahm den nächsten Schluck.

«Ich weiß nicht, ob du dir der Bedeutung der Bundesliga je bewusst geworden bist. Aber ihre Einführung war damals ein Meilenstein in der Fußballgeschichte. Ohne die Bundesliga hätte der deutsche Fußball seinen Anschluss an die Weltspitze verloren.»

«Das hat er heute mit der Bundesliga.»

«Ja, aber nur vorübergehend, weil die Talente in Deutschland nicht mehr zeitgemäß ausgebildet werden. Da sind uns die Franzosen, die Holländer, die Italiener und die Engländer schon aufgrund ihrer Fußballinternate weit voraus. Es liegt nicht an den Ausländern in der Bundesliga, im Gegenteil, die überdurchschnittlichen Gastspieler heben das Spielniveau der Mannschaften und die Durchschnittlichen sind unterm Strich billiger als die deutschen Nachwuchsspieler, wenn man deren Ausbildung mit in die Rechnung einbezieht.»

«Jetzt sind wir aber doch etwas vom Thema abgekommen›,› lächelte Heise.

«Ja, aber lass mich den Gedanken noch gerade zu Ende führen. Der Stellenwert des Fußballs wurde mit der Bundesliga größer. Die guten Spieler konnten sich stärker entwickeln, weil sie viel stärker gefordert waren als noch zu Oberligazeiten.»

«So kenne ich dich gar nicht. Du bist auf dem besten Weg, dich in einen Vortrag zu steigern.»

«Und ich verliere darüber den Faden. Entschuldige. Also, die junge Frau und der junge Mann besuchen ein Fußballspiel. Ein Spiel, das vorentscheidend für den Gewinn der Kreismeisterschaft sein würde. Aber es sah für die heimische Mannschaft gar nicht gut aus. Die Gäste führten zur Halbzeit 2:1 und kurz nach dem Seitenwechsel konnten sie sogar auf 3:1 erhöhen. Der Mannschaftsführer, wohlgemerkt, entschloss sich, einen Jugendlichen einzuwechseln, der nur durch eine Sondererlaubnis spielberechtigt war. Einen Trainer hatten die damals noch nicht, die trafen sich zum Training und beschlossen, was sie einüben wollten. Meistens wurde nur ein bisschen herumgebolzt. Na, sei's drum. Der Junge wird jedenfalls eingewechselt.»

«Und kippt das Spiel?»

«Natürlich. Das ist das Faszinierende an diesem Sport. Von einer Sekunde zur anderen können sich die Vorzeichen komplett ändern. Der Junge spielte großartig auf. Er besetzte eine Position im Mittelfeld und leitete einen Angriff nach dem anderen ein. Das Publikum war begeistert von der Eleganz, mit der er sich bewegte. Er schien mit dem Ball zu tanzen. Die Kugel trat er nicht, es war mehr ein Streicheln, wenn er von der rechten Seite nach innen zog. Jedenfalls . . . Ich fasse mich kürzer. Der Eingewechselte bereitete das 2:3 vor, erzielte das 3:3 selbst und erzwang dann einen Elfmeter, den der Mannschaftskapitän zum 4:3 verwandelte.»

«Dieser Junge, der eingewechselt wurde, war Bernd Metzen?»

Paul Berger nickte. «Du kannst dir vorstellen, wer die junge Frau in dieser Geschichte ist.»

«Maria natürlich. Und der andere Mann?»

«Ich glaube, das war ich selbst.»

«Ich dachte es mir.»

«Das 4:3 war das eine Resultat, das andere war, dass Maria sich Hals über Kopf in Bernd verliebte. Als nach dem Schlusspfiff die begeisterten Zuschauer den Platz stürmten, war sie mit dabei. Das Bild, wie sie Bernd um den Hals fiel, druckte der Stadt-Anzeiger im Lokalteil. Ich habe es noch in einem der Alben auf dem Speicher.»

«Ist die Mannschaft Kreismeister geworden?»

«Nein. Das letzte Auswärtsspiel haben sie beim späteren Tabellendritten verloren, während der spätere Kreismeister sich bei einem der Absteiger ohne Mühe durchsetzte.»

«Maria und Bernd blieben ein Paar?»

«Die beiden waren unzertrennlich.»

«Wann haben sie geheiratet?»

«Das hat noch etwas gedauert. Geheiratet haben sie erst nach dem Unfall. Da kriselte es schon zwischen ihnen.»

«Was war das für ein Unfall?»

«Bernd war unzufrieden mit sich und seiner Rolle bei dem Dorfverein. Er setzte eine Änderung des Spielsystems durch. Seit den 30er Jahren hatte man das WM-System gespielt, das sehr offensiv ausgerichtet war. Es wird auch 2-3-5-System genannt. Aber seit der 1962er WM galt diese Spielweise als veraltet. Die Brasilianer kreierten eine 4-2-4-Aufstellung, die sie dann später zu einem 4-3-3 modifizierten. Die Engländer hingegen spielten ein 4-4-2, verzichteten also auf echte Flügelstürmer und wurden damit Weltmeister. Aber durchgesetzt hat sich in der Folge das 4-3-3, weil es variabler war. Man nahm also Spieler in die Abwehr zurück, ordnete den drei gegnerischen Angreifern drei eigene Abwehrspieler zu und hatte nunmehr einen vierten Mann gewonnen, der in der Abwehr spielte, aber keinen direkten Gegenspieler hatte. Damit war der freie Mann geboren, der Libero.»

«Und es war Bernd Metzen, der diese Rolle hier ausfüllte?»

«Und ob er das tat. Die meisten Liberos spielten reine Ausputzer hinter der Mannschaft. Du hast sicher von dem Hamburger Willi Schulz gehört.»

«World-Cup-Willy.»

«Genau der. Das war so ein Prototyp des Ausputzers. Und dann gab es den Prototyp des Liberos, der spielte, sich bei jeder Gelegenheit ins Angriffsspiel einschaltete und mehr Spielgestalter als Abwehrspieler war.»

«Beckenbauer.»

«Exakt. Halt mich jetzt bitte nicht für übergeschnappt. Aber Bernd Metzen kam dem Spielertyp, den Beckenbauer verkörperte, verdammt nah. Und genau diese Rolle forderte er im Verein ein. Mit der gleichen Besessenheit, mit dem gleichen Jähzorn, den du als Spieler unter seiner Knute kennen gelernt hast, verlangte er diese Position.»

«Und er setzte sich durch.»

«Ja. Er interpretierte seine Rolle hervorragend. Man wurde auf ihn aufmerksam. Einladungen zur Kreisauswahl folgten. Dann Verbandsauswahl. Schließlich die Einladung zu einem Probetraining beim 1. FC Köln.»

«Und der Unfall, von dem du sprachst?»

«Der ereignete sich auf der Rückfahrt von ebenjenem Probetraining. Bernd hatte noch keinen Führerschein, im Gegensatz zu Maria. Sie fuhr ihn nach Köln, wartete auf ihn und auf der Rückfahrt passierte es dann. Ein Betrunkener raste mit überhöhter Geschwindigkeit in den Wagen. Maria kam relativ unversehrt aus dem Wrack heraus, aber Bernd wurde in den Wagentrümmern eingeklemmt. Der Motorblock war auf seinen Beinen gelandet. Sie haben ihm den Unterschenkel des rechten Beines absägen müssen, um ihn überhaupt aus dem Fahrzeug retten zu können.»

Roland Heise sagte nichts. Er nickte nur.

«Maria fühlte sich schuldig. Obwohl sie einwandfrei den Unfall nicht verschuldet hatte, fühlte sie sich schuldig.»

«Hat sie Bernd deshalb geheiratet?»

«Ja. Es hatte ihn ja doppelt getroffen. Er hatte eine Maurerlehre begonnen, die er jetzt nicht fortsetzen konnte. Und der Fußball . . .»

«Ich kann mir vorstellen, was Bernd in den nächsten Jahren mit Maria veranstaltet hat.»

«Nein, ich glaube, das kannst du nicht. Ich kann es mir selbst kaum vorstellen, obwohl ich dann wenige Jahre später dieses Haus kaufte und in die unmittelbare Nähe der beiden zog. Bernd fing die Sauferei an. Nüchtern war er nur schwer zu ertragen. Aber für das, was er im betrunkenen Zustand aufführte, fehlen mir die Worte.»

«Wovon haben die beiden gelebt?»

«Da waren zunächst mal Schadensersatz und Schmerzensgeld, zu dem der Unfallfahrer verdonnert wurde. Dann hat Maria versucht, einen Untermieter für die Souterrainwohnung zu finden. Das scheiterte aber an Bernd. Letztlich hat sie dann Heimarbeit angenommen, hat für ein großes Unternehmen zu einem Spottpreis Hosen, Röcke und dergleichen zusammengenäht. Vor zehn Jahren ungefähr konnte ich ihr dann einen Job in der Kantine bei uns zuschanzen. Es sind viele Versuche gemacht worden, Bernd aufzufangen, seinem Leben einen Sinn zu geben. Portier, Nachtwächter, Dienst in einer Telefonzentrale, alles das wäre möglich gewesen. Aber er hat sich immer verweigert. Nur einmal ist er hervorgetreten. Als Jugendtrainer. Vom Fußball ist er nämlich nie losgekommen.»

«Warum hat Maria ihn nicht verlassen?»

«Die Frage werde ich dir nie beantworten können.»

«Und warum hat Bernd sie verlassen? Die Geschichte mit dem neuen Leben das er begonnen hat, ist unglaubhaft.»

Paul Berger sah Roland Heise durchdringend an.

«Ja, das ist sie. Unglaubhaft. Aber wir mussten uns eine Version ausdenken, von der wir hofften, man würde sie uns abkaufen.»

Heise machte große Augen. «Wir? Heißt das, du hast Maria geholfen, ihn aus dem Weg zu räumen?»

«Ich habe ihr geholfen, den Leichnam zu beseitigen.»

«Wie ist er gestorben?»

«Maria hat ihn erstochen. Er hatte seit Jahren keine Jugendmannschaft mehr betreut, niemand wollte diesem Choleriker seinen Sohn anvertrauen. Stattdessen hatte er wieder mit dem Suff begonnen. Und er hatte damit begonnen, Maria für alles verantwortlich zu machen, was in seinem Leben schief gelaufen war und schief lief. Der Unfall? Marias Schuld. Seine Trunksucht? Mit einer Frau wie Maria an seiner Seite konnte er sich nur betrinken. Der Kaffee zu heiß? Marias Schuld. Die Fernbedienung nicht an ihrem Platz? Und so weiter. Er erniedrigte sie verbal, er schlug sie. Besonders schlimm wurde es, wenn sein Lieblingsverein in der Bundesliga verlor. Und die verloren zu der Zeit eigentlich immer.»

Berger erhob sich. «Bevor ich dir weitererzähle, brauche ich jetzt erst einmal einen Kognak. Hältst du mit?»

Heise nickte. Berger füllte zwei Gläser, brachte sie zum Tisch und stellte dann die Flasche dazu.

«Als es passierte, war Maria gerade dabei, das Wohnzimmer zu renovieren. Es sollte neu gestrichen werden. Mit Folien war der Boden ausgelegt, die Farbe stand bereit. Aber es war Samstag und er bestand darauf, die Zusammenfassung des Spieltags zu sehen. Maria schaffte also den Fernseher wieder ins Wohnzimmer. Sie musste auch seinen Sessel wieder aufstellen. Alles, ohne die Folie zu beschädigen. Alles, damit Bernd sehen konnte, wie sein Verein seiner eigenen Negativserie ein Sahnehäubchen aufsetzte. Er klinkte völlig aus. Die Bierflasche warf er in die Flimmerkiste, die daraufhin implodierte. Es gab einen Kurzschluss. Er schrie nach Maria, sie solle den Strom wieder einschalten, und als ihm das nicht schnell genug ging, machte er sich selbst auf. Maria fand er am Sicherungskasten, und er hat sie fürchterlich verprügelt. Sie blieb mehrere Stunden im Keller liegen, von Weinkrämpfen geschüttelt. Währenddessen nahm er sich die Wohnungseinrichtung vor. Irgendwann muss er wohl über seinem Wüten eingeschlafen sein. Jedenfalls fand Maria ihn in Farblachen im Wohnzimmer liegend. Sie ging in die Küche und holte ihr schärfstes Messer. Wie eine Besessene stach sie auf ihn ein. Nachdem sie wieder zur Besinnung gekommen war, klingelte sie an meiner Tür. ‹Ich hab ihn kaltgemacht›, sagte sie. ‹Du musst mir helfen, ich will für dieses Schwein nicht auch noch ins Gefängnis.› Sie war in die Offensive gegangen.»

«Sie hatte den Libero aufgelöst. Was habt ihr dann unternommen?»

«Wir haben überlegt, wie wir die Leiche beseitigen und Bernds Verschwinden plausibel erklären könnten. Mir ist leider unter dem Zeitdruck nichts Besseres eingefallen, als ihn irgendwo anders ein neues Leben anfangen zu lassen. Zunächst haben wir die Leiche säuberlich zerteilt. Dann haben wir die Teile in Plastiksäcke umgefüllt, die wir in meinen Keller schafften. Seine besten Kleidungsstücke haben wir in einen Koffer gepackt, den ich zunächst in einem Schließfach deponieren wollte. Aber das erschien mir zu unsicher. Ich habe ihn später in Düsseldorf bei einer Altkleidersammelstelle abgegeben. Dann habe ich alle Papiere, Dokumente, die man bei einer Ausreise braucht, an mich genommen. Ganz zum Schluss habe ich einen Abschiedsbrief geschrieben.»

«Und dann?»

«Zwei Tage später hat Maria ihn als vermisst gemeldet. Sie brauchte die Zeit, um die Wohnung wieder auf Vordermann zu bringen. Die Polizei hat schnell reagiert und zusammen mit der Feuerwehr die Gegend abgesucht. Natürlich haben sie auch an Mord gedacht. Wenige Tage danach sind sie jedenfalls wieder aufgetaucht. Diesmal mit Leichenhunden. Die aber nichts gefunden haben. Weder in Marias Haus noch im Garten.»

«Was habt ihr mit den Leichenteilen angestellt?»

«Ich habe sie in einem großen Kessel gekocht, bis ich das Fleisch von den Knochen lösen konnte. Das Fleisch habe ich später in benzingetränkte Tücher gewickelt und verbrannt. Der Gartenhäcksler hat sich der Knochen angenommen. Was danach noch übrig blieb, habe ich durch die Getreidemühle gejagt, das Knochenmehl habe ich an den Fischweiher verfüttert.»

«Puhhh,» machte Heise.

«Und trotzdem haben wir Fehler gemacht.»

«Welcher Art?»

«Einer, der ein neues Leben anfangen will, braucht Geld, braucht ein Ziel. Also hob ich in Köln mit einem Scheck Geld von Marias Konto ab. Ich fuhr nach Frankfurt, hob dort erneut Geld ab, ließ am Flughafen ein Ticket nach Übersee bereitlegen. Ich glaube, ich habe mich nicht sehr geschickt angestellt. Ich habe einfach keine Erfahrung darin, Menschen verschwinden zu lassen.»

«Glaubst du, dass dieser Büllesfeld dir auf die Schliche kommt?»

Berger zuckte sichtlich zusammen. «Woher kennst du diesen Namen?»

«Ich saß beim Kaffeetrinken mit Resi und Gerd Ohlert zusammen. Sie erzählten mir von den Ermittlungen und von Büllesfeld, auch davon, dass er dich auf dem Friedhof festgehalten hat.»

«Er ist hartnäckig. Außerdem hat er Recht behalten. Er sagte mir voraus, dass ich es jemandem erzählen müsste.»

«Hast du mir deshalb die Trauernachricht geschickt?»

«Ja», sagte Berger sehr leise.

«Du hast Maria sehr geliebt.»

«Ich habe sie nie aus den Augen verloren. Ich habe nie von ihr lassen können.»

«Aber sie hat deine Zuneigung nie erwidert.»

Berger schüttelte den Kopf. «Auch als sie wieder frei war, war sie für mich unerreichbar.»

Tränen bildeten sich in seinen Augenwinkeln, rannen sacht über seine Wangen.

Das Quietschen bremsender Autoreifen zerriss die Stille, die sich des Raums bemächtigt hatte. Türen wurden laut zugeworfen. Bevor jemand Sturm klingelte, waren schnelle, schwere Schritte auf der Außentreppe hörbar geworden. Heise erhob sich und öffnete Kommissar Büllesfeld, der in Begleitung zweier Uniformierter vor der Türe stand. Grußlos betrag Büllesfeld das Wohnzimmer.

«Auf der Windschutzscheibe des Wagens von Herrn Roland Heise aus Frankfurt habe ich einen von Ihnen handgeschriebenen Zettel gefunden, dessen Schrift mit der Handschrift des angeblichen Abschiedsbriefes des vermissten Bernd Metzen sowie zweier Schecks, die Metzen in Köln und Frankfurt eingelöst haben soll, einwandfrei identisch ist. Was würde ich wohl finden, wenn die Kollegen von der Spurensicherung Ihr Haus Stein für Stein unter die Lupe nähmen?»

Berger sah Büllesfeld direkt in die Augen und flüsterte: «Unter anderem Angelschnur von der gleichen Beschaffenheit wie die, die auf der Kellertreppe von Maria Metzen gespannt war, damit sie zu Tode stürzte.»

Joggen tut gut!

Tatjana Kruse

Kriminalinspektrion 4. An der Wand das Bild eines Mastiffs in zarten Pastelltönen. Auf dem altersschwachen Schreibtisch ein einfacher Schreibblock, zwei, drei Bleistifte, ein Radiergummi und etwas, das man mir als «Identikit» erklärt hatte.

Der Mann, der mir gegenübersaß, hieß Karl Kuhn und war Polizeizeichner. Ich schätzte ihn auf Anfang vierzig. Sehr attraktiv, mit einem Drei-Tage-Bart und wunderschönen, kräftigen Händen. Was nicht gerade dazu beitrug, meine Nervosität zu lindern.

«Ja, dann woll'n wir mal», meinte er und lächelte mir aufmunternd zu.

Wie war ich nur hierher geraten?

Ganz klar, durch meine Leidenschaft fürs Joggen. Ich jogge jeden Tag, meistens am frühen Morgen. Dabei ist mir die Technik egal, ich laufe einfach: ohne großes Brimborium – wie maßgefertigtes Schuhwerk oder trendiges Outfit – und ohne auf Puls oder Armhaltung zu achten. Meine Aufwärmübung besteht darin, die 150 Stufen hochzusteigen, die von der Unterstadt zum ausgedehnten Stadtpark führen. Wenn ich mal Seitenstechen bekomme, was selten ist, dann gehe ich halt ein paar Schritte und fertig. Sport ist für mich keine Lifestylefrage, sondern eine Lebenseinstellung.

Ich wischte mir die schweißnassen Hände an meiner Jogginghose ab. Am liebsten wäre ich ja schnell nach Hause, duschen und mir was Hübsches anziehen, aber nein, ich sollte – verschwitzt wie ich war – Angaben zu dem mutmaßlichen Killer machen, den ausgerechnet ich in flagranti bei der schnöden Tat, über die noch warme Leiche gebeugt, ertappt hatte.

«Erzählen Sie einfach ganz locker, wie der Mann ausgesehen hat», ermunterte mich mein Gegenüber mit näselnder Fistelstimme. Mir stellten sich die Nackenhaare hoch. Aber, na ja, wer ist schon vollkommen? Was Männer anbelangt, war ich womöglich einfach zu kritisch: Deswegen war mein Sexualleben auch eine einzige Weinprobe: nur ankosten und auspucken . . .

«Vielleicht zu Beginn Ihr erster Eindruck», fuhr er fort. Ich holte tief Luft.

«Ja, also . . . er war mittelgroß, würde ich sagen. Für einen Mann. Schon älter, Mitte fünfzig etwa, vielleicht auch Ende fünfzig. Sein Haarkranz war irgendwie mausbraun und fettig, und ein paar Strähnen hatte er sich über die Stirnglatze gekämmt und mit Gel festgeklebt.»

Herr Kuhn – ich hatte vergessen, mit welchem offiziellen Titel er mir vorgestellt worden war – griff nach dem Schablonensatz aus dem Identikit und setzte blitzschnell ein Gesicht zusammen. Erst war es zu schmal, dann zu breit, dann erkannte ich es langsam wieder.

Ich stockte kurz, als es um die Gesichtsbehaarung ging.

«Trug der Mann einen Bart?»

«Ich glaube, er trug ein Oberlippenbärtchen.» Ich schaute wohl perplex aus der Wäsche.

«Machen Sie sich keine Sorgen. Das erlebe ich oft, dass sich Zeuginnen eher an die Augen als an den Bart erinnern. Männer sind da meist ganz anders, die können mir gewissermaßen die genaue Zahl der Barthaar nennen, aber wenn ich sie nach der Augenfarbe frage, werden sie ganz still.»

Ich erstrahlte. »Die Augenfarbe weiß ich wirklich noch

ganz genau: wässrig blau. Und er hatte unheimlich lange Wimpern.»

Kuhn griff jetzt zum Zeichenstift. Er musste noch einiges herumradieren – die Nasenlöcher etwas haariger machen, die Wangenknochen höher setzen und das Kinn tiefer legen –, aber nach endlos scheinenden sechzig Minuten, in denen der dünne Kaffee, mit dem mich die Sekretärin versorgt hatte, langsam erkaltet war, blickte mich vom Schreibblock ein Kopf an, der auf unheimliche Weise lebensecht wirkte.

«Das ist er! Fantastisch, genau so sah er aus! Wie haben Sie das nur hinbekommen?»

Kuhn lächelte bescheiden. «Alles Übungssache. Und ich darf das Kompliment zurückgeben: Sie sind eine ausgezeichnete Zeugin!»

Nun war es an mir, mich zurückhaltend zu geben. «Es ist ja erst ein paar Stunden her. Außerdem werde ich dieses Gesicht nie vergessen können.» Ich schauderte

«Na, jetzt haben wir uns auf jeden Fall noch einen Kaffee verdient. Ich gebe schnell das Phantombild ab und bringe auf dem Rückweg eine Tasse für Sie mit.»

Als er an mir vorbeiging, konnte ich sein Aftershave riechen – irgendetwas in der Preisklasse von *Sir Irish Moos.*

Es schüttelte mich. Dieser Duft verursachte mir Brechreiz.

Der fremde Jogger heute Morgen hatte genauso gestunken. Ich hasse Jogger, die nicht nach Schweiß, sondern nach Parfümerie riechen.

Er war eine ganze Weile hinter mir hergelaufen – erst am See entlang und dann in den Birkenhain hinein. Als ich nach kurzer Tempoeinlage – durch die ich ihn leider nicht hatte abschütteln können – keine Luft mehr bekam und stehen blieb, um wieder zu Atem zu kommen, quatschte er mich prompt an. Das machen diese Typen immer so, was mir echte Ekelgefühle verursacht. Beim Laufen sollte es ums Laufen gehen, nicht um billige Anmache – da bin ich Puristin!

Auch die Sprüche dieser Kerle sind fast immer dieselben: »Na, so ganz allein? Wo doch im Stadtpark schon so viel passiert ist ... Wollen wir uns nicht zusammentun?« oder «Hallo, wer so hübsch ist wie Sie, der sollte nicht allein joggen. Sie brauchen einen starken Kerl wie mich als Schutz.»

Er bildete da keine Ausnahme.

Und wie alle anderen blickte auch er gleich dumm und verständnislos aus der Wäsche, als ich aus meinem Sockenhalter das Klappmesser herauszog und ihm mit einem kräftigen, geübten Streich flugs die Gurgel durchschnitt. Wenn man das richtig macht und das Messer scharf ist, spritzt übrigens kaum Blut.

Sonst lehne ich sie meistens mit den Beinen nach oben an einen Baum und lasse sie ausbluten. Aber an diesem Morgen hörte ich, wie sich auf dem Pfad vom See her Leute näherten.

Was blieb mir also anderes übrig, als wie am Spieß loszuschreien und mit dem Finger in Richtung Parkausgang zu weisen?

P. S: Hoffentlich finden Sie den Kerl, zu dem das Gesicht passt – es ist mein alter Mathelehrer, Oberstudienrat Hannes «Folterknecht» Pohlmann ...

Der bärtige Golfspieler

Michael Arlen

In London wird diese Geschichte von William Henry Boisregis erzählt, der tot ist.

Der verstorbene William Henry Boisregis war ein belieb-
ter Schauspieler und ein großer Schauspieler. Aber er
schminkte sich nicht. Er war ein Politiker.

Der Abgeordnete W. H. Boisregis, P. C., war begabt, sah
gut aus und war wohlhabend. Er besaß vor allem die Gabe,
sich bei seinen Mitmenschen beliebt zu machen, in reich-
lichstem Maße. Seine devote Ergebenheit gegenüber Vorgesetzten war geradezu unübertrefflich; er war Gleichgestell-
ten gegenüber stets charmant und liebenswürdig, während
Untergebene und Hunde ihn liebten. Selbst seine Frau, die
seit fünfundzwanzig Jahren mit ihm verheiratet war, musste
zugeben, dass er beträchtlichen Charme besaß. Aber sie
lehnte ihn trotzdem ab.

Hier muss gesagt werden, dass Mrs Boisregis ihren gefeierten Ehegatten aus moralischen Gründen ablehnte. In
dieser Beziehung stand sie allerdings ziemlich allein. Ihre
Freunde waren der Meinung, sie solle über dergleichen läss-
liche Sünden hinwegsehen, denn William Henrys politische
Moral war über jeden Tadel erhaben.

Von Boisregis sollte Mr Winston Churchill einmal mit
Worten, die weder sein edler Vater noch sein berühmter
Sohn hätten bestreiten oder übertreffen können, gesagt haben: «Geringere Staatsmänner, die sich die korrupte Nach-
lässigkeit erlauben, im Zusammenhang mit diesem Thema

(d. h. Indien) in so genannten liberalen Begriffen zu denken, würden ihrem Land einen besseren Dienst erweisen, wenn sie dem Beispiel dieses Ehrenwerten Mitglieds folgten, der lieber gar nicht denkt, anstatt nicht imperial zu denken.»

Mrs Boisregis lehnte ihren Gatten jedoch weiterhin aus moralischen Gründen ab. Sie war etwas altmodisch, und manche Leute behaupteten, ihre Hüte seien noch etwas scheußlicher als ihre Kostüme. Nun, sie hat seitdem allerdings auch einen Bischof geheiratet.

Tatsächlich erlag W. H. Boisregis nur allzu leicht dem Charme hübscher Frauen. Er hatte die Mädchen gern, und die Mädchen hatten ihn gern. Aber, wie die Leute so richtig sagten, was war schon dabei? War er ein großer Engländer? War er ein netter Kerl?

Es kann gesagt werden, dass William Henry Boisregis der populärste englische Minister war, wenn seine Partei gerade an der Regierung war, was immer vor oder nach großen Krisen der englischen Geschichte der Fall war. Diese Popularität erreichte ihren Höhepunkt während der italienisch-abessinischen Krise, als W. H. Boisregis anlässlich einer Versammlung zur Verteidigung der Rechte kleiner Nationen, die noch nicht von England geschluckt worden waren, sich die Freiheit herausnahm, Mr Mussolini den Rat zu geben, er möge sich zum Teufel scheren. Dieser Ratschlag wurde in Italien unfreundlich aufgenommen, wo die Zeitungen dem großen italienischen Volk seit Jahren klar gemacht hatten, dass Kraftausdrücke in der Diplomatie modernen Großmächten vorbehalten und ziemlich unangebracht seien, wenn eine verweichlichte Zivilisation wie England sich ihrer bediente. Mr Mussolini selbst sollte jedoch nur gelacht haben, als er von dieser Äußerung hörte, und der Vorfall endete mit einem gegenseitigen Austausch von Höflichkeiten.

Kurze Zeit später beging W. H. Boisregis unter recht eigenartigen Umständen Selbstmord.

Er hatte keine Feinde, er befand sich nicht in finanziellen Schwierigkeiten, er war einflussreich, er wurde geliebt und verehrt. Die Gerichtsverhandlung zur Klärung der näheren Umstände seines Todes brachte nicht das erhoffte Ergebnis. Schließlich blieb nur die Möglichkeit, dass der große W. H. Boisregis «in einem die freie Willensbestimmung ausschließenden Zustand krankhafter Störung der Geistestätigkeit» Selbstmord begangen hatte, oder einfacher gesagt: dass er aus irgendwelchen Gründen übergeschnappt war.

Diese Theorie klang umso glaubwürdiger, weil festgestellt worden war, dass der Tote einen hervorragend angepassten falschen Bart getragen hatte, als er am Bahndamm gefunden wurden, nachdem er sich aus einem fahrenden Zug gestürzt hatte. Hier ist hinzuzufügen, dass der Verstorbene bereits selbst einen grauen Schnurrbart getragen hatte, der ihm sehr gut stand.

Der erwähnte falsche Vollbart erregte beträchtliches Aufsehen und wurde eifrig, aber meistens ohne wirkliche Kenntnis der Tatsachen diskutiert. Die Zeitungen waren sich darüber einig, dass man von einem geheimnisvollen Fall sprechen konnte, wenn ein bekannter Politiker einen falschen Bart trug, während die Leute im Allgemeinen der Überzeugung waren, W. H. Boisregis habe auf völlig unenglische Weise Selbstmord begangen, obwohl bei seiner Leiche eine Tasche mit Golfschlägern gefunden worden war.

Derartige Verdächtigungen verstummten jedoch sofort, als bekannt wurde, dass Mrs Boisregis der Polizei erklärt hatte, ihr Gatte habe oft einen falschen Bart getragen, wenn er an Samstagen auf Golfplätzen trainierte. Er hatte festgestellt, dass er als Boisregis, der Kabinettminister, nervös und unsicher spielte. Aber sobald er einen falschen Bart trug und dadurch sein Aussehen veränderte, spielte er plötzlich unbeschwert und mindestens acht Schläge besser. Das war vielleicht gelogen, aber W. H. spielte tatsächlich mit Begeisterung Golf.

Mrs Boisregis hatte erklärt, dass ihr Gatte in den letzten Monaten vor der Tragödie nichts mehr genossen hatte, als auf irgendeinem abgelegenen Golfplatz auf dem Land zu spielen, wo er in der Gesellschaft Fremder dank seiner haarigen Verkleidung unbekümmert ein halbwegs gutes Spiel liefern konnte.

Einige Monate später unterhielt sich die Witwe mit einer Freundin und machte dabei eine seltsame Bemerkung. An dieser Stelle muss hinzugefügt werden, dass Mrs B. mit dem Gedanken spielte, den Bischof von Margate zu heiraten, der übrigens ebenfalls Golf spielte – aber natürlich ohne Bart. Dieses Vorhaben wurde auch verwirklicht; sie ist jetzt Mrs Cullingford.

Nun, als ihre Freundin sich erkundigte, wie sie den großen W. H. so rasch habe vergessen können, antwortete sie sinngemäß, das sei sogar kinderleicht gewesen, da sie fünfundzwanzig Jahre lang mit einem Mann ohne Gesicht verheiratet gewesen sei. Offenbar hatte der große Mann kein privates, sondern nur ein öffentliches Gesicht gehabt. Er wurde nur lebendig, wenn er schauspielerte, täuschte oder log – wenn er den netten Kerl spielte, den jeder so sympathisch fand.

Als sie gefragt wurde, ob W. H. Boisregis wohl aus alter Gewohnheit seine eigenen Lügen geglaubt habe, antwortete seine Witwe, das habe sie nie sicher feststellen können, aber sie halte es für sehr wahrscheinlich, weil er sonst kaum als Politiker Karriere gemacht hätte.

Nun, eine gewisse Mrs Anthony de Rhodes Jones wäre vielleicht imstande gewesen, Mrs. Boisregis eine interessante Mitteilung zu machen. Aber sie meldete sich nicht, auch bei der Gerichtsverhandlung nicht. Sie hatte einen guten Grund dafür. Sie wollte nicht, dass die Leute sie für verrückt hielten.

Mrs A. de R. Jones war die Tochter eines Admirals, und sie hatte den Sohn eines Vizeadmirals geheiratet. Dergleichen Ehen hat es schon früher gegeben, es wird sie auch in Zukunft geben, und das Resultat braucht durchaus nicht schlecht zu sein. Mr A. de R. Jones (der übrigens einen Backenbart trug) war jedoch kein Mann, mit dem es sich leicht leben ließ. Er befand sich ständig am Rande des Bankrotts, ein bedauerliches Leiden, das er mit größeren Mengen Cognac zwischen den Mahlzeiten zu lindern versuchte. Das brachte wiederum seinen Magen durcheinander, sodass seine Manieren immer weniger Ähnlichkeit mit einem englischen Gentleman hatten.

Zu dem Zeitpunkt, als Mrs A. de R. Jones dieses eigenartige und schreckliche Erlebnis hatte, führte sie gemeinsam mit der Tochter des Generalleutnants einen bescheidenen Hutsalon in einer ruhigen Seitenstraße von Knightsbridge.

An dem betreffenden Samstag stieg Mrs Jones unmittelbar nach dem Mittagessen in einen Zug nach Leicestershire, wo sie das Wochenende mit Freundinnen verbringen wollte. Zu ihrer Erleichterung hatte sie ein Abteil erster Klasse für sich – sie hielt sich strikt an gewisse Marinegewohnheiten, die sie sich eigentlich nicht mehr leisten konnte – und bereitete sich dort auf einen gemütlichen Nachmittag vor. Sie wollte einen Kriminalroman lesen, in dem bereits ein Finanzier und eine Maniküre auf geheimnisvolle Weise ermordet worden waren, ohne dass jemand ein Motiv dafür hätte angeben können, das der unbekannte Täter haben musste. Mrs Jones war entschlossen, sich auch nicht von dem Fremden, der ihr Abteil an einer kleinen Station bestieg, in ihrer Lektüre stören zu lassen, obwohl sie sich unwillkürlich fragte, weshalb er gerade in ihr Abteil gekommen war, wo es doch genügend leere gab.

Dieser Fremde war ein groß gewachsener, gut aussehender Mann von etwa fünfzig Jahren, dessen gepflegter Bart ihn durchaus nicht unsympathisch erscheinen ließ, obwohl die untere Gesichtshälfte davon bedeckt war. Aber Mrs Jones waren alle Gesichter gleich unsympathisch, bis sie endlich mehr über den erstochenen Finanzier und die gleichfalls erstochene Maniküre wusste, deren Kleidung sich in beträchtlicher Unordnung befunden hatte, was nach Scotland Yards Auffassung ein Beweis dafür war, dass sie die Unehre dem Tod vorgezogen und schließlich doch beides bekommen hatte.

Der bärtige Fremde warf seine Tasche mit Golfschlägern – eine alte große Ledertasche mit Deckel – ins Gepäcknetz und nahm in der Ecke gegenüber Mrs Jones Platz. Sie hatte das Gefühl, beobachtet zu werden, las aber trotzdem weiter. Als sie zufällig einmal aufsah, stellte sie fest, dass er in ihre Richtung lächelte. Sie las angewidert weiter. In der Mitte eines spannenden Kriminalromans von fremden Männern angelächelt zu werden, war fast zu viel.

«Mordgeschichte?», erkundigte sich der Fremde.

Mrs Jones las weiter.

«Kümmerliches Zeug», stellte der Bärtige fest. «Ich habe schon mehrere gelesen. Wirklich kümmerliches Zeug.»

Mrs Jones las weiter.

«Wenn Sie mir den Titel sagen», fuhr der Unbekannte fort, «kann ich Ihnen wahrscheinlich erzählen, wie es ausgeht. Dann brauchen Sie nicht weiterzulesen. Wie heißt es?»

Mrs A. de. R. Jones warf ihm einen wütenden Blick zu.

«Handbuch der Spargelzucht», antwortete sie erbittert.

«In England?», fragte der Mann mit dem Bart. «Hm, ein guter Titel – klingt spannend und erregend.»

«Darf ich weiterlesen, während Sie rauchen?» fragte Mrs Jones.

«Ich rauche nicht», sagte der Fremde.

Mrs Jones las weiter. Inzwischen hatte sich herausgestellt, dass der erstochene Finanzier einige Jahre lang seine Geliebte in einem äußerst luxuriösen Appartement in Blackpool ausgehalten hatte – falls das für einen Mann in seiner Position überhaupt möglich war.

«Gestatten Sie mir, Ihnen mitzuteilen», fuhr der bärtige Unbekannte fort, «dass ich Sie sehr viel mehr interessieren kann als diese dumme Mordgeschichte, die Sie da lesen.»

«Die ich zu lesen versuche», korrigierte Mrs Jones ihn erbittert.

«Vielleicht brauchen Sie eine Brille», schlug der Fremde höflich vor.

«Nein, im Augenblick habe ich Schwierigkeiten mit den Ohren, Sir.»

«Richtig, diese Züge sind wirklich zu laut. Aber wir haben von Morden gesprochen, Madam, und von Mördern . . . Normalerweise sind sie nicht sonderlich intelligent. Deshalb werden ihnen auch ihre eigenen Fehler zum Verhängnis. Nun möchte ich Ihnen mit Ihrer Erlaubnis schildern, wie ein intelligenter Mann einen Mord begehen und straflos bleiben könnte. Er würde nicht einmal verdächtigt. Hören Sie mir zu?»

Mrs A. de R. Jones klappte ihr Buch demonstrativ laut zu und warf dem bärtigen Fremden einen scharfen Blick zu. Dann lächelte sie. Er war so offenbar liebenswürdig, und seine blaugrauen Augen blitzten humorvoll. Er war so offenbar ein Mann von unbestreitbarer Autorität, der es gewöhnt war, dass andere ihn sympathisch fanden. Sein gepflegter Bart stand ihm ebenfalls gut. Sie fragte sich, wer er sein mochte, und entschied schließlich, er müsse ein Facharzt aus der Harley Street sein, der sich einen Spaß daraus machte, in seiner Freizeit auf liebenswürdige Weise den Narren zu spielen.

«Nun gut, meinetwegen», seufzte Mrs Jones.

«Stets zu Ihren Diensten, Madam», sagte der bärtige Unbekannte. «Meine Geschichte beginnt am besten damit, dass wir uns eine bekannte Gestalt des öffentlichen Lebens vorstellen: einen berühmten Schriftsteller, einen sportlichen Adligen, einen beliebten Arzt, einen erfolgreichen Politiker – irgendjemand, der im Rampenlicht steht. Ein Mann in solcher Position, der überall erkannt wird, wo er geht und steht, muss natürlich sehr vorsichtig sein.»

«Warum?«, fragte Mrs Jones.

«Warum?», wiederholte der Fremde lächelnd. «Nehmen wir einmal an, dieser Kerl wolle sich gelegentlich amüsieren. Nehmen wir einmal an, er habe gelegentlich gern etwas Spaß. Ich bitte Sie nicht, sich einen Fisch vorzustellen, Madam, sondern einen Mann. Hätten wir es mit einem Fisch zu tun, würde es gar nicht zu dieser Geschichte kommen. Nehmen wir weiterhin an, dieser berühmte Mann habe ein ... Darf ich fragen, ob Sie verheiratet sind, Madam?»

«Ja, vielen Dank», antwortete Mrs Jones.

«Wunderbar. Dieser Mann hat – oder hatte – ein Verhältnis. Aber er ist ein Mann, der seine Frau achtet und auf sie Rücksicht nimmt. Um nichts in der Welt würde er seine Frau dadurch herabsetzen, dass er sich in der Öffentlichkeit mit einer anderen, jüngeren und hübscheren Frau sehen ließe. Außerdem muss er auf seine eigene Position Rücksicht nehmen. Aber er hat nun eben seine kleine Schwächen.

Unter Berücksichtigung dieser Tatsachen ergeben sich ganz natürlich einige Schritte, die unser Mann unternehmen muss, um sicherzustellen, dass sein kleiner Zeitvertreib nicht bekannt wird. Nehmen wir einmal an, er habe eine junge Dame unter seine Fittiche genommen – aus Gründen, die in der guten Gesellschaft verpönt sind, obwohl sie im Grunde genommen keineswegs unnatürlich genannt zu werden verdienen. Wir dürfen nicht einmal voreilig annehmen, dass unser Mann einen anderen Grund für diese geheime Verbindung gehabt habe, als einfach den, dass er die Unterhaltung mit einem frischen jungen Menschen schätzte.

Er bringt diese junge Dame in einem hübschen kleinen Haus in einem Londoner Vorort unter und besucht sie nur einmal wöchentlich - manchmal nur jeden zweiten Samstag. Zurückhaltung, Madam, Zurückhaltung und Selbstbeherrschung sind wichtige Eigenschaften, mit deren Hilfe dieser Mann Karriere in seinem Beruf gemacht hat, den wir hier nicht zu erwähnen brauchen.

Aber mir fällt eben ein, dass ich den wichtigsten Punkt vergessen habe: Diese junge Dame kennt den wahren Namen ihres Beschützers nicht und hat keine Ahnung von seiner hervorragenden Stellung in der großen Welt.

Sie werden nun vielleicht einwenden, das sei unmöglich, ein so berühmter Mann müsse unweigerlich nach Zeitungsfotos erkannt werden. Madam, bei seinen gelegentlichen Besuchen im Hause dieser jungen Dame trug er einen Bart – vielleicht meinem ähnlich, aber mit dem Unterschied, dass seiner falsch war. Der beste Perückenmacher von London hatte diesen Bart angefertigt, und unser Mann brauchte an Samstagen, die dieser jungen Dame gewidmet sein sollten, mehr als eine Stunde, um den Bart so zu befestigen, dass eine Entdeckung ausgeschlossen war.

Ich will Ihre Intelligenz nicht durch die Behauptung beleidigen, das alles sei ihm möglich gewesen, ohne dass seine Frau oder sein Kammerdiener etwas davon merkten. Ganz im Gegenteil, seine Frau war selbstverständlich eingeweiht, und wenn es in ihrem verheirateten Leben – das leider nicht allzu glücklich gewesen war – etwas gab, was diese ehrwürdige Dame amüsierte, so war es die Tatsache, dass ihr Gatte die exzentrische Gewohnheit hatte, an einigen Samstagen einen falschen Bart anzulegen, um auf irgendeinem ländlichen Golfplatz zufrieden und unerkannt spielen zu können.

Sie erfuhr natürlich nie, dass der bärtige Ehemann, der sie

am Samstagmorgen mit seiner Tasche voll Golfschlägern verließ, in Wirklichkeit zu einem kleinen Haus in einem der nördlichen Vororte Londons unterwegs war, wo er den Tag verbringen würde. Nur gelegentlich verabschiedete er sich schon nach dem Mittagessen von der Bewohnerin dieses hübschen Hauses, fuhr mit dem Zug etwas weiter aufs Land hinaus und spielte auf einem nahe gelegenen Golfplatz zwei oder gar drei Runden.

Ich sehe, dass Sie überrascht sind, weil ich noch nichts von einem Mord gesagt habe. Aber dieses Problem tauchte natürlich erst eines Tages auf, an dem die junge Dame zufällig den wahren Namen und die hervorragende Stellung ihres Beschützers entdeckte.

Unser Freund stellte zu seiner Verblüffung fest, dass sie sehr wütend darüber war, so hinters Licht geführt und getäuscht worden zu sein. Nun, aber das war nicht alles. Ihre Wut und Enttäuschung nahmen sehr bald praktische Formen an: Sie erpresste ihn und forderte beträchtliche Summen. Unser ehrenwerter Gentleman war wohlhabend, aber er hatte auch zahlreiche Verpflichtungen. Seine Frau sah ebenfalls keinen Anlass, am Haushalt oder ihrer eigenen Person zu sparen, denn schließlich war sie die Gattin eines berühmten Mannes, nicht wahr?

Dann kam unweigerlich der Tag, an dem ihm klar wurde, dass die junge Dame beseitigt werden musste. Er fasste diesen Entschluss nur äußerst widerwillig, aber die Tatsachen ließen ihm keine andere Wahl. Dabei fiel ihm auf, dass sein Unterbewusstsein sofort mit diesem Plan gespielt haben musste, als die junge Dame seine Identität gelüftet hatte, denn er hatte sie weiterhin mit dem jetzt nutzlos gewordenen Bart besucht.

Ich möchte nun eine Einzelheit hinzufügen, die meinen Bericht in Ihren Augen realistischer oder unwahrscheinlicher wirken lassen muss. Unser Freund entschloss sich nur endgültig zu diesem Mord, weil die junge Dame an dem Tag, an dem sie ihr Wissen benützte, um ihn erstmals zu erpressen, eine kleine weiße Katze gekauft oder geschenkt bekommen hatte.

Unser berühmter Freund, der selbst Hunde vorzog, verabscheute Katzen nicht nur als Katzen, sondern verabscheute diese eine Katze doppelt und dreifach. Trotz ihres weißen Fells verwandelte sie sich in seinen Augen allmählich in ein Symbol der innersten Natur der jungen Dame, die ihm so zu schaffen machte. Und sie war wirklich ein rachsüchtiges kleines Biest.

Nachdem er seinen Plan gefasst hatte, betrat er eines Samstags wie gewöhnlich das hübsche kleine Haus. Die junge Dame hatte ein Dienstmädchen angestellt, aber dieses Mädchen fuhr samstags in aller Frühe zu seiner Mutter und kam am Sonntagmorgen zurück.

Unser würdiger Freund musste sein Mittagessen an diesem Samstag zu seinem großen Bedauern allein einnehmen. Aber das war unvermeidbar, denn die junge Dame, die mit etwas Chloroform behandelt worden war, lag nicht unbequem auf dem Küchenfußboden und hatte den Kopf im Gasofen. Aus diesem Grund gab es notwendigerweise nur kalte Küche.

Aber das hätte ihm vermutlich weniger ausgemacht, wenn die kleine weiße Katze nicht während dieses Mahls in einer Ecke des Wohnzimmers gesessen und ihn mit der eisigen Verachtung angestarrt hätte, die ihn abwechselnd an seine Frau und die Verstorbene in schlechtester Stimmung erinnerte. Schließlich näherte er sich dem Tierchen, indem er freundliche Geräusche zu machen versuchte, und wollte es mit einem Fußtritt hinausjagen. Aber die Katze nahm ihm diese Mühe ab; sie verschwand aus dem Zimmer und ließ sich nicht mehr blicken.

Er hatte einen Brief auf dem Schreibpapier geschrieben,

das die jungen Dame zu ihren Lebzeiten bevorzugt hatte, und er hatte dabei ihre Handschrift nachgeahmt, was nicht weiter schwierig gewesen war. Dieser Brief erklärte kurz – und hoffentlich rührend – , dass sie aus Einsamkeit Selbstmord begehen wolle.

Er ließ den Brief auf dem Tisch im Wohnzimmer zurück, wischte seine Fingerabdrücke sorgfältig ab, nahm seine Tasche mit den Golfschlägern auf und verließ das Haus durch die rückwärtige Tür, die von den benachbarten Häusern aus nicht einzusehen war.

Aber als er zum Bahnhof ging, machte er sich nicht weiter Gedanken darüber, ob allgemein bekannt war, dass die junge Dame gelegentlich einen bärtigen Besucher empfangen hatte. Erstens bezweifelte er, dass die Polizei sich mit einem einfachen Selbstmord dieser Art sonderlich gründlich befassen würde. Und zweitens war er in dieser Verkleidung nicht zu erkennen - nur seine Frau und sein Kammerdiener wussten, dass er gelegentlich einen falschen Bart trug –, und selbst wenn sie aus Zufall von einem obskuren Selbstmord in einem weit entfernten Vorort hören sollten, war es äußerst unwahrscheinlich, dass sie ihn damit in Verbindung bringen würden.»

Der bärtige Unbekannte lächelte.

«Nehmen wir einmal an, Madam, ich sei dieser Mann gewesen – ein Mann, der in einem Vorort den Zug besteigt, um irgendwohin zu fahren und Golf zu spielen. Ich würde heute Abend nach Hause zurückkehren – oder unser berühmter Freund würde nach Hause zurückkehren, nachdem er wie üblich seinen Bart in irgendeiner Bahnhofstoilette abgenommen hätte. Und das nenne ich einen intelligenten Mord, Madam.»

«Er könnte trotzdem aufgeklärt werden», behauptete Mrs Jones, «wenn die Polizei alle Hebel in Bewegung setzte, um den bärtigen Unbekannten zu finden.»

«Das habe ich mir bereits überlegt, Madam – während ich mir diese Geschichte ausgedacht habe. Ich bin der Auffassung, dass es unmöglich wäre, eine Verbindung zwischen dem Selbstmord der jungen Dame und unserem berühmten Freund herzustellen.»

«Noch etwas», sagte Mrs Jones mit schwacher Stimme. «Sie hätten auch die Katze umbringen müssen.»

Die blaugrauen Augen des bärtigen Fremden blinzelten humorvoll. Aber Mrs Jones achtete nicht darauf; sie starrte nur das Gepäcknetz über seinem Kopf an. Die roten Augen einer kleinen weißen Katze, die hinter der Tasche mit den Golfschlägern saß, beobachteten sie aufmerksam.

Der bärtige Fremde folgte ihrem Blick mit den Augen, aber von seinem Platz aus war nichts Ungewöhnliches zu sehen. Er wandte sich wieder Mrs Jones, und aus seinem Blick sprach Erstaunen über ihre sichtliche Erregung.

«Was gibt's, Madam? Man könnte glauben, Sie sähen ein Gespenst.»

Mrs Jones schickte ein stummes Stoßgebet zum Himmel und bat um Kraft, um nicht in Ohnmacht zu fallen. Konnte sie die Notbremse ziehen, bevor der Mörder über sie herfiel? Oder sollte sie in den Gang hinausstürzen und hoffen, dass im Nebenabteil jemand saß?

Der bärtige Fremde erhob sich langsam. Sie stieß einen leisen Schrei aus, wollte die Hand nach der Notbremse ausstecken und ließ sie doch wieder sinken, als er ihr einen liebenswürdigen fragenden Blick zuwarf, der sie förmlich lähmte. Er wollte sie offenbar keineswegs überfallen, sondern drehte sich um und betrachtete das Gepäcknetz über seinem Platz. Die Katze war inzwischen auf die Schlägertasche geklettert.

«Du kleines Biest», sagte der bärtige Fremde überraschend freundlich. «Du bist in meine Tasche geklettert, was?

Na, ich werde dich lehren, mir meine Geschichten zu verderben!»

Er wandte sich an Mrs Jones, die nun sicher wusste, dass sie in Ohnmacht fallen würde.

«Madam, darf ich diese Katze mit Ihrer Erlaubnis aus dem Fenster werfen?»

Er griff rasch nach der Katze, die sich jedoch fauchend in die entgegengesetzte Ecke des Gepäcknetzes zurückzog. Er lachte, schüttelte bedauernd den Kopf und sah zu Mrs Jones hinüber. Dann nahm er seine Tasche aus dem Netz, hielt sie unter dem Arm und blieb so vor Mrs Jones stehen, die sich erschrocken in die äußerste Ecke drückte.

Aber er schien keineswegs die Absicht zu haben, sie jetzt anzugreifen. Der letzte Ausdruck auf seinem gut geschnittenen Gesicht, an den sie sich deutlich erinnerte, war ein liebenswürdiges Bedauern darüber, dass Frauen solche Närrinnen waren, dass sie sich von derartigen Kleinigkeiten aus der Ruhe bringen ließen.

Sie musste vor Entsetzen die Augen geschlossen haben. Aber sie hörte seine Stimme ganz deutlich.

«Ich sehe, dass Sie nur darauf warten, die Notbremse ziehen zu können, Madam. Das wäre für einen Mann in meiner Position sehr peinlich. Weshalb geben Sie später nicht einfach vor, in diesem Abteil allein gewesen zu sein?»

Sie war einem Verrückten hilflos ausgeliefert. Sie wartete mit geschlossenen Augen auf den entsetzlichen Moment, in dem sie spüren würde, dass seine Hände sie berührten. Sie musste ohnmächtig geworden sein.

Aber der plötzliche Luftzug brachte sie wieder zu sich. Die Abteiltür schlug draußen gegen die Seitenwand des Wagens. Sie war allein. Ihr Entsetzen musste ihr ungeahnte Kräfte verliehen haben, denn sie brachte es irgendwie fertig, die Tür zuzuknallen. Dann sank sie auf ihrem Platz in der

Ecke zusammen und verbarg schwer atmend das Gesicht in den Händen.

Was sollte sie nur tun? Wenn sie jetzt die Notbremse zog, war sie die wichtigste Zeugin in einem schmutzigen Mordfall. Aber wer würde ihr überhaupt glauben? Und es ging bestimmt nicht mehr darum, einen Mörder seiner gerechten Strafe zuzuführen, denn kein Mann konnte diesen Sprung aus dem fahrenden Zug überlebt haben.

Sie öffnete die Augen und sah die weiße Katze auf dem gegenüberliegenden Platz sitzen. Mrs Jones fühlte sich nicht wohl. Sie wollte eben nach draußen, um die Toilette zu suchen, als eine stattliche Dame mit römischer Nase in der Tür zum Gang erschien. Sie warf Mrs Jones einen verächtlichen Blick zu, suchte das Abteil mit den Augen ab und rief dann: «Amelia!»

Die weiße Katze sprang sofort auf die Schulter der stattlichen Dame und wurde gestreichelt und abgeküsst. Ihre Besitzerin warf Mrs Jones einen strafenden Blick zu.

«Finden Sie nicht auch, dass Sie mir hätten sagen können, dass Amelia hier bei Ihnen ist? Sie muss hinausgeschlüpft sein, als ich geschlafen habe.»

«Aber», sagte Mrs Jones und fuhr zusammen, «ist das Ihre Katze?»

Die stattliche Dame mit der Römernase hielt es offenbar für unter ihrer Würde, die dummen Fragen dieses Frauenzimmers zu beantworten; sie schnaubte verächtlich und marschierte mit Amelia auf der Schulter davon.

Am nächsten Tag brachten die Sonntagszeitungen ausführliche Meldungen über den Selbstmord des Abgeordneten William Henry Boisregis. Anscheinend hatte niemand beobachtet, wie er sich aus dem Zug gestürzt hatte. Mrs Jones hatte ihren Freunden in Leicestershire, bei denen sie das Wochenende verbrachte, nichts von ihrem unheimlichen Erlebnis im Zug erzählt. Stattdessen hatte sie sich mit Kopfschmerzen entschuldigt und war zu Bett gegangen. Sie erzählte auch später nichts davon. Alles war zu idiotisch, zu fantastisch.

Wie konnte der große W. H. Boisregis ein Mörder sein? Und wie stand es mit der Katze der stattlichen Dame? Der arme Mann musste plötzlich den Verstand verloren haben, das war alles. Mrs Jones wollte nicht, dass die anderen sie ebenfalls für verrückt hielten.

Trotzdem las sie die Zeitungen am Montagmorgen besonders sorgfältig. Und sie glaubte, wirklich wahnsinnig werden zu müssen, als sie eine kurze Meldung las, in der berichtet wurde, das Dienstmädchen einer gewissen Miss Lucy Watson, die in einem der nördlichen Vororte Londons zurückgezogen gelebt hatte, habe seine Herrin in der Küche entdeckt, wo sie sich mit Gas das Leben genommen hatte. Die Polizei schien ein Verbrechen auszuschließen, legte jedoch gewissen Wert darauf, einen bärtigen Mann zu vernehmen, der die Verstorbene gelegentlich besucht hatte. Das Dienstmädchen hatte ihn nicht näher beschreiben können, da dieser Unbekannte stets nur samstags gekommen war, wenn es seinen freien Tag hatte. Offenbar war das Dienstmädchen zuerst von der Katze seiner Herrin auf die verschlossene Küchentür aufmerksam gemacht worden, weil das Tier ausgesperrt gewesen war und jämmerlich geschrien hatte.

Mrs Jones kaufte in höchster Eile noch mehrere andere Zeitungen, aber in keiner war die Katze beschrieben.

War William Henry Boisregis ein Mörder? Aber wie konnte er einer sein, wenn er nur wegen einer fremden Katze Selbstmord begangen hatte? Oder war er nur ein glänzender Lügner, der sich eingebildet hatte, eine seiner eigenen Lügengeschichten sei wirklich wahr? Hatte diese Einbildung ihn um den Verstand gebracht?

Mrs A. de R. Jones war in Gedanken unaufhörlich mit

dieser Sache beschäftigt. Sie konnte nicht mehr ruhig schlafen. Schließlich machte sie sich sogar die Mühe, mit dem
Dienstmädchen der verstorbenen Lucy Watson in Verbindung zu treten und festzustellen, dass es sich um eine kleine
weiße Katze von ungewöhnlich bösartigem Charakter gehandelt hatte. Miss Watson hatte sie Amelia gerufen.

Als Mrs Jones einige Zeit später als harmlose Geistes-
kranke in eine Anstalt eingewiesen wurde, war interessan-
terweise festzustellen, dass ihre Symptome vor allem daraus
bestanden, dass sie sich – meistens in aller Öffentlichkeit –
einbildete, sie sei eine erwürgte Maniküre mit derangierter
Kleidung.

Mitternachtsrodeo

Robert Vito

«Sie sind sehr anstrengend mit Ihrem Gehabe
eines siegreichen Rodeocowboys.»
Boris Vian, Ich werde auf eure Gräber spucken.

Natürlich hieß er gar nicht Don Surface. Nannte sich Nathan Prescott oder so, aus Hackensack, New Jersey. Aber das sagen sie alle.

Hier draußen stehen wir auf Rodeo. Könnte, wenn's nach uns geht – und bei uns ist noch weniger los als drüben in Cool, die mit zweihundertachtunddreißig Einwohnern ja auch nicht gerade von der Bevölkerungsexplosion gebeutelt werden – , jede Woche sein, ist aber nur einmal im Jahr. Die Wetten standen jedenfalls ungefähr siebzehn zu zehn, was drinnen gerade Thema war, als ich um kurz vor halb sechs – gerade noch Happy Hour Time – auf den Schotterparkplatz vor dem Prairie Moon Ballroom fuhr. Die Motorhaube von Tex Bonners Cadillac glänzte im Licht der sinkenden Nachmittagssonne wie der Rücken eines schwarzen Skorpions, und Duane und Butch waren auch schon da. Wir fahren hier fast alle Cadillacs, der eine oder andere auch einen Lincoln oder Chevy, Craig McLanahan noch immer seinen alten 73er Ford Econoline. Wir mögen keine Japsen-Mühlen. Kein Cadillac-Cowboy mag Japsen-Mühlen.

Danny Ray Dunsons Prairie Moon Ballroom ist alles in einem: Bar, Diner und Honkytonk zugleich. Sogar Alvin Crow hat hier mal gespielt. Alvin ist Texaner, einer von uns.

Keine Frage, dass wir stolz auf unsere Herkunft sind. Hier haben alle die gleichen Bumper-Sticker: «Rancers Are The Real Endangered Species», «Made In Texas By Texans», «Eat More Beef», «Don't Mess With Texas» und natürlich das obligatorische «Hank Rules». Mag sein, dass Hank Williams in Alabama geboren wurde, aber er wusste, was im Herzen eines Texaners vorgeht.

Butch hatte wohl die Tür im Auge gehabt, jedenfalls deutete er mit ausgestrecktem Zeigefinger auf mich, als ich hereinkam. Er trug wie immer seine Desert-Storm-Kappe, die er nicht mehr abgelegt hat, seit er Saddam gezeigt hat, wo der Hammer hängt, und stieß Duane in die Seite, der gerade in die Top 15 World Standings vertieft war. Über die Anlage lief Dwight Yoakam mit «Guitars, Cadillacs, and Hillbilly Music», und Tex nippte an seinem Whisky. Es sah nicht so aus, als wäre es sein erster heute. Ich legte meinen Stetson auf den Tresen, bestellte ein Lone Star und zog mir einen Barhocker heran.

«Dan Mortenson holt keiner mehr ein», sagte Butch und tippte mit einem grabsteingroßen Fingernagel auf seine Ausgabe der *Pro Rodeo Sports News*, die so aussah, als hätte er damit stundenlang Fliegen gejagt. «Der Junge hat Nerven. Brauchte zu den Finals gar nicht mehr aufzutauchen. Aber das wird er sich trotzdem nicht entgehen lassen.»

«Ich hab ihn drüben in Fort Worth gesehen», sagte Tex in seiner üblichen schleppenden Art, während er sich über seinen pechschwarzen Schnauzer strich. «Bob Erbauer hatte nicht den Hauch einer Chance, an seine Punktzahl ranzukommen.»

«Klingt vielleicht hart, aber Bob hat seine besten Zeiten hinter sich», sagte Duane. «Aber wer weiß, wie lange sich dieser Montana-Bengel noch hält. Steigt einmal falsch ab, muss die halbe Saison sausen lassen, und dann ist es auf einmal verdammt schwierig, wieder Anschluss zu finden.»

Das mit dem Montana-Bengel hätte er sich sparen können. Es gibt jede Menge guter Bronc-Rider, und mal kommt der Champ aus Oklahoma, mal aus Montana und mal aus Texas. Mit die Besten kommen aus den North Plains, speziell aus South Dakota und Wyoming – auch wenn der Hole-In-The-Wall-Saloon in Kaycee inzwischen schon länger ohne Deke Latham auskommen muss. Aber Texas stellt nun schon seit Jahren den All-Around-Cowboy, und das ist schließlich der Titel, auf den es ankommt. Trotzdem hatte Duane nicht ganz Unrecht. Beim Rodeo kann von einem Tag auf den anderen alles vorbei sein. Als ehemaliger Profi konnte er ein ziemlich unmelodiöses Lied davon singen.

«Ihr wisst doch, wie's damals in Cheyenne war. Okay, zugegeben, ich hatte am Abend vorher mit diesen beiden Stahlarbeitern die Biervorräte im Hitching Post Saloon niedergemacht. Kamen aus Loveland, Colorado, die Jungs, aber das hatte nichts damit zu tun.» Jeder im Ort hatte die Geschichte tausendmal gehört, aber es war Duanes Geschichte, und wenn ein Mann ein Recht hat, dann das Recht, seine Geschichte zu erzählen. «Es war ein braunweißer Schecke, ‹Crazy Mary› hieß das Biest, und ich hatte dieses Scheißgefühl schon in der Box, bevor sie das Gatter öffneten. Auf jeden Fall schießt der Gaul in die Arena, bockt, als hätten sie ihm Satan persönlich auf den Rücken gesetzt, ich geh in die Luft wie eine verdammte Cruise Missile, und als ich wieder auf die Bestie lande, denk ich, ein Granatwerfer wär in meiner Wrangler explodiert. Ich seh nur noch weiße Blitze vor meinen Augen, und als das Biest mich wirft, knalle ich direkt gegen die Bande – Mittelfußknochen dreimal gebrochen, und damit hat sie mich für immer aus dem Circuit befördert.»

Es gibt hunderte von Cowboys, die mit ähnlichen Geschichten aufwarten können. Aber bei Duane war es nicht nur der Mittelfußknochen. Er redet nie davon, aber Sally-

Ann hat es schon vor der Scheidung überall herumposaunt. Crazy Mary hatte ihm ihr Monogramm in die Eier gestanzt, und danach kriegte er einfach keinen mehr hoch, da konnte SallyAnn anstellen, was sie wollte. Und sie stellt es weiß Gott nicht schlecht an, so viel darf man sagen.

«Das kannst du drehn und wenden, wie du willst, Duane, diese Mary war ein echter Outlaw», sagte Butch. «Das sind genau die Biester, mit denen man Punkte macht.»

Duane sah ihn nur an, mit Augen, die an das Ende einer doppelläufigen Abgesägten erinnerten. «He, LouAnne, gieß noch einen Doppelten nach», rief er dann, während er seinen Hintern auf dem Barhocker zurechtrückte.

«Immer, Sugar Daddy», sage LouAnne vom anderen Ende des Tresens, wo sie gerade damit beschäftigt war, ihre Fingernägel zu feilen. Sie sieht ein bisschen aus wie Reba und arbeitet halbtags in Baines' Beauty Parlor auf der Main Street, gleich hinter Harry Jorgensons Eisenwarenladen – eines der wenigen Luxusetablissements, die sich unser Ort leistet. LouAnne hat Danny Ray geheiratet, als sie sechzehn war.

«Wenn du als Cowboy geboren bist, musst du gewinnen», sagte Tex. «Schau dir Ty Murray an. Gerade mal fünfundzwanzig, und er ist drauf und dran, den Rekord von Larry Mahan zu brechen.»

»Du hast Tom Ferguson vergessen», sagte ich.

«Okay, Tom Ferguson», sagte Tex gedehnt, «gar keine Frage. Aber ich will auf etwas anderes hinaus. Tom ist 'ne Legende, Larry Mahan auch. Das waren Buckaroos, wie es sie nie wieder geben wird, und Legende ist Legende, das kannst du nicht in noch so harten Dollars aufwiegen. Mit Ty ist das was anderes. Keine Frage, er hat mehr Geld gemacht als Tom und Larry zusammen. Trotzdem, mit ihm ist es wie mit Garth Brooks. Hank Williams hätte ein Jahr lang alle Honkytonks von ganz Texas abklappern können, bis er die

Leute zusammengehabt hätte, mit denen Garth ein Stadion füllt. Aber hat Garth jemals so was wie ‹I'm So Lonesome I Could Cry› geschrieben? Hat er nicht, und deshalb ist Hank die Legende und Garth am Arsch, verstehst du?»

Mit Hank Williams ist das so eine Sache. Er hat mal hier bei uns gespielt, genau hier im Prairie Moon Ballroom, im Mai 1952, als wir alle noch gar nicht geboren waren. Danny Rays Vater war damals noch ein junger Bursche – dreiundzwanzig Jahre später hat dann sein Herz ausgesetzt, in einem Stripjoint in Dallas, bei einem *private dance* mit einer drallen Puertoricanerin, deren Schenkel wohl so etwas wie Erstickungsanfälle bei ihm ausgelöst haben müssen. An diesem Frühsommerabend spielte Hank alles, was sie wollten, von »Your Cheatin' Heart» bis «Jambalaya», und bei «Hey, Good Lookin'» hat er Sue Ellen Liebermann – Butchs Mutter – bis auf den Grund ihrer Augen geschaut, wie sie heute noch erzählt. Aber dann passierte noch etwas anderes. Denn bei Audrey Jean Foley setzten plötzlich die Wehen ein – «Cold Cold Heart» muss einfach zu viel für sie gewesen sein. Danny Rays Dad und Earl Hancock und Harry Foley und die anderen standen herum, ohne zu wissen, was sie tun sollten, die paar anwesenden Mädchen konnten sich zu keiner Entscheidung durchringen, und Doc Montgomery, der achtzehn Meilen weiter wohnte, musste irgendwo auf Krankenbesuch sein, weil ums Verrecken keiner ans Telefon ging. Als Hank mitbekam, was da unten vor seinen Augen vor sich ging, unterbrach er den Set, rief nach heißem Wasser, einer Schüssel und ein paar frischen Handtüchern, und zwanzig Minuten später wurde Audrey Jeans von Krämpfen geschüttelter, schweißüberströmter Körper auf dem bierflaschen- und zigarettenübersäten Boden des Prairie Moon Ballroom – der alte Brennan hat sogar behauptet, nachher beim Aufräumen ein *Noppenkondom* gefunden zu haben – eines siebeneinhalb Monate alten, knapp fünfeinhalb Pfund schweren Jungen entbunden, den Hank persönlich in eine zerschlissene Pferdedecke aus dem Kofferraum seines weißen Cadillacs wickelte, bevor er wieder auf die Bühne ging. «May You Never Be Alone» war das Stück, mit dem er seinen Set fortsetzte.

Als Hank am nächsten Morgen fortfuhr, schenkte er Audrey Jean sein Bolo-Tie – «für den Jungen», wie er sagte. Es war eine Silberbrosche, die von zwei Lederbändern gehalten wurde und zwei gekreuzte Winchester zeigte, unter denen sich das Wort «Southbound» durchschlängelte. Er strich Audrey Jean über die feuchten Wangen und sah sie lange an, bevor er ging. Keiner von uns hat ihn je wieder gesehen.

Hank starb knapp sieben Monate später, am Neujahrstag 1953, auf dem Weg zu einem Gig in Canton, Ohio. Ein siebzehnjähriger Bursche namens Charles Carr sollte ihn in seinem Cadillac von Knoxville, Tennessee, hoch nach Norden fahren. Hank, der an einer nie behandelten *spina bifida occulta* litt und seit langem mit Lähmungserscheinungen zu kämpfen hatte, hatte sich zwei Morphiumspritzen gedrückt, und im Wagen spülte er eine Hand voll Chloralhydrattabletten mit dem letzten Wodka aus seinem Flachmann hinunter. Als Carr in Rutledge, Tennessee, von einem Patrolman namens Swann Kitts wegen Geschwindigkeitsüberschreitung angehalten wurde, sah Hank schon ziemlich tot aus, auch wenn Carr erklärte, dass er nur seinen Rausch ausschlief. Doch als Carr später in Oak Hill, West Virginia, an einer Pure-Oil- Tankstelle hielt, um nach dem Weg zu fragen, brauchte er nicht erst Hanks Puls zu fühlen, um zu wissen, was los war. In Hanks Hand fand sich ein letzter Songtext, den er während seiner Fahrt in die weißen Nebel geschrieben hatte: «*We met, we lived and dear we loved, then comes that fatal day, the love that felt so dear fades far away. Tonight love hathe one alone and lonesome, all that I could sing, I love you still and always will, but that's the poison we have to pay.*»

Die offizielle Todesursache lautete auf Herzversagen; Hank Williams, der größte Songwriter seiner Generation, war keine dreißig Jahre alt geworden. Aber wie sich später herausstellte, war Charlie Carr nicht der einzige Mitfahrer in Hanks Cadillac gewesen. In Bluefield, West Virginia, wo sie auf der Suche nach einem Arzt angehalten hatten, war ein etwa dreißigjähriger Mann zugestiegen, der Charlie Carr für hundert Dollar beim Fahren ablöste. Bei der Polizei von Oak Hill gab er seinen Namen mit Donald Surface an. Und sie ließen ihn gehen – als ob es jemals jemanden mit so einem Namen gegeben hätte. Patrolman Howard Jamey hakte einfach nicht weiter nach. Er warf nicht mal einen Blick in seine Papiere, und am nächsten Morgen wusste er wahrscheinlich nicht mal mehr, ob es sich um einen Weißen oder Schwarzen gehandelt hatte. Jamey vergaß einfach, wer der Tote war. Danach verschwand Donald Surface für immer.

Wir haben Hank nie vergessen.

Wir hätten Don Surface niemals gehen lassen.

Und dieser Name, er quält mich. Manchmal wache ich nachts auf, diesen Donner in meinen Ohren, wie eine gewaltige Brandung, die über mir zusammenschlägt, dunkel und dräuend wie der Schaum vor den Lefzen eines tollwütigen Mastinos, Tosen, das sich in kalten Gängen bricht, bis diese tausendmal verhassten Silben an die Oberfläche brechen. Surface, hallt es, Surface, Surface, bis ich dann merke, dass es nur Bettys Atem ist.

Es kam mir vor, als hätte ich hundert Jahre lang geträumt, als Butch mir mit seiner Pranke auf die Schulter schlug. «Mann, wo wir gerade von Hank reden . . .»

Das brachte diese eine Saite zum Klingen. Und ich hatte mich schon gewundert, dass sie den Jungen mit keinem Wort erwähnten.

Wir hatten an Danny Rays Tresen gesessen, schlechte Witze gerissen («Was passiert, wenn man Patsy Cline klont? Dann kann sie ‹I Fall To Pieces› noch mal so gut singen.»), zwischendurch ein paar Dan-Blocker-Gedenkminuten eingelegt (der einzige echte Cowboy, den *Bonanza* je hatte) und uns über Doug Volds 95-Punkte-Ritt auf «Transport» 1979 in Saskatchewan ausgelassen, als der Junge hereinkam. Er war etwa achtundzwanzig, sah aus wie ein Model für Herrenunterwäsche und trug ein kanariengelbes Sakko über einem dunkelblauen Baumwollhemd – wie sich später herausstellte, war er Vertreter für einen Krawattenhersteller in Hammond, Louisiana. Er stellte sich zu uns an die Theke, schenkte LouAnne sein bestes Gewinnerlächeln und bestellte ein Chicken-Sandwich und ein Budweiser. Lou Anne zapfte ihm ein Lone Star.

Ich wusste dass alles entschieden war, als ich Tex ansah. Tex' Blick schweifte zu Duane, dessen Pupillen tiefer waren als ein ins Eis gehacktes Loch in der Beringsee, und Butch grinste, als er sich zu dem Jungen umdrehte. «Lange Reise, Don?»

Der Kanarienvogel warf einen unsicheren Blick herüber, als wüsste er nicht genau, wer gemeint war, bevor er nach kaum merklichem Zögern antwortete. «Unterwegs nach Nacoqdoches. Brauchte mal 'nen kleinen Happen zwischendurch . . .

«Kann nie schaden.» Duane hielt in seiner Lektüre der *Cowboy Sports News* inne. «Ob Deb Greenough es dieses Jahr wieder packt?»

«Sieht nicht so gut aus», sagte der Junge. «Marvin Garrett liegt vorn. Trotzdem, mit ein bisschen Glück könnte er's schaffen.»

«He», sagte Duane, während sich sein Gesicht für einen Moment aufhellte, «der Mann hat Ahnung. Deb wird das Feld von hinten aufrollen. Das war schon immer die beste Position.»

«Schon möglich», sagte Tex. «Obwohl Deb inzwischen ein bisschen alt ist.»

«Würd ich nicht so sehen», sagte der Junge und zog eine Augenbraue nach oben. «Die Erfahrung macht's – das ist bei Pferden und Ladys das Gleiche.»

Tex pfiff durch die Zähne. «So mag ich's auch. Gut abgehangen.» Er warf einen Blick zu LouAnne hinüber, die sich im Spiegel schöne Augen machte.

Der Junge grinste. «Ich dachte eher an schön durchgeritten.»

«Nacoqdoches, ja?», sagte Butch und streckte die Hand aus. «Butch Liebermann.»

«Brent Cheever.» Er ergriff Butchs Hand und schüttelte sie. «Wie geht's?»

«Erzähl keinen Scheiß, Don», sagte Butch und schüttelte den Kopf. «Das hört sich ja an wie aus einem Peggy-Mitchell-Roman. Da könntest du dich auch gleich Rhett Butler nennen.»

«Ashley», sagte Tex.

«Hören Sie», sagte der Junge, der jetzt leicht verwirrt aussah, «Sie müssen mich mit irgendjemandem verwechseln.»

«Kein Problem, Don», sagte Duane. «Als ob das nicht jedem mal passieren würde.»

«Ich weiß nicht, was du damit sagen willst, Duane», sagte Butch. «Ich werd ja wohl schließlich noch denjenigen erkennen, den ich mit meinen eigenen Augen sehe.»

«Wenn du dir sicher bist», sagte Duane.

«Das bin ich», sagte Butch. «Und weißt du, was ich mich frage? Ich frage mich, was der Sheriff dazu zu sagen hat.»

Ich stieg vom Barhocker, die Rechte leicht auf den Revolvergriff an meiner Hüfte gestützt. «Wir müssen das überprüfen», sagte ich, während ich aus dem Augenwinkel sah, wie Tex uns im Halbkreis umrundete, um ihm den Weg zur Tür abzuschneiden. «Sie haben das Recht, die Aussage zu verweigern. Alles, was Sie sagen, kann gegen Sie verwendet werden. Sie haben das Recht auf einen Anwalt. Wenn Sie sich keinen Anwalt leisten können, wird Ihnen einer zur Verfügung gestellt ...

Natürlich hatte er kein Recht auf einen Anwalt. Keiner von ihnen hatte je ein Recht darauf gehabt. Er regte sich dermaßen auf, dass ich ihn mit dem Nightstick beruhigen musste. Die Platzwunde an der Wange sah ungut aus, und das Sakko hätte nicht mal mehr die Altkleidersammlung genommen. Wenigstens war er jetzt still, blickte mich nur aus untertassengroßen, verstörten Augen an, als ich ihn, die Arme mit Handschellen auf den Rücken gefesselt, nach draußen brachte und in den Wagen stieß. Beim Hinausgehen hörte ich noch, dass LouAnne ein Johnny-Horton-Tape eingelegt hatte.

Der Bursche vom letzten Jahr hatte sich Nathan Prescott genannt. Hackensack, New Jersey. Mein Gott. Da hätte er sich schon etwas Besseres einfallen lassen müssen.

Im Office ging ich erst mal seine Sachen durch. So viel war es gar nicht. Eine halb leere Packung PallMall, eine hundsteure Cutler-&-Cross-Sonnenbrille im dunkelblauen Lederetui, Autoschlüssel mit einem leicht verkratzten Toyota-Anhänger und ein kleiner Abreißblock, der bis auf eine hingekritzelte Telefonnummer allerdings noch jungfräulich war. In seiner Brieftasche fanden sich Automatenfotos von einer scheu lächelnden Brünetten mit fliehendem Kinn und zwei Jungs im Vorschulalter, denen jemand kurz vorher einen frischen Bürstenhaarschnitt verpasst haben musste, drei Tankquittungen aus College Station, Texas, Beaumont, Texas und Opelousas, Louisiana, fünf verschiedene Kreditkarten sowie vierundsiebzig Dollar Bargeld, die ich zusammengerollt in meine Brusttasche steckte. Er sah mir stumm zu, wie ich Ausweis und Führerschein studierte. Sein Angstschweiß hing wie Buttersäure im Raum. Brent Cheever, geboren 12. 4. 1965 in Eunice, Louisiana. Er war keiner von uns, so viel stand fest. Und der Mensch stirbt wie das Vieh, wie es stirbt, so stirbt er auch.

«Hören Sie», sagte er, «ich verstehe nicht, was das alles mit diesem Don auf sich hat. Sie brauchen doch nur einen Blick in meinen Ausweis . . .»»

«Jetzt hörst du mal gut zu, mein Freund», sagte ich. «Mein Name ist Hank Foley, und es ist mir ziemlich gleich, was euch drüben in Louisiana zum Lachen bringt. Allein diese gefälschten Papiere reichen, um dich für ein paar lange Monate dahin zu schicken, wo die Zeit mit Kalendern gemessen wird.» Ich riss seinen Führerschein in der Mitte durch und warf ihn in den Papierkorb. «Wir können uns die ganze Prozedur ersparen, wenn . . .

Hinter mir fiel die Officetür ins Schloss. Billys blutunterlaufene Augen sprachen Bände. Er trinkt einfach zu viel, seit er mit Darlene verheiratet ist.

«Hank, Man», sagte Billy. «Musste eben mal 'nen Hamburger reindrücken. Was steht an?» Er warf einen Blick zu dem Jungen herüber. «He, ich verwette meine Gürtelschnalle, wenn ich dieses Gesicht nicht schon mal irgendwo gesehen habe.»

«Du weißt, wie lange wir ihn schon suchen, Bill», sagte ich. «Behauptet, er wäre aus Hammond, Louisiana, und versucht, mich hier mit irgendwelchen Fantasienamen abzuspeisen, die ich sonst nur aus Disney-Filmen kenne.» Ich wandte mich wieder an den Jungen. «Aber ich habe die Lügen satt. Wir lassen hier draußen 'ne Menge durchgehen, und ich drücke auch schon mal beide Augen zu, wenn jemand den Schulbus überholt, weil er's gerade eilig hat, aber bei Mord halten wir uns genau an das, was es sogar hier bei uns in Lost Highway seit ein paar hundert Jahren gibt. Das Gesetz.»

Es war wie bei allen anderen. Der Junge starrte mich an,

als hätte ich ihm gerade eröffnet, dass seine Frau von einem mexikanischen Waschraumwärter schwanger war, dann meinte er, uns lautstark über Rechte und Telefonate und Anwälte aufklären zu müssen. Billy machte sich bereits an dem Spind zu schaffen, wo wir den Gummischlauch aufbewahren.

Ich ging rüber zur Diamond-Shamrock-Tankstelle auf der anderen Straßenseite, kaufte zwei Packungen Marlboro und trank zwei Dosen Texas Pride mit Dave Duckworth, der froh war, dass ihm jemand Gesellschaft leistete. Er erzählte mir von Bobby, seinem Jungen, der beim Nachwuchsrodeo in Mineral Wells den zweiten Platz gemacht hatte. Brad Keefer tankte für sechs Dollar und nahm sich ein Truthahnsandwich mit. Sonst lag die Straße wie tot in der Nachmittagssonne. Ein leichter Wind fegte über den Asphalt.

Billy war zusammen mit Butch und Frank Wahl bei der 24. Infanterie – Frank ist sechs Meilen vor Kuwait City auf eine Splittermine getreten und mit oberhalb der Knie abgerissenen Beinen im Sand verblutet. Die Army hatte Billy unter großen Kosten zum Verhörexperten ausgebildet und ihn von einer psychologischen Schulung zur anderen geschickt, aber als er dann drüben war, konnte er das mit der Psychologie ganz schnell vergessen – wie will man all die mühsam erlernten Feinheiten anwenden, wenn der Feind nicht mal drei Silben deiner Sprache beherrscht? Und es ist unvorstellbar, was man alles mit einem Telefon, ein paar Meter Isolierdraht und zwei Krokodilsklemmen anfangen kann. Man muss dafür kein Fernmeldetechniker sein.

Billy hat nicht viel gelernt im Leben, was ja nichts heißt, wenn man sonst einen geradlinigen Charakter hat. Als ich wieder ins Office kam, blätterte Billy in einem zerfledderten Louis-L'Amour-Paperback. Hinten, wo die beiden Zellen liegen, war alles still.

«Donald Surface», sagte Billy. «Er hat gestanden.»

Ich sagte ihm, dass er die Füße vom Schreibtisch nehmen sollte.

Es waren sechs Meilen bis zum Memorial Hill.

Butch fuhr den Cadillac. Ich saß auf dem Beifahrersitz, Tex und Duane hinten. Über die Anlage lief «George Jones Salutes Hank Williams», und während Duane den Flachmann kreisen ließ, gab Tex wie üblich Anekdoten zum Besten. «Ihr wisst ja, George war damals in dritter Ehe verheiratet, mit Tammy Wynette. Und George war am Ende, er wusste, dass er dabei war, sich mit dem ganzen Fusel das Hirn wegzusaufen, dass er drauf und dran war, sich total zu ruinieren. Auf jeden Fall sagte George zu Tammy, sie soll alles Flüssige im Haus in die Spüle kippen, die Garage abschließen und für ein paar Tage zu ihrer Mutter fahren, weil er sich trockenlegen will, keinen Brandy, keinen Whisky, kein Bier, gar nichts mehr, wie in 'ner privaten Ausnüchterungszelle. Und Tammy macht genau, was er ihr sagt, schließt alles ab und lässt ihn dort oben in der Einöde sitzen, ohne einen einzigen verdammten Tropfen, und George hat nicht mal seinen Cadillac, um irgendwo Sprit holen zu können.»

«Der alte George», sagte Butch mit Blick in den Rückspiegel. «Das Opossum haben sie ihn damals genannt.»

«Na ja», sagte Tex, «sie haben George achtundvierzig Stunden später am Highway aufgegriffen, so dermaßen voll, dass er 'nen Einarmigen für 'nen Staubsauger gehalten hätte. Er hatte sich ein bisschen im Garten umgesehen. Und danach ist er die sechzehn Meilen zum nächsten Liquor Store mit dem Rasenmäher gefahren.»

Als wir ankamen, lief gerade «I Can't Help it». Nichts gegen George, aber eigentlich ist Hanks Version mehr mein Fall. Ich weiß nicht, wie oft ich mit Betty dazu getanzt habe. *I can't help it, if I'm still in love with you.*

Auf dem Weg zum Baum kamen mir Lorna Keen und Penelope Ann Karlson entgegen, die sich schwer als Rodeo Queens herausgeputzt hatten. Lorna trug ein T-Shirt mit dem Aufdruck «Wrangler Butts Drive Me Nuts», Penelope Ann eines mit den Lettern «Never Mind The Horse – Ride The Cowboy». Sie versuchten, ihr Gekicher für einen Moment zu unterdrücken, als sie an mir vorbeikamen. Mit siebzehn hat man noch eine Menge zu tuscheln.

Danny Ray machte den Clown für die Kinder, die mit glühenden Augen verfolgten, wie er auf seine Quadratlatschen trat und bäuchlings in den Staub fiel. Er rappelte sich auf, fischte seinen löchrigen Stetson vom Boden und tat so, als wollte er eines von ihnen fangen. Kreischend stoben sie auseinander, als er, die Maske unbewegt, hinter ihnen herstolperte. Wobei er beinahe mit Don Surface zusammengestoßen wäre, der von Billy und Tex durch die Menge geführt wurde.

Als sich unsere Blicke trafen, rückte ich mein Bolo-Tie zurecht.

Southbound.

Ich musste an meine Mutter denken. An Audrey Jean Foley, die auf den schmutzigen Holzplanken des Prairie Moon Ballroom einem winzigen Bündel das Leben geschenkt hatte. Und an Hank, der dieses Leben überhaupt erst möglich gemacht hatte. Eigentlich hätte das Baby nach seinem Vater benannt werden sollen. Aber nach dem, was geschehen war, gab es keine große Wahl.

Sie nannten ihn Hank.

Als das Sternenbanner gehisst wurde, traten mir Tränen in die Augen. Der treuäugige Braune, der Don zum Baum bringen sollte, schnaubte unruhig, als das «Star Spangled Banner» erscholl; vor zehn Jahren war er als «Lubbock Lunatic» berüchtigt gewesen, bis Duane Henderson ihn für immer gebrochen hatte. Funkenregen stob vom Himmel, als bei der Zeile, in der vom roten Glanz der Raketen die Rede ist, das Feuerwerk abgeschossen wurde. Bereits jetzt war das eine oder andere Yee-Haw zu hören. Ein paar Männer hatten ihre Hüte abgenommen, als John Waynes Stimme, untermalt von «God Bless America», die Nacht durchdrang und all das in einem Satz zusammenfasste, was es über unser Land zu sagen gibt: «Ihr fragt mich, warum ich es liebe», hallte die Stimme des Duke durch die Lautsprecher. «Und ich nenne euch eine Million Gründe.»

Ich wusste nicht, was Billy mit Don angestellt hatte, jedenfalls sprach er kein Wort, als er auf den Braunen gesetzt und zum Baum geführt wurde.

Spanisches Moos hing wie Hexenhaar von den Ästen. Vom stärksten der Äste, der vielleicht den doppelten Durchmesser von Tex' Oberarm hatte, baumelte die Schlinge, die sich wie ein Pendel einer Uhr im Nachtwind bewegte.

Mitternachtsrodeo.

Sie legten die Schlinge um seinen Hals und zogen sie fest. Er war kein gewöhnlicher Viehdieb, mit dem man kurzen und schmerzlosen Prozess machte. Billy hatte ihn gewogen, damit es möglichst lang dauerte. Bei dem vom letzten Jahr hatte es sechzehn Minuten gedauert.

Aus dem Augenwinkel sah ich Lorna, die Craig McLanahan umschlang und ihren Unterleib an seine Oberschenkel presste.

Dons Blick schweifte über die Menge. Egal, was er in ihren Augen suchte, Gnade war nicht darunter. Das Weinen eines Babys drang zu mir herüber.

«Also los, Cowboy!», rief Billy und ließ seinen Stetson mit aller Gewalt auf die hintere Flanke des Braunen niedergehen. Die Schlinge riss Don nach hinten, während er vergeblich darauf wartete, in den rettenden Staub zu stürzen.

Ich erinnerte mich daran, was Duane mal nach einem Bullenritt mit einer fünfzehn Zentimeter langen Risswunde im

Oberschenkel und vierfachem Rippenbruch gesagt hatte. «Es tut verdammt weh, aber, zur Hölle, es bringt auch nichts, wenn du darüber in Tränen ausbrichst.»

Die Saison war vorbei.

Als ich mich abwandte, spürte ich eine schwere Hand auf meiner Schulter.

Es war Butch.

Er sah mir kurz in die Augen, als hätte er etwas in ihnen verloren. Dann stellte er mir die Frage, die er mir jedes Jahr wieder stellt.

«He, Mann», sagte er. «Bist du sicher, dass Hank es genauso gemacht hätte?»

Ich hob die Schultern.

Sicher kann man es schließlich nie genau wissen.

Abgehakt

Uwe Rhiem

«Ja, wir kommen raus. Es kann allerdings ein Stündchen dauern. Bis gleich.» Schäfer legte den Hörer wieder auf. Das hatte ihm gerade noch gefehlt. Freitagmittag, kurz vor Dienstschluss. Und jetzt noch ein Leichenfund an der Talsperre. Spaziergänger hatten am Ufer eine Leiche entdeckt, die an der Wasseroberfläche trieb.

Herbert Schäfer, Kriminalhauptkommissar und stellvertretender Leiter des Kriminalkommissariats 1, war seit mehr als zwanzig Jahren für die Todesermittlungen im Landkreis Düren zuständig. Damit hatte er, verglichen mit seinen Amtsbrüdern in den Großstädten, einen relativ ruhigen Job. Bei den Leichen, die ihm im Laufe der Jahre so «über den Weg liefen», handelte es sich meist um alte Menschen, die in ihrem eigenen Bett friedlich ins Jenseits geschlummert waren. Da gab es für ihn normalerweise kaum etwas zu tun.

Anders sah es aus, wenn irgendwo in Wald und Feld – oder wie diesmal im Wasser – ein Toter «auftauchte». Das bedeutete für Schäfer jedes Mal ziemlich viel Arbeit. Wer war der oder die Tote? Wo kam er oder sie her? Und letztendlich die Frage: Warum war er oder sie überhaupt tot?

Die Leiche konnte man nur schwerlich befragen. Aber dennoch hatte Schäfer es bislang immer geschafft, die Todesumstände einigermaßen schlüssig aufzudröseln und die Akte, die jedes Mal angelegt wurde, mit dem Vermerk «Erledigt!» zu schließen.

Seit etwa vier Jahren war er jedoch nicht mehr ganz davon

überzeugt, alle Todesfälle restlos aufgeklärt zu haben. Zweimal im Jahr hatte er es mit erschreckender Regelmäßigkeit mit ertrunkenen Sportanglern im Rur-Stausee zu tun. Es waren stets erfahrene Angler, die den See in- und auswendig kannten, die mal vom Ufer und mal vom Ruderboot den riesigen Hechten nachstellten. Ihre leblosen Körper wiesen niemals auch nur die geringsten Spuren von Fremdeinwirkung auf. Sie waren weder erschossen noch erstochen, erwürgt oder sonstwie malträtiert worden. Einfach nur ertrunken.

Schäfer fuhr also mit seinem Dienstwagen nach Schwammenauel. Unterhalb eines großen Parkplatzes befand sich das Gelände des Segelclubs, und genau dort zwischen den Bootsstegen trieb eine mausetote, blaugrau angelaufene, vom Wasser stark aufgedunsene Leiche neben der «Blue Nose», einem etwa acht Meter langen Kajütsegelboot.

Aufgrund der Bekleidung des Toten ahnte Schäfer sofort, dass es sich auch diesmal wieder um einen abgesoffenen Petrijünger handelte. Derbe olivfarbene Thermobekleidung, Trekkingstiefel – vermutlich hatte auch irgendein Hut dazu gehört, der nun irgendwo im See trieb. Die Umstände waren die gleichen wie auch bei den anderen Fischern. Keine Anzeichen von Fremdeinwirkung. Das Boot hatte man etwas weiter entfernt gekentert am Ufer gefunden, und die Obduktion würde vermutlich auch diesmal wieder ergeben, dass dieser etwa sechzigjährige, übergewichtige Mann zweifelsfrei ertrunken war.

Damit hätte Schäfer wieder eine Akte mit dem Vermerk «Erledigt» weglegen können.

Aber irgendetwas sagte ihm, dass diese Häufung ertrunkener Angler nicht einfach nur auf Zufällen basieren konnte. Da steckte mehr dahinter.

Schäfer hatte den im Wasser lebenden Schuppentieren eigentlich nie etwas abgewinnen können. Er aß weder besonders gerne Fisch noch hatte er ein Aquarium zu Hause stehen. Allein seine angeborene Neugier trieb ihn dazu, sich für einen Kurs zur Vorbereitung auf die Sportfischerprüfung anzumelden. Nach diesem Lehrgang hatte er die anschließende Prüfung ohne auch nur einen einzigen Fehlerpunkt bestanden und war nun nach Zahlung einer Gebühr stolzer Inhaber eines Jahres-Fischereischeines. Er las neuerdings Anglerzeitschriften und suchte in Kneipen die Bekanntschaft anderer Angler. Etwa ein halbes Jahr nach der letzten Wasserleiche erwarb er in einem Anglergeschäft eine Monatskarte, die ihn zum Fischen im Rursee berechtigte.

Ausgestattet mit zwei einfachen Angelruten, die er samt Zubehör bei einem Polen auf dem Trödelmarkt günstig erworben hatte, sah man Schäfer nun immer öfter am steinigen Ufer sitzen. Er selbst verspürte seit dieser Zeit das Gefühl, wieder zurück zur Natur gefunden zu haben.

An einem verregneten Septembermorgen bekam er in der Dämmerung Besuch an seinem Angelplatz. Ein junger Mann mit Mountainbike hielt neben ihm an. Der Mensch sah merkwürdig aus. Eine schlanke, fast schon als dürr zu bezeichnende Gestalt, lang, sicherlich an die zwei Meter. Und diese Gestalt radelte auf einem viel zu kleinen Bike mit 26-Zoll-Rädern durch die Gegend. Fettiges Haar, in Strähnen an den Kopf geklebt und zu einem ungekonnten Pferdeschwanz zusammengebunden, ein von Aknenarben übersätes knochiges Gesicht mit vorstehenden Schneidezähnen und spärlich sprießendem Schnauzbart. Irgendwie ähnelte der Kerl einer Ratte. Er schob einen Kaugummi im Mund hin und her und fixierte Schäfer eine Zeit lang unverhohlen. Dann sprach er ihn an. Einfach so, ohne sich vorher wenigstens ein «Guten Morgen» abzuringen.

«Finden Sie das in Ordnung?»

«Was meinen Sie denn?»

«Na, ist doch wohl klar! Hier Tiere zu quälen, nur damit Sie Ihren Spaß haben!»

«Ich quäle keine Tiere, und Spaß am Töten habe ich nicht unbedingt.»

«Dann lassen Sie doch den Quatsch. Glauben Sie vielleicht, der Wurm mit dem Sie angeln, findet das besonders lustig, einen spitzen Haken bei lebendigem Leib durch den Körper gebohrt zu kriegen? Und das alles nur, damit ein Fisch diesen Wurm isst und dann den immer noch spitzen Haken unter noch größeren Schmerzen in den Hals gerammt bekommt. Dann ziehen Sie den Fisch aus dem Wasser, er ist schwer verletzt und schnappt panisch nach Luft, die er aber nur durch seine Kiemen im Wasser bekommen kann. Wenn er dann Glück hat, schlagen Sie ihm mit einem Knüppel auf den Kopf und erlösen ihn von seinen Qualen, die Sie selbst ihm zugefügt haben. Das ist doch wohl pervers!»

«Nun mach mal halblang, mein Junge.» Schäfer begann wütend zu werden.

«Ich bin nicht Ihr Junge! Mit Mördern wie Ihnen will ich nichts zu tun haben.»

«Mörder? Du spinnst wohl. Ein Fisch ist schließlich nur ein Fisch und dazu bestimmt, entweder von einem größeren Fisch oder von Menschen gegessen zu werden.»

«Kein Lebewesen ist dazu bestimmt, von einem anderen gegessen zu werden. Das haben die Menschen erfunden, und nun quälen, töten und essen sie tote Lebewesen. Sie stehlen den Hühnern die Eier, sie rauben den Schafen ihre Wolle und lassen sich von Pferden durch die Gegend tragen. Das alles, ohne die Tiere zu fragen, ob das denn überhaupt irgendwie Spaß macht. Hunde werden ihrer Freiheit beraubt, indem man sie anleint, Fische und Vögel werden in unseren Wohnungen gehalten und eingesperrt, obwohl sie gar nichts verbrochen haben. Fliegen und Mücken werden erschlagen, weil sie einen Teil unseres Lebensraumes für sich beanspruchen wollen. Kühen wird die Milch gestohlen, die sie eigentlich nur produzieren, um damit ihre Kälber zu ernähren. Und dann kommen die Angler und Jäger und wollen angeblich die Natur und die Umwelt schützen, indem sie Tiere brutal abschlachten.»

«Weißt du was?» Schäfer war inzwischen richtig sauer geworden. «Du hast ein Problem. Du gehörst wahrscheinlich in die Klapsmühle. Am besten machst du ganz schnell, das du hier verschwindest. Fahr aber mit deinem Fahrrad keinen Käfer tot, sonst kommst du in die Hölle!»

Die Ratte zeigte ihm den ausgestreckten Mittelfinger und bestieg wieder sein Fahrrad. «Pass bloß auf, dass du nicht zur Hölle fährst, Opa!» Er trat in die Pedale und rollte davon. Schäfer war wieder allein mit seinen Würmern, Maden und der Natur um ihn herum.

Er fing an diesem Tag nicht einen einzigen Fisch, was ihm auch recht war. Schließlich mochte er die Viecher nicht. Zumindest nicht gebraten, gedünstet oder sonstwie zubereitet auf seinem Teller. Wenn er mal etwas fing, verschenkte er die Fische immer an Nachbarn oder Kollegen, die sich jedes Mal über diese Delikatessen freuten. Für Herbert Schäfer war das Angeln nach kurzer Zeit zu einem wirklichen Sport geworden. Zwar wurden seine Muskeln durch diese Tätigkeit nicht sonderlich gestählt, und auch der Kreislauf profitierte nicht unbedingt vom stundenlangen Rumsitzen. Aber sein Nervenkostüm wurde nach und nach immer stabiler. Am See in der Natur konnte er so richtig abschalten. Er war – was sonst im richtigen Leben eigentlich nie vorkam – ganz für sich allein. Wenn nicht gerade so ein bekloppter Veganer mit seinen Sprüchen um die Ecke kam und ihm sein neu entdecktes Hobby zu verleiden versuchte.

Der Radfahrer hatte sich Schäfers Gesicht genau eingeprägt. Ein rücksichtsloser Tierquäler. Aber auch der würde schon sehr bald ruhiger werden. Er wusste zwar, dass er einen aussichtslosen Kampf führte, aber er hatte nun einmal seinen Teil zur Weltverbesserung beizutragen. Jeder hatte seine Aufgabe. Deshalb hatte er auch vor sechs Jahren seinen Tauchschein gemacht und war seitdem hin und wieder im Rursee unterwegs, um diesen unbelehrbaren Fischkillern ein bisschen auf die Finger zu klopfen. Dieser alte Knabe war wieder einmal ein Paradebeispiel dafür, wie sich Menschen als Herren über Leben und Tod aufspielen. Er würde ihm eine Lektion erteilen, die er nie wieder vergessen würde. Nicht heute . . . nicht morgen . . . Er hatte Zeit.

Schäfer wurde nun immer häufiger an seinem Stammplatz am See gesehen. Da er weder Frau noch Kind oder Hund hatte, kam ihm sein neues Hobby gerade recht, um sich schon einmal auf seinen in vier Monaten anstehenden Ruhestand vorzubereiten.

Sport war Schäfer von jeher ein Gräuel gewesen. Aber Angeln oder Schach spielen waren schließlich auch anerkannte Sportarten, nur eben nicht mit so viel Bewegung verbunden wie Fußball spielen, Joggen oder gar Rad fahren. Quasi wie geschaffen für ältere Beamte.

Im Winter war es Schäfer zu kalt am See. Da zog er es vor in seiner Freizeit zu Hause am Kachelofen zu sitzen und bei einer Flasche trockenen Rotweins zu lesen oder manchmal sogar aus dem Büro mitgebrachte Akten zu bearbeiten. Schließlich würde der 31. März sein letzter Arbeitstag sein und er hatte nicht vor, seinem Nachfolger einen Haufen unerledigter Arbeit zu hinterlassen.

Die meisten Fischarten hatten ohnehin eine Schonzeit, die erst im April endete. Es galt, den Fischen eine Phase während der Frühlingswochen zu sichern, während der sie sich, ungestört von Anglern, mit der Produktion von Nachwuchs beschäftigen konnten.

Nach den Osterfeiertagen zog es Schäfer wieder zum Wasser. Inzwischen hatte er sich mit einem anderen Angler zusammen ein gebrauchtes Ruderboot gekauft, das beide nun abwechselnd zum Angeln benutzten. Das Angeln vom Ufer aus behielt Schäfer zwar gelegentlich bei, im Boot aber hatte er eher noch die Ruhe, die er suchte. Außerdem konnte er damit die besten Angelplätze viel bequemer erreichen.

Das Boot war nicht gerade ein Schmuckstück. Der schwerfällige Rumpf aus Eisenblech rostete an vielen Stellen seit Jahren vor sich hin. Aber immerhin bot es Platz für zwei Personen und war mit angeschweißten Halterungen für die Angelruten und für einen großen Regenschirm ausgestattet. Einen Anker suchte man vergeblich. Um den Kahn auf dem See an Ort und Stelle zu halten gab es mehrere Betonklötze mit Metallösen und dazu gehörenden Seilen. Die wurden auf den Gewässergrund hinabgesenkt und verhinderten ein Abtreiben des Bootes. Schwere alte Holzpaddel sorgten für die Fortbewegung, sodass die Angeltouren per Boot nun wirklich als Kräfte zehrende sportliche Leistung bezeichnet werden konnten.

Ausgestattet mit zwei nagelneuen Raubfischruten mit entsprechend starken Schnüren und einem voll gepackten Rucksack mit Verpflegung stach Schäfer schließlich am Abend nach Pfingstmontag in See. Am Pfingstwochenende hätte er eigentlich auch Lust dazu gehabt, wollte aber «seinen» See nicht mit den vielen Seglern teilen, die vorzugsweise an solchen Tagen ihrem Hobby frönten und sich in mehr oder minder kostspieligen Segelbooten vom Wind übers Wasser pusten ließen. Diesmal wollte er die ganz großen Fische fangen. Viele Fotos in Angelzeitschriften zeigten wahre Rekordhechte, die im Rursee gefangen worden waren. Einmal einen solchen Fisch an der Angel zu haben, war wohl der Traum jedes Anglers.

Etwa dreißig Meter vor einer felsigen Landzunge senkte Schäfer einen der Betonklötze ins Wasser und warf die Angel aus. Als Köder hatte er jeweils ein totes Rotauge auf dem Drillingshaken mit Stahlvorfach aufgezogen. Die Rotaugen hatte er ein paar Tage vorher selbst gefangen und bis heute in der Tiefkühltruhe aufbewahrt.

Die im Rursee heimischen Raubfische, die Hechte und die Zander, waren meist in der Dämmerung aktiv. Deshalb hatte Schäfer sich entschlossen, in der Abenddämmerung sein Glück auf diese Räuber zu versuchen. Anschließend wollte er in seinem Thermoschlafsack ein paar Stunden im Boot schlafen, um dann noch vor Sonnenaufgang erneut seine Köder auszuwerfen.

Am Abend hatte er kein Glück. Ständig kreuzten kleine Segeljollen in «seinem» Revier umher. Auf einem etwas größeren Boot wurde ausgelassen gefeiert. An Ruhe war nicht zu denken. Schäfer legte zwei Angeln mit dicken Tauwürmern an den Haken aus. Vielleicht würde sich der eine oder andere Aal dadurch animiert fühlen, seinen Hunger zu stillen. An den Rutenspitzen befestigte er hell klingende Glöckchen, die ihn im Falle eines Erfolges wecken würden. Dann kuschelte Schäfer sich in seinen Schlafsack und döste ein.

Beim ersten Morgengrauen wurde er von laut quakenden Enten geweckt. Sofort macht er die beiden Raubfischruten fertig und warf sie mit weitem Schwung aus.

Nun hieß es wieder warten, warten, warten.

Auf dem Wasser war es in der Nacht zu dieser Jahreszeit noch empfindlich kalt. Der Schlafsack hatte die aufsteigende Feuchtigkeit aus dem See in sich aufgenommen, und Schäfer fühlte sich in seinen klammen Klamotten unwohl. Ein Tee aus der Thermoskanne brachte auch nicht die gewünschte

Wärme von innen. Nach der langen Nacht war er nicht einmal mehr lauwarm. Während Schäfer zum Frühstück auf hoher See seine zweite Frikadelle verspeiste, zupfte es an einer der beiden Angelruten. Die Rutenspitze neigte sich leicht nach unten. Sofort war Schäfer hellwach.

Da tat sich was!

Plötzlich bog sich die Rute mit einem Schlag bedrohlich weit nach unten. Gut, dass Schäfer sie in einem der angeschweißten Rutenhalter fest eingespannt hatte, sonst wäre sie über Bord gegangen. Die Bremse seiner Stationärrolle gab laut surrend die Schnur frei. Schäfer warf vor Aufregung die angebissene Frikadelle ins Wasser und kurbelte nun mit voller Kraft an der Angel. Bei diesem «Drill» ging es darum, den Fisch müde zu machen. Es würde ein ständiges Heranholen und wieder Freigeben werden, bis das Tier endlich ermattet ins Boot gezogen werden könnte. Nach dem zweiten Durchgang fuhr Schäfer der Schreck in seine nun überhaupt nicht mehr klammen Glieder. Er hatte den Fisch schon bis auf höchstens zehn Meter an sein Boot herangedrillt, als er plötzlich Luftbläschen bemerkte, die wie an einer Perlenkette aufgezogen immer näher mit der straff gespannten Angelschnur an sein Boot herankamen.

Fische geben keine Luftblasen ab. Das wusste Schäfer genau. Also war dort unten irgendetwas an seiner Angel, das Luft zum Atmen brauchte. In diesem Augenblick wurde ihm klar, dass dort unter der Wasseroberfläche der Angler-Terminator lauerte.

Und er sollte sein nächstes Opfer sein. Wäre die Angel nicht fest in der Halterung befestigt, würde es gerade einmal einen kräftigen Ruck erfordern, um Schäfer mit ihr ins Wasser zu ziehen. Aber so sah die Sache etwas anders aus. Das Boot mochte zwar unhandlich und alt sein, aber der flache, breite Bootskörper war so konstruiert, dass man den Kahn von außen her nicht zum Kentern bringen konnte.

Schäfer löste erneut die Bremse, und sofort zog der «Fisch» wieder nach unten. In dieser Zeit holte Schäfer die zweite Angel ein und löste das Rotauge vom Drillingshaken. Die Luftblasen waren aus seinem Blickfeld verschwunden. Schäfer sah sich erregt um.

Da! Auf der anderen Seite des Bootes konnte er wieder den Weg des Tauchers verfolgen. Er war unter dem Boot durchgetaucht und zog immer noch wie besessen an der Schnur.

Schäfer warf die zweite Angel aus, etwa zehn Meter hinter die Luftblasen. Nun kurbelte er abwechselnd an beiden Angeln. Als er die unbeköderte Angel zum dritten Mal bediente, spürte er beim Einholen der Schnur einen leichten Widerstand. Er setzte einen perfekten Anhieb und hatte ihn an der Angel. Nun bogen sich beide Ruten fast bis zur Wasseroberfläche. Weil der Angreifer zwischenzeitlich unter dem Boot durchgetaucht war, zog er jetzt unbewusst von beiden Seiten gleichzeitig. Das Boot lag stabil auf dem Wasser.

Schäfer wusste, dass der Drillingshaken der zweiten Angel sich tief in etwas hineingebohrt haben musste. Gleichgültig, ob es nun ein Neoprenanzug war oder der Kiefer eines Fisches. Das Verbindungsstück zwischen Haken und Angelschnur war aus geflochtenem Stahldraht. Er zog stärker an der ersten Angel, worauf im selben Moment die Schnurspannung an der zweiten nachließ. Dann gab er die Schnur der zweiten Rute frei, worauf sie sofort gänzlich erschlaffte. Er trennte die Schnur mit seinem Messer und band einen der im Boot liegenden, gut dreißig Kilo schweren Betonklötze mit einem unlösbaren Knoten an das freie Ende. Mit einiger Mühe hob er den schweren Klotz auf den Bootsrand und versetzte ihm einen leichten Schubs in Richtung Wasser. Gleichzeitig fuhr er herum und schnitt auch die Schnur der zweiten Angel durch. Die Rute schnellte von ihrer Last befreit nach oben, und es war wieder Ruhe im Boot.

Unter ihm war die Situation wesentlich dramatischer. Die bislang in gleichmäßigen Schüben aufsteigenden Luftblasen wurden plötzlich zu einem wilden Brodeln, als wenn unter Wasser ein Geysir seine Tätigkeit aufgenommen hätte. Da hatte jemand ein Problem. Zu schade auch, dass man ein Stahlvorfach nicht einfach so mit einem Tauchermesser durchneiden konnte. Schäfer wartete noch eine Weile. Die Luftblasen waren mittlerweile immer weniger geworden. Eine einzige große Luftblase kam nach einigen Sekunden nach oben. Dann war es totenstill. Schäfer wusste, dass die letzte Blase eine Ansammlung von Restluft aus der Lunge des Tauchers gewesen war.

Mit einem Lächeln auf den Lippen ruderte Schäfer später zurück zum Ufer. Er hatte das Gefühl, dass ihm die sportliche Betätigung wirklich gut getan hatte. Die Müdigkeit der vergangenen Nacht war von ihm abgefallen, und er fühlte sich gestählt und frisch. Ab sofort würden seine Angelkollegen wieder eines natürlichen Todes sterben.

Angelschnur verrottet sehr langsam. Irgendwann einmal könnte es sein, dass die Reste eines Taucheranzuges irgendwo im See auftauchten. Den Inhalt würden dann aber längst die Fische und andere Wasserbewohner gefressen haben, die sich nur selten Gedanken darüber machten, dass es sich bei ihrem Futter um andere Lebewesen handelte.

J. B. Cool und der Tor des Monats

Jürgen Alberts

An diesem Aprilmorgen stand es 3:1 im Spiel Schmuddelwetter gegen Hang-over. Der letzte Rausch hing noch in meinen gesunden Zellen. Ein bitterer Mix aus Limonade, Angostura, Tabasco und frischem Sambal machte mich gehfähig. Hirngestürm, Blitz in dösendes Gedärm. Na ja, es zuckte jedenfalls.

Als ich beide Augen offen trug, sah ich einen Mann vor meiner Haustür, der durchtrainiert, fit, sonnengebräunt und depressiv war. Sollen ja schlimm dran sein, diese schlimmen Jogger, wenn ihnen nach fünfzehn Kilometern die Zehen schmerzen.

Der Mann murmelte. Düster. Düster.

«Wie kann das nur angehen?» Murmel, Murmel. «Wie kann das nur angehen?»

Privatdetektive sind in der Lage, jedem zu helfen, nur nicht Ministerpräsidenten, Ministranten und Murmlern. Ich schleppte den sportlichen Durchgänger in mein Büro.

«Wie kann das nur angehen?» Als hätte er die letzte Rille einer Schallplatte verschluckt.

«Theo, kennst du den Mann?» Mein kochender Watson in Schieflage. Trauer muss mein Zenker tragen. Ihm war sein Frühstücksomelett derart misslungen, dass zwei seiner drei Gourmetsterne von der Kochmütze abgefallen sind. Pling Plong.

«Mensch, J. B.», lallte er, «du hast auch gar keine Ahnung. Das ist ein Fußballer, schau auf seinen rechten Treter, der kommt von unseren Antipo . . .»

«Woher?»

«Australien. Spitzname Papaya oder so was.»

Am Tiefstand der Flasche konnte ich Theos Zustand abmessen. So weit gesunken, so hoch betrunken.

«Und was will er von mir?», fragte ich eindringlich wie Aspirin.

Theo Zenker starrte vor mich hin.

Um kein Gran weiser kehrte ich in mein Büro zurück.

Der Antipo murmelte noch immer.

Ich holte eine Spielzeugpistole aus meinem Waffenreservoir, Schreibtisch unten rechts, und zielte auf ihn. Er hob die Arme.

«Ich war es nicht. Bestimmt nicht.»

«Raus mit der Sprache, Herr Papaya oder so was.»

«Ich kann nichts dafür.»

«Wofür?»

«Dafür.»

«Wofür?»

Schneller Dialog, was? Kann einem bei schwindlig werden.

«Für den Tabellenplatz.»

«Wie heißt der mit Vornamen?»

«Zwölf», antwortete der Australier, «zwölfter Tabellenplatz. Wie kann das nur angehen. Alles Schuld des Trainers.»

«Aha», schloss ich schärfer als Gütersloh, «am Trainer liegt es also.» Der Tabellenstand des SV Werder war jämmerlich, um nicht zu sagen peinlich, um nicht deutlicher zu werden, beschissen, und auf gar keinen Fall larmoyant, er war zum Kotzen. Zehn Siege, zehn Spiele Remis, zehn Niederlagen. Weltklasse? Provinzgekicke! Von dem portugiesischen Tritt in die Weichteile ganz zu schweigen.

«Der Trainer, aha», griff ich den verknoteten Faden wieder auf, «und was macht der falsch?»

«Die Mannschaft ist gut drauf. Wir versuchen alles. Auch hintenrum. Aber der Trainer . . .»

Nun sind Ausreden ja beliebt. Noch mehr als Aussitzen. Jeder halbwegs intelligente Staatsrat kennt mehr als hundert Ausreden und Sexualverbrecher mit einem IQ über 90 ebenso.

«Vielleicht will der Trainer weg von uns, hat die Schnauze voll, hat eine neue Geliebte, will ein paar Millionen mehr aufs Konto schaufeln, im Ausland sollen sie enorme Summen für ihn bieten, vielleicht will er den Vorstand mit einem Abstieg erpressen. Seit Wochen spekulieren wir schon.»

Wie gesprächig dieser murmelnde Antipo jetzt war.

«Und was soll ich dabei?» Diese Frage muss ein Privatdetektiv stellen, weil sonst kein Auftrag zustande kommt.

«Sie müssen herausfinden, was mit unserem Trainer los ist. Warum der uns mit verkehrter Taktik aufs Spielfeld schickt. Warum er die Mannschaft falsch aufstellt. Was weiß ich?»

«Und das weiß ich erst», entgegne ich diesem depressiven Gejammere, «nachher. Soll ich noch herausfinden, warum der Ball rund ist?»

Da kicken ein paar Goldjungs sich was zusammen und suchen einen Sündenbock. Aus ihrer Portokasse. Der Auftrag stank, schlimmer als die Westentasche des Hafensenators. Ich akzeptierte, im Interesse der Hansestadt und weil Theo monatlich Butter auf den Stollen schmieren will. Den Antipo schickte ich zum Training, nachdem wir Maulhalten vereinbart hatten, gab noch ein paar gute Hinweise, lange Pässe, schnelles Spiel, direkt aufs Tor halten, und lehnte mich zurück.

Wie kann man einer Mannschaft helfen, die von Spieltag zu Spieltag abrutscht? Gibt es ein Anti-Abstiegs-Allheilmittel? Theo kam rein. Hatte wie immer alles mitgehört.

«J. B., das ist eine der härtesten Nüsse, die wir je auf dem Tisch hatten. Du musst den Vorschlaghammer auspacken.»

Ich fürchtete um meinen wackeligen Schreibbock, aber gab meinem duhnen Chefkoch Recht. Wie konnten wir unbemerkt dem Trainer auf die Schliche kommen?

Wei-du-weih, sagt die Chinesin. Ich weiß allerdings nicht, was das bedeuten soll. Und die Loreley kämmt verbissen ihr Haar. Wir grübelten den ganzen Tag. Über die Frage: Warum gerade im Frühjahr so viele Frauen an uns vorbeisehen?

Kurz vor der Tagesschau klingelte es.

Windstärke 12.

Langsam erhob sich Theo. Wieder ernüchtert von der Bilanz eines langen Denkprozesses.

Wir waren der Überraschung nicht gewachsen.

Der Trainer.

Und sein Manager.

Letzterer weiß wie Löschkalk. Er hatte gerade in der Presse von seinem Doppelpass mit zwei Gemeindiensten lesen müssen. Jugendsünde, Ehrenmann. Oooh, sah dieser Mann bleich aus. Ooooder war er doch vom KGB geschickt worden?

Der Trainer ging zum Angriff über.

«Mr Cool, Gefahr im Verzuge! Notstand! Alle Pläne torpediert und versenkt, Alarm! Sie müssen den Querschützen ausfindig machen.»

Ich nickte.

Stand der Querschütze nicht vor mir? Selbstanzeige, Eigenlob. Kerzengerade wie ein Feldwebel, ohne auf meinem dreibeinigen blauen Schafsessel Platz zu nehmen. Vertrauen ist gut, Vorwärtsmarschieren besser.

«Wir haben einen Verräter in den eigenen Reihen, einen Groschenjungen, einen billigen Nutter, wahrscheinlich gekauft.»

Er schien nicht seinen Manager zu meinen, der nervös in sieben verschiedene Richtungen schaute, auch aus dem

Fenster. Niemand da. Er fand die von Theo kunstvoll in einer Plastikblume versteckte Abhöranlage und schwieg.

«Wie kommen Sie denn gerade auf mich und meine Detektei?» Jeder braucht seine Streicheleinheiten.

«Der Bürgermeister hat Sie empfohlen. Sollen die Weser zurückgeholt haben! Respekt, Respekt!! Wissen sicher auch, wer für das schäbige Spiel der Mannschaft zuständig ist. Hamburger wahrscheinlich, wollen der Schwesterstadt eins in die Schuhe kacken!»

Nun muss ich gestehen, dass ich vom Fußball so viel Ahnung besitze, dass ich weiß, drei Ecken ein Elfmeter. Die Abseitsfalle halte ich für einen besonders raffinierten Trick der Modeindustrie, wenn gar nichts mehr hilft.

Ich wandte ein, dass man sofort Verdacht schöpfen werde, wenn ich bei der Mannschaft auftauche. Nicht nur wegen meiner Unkenntnis, sondern auch weil ich nach drei Liegestützen vier Träger und eine Bahre benötige.

«Papperlapapp, Ausreden», unterbrach mit der Trainer, «alles schon im Visier. Alter Kumpel von mir, Ruhrpottschläger, jetzt Trainerschule, wollen Manöver inspizieren. Reicht als Tarnung.»

«Als Legende», warf der Manager ein.

Ich nahm den beiden die Zusage ab, dass ich keinen Ball zu berühren brauchte und auch nicht sechsundzwanzigmal ums Stadion wetzen musste. Bezahlung war super. Nach dem Championscup war die Mannschaft zwar ehrlos, aber reich. Nun hatten wir zwei Auftraggeber für den gleichen Fall und null Komma fünf Ahnung, wie wir ihn anpacken konnten.

Am liebsten hätte ich Theo mit der ganzen Recherche beauftragt und mich im Süden Europas mit Sand, Wellen und Sonnenstrahlen beschäftigt, aber mein Assistent lag unterm Küchentisch. Sturztrunk. Von irischen Getränken gefällt. Er schnarchte so laut, dass das Überfallkommando gegenüber in Alarmbereitschaft gesetzt wurde. Seit in der Hansestadt, aufgrund der knappen Kassen, Schnarchen mit hohen Geldbußen bestraft wurde, konnte die Kulturbehörde aufatmen. Mit der Schnarchsteuer wurden einige der schlimmsten Kulturlöcher subventioniert. Nur das Freiraumtheater blieb geschlossen.

«Finden Sie den Verräter», hatte der Manager mir zugeraunt. Immer noch sah ich sein blasses Gesicht vor mir. Ob er nachts von einem russischen Vampir ausgesaugt wurde?

Die Überraschung war natürlich groß, als ich beim nächsten Training auftauchte. Insbesondere der Australier, Mister Papaya oder so, bekam einen knallroten Kopf, als mich der Trainer als seinen Kumpel vorstellte, der mal vor dem Examen ein bisschen Gefechtslärm schnuppern wolle. Sobald sich eine Gelegenheit bot, nahm mich der sonnengebräunte Depri beiseite.

«Das hätten Sie mir sagen müssen», schimpfte er so leise wie Liechtenstein.

«Was denn?», fragte ich lauter als Luxemburg zurück.

«Dass Sie ein Kumpel . . .»

«Ach, Quatsch, Tarnung, alles Tarnung, olivgraugrünbraun mit ein paar Tupfern Schwarz.»

Ich sah, dass der Trainer uns argwöhnisch mit dem Feldstecher beobachtete, der Australier sah mich, wie ich zum Trainer sah, und wir beide sahen, dass wir nicht mehr zusammenkamen.

Das Training war so hart, dass ich schon vom Zusehen Muskelkater bekam, Schweißausbrüche inklusive. Ein Schwächeanfall wurde durch die Mittagspause verhindert.

Der Manager wünschte mich zu sprechen.

Als ich in seinem weißgrünen Büro stand, die weißgrünen Pflanzen bewunderte, sein weißgrünes Halstüchelchen anfassen durfte, wusste ich, dieser Mann ist Werder. Und Werder wird niemals untergehen. Er führte mich in sein abhörsicheres Büro und fragte, ob ich schon etwas herausgefunden habe.

Ich stutzte. Wie nur Progressive stutzen können. So modisch. Erregt. Aha- und Soso- und Nanu-Effekt in einem.

Der Manager kam gleich zur Sache.

«Hier zählt Effizienz. Bis zum Spiel in Berlin müssen wir topfit sein, mental, hoch motiviert, und siegen, sonst . . .»

Der bleiche Mann stand kurz vor Tränen. Und das kam gleich hinter Weinen an der Leine, also praktisch direkt neben Schluchzen am See.

«Wenn Sie tagelang hier rumschnüffeln, wird die Mannschaft misstrauisch, das turnt ab.»

Ich hatte nichts. Nichts bemerkt. Nichts in der Hand. Nichts hinterm Ohr.

Stattdessen überließ ich dem Manager meine Lieblingsidee. Nicht ohne den Copyright-Stempel draufzudrücken.

Fußball *und* Liebe.

Ob er sich die Schlagzeilen vorstellen könne? Die Sensation. Die hochroten Fragen: Haben Sie in der Halbzeit gebumst oder haben Sie nicht? Der Manager war ganz Ohr. Besonders das rechte.

«Also», ich säuselte schöner als *Traumhochzeit* und *Herzblatt* zusammen, «der Witz ist, im Tor steht ein Mann, und die zehn Feldspieler sind geteilt.»

«Wie geteilt?», fragte der Manager, schon interessiert.

«Halb Frauen, halb Männer.»

«So viele Hermaphroditen kriegen wir nicht zusammen.»

«Nicht quer geteilt, längs», fuhr ich ihm dazwischen. Ganz schön philosophischer Dialog, was?

«Noch mal», bat der Manager. In seinem Kopf rechnete es. Klicke-ti-klicke-ti-click.

«Fünf Frauen und fünf Männer bilden eine Fraumannschaft. Bremen richtet das erste weltweite Turnier aus, Bremer Modell sozusagen, macht die Sache populär, und dann wird kassiert, aber nur die großen Scheine.»

Ich konnte das Blut hören, wie es in seinen Adern rauschte. Der schmale Kopf jetzt rosig getönt.

«Das ist ... Sie sind ... und ... absolut ... ich meine ... wenn ich nicht ... nur so ...»

Meine Nase sagte mir: «J. B., der Mann ist auf deiner Seite. Lass ihn nicht umfallen.»

«Raus», schrie der Manager, «ich dachte, wir hätten einen Detektiv engagiert. Tun Sie die Arbeit, wofür Sie bezahlt werden, und lassen Sie mich in Ruhe mit solchem Killefit.»

Ich wusste, wo die Tür war, direkt hinter mir, machte eine leichte Verbeugung. Manche Arbeitgeber sind ja sehr empfindlich.

Zu Hause berichtete ich Theo von meinem Erfolg. Wie der Manager meine Idee aufgreifen wollte. Wie er mir zehn Prozent einräumte. Wie er sagte, wenn er nur solche Mitarbeiter hätte, dann ...

«J. B., lüg nicht rum.»

Mein Kartenhaus fiel um.

Windstärke eins.

Was nun? Der Fall war so schwierig wie gedacht. Theo Zenker kam mit einer genialen Idee, die von Peter Handke stammen konnte.

«Vielleicht ist es dieser Handballzampano, der will etwas abhaben von der Sportaufmerksamkeit. Alles redet nur von Werder und niemand von seinen Walle-Walle-Damen, die holen Titel über Titel, aber rangieren immer nur hinten. Der hat nicht einen Spieler bestochen, sondern alle. Walle, was meinst du?»

Ich setzte noch einen drauf.

«Oder ist es der Bürgermeister, der auf den Mitleidseffekt setzt. Wie damals der große Manitou, sein Vorgänger. Konnte die Wahl für die Spezialdemokraten nicht mehr gewinnen, hob die Hände, als AG Weser plattgemacht wurde, und schon wurde er wiedergewählt. Mitleid wärmt.»

Theo kam in Rage.

«In Abstiegszeiten machte Werder auch Kasse. Als der Verein ganz unten war, Gott ist mit die Doofen, kamen die Fans genauso. Nur das Mittelfeld ist öde, tot, abseitig.»

Ich steigerte mich rein.

«Die wollen alle den Verein absaufen lassen, damit mal wieder was anderes passiert als eine Meisterschaftsfeier nach der anderen. Ist ja kaum zum Aushalten.»

Theo schwärmte. «Schwarze Fahnen am Rathaus. Platz fünfzehn. Das wäre was.»

Nun war alle Welt schuld an Werders schlechtem Tabellenplatz. Gut, dass das Telefon klingelte. Wir hätten den Fall sonst schon gelöst.

«J. B. Cool, wen darf ich für Sie beschatten?»

Am anderen Ende war eine Stimme aus der Vergangenheit. Nur ein toter Sportsenator ist ein guter Sportsenator.

«Wir können nicht mehr mit ansehen, wie unser geliebter Verein leidet, bitte, bitte schaffen Sie es, die Jungs wieder in die erste Reihe zu bringen. Sagen Sie ihnen, dass ein Spiel neunzig Minuten dauert und am Schluss der gewinnt, der die meisten Tore schießt. Das hilft.»

Irritiert hielt ich Theo den Hörer hin. Die Geisterstimme kam vom Band. Oder war es der Bundessepp, der den himmlischen Heerscharen die Freistoßvarianten beibrachte?

Eine Herberge für Fußballwaise.

Am Wochenende das gleiche Debakel. Schon zur Halbzeit stand es wieder 0:2. Und das gegen eine Mannschaft, deren Namen auszusprechen mir die Höflichkeit verbietet. Früher hätte man ihn für eine Brausemarke mit Chemie und ohne Pep verwandt.

Die betrübten Gesichter auf der Tribüne.

Der Manager bleich. Der Trainer tobte.

«Sie haben auch kein Rezept!», schrie er mich auf dem Gang in die Kabine an.

Nun kann ich ja alles vertragen, nur keinen Anbrüller.

«Geben Sie mir zehn Minuten von der Halbzeitpause! Ich kriege das hin. Ich werde die Mannschaft mit ein paar Weisheiten konfrontieren, die ihnen Beine machen.»

«Versuchen Sie Ihr Glück», sagte er resigniert.

Ich setzte den Trainer in den Nebenraum. Ließ alle Türen verschließen, damit kein Hauch nach außen drang.

«Männer», rief ich bundesdeutsch, «vergesst mal für ein paar Minuten das Spiel. Das Leben geht auch so weiter. Zwei Tore zu kassieren ist bitter. Aber gerecht. Ich habt Scheiße gespielt. Das wisst ihr selbst am besten. Ihr seid müde und ausgelaugt und Mister Papaya oder so ist sogar schon depressiv. Da hilft nur noch eins. Ein Doppelwhopper. Afghanisch-libanesisch-marokkanisch, ganz gleich . . .»

Die nötigen Zutaten trug ich bei mir.

Rollte in Windeseile ein halbes Dutzend Joints.

«Keine Macht den Drogen», rief der Libero, bevor er den dritten Zug tief inhalierte.

Manchen Spielern musste ich die richtige Handhabung zeigen, weil sie zu viel entweichen ließen.

Schon gickelten die ersten. Andere lachten sich aus. Und wieder andere machten ein paar Freudensprünge, so hoch, dass kein Gegner herankam.

Der Ansager kündigte das Ende der Halbzeitpause an. Auch ein Job für Beamte. Die Mannschaft war gut drauf, um nicht zu sagen, exzellent motiviert. Der Trainer machte Augen. Allerdings keine geröteten. Und dann geschah das Fußballwunder.

Die Bremer Jungs kamen auf den Platz, verneigten sich vor dem hochverehrten Publikum, nach allen Seiten, machten Bocksprünge, purzelten auf dem Rasen, tanzten, lachten. Das Stadion außer Rand und Band. Die gegnerische

Mannschaft bis auf die Knochen irritiert. Beim Anpfiff dann die erste Attacke. Und Tor. Die Werderaner spielten so, als sei nicht nur ein Ball vorhanden, sondern jeder im Besitz der Pflaume. Das machte die anderen fertig. Die liefen Bällen hinterher, die sie nicht sahen. Und währenddessen schlug es ein. Im Tor. Tor. Gol. Gol. Gol.

7:2.

Der Trainer sah mich an.

Ich schaute dem Manager zu, der sich freute wie ein Schulmädchen beim ersten Arbeitstag. Mit rotem Schleifchen im Haar und immer für einen kleinen Streich gut.

10:2.

Ich dachte schon, dass der Trainer des Gegners das weiße Handtuch wirft. Aber das war wohl eine andere Sportart.

13:2.

Das Publikum in Ola-Wellen, Cola-Rausch.

14, 15, 16:2.

Abpfiff.

Lauter als Beethovens Geldhymne, seid umschlungen, Milliardäre. Vom Zu-ga-be-brüllen tief ermattet, aber hoch glücklich pries ich die Lehrmeisterin.

Nix Militär, Dope muss her.

Am Schluss lagen sich alle in den Armen. Die Hansestadt und die Weser, die Senatorenriege und die Bänker, die hässlichen Häuser brachen wortlos zusammen und überall spießte Grün-weiß.

O sweet Mary Jane, ich glaube, ich hab mich in der Dosis vertan.

Jogging for Lambrusco

Bernd Ross

Die Zelle lag im schummrigen Licht einer Straßenlaterne. Und es hätte ihm von Anfang an klar sein müssen, dass irgendetwas schief gehen würde. Die Zelle war rot. Nicht gelb wie eine gewöhnliche Telefonzelle. Nein, rot. Rot wie die Aggression – oder die Liebe.

Hanno Laumann war kein besonders geduldiger Mensch. Aber er rastete auch nicht gleich bei jeder Kleinigkeit aus. Hanno Laumann war durchschnittlich. In jeder Hinsicht. Die einzige Besonderheit in seinem Leben war sein Talent, in peinliche Lagen zu geraten. Peinlich war es gewesen, als er sich im *Chez Paul* vor versammelter Klientel an seiner eigenen Zahnbrücke verschluckt hatte. Peinlich aus, als der Zöllner am Flughafen genüsslich den vergoldeten Vibrator in seine Einzelteile zerlegt hatte, um nach versteckten Drogen zu suchen. Dabei war der Vibrator gar nicht von ihm. Er wusste bis heute nicht, wie das Ding in seinen Koffer gelangt war. Seit seiner Scheidung ging Hanno Laumann Frauen genauso aus dem Weg wie sexuellen Versuchungen überhaupt. Dazu gehörten auch Hilfsmittel. Die Liste der möglichen Peinlichkeiten erschien ihm größer als die eventuelle Befriedigung. Aber was ihm im Augenblick widerfuhr, sprengte selbst den Rahmen seiner ärgsten Fantasien. Er steckte halb nackt in dieser verdammten roten Telefonzelle fest und kam nicht mehr hinaus.

Dabei hatte der Abend so schön angefangen. Hanno Laumann war Hobbykoch, jedenfalls empfand er sich als ein solcher. Er war ein Liebhaber italienischer Weine und Pasta. Seine Favoriten waren Bandnudeln in Gorgonzola und zwei, drei Gläschen Lambrusco. Und ebendieser Lambrusco war ihm zum Verhängnis geworden. Die Nudeln schmorten jetzt schon seit einer Stunde im Ofen daheim. Der Gorgonzola war sicher längst braun und verbrannt und die Nudeln steinhart wie das Weihnachtsgebäck seiner Ex-Frau. Laumann fand es nicht weiter schwer, sich vorzustellen, wie Krawulke, der Hausmeister, mit gerümpfter Nase durchs Treppenhaus wieselte, um den Verursacher der Geruchsbelästigung dingfest zu machen. Bei dem stand Laumann seit der Scheidung ohnehin auf der Abschussliste. Und nun so was. Verfluchter Lambrusco!

Den Wein hatte Laumann beim benachbarten Kiosk holen wollen. Seine Kurzjoggingtour zum vorvöllerischen Kalorienabbau nannte er das. Oder schlicht: Jogging for Lambrusco. Die neuen Joggingschuhe hatten 250 DM gekostet. Das musste ja gesund sein. Leider war der Kiosk neuerdings montags geschlossen. Also hatte er sich entschlossen, beim Pizza-Express eine Flasche zu bestellen, und war deshalb schnell zur Telefonzelle um die Ecke gelaufen. Unglücklicherweise wurde die gerade von ein paar jugendlichen Randalierern malträtiert, und Laumann war nun wirklich nicht der Mutigste. So musste er wohl oder übel zur nächsten Zelle laufen. Kein Problem mit den neuen Schuhen. Aber das war ein Fehler.

Als er das rote Ding betrat, hatte sich die Gürtelschnalle seiner grauen Tuchhose – die Schuhe waren das einzige Attribut einer Jogger-Uniform, ansonsten bevorzugte Hanno Laumann Laufzivil – irgendwie zwischen Tür und Rahmen verfangen. Durch die Eile und die Wucht seiner hundert bandnudelgeformten Kilo hatte er die Tür samt Gürtelschnalle ins Schloss gezogen, und zwar derart heftig, dass die Tür sperrte, sich im Rahmen verkeilte und die Gürtelschnalle sowie ein beträchtliches Stück seiner Hose eingerissen war. Um sich aus der misslichen Lage zu befreien und sich wieder frei bewegen zu können, war er gezwungen, aus seiner Hose zu steigen. Und die bekam er nur aus, wenn er zuerst einmal die Joggingschuhe abstreifte. Er stellte sie ordentlich nebeneinander auf die gelben Seiten. Ein hübscher Farbkontrast. Aber ach! Die Türe war so gründlich verkeilt, dass Laumann sie unter Einsatz seines gesamten Körpergewichts zuzüglich der Wut ob seiner Ungeschicklichkeit nicht um einen Deut zu bewegen vermochte. Zu allem Unglück kam noch dazu, dass er nicht mehr als sechs Groschen in der Tasche hatte. Ansonsten nur Scheine. So kam es, dass Hanno Laumann in gelben Unterhosen in einer kaputten Telefonzelle stand und fluchte und fror. Zum Glück hatte er wenigstens etwas Kleingeld.

Nur, wen sollte er damit zur Hilfe rufen? Die Polizei auf keinen Fall. Viel zu peinlich – und außerdem würden die ihn am Ende noch als Exhibitionisten hinstellen. Nein, nein, da hatte Laumann schon einschlägige Erfahrungen gemacht. Polizei und Feuerwehr kamen nicht in Frage. Aber wer dann? Da wäre noch seine Ex-Frau, Gertrud. Die würde zu dieser Zeit sicher in ihrer neuen Wohnung sein. Mit Dr. Fred-Franz Schröder, ihrer brandheißen Flamme. FredFranz, der eitle Fatzke. Der Prototyp des Aufreißers. Bodybuilder. Weiberheld. Und Maulheld. Von Beruf Steuerberater, oder war er Versicherungsmakler? Ein aufdringlicher Mensch jedenfalls, einer, der immer alles besser wusste und sich selbst für die Krone der Schöpfung hielt und ihn, Laumann, für einen völligen Versager. Verweichlichter JoggerBoy mit Schaumgummischuhen hatte Gerti ihren neuen Stenz beim Scheidungstermin mit hämischer Freude zitiert. Dem Schröder würde er jedenfalls keinen Grund zur Schadenfreude geben, kein Öl in dessen Flammen schütten. Dem nicht und der Gerti auch nicht. Nein, nein! Dann gab es natürlich noch Gertrud II, oder im Grunde ja Gertrud I, obwohl die Damen spürbar aus einem Guss waren. Also die Mutter seiner Geschiedenen. Ex-Schwiegermutter, um genau zu sein. Gertrud Zilinski. Die wohnte zwei Straßen weiter und würde sicher gerne kommen. Hätte sie wieder was zu lästern, das alte Waschweib. Und ihr Geschwätz würde er sich stundenlang anhören müssen. Der Abend wäre endgültig dahin und mit ihm die Flasche Lambrusco. Das kannte er schon aus leidvoller Erfahrung. An die Nudeln im überhitzten Ofen und den krakeelenden Krawulke, den Hausmeister im verräucherten Treppenhaus, mochte Laumann gar nicht mehr denken. Nein, nein!

Laumann höhlte seine Hände und hauchte dampfenden Atem hinein. Vielleicht brauchte er überhaupt niemanden um Hilfe zu rufen. Schließlich lag die Zelle an einer Straße, direkt neben einem Parkplatz. Und einen einzelnen hilfsbereiten Autofahrer müsste man doch auf sich aufmerksam machen können.

Hanno Laumann presste seine Nase an die Scheibe, die langsam zu beschlagen begann. Kein Auto weit und breit. Und Fußgänger würden sich in diese gottverlassene Gegend erst wieder bei Helligkeit trauen. Es sei denn … Ja, es sei denn, die jugendlichen Rowdies von vorhin hatten die andere Zelle so gründlich demoliert, dass die Leute, die telefonieren mussten … Nein, nein, der Weg war viel zu weit. Er war hierher gejoggt und hatte schon fünf Minuten gebraucht. Heutzutage waren die Mensch zu faul, vier Schritte zu gehen. Langsam kroch die Kälte an Laumanns nackten Beinen hoch. Mit einer wilden Kraftanstrengung versuchte er, die Hose aus dem Türspalt zu reißen. Er zupfte und zerrte, bis das Gewebe krachte. Aber es hielt. Laumann seufzte. Gertrud hatte die Hose gekauft. Und mit seinem Geld hatte sie stets nur erste Qualität erstanden. Er riss an der Tasche, und das Feuerzeug fiel hinaus. Gute Idee! Das würde ihn wärmen. Aber dann kam ihm eine noch viel besere Idee. Er stellte die größte Flamme ein, die das Wegwerfding bot, und kokelte an seiner Hose herum. Er würde einfach die eingeklemmte Gürtelschnalle absengen und die Resthose so von der Türe lösen. Dann könnte er zumindest menschenwürdig und mit warmen Beinen einen neuen Versuch starten, der Zelle zu entkommen.

Aber leider war die Hose doch nicht von so guter Qualität wie gedacht. Sie war aus irgendeinem Kunstgewebe und schmorte großflächig und unter kräftiger Rauchentwicklung dahin. Hustend und würgend versuchte Laumann, den Minibrand mit den neuen Schuhen zu löschen. Er schlug die Jogger immer und immer wieder auf die Flamme und schaffte es schließlich auch.

Der Brand war gelöscht und die Temperatur in der Zelle um fünf Grad gestiegen. Allerdings zu Lasten der Atemluft. Laumann hustete und schniefte und unterdrückte die aufsteigende Panik, indem er die Joggingschuhe wieder anzog und das unterste Fenster der Türe eintrat. Frische, kalte Nachtluft strömte herein. Laumann atmete durch und streifte sich die Reste der angesengten Hose über. Schweren Herzens entschloss er sich, doch die Feuerwehr zu rufen. Wenn er nicht bald nach Hause kam, würde der Nudelauflauf im Ofen verbrennen, die Flammen würden hochschlagen, die Küche versengen ... Und dann würde er die Feuerwehr erst recht benötigen. Entschlossen drückte er den Notrufhebel und wartete.

Nichts geschah. Überhaupt nichts, sieht man einmal davon ab, dass die frische Nachtluft und der Windzug einen Schwelbrand am Tuchrest in der Türe neu entfachte. Laumann überlegte einen pikierten Augenblick und entschied sich dann gegen gute Manieren und für Sicherheit. Er schaute sich verstohlen um. Keine Autos, keine Fußgänger und kein Spanner weit und breit. Dann holte Laumann sein nach der Scheidung und eigentlich immer schon am meisten vernachlässigtes Körperteil aus der verstümmelten Hose, richtete es aus, pinkelte auf das züngelnde Flämmchen und erstickte so jede drohende Feuersbrunst. Den Nudelbrand daheim in seinem Ofen hätte er natürlich anders gelöscht. Beim Gedanken an einen Starkstromstoß in seine Weichteile zuckte Laumann unversehens zusammen und benetzte die Hose und die 250-DM-Treter. Genug ist genug! Ärgerlich zog er die verflixte Hose endgültig aus, knüllte sie zusammen und löschte den Schwelbrand mit dem urinnassen Knäuel. Besondere Situationen erfordern eben manchmal auch besondere Mittel und Methoden. Laumann begann das zu begreifen und war auf einmal sehr stolz auf seine schnelle und unkonventionelle Reaktion. Seine ungewohnte Flexibilität verlieh ihm neues Selbstbewusstsein, spornte ihn an. Zwar registrierte er verdrießt, dass der Urin seines unorthodoxen Löscheinsatzes eine Pfütze am Boden der Zelle zu bilden begann. Aber auch darauf wusste er die passende Antwort. Mit den Füßen bugsierte Laumann das Knäuel, das einmal seine Hose gewesen war, in die Ecke und benutzte es als Wischtuch. Dann zog er hastig seine Unterhose hoch, warf entschieden drei Groschen in den Münzschlitz und wählte. Die falsche Nummer.

«Polizeiwache Roonstraße, Hauptwachtmeister Stacheldorn.»

«Ja, guten Abend, hier Laumann. Ich, also ich, ja eigentlich wollte ich die Feuerwehr ... Egal, ich möchte einen Brand melden, und außerdem komme ich nicht mehr raus ...»

«Herr Laumann, habe ich den Namen richtig verstanden? L-A-U-M-A-N-N? Gut! – Herr Laumann, Sie hätten die 112 wählen sollen. Nun ja, jetzt sind Sie einmal hier. Also Ihr Haus brennt? Gibt es Verletzte? Bitte nennen Sie Ihre genaue Anschrift.»

«Nein, nein, mein Haus brennt nicht, ich habe nur eine Wohnung. In der Lerchenstraße. Es gibt auch keine Verletzten, die Telefonzelle brennt, also brannte, weil ich meine Hose angesteckt, also, weil ich hier festklemme, und deshalb dachte ich . . .»

«Hören Sie, Herr Laumann, für dumme Scherze habe ich überhaupt kein Verständnis. Dies ist eine Notrufleitung, Mann. Gibt es nun ein Feuer, oder ist das ein schlechter Witz? Wo sind Sie? Sind Sie betrunken?»

«Nein, nein, ich bin nicht betrunken, ich wollte joggen, um mir eine Flasche Lambrusco zu besorgen, und deshalb . . .»

«Herr Laumann, Sie sind betrunken. Geben Sie jetzt auf der Stelle die Leitung fei für Notrufe, sonst muss ich Sie zur Anzeige bringen!»

«Aber ich bin nicht betrunken», protestierte Laumann heftig. «Ich bin vollkommen nüchtern, und ich friere, und ich sitze in dieser verdammten Telefonzelle am Finkenpark fest, und meine Hose hat sich in der Tür verklemmt, und als ich sie abbrennen wollte, um mich zu befreien, ist sie in Brand geraten, und vom Rauch tränen mir jetzt noch die Augen, obwohl ich das Fenster eingeschlagen habe. Und dann habe ich die Feuerwehr gerufen, also Sie, und Sie sind die Polizei, aber da kann ich ja nichts für, jedenfalls will ich, dass Sie mich aus dieser verflixten Zelle befreien, ehe ich hier noch erfriere und bevor die Nudeln im Ofen daheim verbrennen . . .»

«Herr Laumann, entweder Sie geben jetzt augenblicklich die Leitung frei, oder ich bin gezwungen, Sie erkennungsdienstlich ermitteln zu lassen. Was heißt hier erfrieren, ich denke, es brennt? Lerchenstraße! Finkenpark! Sie haben eine Vogel, Laumann, oder Sie sind betrunken. Der Spaß ist nun vorbei, meine Geduld am Ende. Legen Sie gefälligst auf!»

Und Laumann legte auf. Niedergeschlagen ließ er den Hörer auf die Gabel gleiten. Dieser Bulle war wirklich dümmer als die Polizei erlaubt. Seinen Notruf einfach nicht ernst zu nehmen, und ihm dann auch noch zu unterstellen, er sei besoffen. Unverschämtheit. Eine glatte Unverschämtheit war das. Hanno Laumann war ehrlich empört. Er hätte platzen können vor Wut. Und das brachte ihn auf eine Idee.

Man müsste versuchen, die Zell umzustürzen. Also quasi, durch heftige Bewegung zu kippen. Er kletterte auf den Wählapparat, spreizte Arme und Beine und stützte sich in allen vorhanden Ecken des Gehäuses mit Händen und Füßen ab. Das Profil der Joggingschuhe war eine gute Hilfe. Wie eine Gemse krallte Laumann sich in jeden noch so kleinen Vorsprung. Das Gesäß drückte er auf die Wählscheibe, den Kopf an die Deckenverkleidung der Telefonbox. Dann begann er rhythmisch und mit der Kraft seiner hundert Kilo, hin und her zu schaukeln. Die Zelle rührte sich nicht. Er verstärkte seine Bemühungen. Nichts geschah. Zunächst nichts. Dann hatte Laumann das Gefühl, der Boden löse sich aus der Verankerung. Mit der Kraft der Verzweiflung spannte er alle Muskeln. Der Schweiß rann ihm über Stirn und Nacken. Es gab einen Knall – und einen Schrei. Laumann verlor den Halt unter dem Hintern, stürzte zu Boden, knallte mit dem Hinterkopf an die blecherne Ablage der Telefonbücher und griff sich mit schmerzverzerrtem Gesicht an den linken Fuß. Irgendetwas war gerissen. Eine Sehne vielleicht. Laumann zog den Schuh aus und betastete das Sehnengewölbe an der Fußsohle. Autsch! Da tat es weh. Und wie. Der Schmerz war so überwältigend, dass er zunächst weder seine blutende Kopfwunde noch das Auto, das mit abgeblendetem Licht auf den Parkplatz neben der Telefonzelle rollte, bemerkte. Irgendwo in der Ferne jaulte eine Feuerwehrsirene. Blind für seine Umgebung schoss Laumann die rettende Idee durch den lädierten Schädel. Ein

Krankenwagen. Warum war er darauf nicht längst schon ge-kommen? Mit seinen letzten drei Groschen würde er sich einfach eine Ambulanz aus dem nahe gelegenen Sankt-An-tonius-Hospital bestellen. Genau! Die mussten ja kommen, wenn er sie zu einem Notfall rief.

Er hievte sich behutsam hoch und wendete sich dem Tele-fon zu. Dabei fielen ihm zwei Dinge auf. Das Telefon war beinahe vollkommen aus der Verankerung gerissen, und im Schatten hinter der Zelle, gleich neben den mannshohen Schlehenbüschen, trieb es ein Pärchen auf dem Rücksitz ei-nes Opel Vectra. Konnte auch ein Audi 90 sein. Mit Autos kannte Laumann sich nicht so aus. Dafür kannte er sich aber mit Spähen – Gertrud hatte es immer Spannen geschimpft – aus. Genügend jedenfalls, um das stumme Spiel von nackten Schenkeln und Brüsten als einen Akt menschlicher Paarung zu deuten. Es dauerte aber noch zwei volle Minuten, ehe Laumann begriff, dass der weibliche Part der Rücksitzartis-ten nicht freiwillig bei der Show mitwirkte. Laumann wurde Zeuge einer Vergewaltigung. Das Opfer schrie jetzt und schlug um sich. Laumann hielt immer noch die drei Gro-schen in seiner verschwitzten Hand und wollte erneut die 110 wählen. Das Telefon hing nur an einer Schraube. Trotz-dem warf er die Münzen in den Schlitz. Laumann zweifelte, dass es noch funktionierte. Nicht bei seinem Glück. Er war-tete auf das Rufzeichen, aber das Telefon blieb stumm. Dann sah er, dass mit dem Gehäuse auch ein Kabel herausgerissen war. Na also! Er hockte hier in einer defekten Zelle mit ei-nem zerstörten Apparat, beobachtete einen Lustmord und war hilfloser als ein Fallschirmspringer ohne Schirm. Zum Verzweifeln. Schlimmer konnte es ja wohl kaum mehr kom-men.

Laumann war ein unerschütterlicher Optimist. Es wurde noch schlimmer. Die Frau wehrte sich nur noch schwach. Der Vergewaltiger hatte die Hände um ihren Hals gelegt und drückte offensichtlich zu. Die Seitenscheiben des Opels oder Audis waren schon ganz beschlagen von der Hitze des Gefechts im Wageninnern. Laumann konnte nicht mehr viel erkennen. Er hämmerte mit den Fäusten an die Scheiben der Zelle, dann donnerte er das Telefongehäuse gegen die metallenen Fensterstreben. Immer und immer wieder. Bis der Mörder ihn hörte. Er hielt inne in seinem wahnsinnigen Tun, ließ die Hände sinken – ob die Frau noch lebte, konnte Laumann nicht sehen; rühren tat sich nichts mehr – und konzentrierte seine Aufmerksamkeit auf die Geräuschquelle. Laumann hämmerte jetzt noch heftiger und schrie und brüllte. «Aufhören! Mörder, aufhören!» Schließlich drehte der Verbrecher seinen Kopf in Laumann Richtung und guckte ihm direkt in die Augen.

Verdammt, das konnte nicht wahr sein. Das durfte einfach nicht wahr sein. Der Vergewaltiger war Schröder. Der Versicherungsschröder, der bodygebuildete Steuerberater, der Fred-Franz seiner geschiedenen Frau. Ein Triumphgefühl stieg in Laumanns Kehle. Er gluckste und lachte. Nicht möglich, der Saubermann höchstpersönlich. Ein Vergewaltiger, ein Schänder, ein widerlicher Lustmörder. Er sah schon die Schlagzeile von morgen: *Verweichlichter Jogger-Boy entlarvt Muskelmachomann als gemeinen Triebtäter.* Aber Laumanns Freude war nur von kurzer Dauer. Ein Ausrutscher nur. Ein Anflug von Galgenhumor. Die Frau tat ihm Leid. Sie war sicher tot. Fred-Franz Schröder, der Mörder, stieg aus dem Auto heraus, knallte die Türe zu, schloss seinen Hosenschlitz und kam langsam und lauernd, wie es Laumann schien, auf die Zelle zu. Es blitzte silbrig in Schröders Hand.

Laumann bekam Angst. Der Wahnsinnige hatte es jetzt auf ihn abgesehen. Auf ihn, auf Laumann, den Augenzeugen. Der Kerl hielt doch ein Messer in der Hand? Ein verdammtes scharfes Monstrum von einem Messer. Bestimmt!

Der Kerl war sicher der Ripper, und Rambos Messer wäre ein Zahnstocher gegen Schröders Schlachterschneide. Laumann drückte sich in eine Ecke der Zelle und guckte nicht mehr hin, guckte Schröder nicht an und hoffte, dass es half. In der Schule hatte es fast immer geholfen.

«Hallo, Laumann», sagte Schröder. «Was für ein Zufall. Scheißt dir gerade in die Hosen, hab ich Recht? Verzeihung, Herr Laumann, aber ich habe immer schon gewusst, dass Sie, mit Verlaub, eine Niete sind. Ich müsste lügen, würde ich behaupten, es täte mir Leid um Sie. Für Versager habe ich nichts übrig. Und für Voyeure und halbnackte Wichser, die Telefonzellen demolieren, auch nicht. Zu viel glotzen kann der Gesundheit schaden, Herr Laumann. Das kann man in jedem Krimi nachlesen.» Schröder wollte die Zellentür öffnen. Doch die klemmte. Schröder rüttelte heftig an ihr. Als nichts geschah, trat er dagegen. »Jerry hat mir alles erzählt, Herr Laumann! Ja, ja, ich weiß Bescheid. Wir haben keine Geheimnisse voreinander, Jerry und ich. Ich denke, Ihr kleines Intermezzo von vorhin ist ja wohl der beste Beweis. Die Abreibung haben Sie sich verdient, nicht wahr?»

Laumann hatte keinen blassen Schimmer, wovon Schröder eigentlich sprach. Nur, dass ‹Jerry› Gertrud sein musste, so viel hatte er verstanden. Aber Schröders Monolog interessierte ihn auch nicht im Geringsten. Seine ganze Aufmerksamkeit galt der Tür der roten Box und Schröders Versuchen, sie gewaltsam zu öffnen. Wo, zum Teufel, war Schröders Messer? Laumann hoffte, dass die verdammte Tür nicht gerade jetzt aufgehen würde. Um angebrannte Nudeln, wutschnaubende Hausmeister und unwirsche Polizisten würde er sich dann jedenfalls keine Gedanken mehr machen müssen. Schröder versuchte mittlerweile, die Türe aufzuhebeln. Bisher ohne Erfolg. Laumanns Angst wich zusehends dem Vertrauen in seine kleine Festung. Von deren eherner Unüberwindlichkeit hatte er sich ja bereits zur Genüge überzeugen können. Aber er kannte auch die Schwachpunkte seines Verteidigungskorsetts. Die Fenster. Laumann rührte sich zum ersten Mal, seit Schröder ihn erblickt hatte. Er riss sich die 250-DM-Joggingschue von den Füßen und schwang sie wie einen Schutzschild aus Plastik vor seinem Körper.

Schröder bedachte Laumanns Aktionen mit einem mitleidigen Blick. «Das wird Ihnen überhaupt nichts nutzen, werter Herr Laumann», sagte er und schlug die beiden mittleren Scheiben der Zellentür entzwei.

Keine Spur von einem Messer.

«Sogar Sie, Laumann, werden Verständnis haben, dass ich Sie nicht davonkommen lassen kann. Sie zwingen mich, schon aus Gründen der Selbstachtung . . .»

Wie ein Fechter machte Schröder einen unverhofften Ausfallschritt und schlug zu. Hieb seine Faust zwischen die fensterlosen Streben der Zellentür und prallte mit den Knöcheln an Laumanns Schild ab. Also, kommst du nun raus wie ein Mann, oder muss ich dich erst rausholen wie eine Memme?»

Laumann lachte laut. Er prustete drauflos, schniefte und juchzte, dass ihm die Tränen in die Augen schossen. Dann wurde er ruhiger, japste ein bisschen nach Luft und glotzte Schröder stumm an. Irgendwo in der Ferne jaulte eine Feuerwehrsirene. Und kam näher. Dr. Fred-Franz Schröder wurde langsam ungeduldig. Er trat die restlichen fünf Scheiben der Fronttür ein und vollführte neue Ausfallschritte und Finten.

Wie ein Zauberer, der die Jungfrau in der Kiste zersägen will, dachte Laumann und parierte einen Tiefschlag. Dann machte Schröder einen Fehler. Er umfasste die mittlere der sieben roten Fensterstreben mit der linken Hand und rüttelte erneut an der Türe. Die Gelegenheit nutzte Laumann und drosch seinem Widersacher die Schuhsohlen auf die

Finger. Die rostige Fensterstrebe brach, Schröder Finger brachen, Schröder schrie auf, ein Polizeiwagen mit Blaulicht bremste mit quietschenden Reifen vor der Einfahrt zum Parkplatz Finkenpark, und Laumann kletterte ohne Hosen, dafür aber hoch erhobenen Hauptes und mit den glorreichen Joggingschuhen durch die demolierte Türe in die Freiheit. Körperlich schwer angeschlagen, innerlich aber mit nie gekanntem Selbstbewusstsein, weil er sich zum ersten Mal in seinem Leben erfolgreich seiner Haut gewehrt hatte. Und das ausgerechnet gegen den Bettkumpanen seiner Ex-Frau, einen Mörder und Vergewaltiger.

«Sind Sie Laumann?», fragte der Streifenpolizist.

Laumann nickte stolz und erleichtert.

«Besitzen Sie eine Wohnung in der Lerchenstraße?»

Laumann nickte wieder. Nun etwas weniger enthusiastisch.

«Ihre Wohnung ist abgebrannt. Der Hausmeister hat uns informiert. Ich muss Sie wegen des dringenden Verdachts der Brandstiftung festnehmen, Herr Laumann. Außerdem muss ich Ihren Promillewert feststellen. Nachdem wir die Brandmeldung bekamen, meinte die Zentrale, dass wir Sie eventuell alkoholisiert am Finkenpark aufgreifen könnten. Wie ich sehe, hatten sie Recht.»

«Hat Kollege Stacheldorn Ihnen von meinem Anruf berichtet?», fragte Laumann. Er würde sich nach seiner Heldentat doch nicht von einem mickrigen Streifenpolizisten in die Parade fahren lassen.

Der Polizist nickte. «Sie haben wohl eine verworrene Geschichte von Nudeln und brennenden Kleidern erzählt ... Ich muss zugeben», sagte der Polizist und musterte den jammernden Schröder, die zerstörte Telefonzelle und Laumanns Turnschuhe, «ich muss zugeben, dass Sie trotz alledem eigentlich einen recht nüchternen Eindruck auf mich machen.»

«Jawoll!», sagte Laumann. «Und außerdem möchte ich eine Vergewaltigung, einen Mord sowie einen Mordversuch anzeigen, Herr Wachtmeister.»

Dr. Fred-Franz Schröder stöhnte lauf auf. «Nehmen Sie bloß den Spanner fest», schrie er. «Erst erschreckt er meine Freundin halb zu Tode, und dann zertrümmert er meine Hand, der Verrückte... O Gott, Jerry, hast du dich nun endlich angezogen? Beeil dich und bringe mir den Verbandskasten, ich glaube, dein Ex hat mir die Finger gebrochen.»

Gertrud «Jerry» Zilinski, geschiedene Laumann, stieg aus dem VW Passat, knöpfte den obersten Knopf ihrer Bluse züchtig zu und ging zum Kofferraum. «Hallo, Hanno, du dämlicher Hund», sagte sie und lächelte den verdutzten Polizisten mit kokettem Augenaufschlag an. «Haben wir dich beim Joggen gestört, oder was?»

Hanno Laumann schüttelte den Kopf und humpelte zum Streifenwagen hinüber. «Wenn wir auf dem Weg zum Revier beim Pizza-Express Halt machen könnten...», murmelte er und streckte dem Polizisten seine Handgelenke entgegen. «... ich glaub, ich brauch jetzt 'n Schlückchen Schaumwein. Joggen macht mich immer so durstig. Lambrusco wäre gut, Herr Wachtmeister.»

Der britische Boxskandal

Ralf Neubohn

Mathew Miles stieg zufrieden aus dem Ring. Wieder einmal blieb er ungeschlagen. Zufrieden dachte er an seinen Spitznamen «The bomber of the empire».

Langsam ging er an jubelnden Fans vorbei zum Duschen. Heute Abend würde er wieder mit seiner Frau und vielen Freunden kräftig feiern gehen.

In der Umkleidekabine erwarteten sie ihn schon und öffneten anlässlich seines zwanzigsten Sieges in Folge eine Champagnerflasche und ließen ihn hochleben.

Mathew freute sich kindlich darüber. Er besaß ein einfaches Gemüt und liebte die kleinen Freuden des Alltags über alles.

Nach einer kleinen Weile scheuchte Mathews Manager alle Partygäste aus der Umkleidekabine, damit Mathew rechtzeitig mit dem Duschen fertig wurde.

Denn vor der Sporthalle wartete schon die britische Sensationspresse. Wollte man sich keine üble Kritik einfangen, durfte man sie nicht zu lange warten lassen.

Nach den Gesprächen mit der Presse konnten sie dann ja endlich in Ruhe feiern gehen.

Der Abend verlief wie geplant. Mathew sprach geduldig mit der Presse und feierte anschließend mit seinem Anhang den Sieg.

Am nächsten Morgen weckte Mathews Frau ihn besorgt. Mathew fragte: «Oh, man, Schatz. Du weißt doch, dass du mich nach so einer Party nicht vor Mittag wecken sollst.»

Mathew gähnte herzhaft und wollte sich bereits zum Weiterschlafen umdrehen, doch seine Frau hielt ihn davon ab: «Mathew, draußen wartet dein Manager. Es geht anscheinend um was Wichtiges.»

«Harry? Der muss doch auch noch ganz fertig von der Party sein?»

Mathew stand nun doch neugierig auf. Sein Manager gehörte nicht zu den Frühaufstehern.

Schon gar nicht nach solch wilden Alkoholexzessen wie gestern Nacht.

Mathew schwankte zu seinem Manager und fragte: «Meine Güte, Harry, was ist los? Du siehst ja ganz fertig aus?»

Harry schaute eine Weile trüb vor sich hin, bevor er sich fing.

«Hör mal, Mathew. Da ist eine große Sauerei passiert. Irgendein so ein Arsch hat da ein vernichtendes Buch geschrieben. Wir müssen sofort rechtliche Schritte unternehmen.»

Mathew schaute Harry erstaunt an: «Was für 'n Buch?»

«Oh, man, bringt mich mein Kopf heute um. Heute Morgen hat mich ein Freund angerufen, der das Buch gelesen hat. Darin werden dir viele üble Sachen nachgesagt. Zum Beispiel Manipulation der Kämpfe.»

«Was, das ist doch gelogen! So eine Sauerei, den Kerl bring ich um!»

Mathew schrie und tobte eine Weile, bevor er sich beruhigte.

Sein Manager ließ sich von Mathew eine schriftliche Erlaubnis geben zu prozessieren. Sein Plan lag klar da: Die weitere Verbreitung des Buches musste durch eine einstweilige Verfügung des Gerichts gestoppt werden.

Mathew eilte sofort zu seinem Anwalt und setzte ihn auf diese Sache an.

Die Tage vergingen, bisher hatte noch niemand von der Presse das Buch gelesen. Da läutete das Telefon von Harry: «Harry, ich bin's Leo. Wir haben keine Chance, das Buch zu stoppen.»

Harry schrie: «Was, wieso denn? Es enthält doch einen Haufen Lügen!»

Leo, der Anwalt, antwortet: «Ich weiß. Trotzdem haben wir keine Chance. Der Autor verschanzt sich hinter der Pressefreiheit. Außerdem ist das Buch ja so ein genannter Schlüsselroman. Darin werden keine echten Namen genannt, aber alle Leute so umschrieben, dass jeder halb Gebildete sie erkennt. Da niemand direkt verleugnet wird, ist nichts zu machen.»

Sie berieten noch eine Weile, was zu tun sei, doch kamen sie nur zu dem Schluss, dem Autor Geld dafür zu bieten, sein Werk vom Markt zu nehmen.

Inzwischen bekam auch die Sensationspresse Wind von der Sache und stürzte sich drauf.

Der Autor des Buches hatte geschickt geschrieben. Jeder erkannte sofort, dass das Buch von Mathew handelte.

In ihm kamen wahre Begebenheiten vor, aber auch viele Lügen. Lügen, um das Buch sensationeller zu machen und es besser verkaufen zu können.

Viele Reporter erkannten die Lügen und verbreiteten sie aus purer Sensationsmache trotzdem weiter.

Andere fielen auf die Lügen rein. Sie meinten, wenn so große Teile des Buches stimmten, warum sollten dann kleinere Teile gefälscht sein?

Es kam bei einigen Pressekonferenzen mit Mathew und seinem Manager zu tumultartigen Szenen, als manch Reporter zu weit mit den Fragen ging.

Fans und Gegner Mathews lieferten sich bei diesen Gelegenheiten Handgemenge.

Mathew wurde von der Presse lange Zeit regelrecht verfolgt, seine Frau hielt dem Druck nicht stand und erlitt einen Nervenzusammenbruch, von dem sie sich nur langsam erholte.

Viele angeblich gute Freunde Mathews entpuppten sich in dieser schweren Zeit als Mitläufer und ließen ihn nun hängen. Doch nach und nach kam der Skandal langsam in Vergessenheit. Vor allem, weil sich doch viele Anschuldigungen des Buches nicht nachweisen ließen.

Langsam renkte sich alles wieder ein. Nur Mathew vergaß die Sache nicht. Er wollte sich für die Lügen rächen.

Auf legalem Weg kam er an den Autor nicht ran, also musste er andere Wege beschreiten. Für die vielen Leiden gab es nur eine Strafe: den Tod.

Mathew konnte es nämlich nicht verkraften, dass der Autor nur deshalb Lügen schrieb, um noch etwas mehr zu verdienen.

Dabei gehörte der Autor ohnehin zu den Besserverdienenden und hätte die Lügen eigentlich nicht nötig gehabt.

Mathew dachte lange über die Sache nach. Er wusste, das jeder ihn sofort verdächtigen würde.

Er brauchte also ein Alibi und musste deshalb die Sache genau durchdenken. Leider.

Am liebsten hätte er den Autor einfach erschlagen, aber das wäre schon eine halbe Visitenkarte gewesen, die auf ihn wies.

Mit viel Zeit und List brachte er so viel es ging über den Autor in Erfahrung. Dabei leisteten ihm seine echten Freunde und seine genesene Frau viel wertvolle Arbeit.

Für Recherchen seiner Bücher befand sich der Autor mit seinem Sekretär viel auf Reisen.

Nur zu den Boxkämpfen weilte er daheim. Denn der Boxsport interessierte ihn sehr, er scheute aber gleichzeitig begeisterte Zuschauermassen. Daher schaute er sich alle Boxkämpfe live im Fernsehen an.

Allein ging er nie vors Haus, weil er Mathews Rache fürchtete. Und die Rache anderer, die er in seinen früheren Büchern verleumdete.

Mathew begann, einen raffinierten Plan zu entwickeln, und zog nur einen Freund zur Hilfe heran.

Dem Autor nahte das Verderben, trotz seiner Vorsicht.

Eines Abends saß der Autor mit seinem Sekretär vor dem Fernseher und schaute sich live den vermutlich 21. Sieg in Folge von Mathew an.

Mathew stand kurz davor, den Gegner k. o. zu schlagen, als es an der Tür klingelte. Besorgt schaute der Autor den Sekretär an. Dieser bot sich an: «Ich schaue nach, was los ist.»

Der Sekretär ging zur Flurtür und spähte durch das Guckloch hinaus. In der Ferne sah er eine Gestalt verschwinden, sonst weit und breit niemand in Türnähe.

Vorsichtig öffnete er die Tür. Vor ihr stand eine Flasche Wein mit einem Brief.

Beides brachte er dem Autor. Vorsichtig öffnete dieser den Brief. In diesem stand:

«Sehr geehrter Herr,
ich bewundere schon lange Ihre außergewöhnlich gut recherchierten Bücher.
Zum Dank für viele anregende Stunden mit Ihren Werken möchte ich Ihnen diese Flasche Rothschildwein verehren.
Unterschrift: ein Fan»

Autor und Sekretär schauten sich die Flasche vorsichtig an. Doch der Korken steckte fest in der Flasche und war an den Seiten verplombt. Er konnte also unmöglich herausgenommen worden sein.

Beruhigt schenkte sich der Autor ein Glas Wein ein und bot seinem Sekretär auch ein Glas an, doch dieser winkte ab:

«Ich muss ja heute noch heimfahren, da will ich lieber nichts trinken. Denn im Dunklen passiert einem zu leicht was, und wenn man dann noch nach Alkohol riecht . . .»

Der Autor gab ihm Recht und schaute sich den Schluss des Boxkampfes in Ruhe an.

Mathew errang einen Sieg durch k. o. in der 10. Runde.

Der Autor schüttelte betrübt den Kopf: «Das Buch über Mathew hätte ich vielleicht doch nicht schreiben sollen. Er ist schon ein super Boxer.»

Der Sekretär dachte nach: «Was soll's. Sie haben damit einen Haufen Geld verdient.»

Doch der Autor verzog sein Gesicht und kam langsam in eine depressive Stimmung, wie sie ihn manchmal überkam.

Vor allem zu den Zeiten, wo er an seine Opfer dachte.

Nach einer Weile verabschiedete sich der Sekretär. Der Autor verabschiedete sich von ihm und schloss die Tür hinter ihm ab.

Einige Tage später klingelte die Polizei bei Mathew an der Tür.

«Was wünschen Sie, meine Herren?», fragte Mathew sie als er die Tür öffnete.

«Dürften wir bitte eintreten?», antworteten diese mit einer Gegenfrage.

Mathew ließ sie ein und wartete ab.

Die Polizisten nahmen in Mathews Wohnzimmer Platz, begrüßten seine Frau und begannen mit ihrem Verhör:

«Wo haben Sie sich am Abend des 20. Februar aufgehalten?»

Mathew überlegte eine Weile und antwortete: «Beim Boxkampf natürlich. In Cemmy habe ich meinen 21. Sieg in Folge geholt. Das können Ihnen mehrere tausend Fans, mein Manager und meine Frau bestätigen. Warum?»

«An diesem Abend starb der Autor Robert Wilbur unter

mysteriösen Umständen, und wir hören uns um, ob jemand was dazu zu sagen hat.»

Mathews Frau platzte raus: «Das verlogene Schwein ist tot? Ein Glück! Das hat die Sau verdient!»

Danach begann sie heftig zu weinen. Die Polizisten blieben noch eine Weile und verabschiedeten sich dann.

Der eine Polizist meinte: «Na, der Boxer kann's nicht gewesen sein. Der war ja im Ring. Den Kampf habe ich übrigens gesehen, war echt stark.»

Sein Kollege erwiderte: «Ob seine Frau auch beim Boxen war müssen wir überprüfen, aber sie schien wirklich überrascht zu sein. Ich glaub nicht, dass sie was davon wusste.»

Die Ermittlungen liefen noch einige Zeit und endeten mit folgendem, in der Zeitung gedruckten Ergebnis:

«Der Autor Robert Wilbur starb in der Nacht des 20. Februar durch Gift. Der Autor ließ nie fremde Personen ins Haus, verließ es selber auch nie ohne seinen Sekretär und nahm nur original verpackte Speisen zu sich. Daher wird Mord ausgeschlossen. Der Sekretär sagte aus, dass der Autor sich schon längere Zeit in depressiven Phasen befand.

Daher vermutet die Polizei Selbstmord als Todesursache, zumal sich das Haus des Autors in verschlossenem Zustand befand. Ein Einwirken fremder Personen kann also ausgeschlossen werden.

Das Gift nahm der Autor in einer Flasche Wein zu sich, die ihm ein unbekannter Fan am selben Abend schenkte.

Da die Flasche den Autor in originalverpacktem Zustand erreichte, muss der Autor selbst das Gift hineingetan haben.

Der Autor schrieb viele bekannte Werke. Hier die bekanntesten:

‹Der Held von Le Mans›
‹Der Boxheld›
‹Der Mittelfeldstürmer›
Wir werden Robert Wilbur schmerzlich vermissen

Die Beerdigung findet am Samstag auf dem Zentralfriedhof in Kent statt.»

Mathew las daheim allein die Zeitung und lachte vor sich hin. Sein Trick war so einfach und doch so plump gewesen: An einem Automaten für Drogenabhängige hatte er sich eine Einwegspritze besorgt, diese mit leicht erhältlichem, geschmacksneutralem Rattengift gefüllt und dann in eine Flasche teuren Rothschildwein injiziert.

Da er die Nadelspitze durch den Korken stach und dieser sich nachher wieder verschloss, konnte keine Spur seines Eingriffs bemerkt werden.

Selbst wenn jemals jemand doch Mord argwöhnte, musste er erst das Geheimnis der verschlossenen Wohnung lösen. Genauer gesagt: Wie wurde das Gift verabreicht und von wem? Ein wenig bekannter Freund von Mathew lieferte die Flasche ab und verschwand rechtzeitig, ohne erkannt zu werden.

Man würde diesem kaum je auf die Spur kommen, selbst wenn irgendjemand den Trick mit der Flasche durchschaute.

Er selbst und seine bekanntesten Freunde besaßen ein hieb- und stichfestes Alibi und brauchten nichts zu fürchten, da sie ja beim Boxkampf waren.

Außerdem hielt alle Welt Boxer für dumm und traute ihnen daher keine raffinierten Kniffe zu. Das kam ihm nun zugute.

Quellenverzeichnis

Jürgen Alberts: «J. B. Cool und der Tor des Monats», Copyright © Wilhelm Heyne Verlag GmbH & Co. KG, München.

Michael Arlen: «Der bärtige Golfspieler» (The Beared Golfer), aus: ELLERY QUEENS KRIMINAL-ANTHOLOGIE, Copyright © by Michael Arlen, Copyright © der deutschen Übersetzung Wilhelm Heyne Verlag GmbH & Co. KG, München. Aus dem Englischen übersetzt von Wulf Bergner.

Harald Bongart: «Libero», Copyright © 2002 by Harald Bongart.

Sir Arthur Conan Doyle: «Der vermisste Rugbyspieler» (The Adventure of the Missing Three-Quarter», aus: Sir Arthur Conan Doyle DAS LEERE HAUS UND ANDERE GESCHICHTEN. Delphin Verlag GmbH, Köln, 1990.

Sabine Deitmer: «Schwimmen lernen», Copyright © by Sabine Deitmer.

Celia Fremlin: «Der hohe Sprung» (High Dive), aus: Celia Fremlin WETTERUMSCHWUNG, Copyright © 1994 by Diogenes Verlag AG, Zürich. Aus dem Englischen übersetzt von Barbara Rojahn-Deyk, Ursula Kösters-Roth und Isabella Nadolny.

317

Wir danken den genannten Rechtsinhabern für die Genehmigung zum Abdruck der Auszüge aus den oben genannten Werken. In jenen Fällen, in denen es nicht möglich war, den Rechtsinhaber resp. Rechtsnachfolger zu eruieren, konnte ausnahmsweise keine Nachdruckerlaubnis eingeholt werden. Honoraransprüche der Autoren oder ihrer Erben bleiben gewahrt.